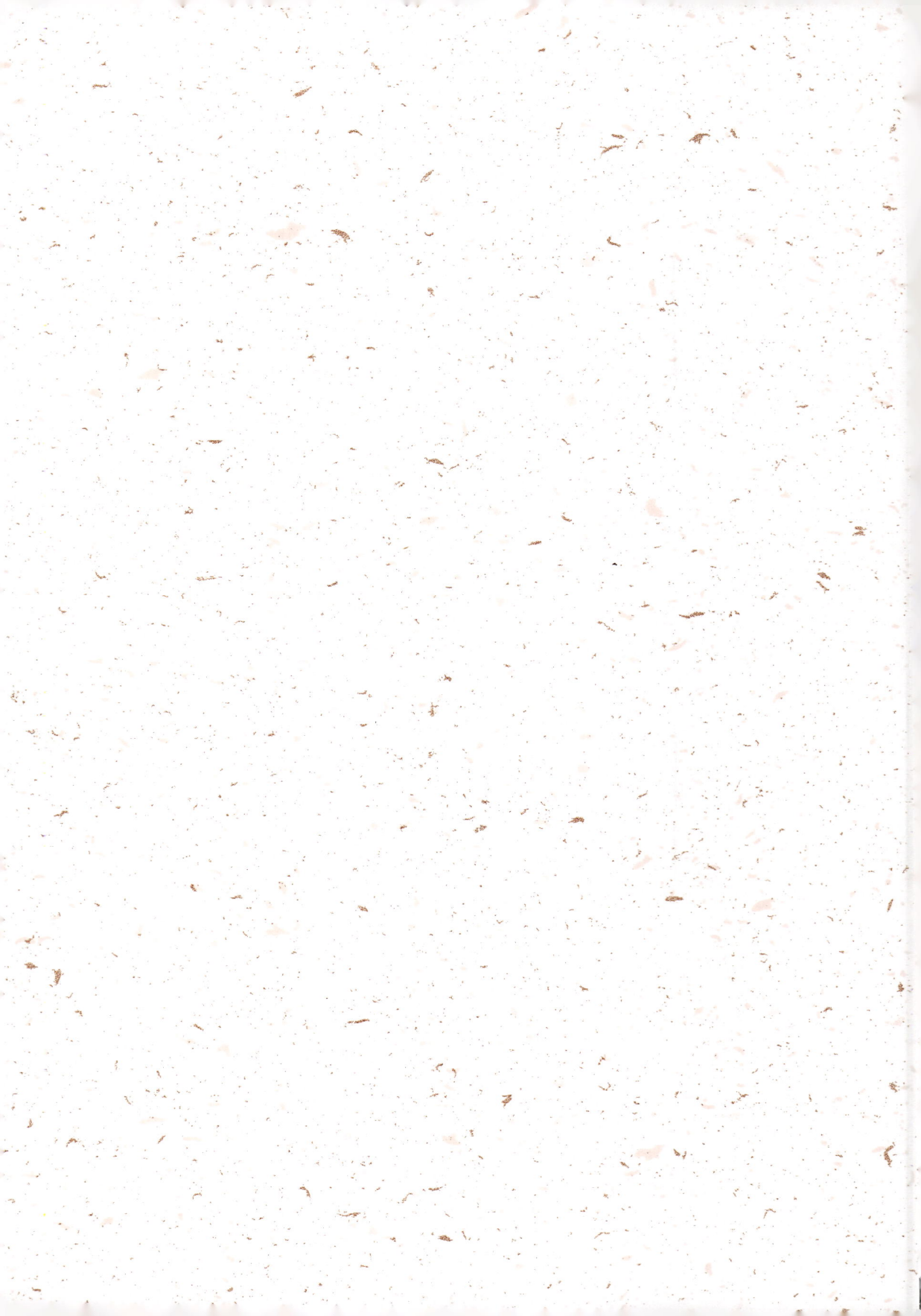

罪连环

CRIME OF A SERIAL

多米诺骨牌
DOMINO

天下无侯 作品

南方出版传媒
花城出版社
中国·广州

图书在版编目（ＣＩＰ）数据

罪连环. 1，多米诺骨牌 / 天下无侯著. -- 广州 ：
花城出版社，2018.12
ISBN 978-7-5360-8763-7

Ⅰ．①罪… Ⅱ．①天… Ⅲ．①长篇小说－中国－当代
Ⅳ．①I247.5

中国版本图书馆CIP数据核字（2018）第239002号

出　版　人：詹秀敏
特邀策划：天沐影视文化
责任编辑：陈宾杰　杨淳子
技术编辑：薛伟民　凌春梅
封面设计：荆棘设计

书　　　名　罪连环. 1，多米诺骨牌
　　　　　　ZUI LIAN HUAN. 1, DUO MI NUO GU PAI
出版发行　花城出版社
　　　　　　（广州市环市东路水荫路11号）
经　　　销　全国新华书店
印　　　刷　佛山市浩文彩色印刷有限公司
　　　　　　（广东省佛山市南海区狮山科技工业园A区）
开　　　本　787毫米×1092毫米　16开
印　　　张　25.25　1插页
字　　　数　367,000字
版　　　次　2018年12月第1版　2018年12月第1次印刷
定　　　价　49.00元

如发现印装质量问题，请直接与印刷厂联系调换。
购书热线：020－37604658　37602954
花城出版社网站：http://www.fcph.com.cn

目　录
CONTENTS

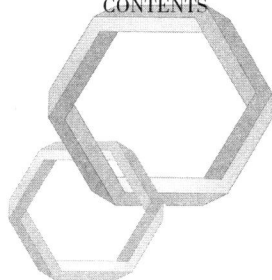

第 一 章　杀人者 / 1

第 二 章　蹊跷的现场 / 17

第 三 章　突进 / 31

第 四 章　证据链 / 44

第 五 章　天然漏洞 / 57

第 六 章　漏洞的蝴蝶效应 / 72

第 七 章　演戏证伪 / 86

第 八 章　半自动售毒机 / 98

第 九 章　黑色的因果 / 113

第 十 章　源起 / 126

第 十 一 章　一出好戏 / 138

第 十 二 章　来自凶手的礼物 / 156

第 十 三 章　致命分析 / 170

第 十 四 章　大难临头 / 184

第 十 五 章　亡命天涯 / 196

第 十 六 章　第一宗错案 / 209

第 十 七 章　孤证不孤 / 222

第 十 八 章　取证的代价 / 235

第 十 九 章　两案连启 / 249

第 二 十 章　在地图上赌博 / 262

第 二十一 章　主动暴露 / 281

第 二十二 章　君子协定 / 291

第 二十三 章　残酷的真相 / 302

第 二十四 章　肋骨下的牙齿 / 311

第 二十五 章　追杀 / 326

第 二十六 章　峰回路转 / 340

第 二十七 章　十八杯酒 / 353

第 二十八 章　决战 / 370

第 二十九 章　多米诺骨牌 / 384

第一章 杀人者

省城滨海市。

午夜之前。

盘龙区启发律师事务所的老板张启发，做梦也想不到自己会成为别人眼中不折不扣的杀人犯。此刻，他站在十六楼的窗口前，一脸的疲惫和绝望。他的背后站着两个人，一个叫李铭，一个叫李亮，这兄弟俩，都是大志警用器械制造有限公司的副总，而他则兼任该公司的法律顾问。他知道，自己这次怕是活不成了，十六楼下冷硬的水泥地面，很可能就是自己的葬身之地。他年富力强，事业有成，老婆漂亮，孩子懂事，难道一切就此了结？不！他不甘心！再次握紧了拳头。可是，这挣扎的念头只坚持了几秒钟，就又颓然崩塌。怎么就到了这个地步呢？事情还得从几天前说起。

那天是2014年2月14日，星期五。情人节。

午后的滨海市飘起了大雪，这真是个浪漫的好日子。

可惜有人得在今晚去杀个人。

谁要杀人？杀谁？一切都得从张启发说起。

张启发有个习惯，只要没事，每个周末都会去洗浴中心的大池子里泡个澡，来缓解职业带来的压力。

律师面儿上是个高大上的职业，可私底下的压力也不小。这一行，积累名声不易，翻船却很简单。尤其是那种社会影响力大的案子，简直就是双刃剑，成了，代理律师马上就声名鹊起；败了，再接案子难度就大了。张启发干这行十几年，可谓是苦心算计，步步谨慎，积累起一些名气，现在总算开了自己的事务所，压力自然就更大了。

今天这雪下得很突然，他穿得有点单薄，跟同事喝了不少酒，感觉寒意稍去。晚上九点，他像往常一样，来到位于盘龙区的金满堂洗浴中心。这里离他的公司不远。想着大池子里热气腾腾的雾气，他有点迫不及待，大踏步走进洗浴中心的普通间。这是他多年来养成的习惯，普通间里人多，嘈杂，他就喜欢坐在大池子一角，安静地享受这份热闹。要是换到人少的地方，他反而就没有那种放松的感觉了。

抽烟有烟友，洗澡有澡友。

张启发来到储物间，迎面就碰上个澡友。

赵楚，三十四岁，在滨海市局档案管理处工作，是个没有编制的外聘人员。

"才来啊，张律师。"赵楚见张启发进来，热情地打了个招呼。

"你这是泡完了？"张启发一边说，一边用电子卡打开八号储物柜。

"嗯，泡完了，回去接着泡茶！"赵楚说着，走到张启发身边，打开了相邻的九号柜子取衣物。

张启发打了个哈哈，收拾好东西迫不及待往里走，那沉甸甸的步伐给旁人以踏实的感觉。

"好好泡泡。"赵楚笑着说完，望着张启发的背影，神情一下子沉静了下来。

那么多漫长的日夜，他一直耐心等待，像一匹蛰伏的狼。

直到一周前金盾保安公司门口那起自杀事件发生，他知道，最好的机会来了。

很早以前，他就对张启发做了全面了解，得知对方每个周末都来金满堂洗浴中心泡澡后，他也养成了泡澡的习惯。但他对自己的行为刻意做了调整，不是每周都来，来的时间也不一定都是周末。他有个完美的计划，这执行计划的起始地，被他设定在金满堂洗浴中心。

那是个什么计划？动机又是什么？

此时的张启发坐在大池子里，往脸上使劲掬了一捧水，随后长长地叹了口气。最近，他的心情可不大好。

一周前，在滨海市金海路中段，金盾保安公司旁边的小树林里发了桩命案，上吊死了个女人。死者叫张素娟，是张启发的二姐。警方调查后得出结论，张素娟是自杀。那天本是个好日子，张素娟从精神病院康复出院。可张家的人谁也没想到，一家人连顿饭都没吃，张素娟就跑到金盾保安公司附近树林上吊自杀了。

说起张素娟，认识她的人看法都差不多——张家的耻辱。对外人来说，这个印象怎么来的呢？十几年前的张素娟，长得俊，却自甘堕落去卖淫，后来还沾染上了毒品。张启发当年即将从政法院校毕业，对姐姐的事也帮不上忙，只能干着急。张素娟大姐叫张素娥，倒时常给她些零花钱，也给她找过工作，但都没用，毒戒不了。张家父母对此早已心灰意冷。他们尤其担心张素娟吸毒，会影响小儿子毕业后的前途。毕竟张启发政法院校毕业，若是再考个专业对口的公务员，那就是检察院的人了。要是儿子成了公家人，势必会受到张素娟吸毒的影响。为此，张家父母就对外宣称和张素娟断绝了关系来往，由她自生自灭去吧。后来，张素娟被关进省第一戒毒所，听说又在戒毒所里捅了人，再后来疯了，在精神病院一待就是十年。

想起这些，张启发长长地叹了口气。其中诸多细节，他不愿多想，更不愿在外人面前谈起，只能生生藏在心里，任其结成疙瘩。他也说不清到底是谁的错，也许这就是二姐的命吧。

储物间里人来人往。赵楚麻利地穿完衣服，然后取出洗浴中心赠送的新袜子。他随手丢掉袜子包装袋，把袜子自然地垫在手掌前端，盖住指纹，从容地走到储物柜前。"咔嗒"一声轻响，他按下了另一只手里早就准备好的电子开锁器，打开了张启发的八号储物柜。

柜子打开了，他迅速从张启发的夹克里捏出个一次性打火机。那个打火机上印着七个烫金小字：金满堂洗浴中心。接着，他从容地把另一个一模一样的打火机放进了张启发的衣服口袋，这个打火机上也印着七个字：金满堂洗浴中心。他事先对这个打火机做了仔细地清理，上面干干净净，没有任何指纹的痕迹。

他吹着口哨，不急不缓地关上储物柜，随手把地上的袜子包装袋捡起来塞进裤兜，好像在漫不经心地捡垃圾。接着，他把张启发的打火机塞进裤兜的袜子包装袋里。做完这些，他把遮挡指纹的新袜子放进了随身携带的包里。

客人们各忙各的，谁也没注意到他的异常。如果此时刚好有人注意他，那么在观察者看来，会理所当然地以为这个客人打开的，是自己的柜子，把落在里面的东西取了出来。

他微微抬头，瞧了瞧屋顶角落里那个摄像头。还是黑乎乎的，他满意地点了点头。自从几个月前，有不少客人先后找到洗浴中心领导，说在储物室新装的摄像头，涉嫌侵犯客人隐私，那个摄像头就再也没开过了。这么一来，洗浴中心只好改贴相关标语：请自行保管财物安全，丢失概不负责。摄像头被投诉关闭，这省了他好多麻烦，今晚正是绝好的机会。

东西收拾好了，他拿起包出门找到洗手间，在单间里关好门，接着从包里拿出两个沙袋绑腿，利索地在小腿上绑紧，然后出去走了两步，又弯腰把鞋带紧了一遍。他个子不矮，但是偏瘦。今晚他特意穿了双比平时大一号的鞋，绑上绑腿后，就增加了体重，这样一来，大一码的鞋印痕迹跟体重才是大致相符的，而自己的鞋印和真实体重就不会暴露了。

做完准备，他走到前台，跟服务生要了个新打火机，打火机上同样印着"金满堂洗浴中心"。这没什么奇怪，就算客人不索要打火机，前台也会免费赠送，像这种天冷的周末，生意好，一晚上赠送几十个打火机实属平常。

外面的空气很冷，呼一口却很是畅快。他点了根烟，深深吸了一口，轻轻地说：开工了。

晚上九点零六分。

他一边走，一边拿出个早准备好的旧电话，插上一张不记名卡，打通了金盾保安公司老板金一鸣的电话。

电话刚接通，他就自报家门："金老板？我，启发律师事务所，张启发。"

赵楚沉着声，模仿着张启发的声音。作为澡友，他跟张启发接触有些日子了，很熟悉对方的声音，他对自己模仿的声音比较自信。关键是他的通话对象跟张启发根本不熟，没理由产生怀疑。

"啊，张大律师？你好！你好！你看，你姐张素娟，她来我的保安公司门口自杀……那可不关我的事。"金一鸣语速很快，像是在掩饰心里的愧疚，显然，他对这个来电没任何思想准备。

"嗯，那已经有定论了，是自杀。有点别的事，找你帮忙。"赵楚控制着音量，尽量减少说话的字数。

"张律师，别开玩笑了。您还用得着我帮忙？我就一保安公司小老板。你姐的事，你别找我麻烦就谢天谢地了！"金一鸣尴尬地笑了笑。

"你小，你家老爷子金局长可不小。"赵楚早了解清楚了，金一鸣的父亲金建国是滨海市局副局长。

"哎，别别。张律师，有事您说吧！"

"我过去说。"

"过来？要不明天吧？明天我找你。这大晚上的！还下着雪！"

"明天我有别的安排啊，我这事儿，急。"

金一鸣沉吟了一会儿，说："那好吧。去哪儿？我给你发定位？"

"就去你保安公司门口，等我。"

那边金一鸣挂了电话，心里就琢磨上了：上周那个张素娟来公司闹，接着在旁边树林里自杀后，见了这个张律师一面，没想到，他竟是死者的弟弟！现在听起来，他的声音比上周见面那次沙哑了许多，感冒了吧。

赵楚打完电话立刻关了机。这个旧电话和电话卡，只能用一次。

接下来他上了辆出租车。下雪天车开得比平时慢。离目的地还有两个路口时，赵楚提前下了车。下车后他看了看所处的位置，转身来到路边，顺着最边上的沿街店铺快步向前走去。他走到十字路口，然后右拐弯，走出去几百步，再直直地穿过马路去到对面。到了马路对面，他还是沿着店铺走，然后到了路口再右拐弯……他这样走了两个大大的"U"形，刚好完美地绕开了路口的监控探头。

快，一定要快。

他暗暗增加着步伐频率。那两个沙袋绑腿少说有十公斤，却丝毫也没给他带来迟滞。

很快，拐过最后一个路口之后，再往西走五百多米，就是东海路金盾保安公司了。不用抬头，他知道离他右侧七八米远的路口正上方，就有个摄像头。他走到路边停下来，从包里拿出一副新手套戴好，然后看了看表。

晚上十点十分。

他深吸了口气，又向前疾走了大约五百米。很快，他看到前方不远处昏黄的路灯下，有个人影正抽着烟来回踱步。人影侧后方不远处，就是金盾保安公司。公司门口边上，有一片小树林，上周张启发的姐姐张素娟，就吊死在那片小树林里。这里临近郊区，来往车辆不多，雪还在下，偶尔有几辆电动车从人行道闪过去。他判断那个人影，十有八九就是他的目标金一鸣。

晚上十点十五分。

他很放松地靠近了人影，喊了声："金一鸣！"

金一鸣正闷头抽烟琢磨着，想趁这个机会，把和张启发的关系好好打理一番，毕竟对方是个律师，万一以后有什么麻烦，可能用得上。张素娟在他公司树林上吊的事，和他金一鸣肯定没有直接关系。但是，对于张素娟，他确实心有亏欠，说起来，那是十几年前的事了。想起那件事，他长长地叹了口气，他知道那件事，自己做得确实不地道，哎，可是世上没有后悔药啊，要怪只能怪当时年少无知。

叫声打断了金一鸣的思绪。他以为张启发来了，急忙转身，同时伸出手去想跟对方握手。

他的手伸了一半，却见对方是个陌生人。

金一鸣"咦"了一声，手停在半空。紧接着，他感觉眼前一闪，就被一件硬物抵住了腰眼。

金一鸣愣在原地。凭职业感觉，他能肯定腰上顶着的是一把手枪。这个变故来得太快，令他的脑袋瞬间一片空白。他下意识地侧了侧头，想看清身后是什么人，心里跟着泛起一阵苦涩，后悔自己出门没带从黑市上弄来的那把枪。

可是对方不给他愣神的工夫，抬手就是一拳，狠狠揍在他的太阳穴上。

这一拳是个下马威，力道虽然不小，火候却拿捏得很稳，既能把人打蒙，又不至于让人晕倒。金一鸣瞬间头晕眼花，鼻涕眼泪就止不住了，"哗哗"地流得满脸都是。

他顾不上擦脸，慌张地叫起来："谁啊你！"

赵楚靠近金一鸣的耳朵，小声说了一句话。

他的声音不大，平静里却透着狠辣："按我说的做，不然……"他手上加劲，手枪狠狠顶进金一鸣的腰眼，"进树林！"

被枪顶着，金一鸣心里害怕极了，他举起双手，嘴上却很强硬："你他妈想干吗！旁边就是我的保安公司！你敢动枪？我还不信了！"

赵楚平静地说："咱俩赌一把试试？"

小树林原本是片简陋的水泥地，当停车场使。多年前城建统一规划道路，就把水泥地拆了。这里路宽，绿化带的宽度远远不及这块地的宽度，就在余下靠里的地方都种上了树。

赌一把？金一鸣可不傻。万一对方真开枪呢？这种没把握的事，犯不上拿命做赌注。现在最重要的，是弄清对方意图，要真是个劫道的，把身上的钱物交出去就完了，何必为此冒险呢。金一鸣想到这儿，脚底下挪了窝，被对方逼着进了小树林。

小树林里种着好几种树，都不算粗，不过却比较密集。外面的灯光本就昏黄，加上雪仍在下，使得小树林里更加昏暗了。

进了树林，赵楚命令道："你帮我打几个电话，我就放你走，用你的电话！"

金一鸣一听，深感奇怪，这人拿着枪，打了自己，却不劫财。情急之下他条件反射地问："为什么？为什么要我打电话？"

他话音未落，脸上又挨了对方一拳。他感觉"嗡"的一声，顿时眼冒金星，鼻头跟着一热，流出了鼻血。

"你娘的！"金一鸣心里暗暗叫骂起来。他倒不在乎这几拳，他忌惮的，是腰上的枪口。

他用力吸了口凉气，嘴里连连说着"行，行"，同意帮赵楚打电话。

赵楚说："你现在应该知道了，我不是张启发。接下来，咱的第一个电话就打给张启发，叫他现在，马上过来。就说，有关他姐姐张素娟自杀的事，说你才发现一些古怪。他要是说明天再谈，你就说事态紧急，明天来不及了。明白了吗？"

听了这些话，金一鸣这才知道上当了，意识到晚上九点零六分接的那个电话，就是眼前这家伙假冒张律师打的，怪不得当时觉得对方声音有点不对呢。金一鸣连连后悔自己实在太粗心了。

可是，对方为啥要冒充张启发把我约到这儿来呢？就是为了打这么个电话？

哎，金一鸣心里苦海泛起了舟，一时琢磨不透对方的心思。他心想，这家伙刚才那两拳出手挺狠，还带着枪，显然是有备而来，可不能鲁莽蛮干，还是先走一步看一步吧。

想到这儿，他点点头，配合地说："叫张启发来这儿？"

"叫他来东海路金盾保安公司再往西五百米，那路边有个老赵炒鸡。"

"可我不知道张启发电话，我和他仅仅接触过一次。"金一鸣尴尬地说。

赵楚说："我有。"

晚上十点十八分。

金一鸣一边磨磨蹭蹭地掏电话一边想，看来这张素娟是个引子啊，这货假冒张启发，把我约过来，然后再让我引张启发过来，他到底想干什么？

想起张素娟，金一鸣的头皮猛地麻了一片。他当然记得一周前张素娟自杀的事。恍惚中，他好像看到张素娟就吊在眼前一棵歪脖子树上，正鼓着两个突出来的眼珠子狠狠瞪着他。

腰眼里传来的疼痛使他清醒过来，也加快了他的动作。他赶紧晃了晃头，咬着牙按赵楚说的号码拨打了电话。

电话响起时，张启发刚刚泡完澡，正躺在休息室沙发上抽烟。泡完澡，他感觉整个人轻松极了。他伸了个懒腰，接起电话。

金一鸣在电话里的语速挺快，说完就匆匆挂断。

"之前和这个金一鸣只见过一面。这大晚上的，他怎么会给我打电话呢？要谈我姐自杀的事？说是事态紧急，发现了什么古怪？"张启发深感意外，定了定神后，他决定赴约。

金一鸣挂了电话，装出一副事不关己的表情："你看，你叫我干啥就干啥，人我给你约来了，放了我吧！我保证不声张。看得出你是个好人，你没怎么着我。"

"少啰唆！"赵楚把枪口顶上了金一鸣的头，"还有两个电话。"

金一鸣可是第一次让人用枪指着头，感觉全身麻森森的，又惊又怕，只好听任对方吩咐。

后面的电话，分别打给大志警用器械制造有限公司的两个副总，李铭、李亮兄弟。这兄弟俩金一鸣可认识十几年了，没少从他们的公司买保安装备。只是金一鸣所不知道的是，李氏兄弟跟张启发也很熟，这两年，他们聘张启发做了公司的法律顾问。

金一鸣疑惑地问："要我怎么说？"

"和刚才差不多，就说你刚发现张素娟的死有古怪，怕是有人会对他们不利。叫他们十一点到东海路金盾保安公司西边一千米的邵家全羊，记住，你要强调是十一点！"

晚上十点十九分，十点二十分。

对方的要求奇怪极了。第一通电话，让他把张启发约到保安公司西边五百米的炒鸡店，这第二通电话，却让他把李铭和李亮两兄弟约到保安公司西边一千米的全羊馆。这里边透着古怪，一定有什么幺蛾子！金一鸣一肚子问号，又按要求打电话。

因为他和李氏兄弟很熟悉，这个电话打得更加顺畅，完事后他装作放松的样子说："不就是帮忙打几个电话嘛，我什么也不知道，放我走吧？你知道，开枪你也跑不了！边上就是我的保安公司！再说咱俩无冤无仇，闹下去对谁都不好！"金一鸣这番话是软硬兼施，就算是亡命徒听了，心里也会好好琢磨权衡一番。

可赵楚听完，却丝毫没有琢磨，他直接爽快地说："好，这就放你走。不过你还得帮个小忙，就差一点点儿了。"

他拿枪用力戳着金一鸣的脑门，另一只手掏出自己的手机，然后打开微信，点开自己的一个小号，对金一鸣说："再给我录两句话。"

金一鸣平时比较油滑，但这时心里真是火大了，他知道眼前这个人在利用自己。这要是在自己的保安公司，他非把这家伙收拾得爹妈不认！可在这里就……对方的动机他想不明白，也不想琢磨，现在最要紧的是脱险！

想到这儿，他把心一横，决定只能拼了！一会儿录完音，趁对方不注意，出手偷袭，然后赶紧跑！小树林离公司门口就几十米远，跑出去就啥也好办了。直到这一刻，金一鸣也一直觉得，不管对方有什么目的，也不至于要他命。

朗朗乾坤，哪儿来那么多亡命之徒？

"好吧！"他装作很无奈的样子，再次答应下来。

赵楚把电话拿在手里嘱咐金一鸣："可别说错了，放轻松，自然点，错了重录，费事。"

金一鸣已经在琢磨怎么跑了，也懒得废话，很痛快地点点头。

赵楚对金一鸣说："听好了，第一句：李总，你们到了就在那儿等我半小时，到时候我万一过不去，就只能明天再说。"

赵楚说完，停顿了一会儿，像是给对方记忆的时间，然后才说："第二句：张律师，不好意思啊，有事耽误了！你来我公司门口吧，小树林旁边。事关你姐姐的死，一定再等我二十分钟，万一我过不去就只能明天再说。"

晚上十点二十三分。

OK！一次成功。金一鸣又按赵楚的要求，老老实实录完那两句话。

昏暗中，他紧紧地盯着赵楚，看对方把微信关了，想趁对方放手机的时候逃跑，他的心跳得飞快，手心里全是汗。但他实在没料到，接下来的变故太突然了，他还没做好逃跑的准备，太阳穴就遭到了强烈的重击。

这次对方显然用足了力气，金一鸣当场昏厥，手机也甩在地上。

赵楚对自己的手法很自信，他看着晕倒的金一鸣说："其实你要是赌就对了，这只是把仿真玩具枪。"

他深吸了口寒气，捡起金一鸣的手机，掏出那个袜子包装袋，从里面取出张启发的打火机，然后摊开金一鸣的手掌，重重地往打火机上按了几下。按完后，借着雪地的反光，他向四周看了看，最后把目光锁定在一个草厚雪少的角落，用力将打火机丢了进去。

接下来是等待，死一样的等待。

赵楚安静地站在一棵树边上，几乎和那棵树融为一体。

雪不急不缓地下着。

晚上十点四十分。

他看了看表，心里盘算了一会儿，然后小心地走到树林边上，隐在一棵树后边，往保安公司西边看着什么。

晚上十点五十二分。

一辆出租车从小树林外的公路上驶过，在金盾保安公司西边大约五百米之外的路边停了下来，红色的刹车灯随之亮起。

看到刹车灯的刹那，赵楚彻底放心了。他再次看了看表，知道那一定是张启发到了，这和自己估计的时间差不多。那么，如果路上没什么意外，李铭、李亮兄弟的车，离这儿应该也不远了。

晚上十点五十五分。

刚才金一鸣打电话时，他记住了金一鸣手机的开机图案。他打开自己手机的微信，同时用金一鸣的手机，拨打了张启发的电话。

此时，张启发刚从那辆出租车上下来，正站在保安公司西边大约五百米的路边，一看是金一鸣来电，他赶紧接通，说："金老板？怎么搞的？我到了！"

电话里张启发的话刚说完，赵楚马上按下自己手机微信里那句录音，然后把自己的手机尽量靠近金一鸣的手机，微信录音随之清晰地传了过去："张律师，不好意思啊，有事耽误了！你来我公司门口吧，小树林旁边。事关你姐姐的死，一定再等我二十分钟，万一我过不去就只能明天再说。"

晚上十点五十六分。

录音一播完，赵楚立刻挂断和张启发的通话，紧接着拨通了李铭的电话。

张启发挂了电话，心里有点纳闷，他随口抱怨了几句，转身向东，往保安公司方向走去。

李氏兄弟住在一个小区，所以两人开着一辆车来的。

李铭正开车，电话响了，副驾驶的李亮见来电显示是金一鸣，接起电话说："金老板啊，这就到了，还有俩路口。"

李亮话音一落，赵楚故技重施，立刻按下微信里的另一段录音："李总，你们到了就在那儿等我半小时，到时候我万一过不去，就只能明天再说。"

同样，录音一播完，他立刻挂断，把金一鸣的手机给关了。

他关好手机，向四周看了看，抬手把金一鸣的手机远远地扔到了小树林边缘。"啪！"远处传来一声脆响，看来是手机砸到了什么硬物。

动手！只差最后一步了。

晚上十点五十八分。

仅仅用了两分钟，赵楚就干净利落地结束了手里的动作，刚才惨烈的一幕顽固地占据着他的脑海——被吊起的金一鸣因为突然的窒息清醒过来，他淌着口水，眼睛血红，眼珠向外凸出，好像随时会爆出来。他死死地瞪着赵楚，像是要把对方吃下去，又像是在感叹命运不公。他不服，觉得自己太冤了，身为保安公司老板，竟然稀里糊涂被人吊到了树杈上！他努力做着最后的挣扎，突然猛烈地摆动起双腿，带动着树枝上的皮带剧烈地晃动，前后摩擦，树上的雪随之纷纷落下。很快，他的脸成了酱紫色，五官以不可思议的角度扭曲着，舌头长长地伸了出来。紧接着，空气里弥散出一阵怪味，金一鸣失禁了。

晚上十一点。

赵楚猛地咽了口唾沫，蹑足找了个树间的缝隙向外观察，刚好看到张启发从保安公司门前的灯光下走过来，最后在小树林边上站定。他安静地躲在树后，像站军姿一样，一动不动，仿佛是个最尽职的守墓人。

最近的时候，张启发离他也就四五米远。他听到张启发在人行道上走来走去，鞋踩在雪地上，发出咯吱咯吱的声音。突然，张启发的脚步声停了。赵楚心里一惊，向外瞄去，见张启发正面对着小树林发呆，也不知道在想些什么。

张启发呆立一会儿，长长地叹了口气，然后蹲在阴影里的马路牙子上抽起烟来。

晚上十一点二十分。

张启发在小树林外面足足等了二十分钟，随后步行离去。

赵楚可没走，他站在原地，一直到早上将近六点。这第一步，也是整个计划最重要的一步，终于完成了。

天刚见亮。他使劲搓着手，来回活动着僵硬的腿关节，然后挪动着几乎冻僵的双腿，开始处理站了一夜留下的最深的那两个脚印。脚下的雪结了冰，他把冰碴儿抠出来远远地扔掉，然后把雪窝和周围的痕迹抚平。处理完，他拍了拍手套，确认周边安全，才悄悄挪回人行道，坐着早班公交车离开了现场。他也不想在现场待一晚上，这太危险了。但现场位于东海路中段，他是从东向西来到现场的，要想离开东海路，那么不管往东西哪头走，都要面对路口的摄像头，这太危险！哪怕贴着路边走，哪怕只被拍到人影，他都不想冒险。

早上六点半，天蒙蒙亮，110指挥中心接到报案，几个环卫工人在东海路金盾保安公司附近，往路边小树林里铲雪，在树上发现一具吊立的尸体。

最先赶到现场的是附近派出所的值班民警。随后盘龙区分局的刑侦人员先后赶到。

盘龙分局的刑警大队长叫赵铁柱，他接到副队长刘兵的电话通知立刻赶往现场。在电话里他嘱咐刘兵："秦向阳到了吧？叫他务必仔细勘查现场，别放过任何蛛丝马迹。这鬼天气，要是谋杀的话，现场痕迹容易隐藏。"

秦向阳，二十六岁，单身，退伍军人出身，为人实在，身手很好，疾恶如仇，就是不太会拍领导马屁。有时为了案子会跟领导争辩，常常弄得领导很没面子。好在他聪明能干，心思缜密，工作起来又任劳任怨，不拘小节，干警察才三年，却已经破了不少案子，是队里出了名的工作狂，有活了，领导最先想到的总是他。

赵铁柱开着车，挂掉刘兵的电话后，接着又给张启发打了过去。

说起来，赵铁柱和张启发从小就是同学，虽然不同班，两个人关系却一直非常好，后来张启发娶了赵铁柱的姐姐，两人关系进一步升级。他俩一个干警察，一个干律师，工作上也常有交集。

今天，张启发本来约好了小舅子赵铁柱，要去找一个民事案件的相关责任人了解情况，张启发是那个民事案件原告的代理律师。这下好了，出了命案，赵铁柱是没法儿陪他去了。

张启发听说有案子，自然也就不好再麻烦人家。挂电话前，他好奇地随口问了句："案子发在哪儿？死了几个？"

赵铁柱说："群众报案，有个人被吊在树上了，自杀还是他杀，现在不清楚，就在东海路这边，金盾保安公司门口小树林。"

"金盾保安公司门口？"张启发很是吃惊，狐疑地反问了一句。

"也是邪了……"赵铁柱本来想说，一周之内在那个位置吊死两个，上一个，自然指的是张启发二姐张素娟。他马上意识到这时候不该提这个话茬，就赶紧挂了电话。

挂断电话后，张启发皱着眉寻思：赵铁柱说死者就在金盾保安公司旁边的小树林里。昨晚我可是去过那儿啊！咋一夜之间，就出了命案呢？再说咋这么巧，一周前二姐张素娟也是在那儿吊死，这咋又一个？说起来，昨晚的事也是有点怪，那个金一鸣约我过去，等了半天也见不到人，还关机，耍我呢这是？

张启发既纳闷，又好奇，越想越觉得有点不对劲，屁股底下渐渐坐不住了，猛地站起身，决定去案发现场看个究竟。

与此同时，大志警械设备制造公司的副总李铭也在纳闷：昨晚和弟弟李亮，赶到金一鸣约定的地方，又等了半小时也没见到人，打对方电话还关机了。这家伙！说什么发现了张素娟之死的古怪？搞什么？约定地点边上是有个全羊馆，当时也关门了。而且巧的是，还没到全羊馆之前，当车经过金盾公司附近时，副驾驶的李亮说隔着车窗，看到路边站着个人。李亮称那人很像张启发。张律师是自己公司的法律顾问,大半夜不睡觉,大老远跑金盾公司门口干什么?

为此,李铭当时嘲笑李亮胡说,大半夜的,车窗上都是冰碴儿,很容易认错人。

李亮当时想了想,认可了李铭的说法,以为自己眼花了。

金一鸣是李氏兄弟他们公司的老客户了,有近十年的合作关系,彼此平时也交往颇深,可不能这么晾着,万一他昨晚真有急事呢?李铭琢磨了一会儿,拿起电话拨打金一鸣的手机,想问问他昨晚怎么回事。

还是关机!李铭无奈地摇了摇头,接着打通了金一鸣家里的电话。

接电话的是金一鸣老婆,她的声音听起来很是焦躁:"李总啊!找一鸣?他一晚都没回来!我这儿正到处找他呢!"

"一晚都没回来?"

"是啊!以前他就算不回来,起码来个电话!这倒好,到现在都关机!"金一鸣老婆无奈地说。

这就怪了。李铭皱起眉头想了想,说:"弟妹你别急,我和亮子去他公司看看吧,有消息回头通知你!"

李铭挂断电话,立刻出门开车找到李亮,把情况说了说,随后两人赶往金盾保安公司。

张启发开着车想了一路,匆匆赶到现场。他一下车,就被警员拦到了警戒绳外面。

张启发绷着脸,刚想给赵铁柱打电话,赵铁柱一回头看到了他。

"姐夫,你怎么来了?"赵铁柱说着,来到警戒绳旁。

张启发瞅了瞅旁边的警察,一步跨过警戒绳,往前走了好几米,然后说:"有事路过,顺便过来看看。"

"这大冷天,死人有啥好看的,去给我弄点吃的!"赵铁柱一边说,一边接住张启发递过来的烟。

"昨晚又去金满堂了?"赵铁柱看着张启发手里的打火机,调侃了一句。

"是啊!老习惯嘛!"张启发点上烟,往赵铁柱身后看了一眼。他那个角度，刚好能看到树上那具尸体。一周前他才和金一鸣见了一面，两人虽说不熟，但金一鸣的样子他还忘不了。树上的人尽管五官变形得很厉害，但他还是一眼就认了出来。

"操！那是金一鸣？"张启发盯着树上那具僵硬冰冷的尸体，惊呆在原地。

第二章　蹊跷的现场

"你认识金一鸣？"赵铁柱问。

"一周前见过。"张启发咽了口吐沫，说道。

"没啥事别待在这儿了！"赵铁柱点点头，转身往现场走。

"我……"张启发呆呆地站了一会儿，心里犹豫不决，要不要把昨晚的情况告诉赵铁柱，他一时拿不定主意。

"怎么还没走？"赵铁柱远远地问了他一句。

张启发咳嗽了一声，顺嘴回道："金一鸣他昨晚约过我！"

"他约过你？什么情况？"赵铁柱向张启发走去。

张启发皱着眉头想了一会儿，道："要不到车里说吧。事情有点怪，昨晚我在金满堂洗澡，突然接到金一鸣电话……"说话间，两人回到了车上。

雪越来越小了。为了更好地勘查现场，等到天光大亮相应工作才全面展开。金一鸣是市局副局长金建国的儿子，鉴于死者身份的特殊性，以及避免社会上引起不必要的流言和恐慌，警方全面封锁了现场，不允许任何行人和车辆驻留。有几个得到消息的记者，只好远远地在寒风中观望着。

秦向阳早就赶了过来，他粗粗看了一眼现场，轻轻啧了一声："这鬼天气，要是谋杀，相关痕迹怕是不好找。"

大家各忙各的，谁也没注意他的话。

尸体还没架下来，法医主任王平围着尸体转了好几圈，踮起脚摸摸了死者的脖子，没有说话。

旁边一个年轻法医皱着眉对王平说："师父，这有点怪，你看，死者脚底都踩到雪了，这个高度怎么可能吊死人呢？难道是先被杀死再挂上去的？你看这根承重树枝，高度也就一米八多点，再加上死者脖子上的皮带，系着扣垂下来，这也太矮了。"

秦向阳听到了年轻法医的话，他戴上手套蹲下去仔细看了看地面，接着伸手扒开了死者脚下的积雪。看了一会儿，招呼众人说："下面有个树坑，不浅。"

他又用手轻抚开树坑旁边薄薄的一层雪，见雪下散着很多腐败树叶。由此可见，这个坑不是凶手临时挖出来的，旁边雪下的落叶，本应该在树坑内，有人把它们从坑里清理到了旁边，这么一来，树坑的深度就显露出来了。那么，挂在树坑上方的死者，脚尖也就够不到树坑底部，从而失去了支撑力。

秦向阳站起来敲了下颈椎，见大家都不吭声，只好说："初步判断，他杀。自杀者在心理惯性上，往往会选择把绳索系在高处，这个现场却不一样。显然，凶手轻装，携带的作案工具极少。他就地取材，利用了死者腰带做吊绳。尸体的承重树枝很矮，导致死者的脚能碰到地面，凶手又利用这个树坑，让死者的脚失去了支撑力。如果绳索系得过高，就算凶手提前把人打晕，也绝对不可能把人挂上去，人晕了全身都是软的，死沉。"

"好了，"副队长刘兵点点头，打断他，说，"现场本身就很奇怪。"

大家都知道，他指的是一周前张素娟也吊死在这个小树林里。秦向阳被打断话头也不在意，和法医一起把尸体架下来。

很快各种信息开始汇总：

现场很完整，未遭到任何破坏。初步判断，死者为他杀，左脑部曾受到多次外力击打，眼角红肿，左脑外侧皮下红肿，大面积皮下组织破裂。死亡时间，考虑到低温对尸僵尸斑形成的影响，约为昨晚十一点到十二点之间，尚须进一步肝温测量。死者头部的击打不可能来自死者本人，其双手指甲内未见任何皮下组织残留。

皮带所在树杈摩擦痕迹严重，证明被害人先被击晕而后被挂上皮带，死前曾一度清醒，并剧烈挣扎。现场发现脚印若干，大部分被雪覆盖破坏，提取工作已完成。死者身上财物俱在，电话丢失，现场未发现任何死者之外的DNA信息残留物。

大量警员仔细翻找积雪，慢慢扩大搜索范围。秦向阳正在一处草丛里搜索，突然觉得眼睛被什么东西闪了一下，他抬起的脚掌赶紧顿住了。他仔细看去，见脚下的草丛根部躺着个一次性打火机。他蹲下去，很小心地捡起打火机放进证物袋。

此时，张启发已经把昨晚的情况跟赵铁柱说了。赵铁柱告诉他，死者是昨晚大约十一点多遇害的。

听到这里张启发心里一抖。他记得很清楚，十一点前后那个时间，他刚好就在案发现场附近。到底是怎么回事？当时根本没听到周围有什么动静嘛。

张启发很郁闷，程序上他要到盘龙分局做个笔录。只是现在的他还不知道，在别人眼里，他很快就会成为一个不折不扣的杀人犯。

这时，李铭和李亮也赶了过来。

两人远远就望见金盾公司旁边拉起了警戒绳，心里皆是一惊。停好车后，两人赶紧往现场走去。他们来到警戒绳外，刚想打听一下发生了什么事，抬头看见张启发正从一辆警车上下来。

"张律师！"李铭赶紧打招呼。

"你们怎么来了？"张启发哈着热气说。

"来找金盾公司的老板。这里发生了什么事？"李亮好奇地问。

"你们找金一鸣？"张启发惊诧地问。

"是啊！他是咱公司的老客户了。你认识他？"李铭问。

张启发摇摇头，说："见过一次面。"

"你是公司的法律顾问，回头介绍你们认识，大家一起坐坐。"李铭笑着说。

"这……"张启发半张着嘴呆了半天，才转身指着小树林深处说，"他死了……"

"啊！"李铭的手随之一抖，刚掏出的香烟掉了一地。

张启发郑重地点了点头，缓缓说道："就在里面，树上挂着呢！我看过了。"

"不会吧！"李铭面色紧张地说，"昨晚还接到他电话，约我们在这附近见面，一晚上人就没了？"

"什么？他也约了你们？"张启发猛地吸了口烟，问，"你们见面了？"

"没啊！等了他半天也没见到人，这才一早就赶来他公司看看。"

张启发马上意识到了事情的怪异，赶紧把赵铁柱叫了过来。他先给双方做了简单的介绍，然后叫李氏兄弟跟赵铁柱说说当时的情况。

李氏兄弟一听赵铁柱是张启发的小舅子，赶紧上前跟人家握手，接着把昨晚的相关情况简述了一遍。

赵铁柱听到李氏兄弟反映的情况又是一惊，马上安排人把李铭、李亮、张启发三人都带回了队里。

现场勘查收队后，副队长刘兵留下两个队员，和派出所的人一块儿守护现场，等雪化之后再对现场做第二次勘查，寻找其他可能的遗留痕迹或物证。

各部门相应工作展开得非常迅速，午后，案情分析会议开始了。队长赵铁柱直入主题："我先说个情况，我找到了三个人，从时间上来说，他们很可能是死者昨晚最后联系过的人。"

接下来，他把李氏兄弟和张启发的个人情况，给大家做了个介绍。李铭、李亮，是大志警用器械制造有限公司的副总。张启发开律师事务所，还是李铭他们公司的法律顾问。张启发和赵铁柱的关系，那不用说，局里的老人也都清楚。

为了节省时间，赵铁柱直接把张启发和李氏兄弟带进了会议室，让他们分别说说昨晚的情况，现场做笔录。

张启发他们进来时，技侦科科长正在做补充发言："情况是这样，现场未找到被害人电话。刚才，赵队把张启发和李氏兄弟的手机给了我。这三部手机，分别在昨晚十点十八分，十点十九分，十点二十分，接到了被害人电话，接电话的先后顺序是，张启发，李铭，李亮。情况都已经跟电信部门核实。另外张启发在晚上十点五十五分，又接到过被害人的电话，李铭和李亮在十点五十六分，也接到被害人的第二个电话。他们三个，昨晚都被死者约到了案发现场附近。"

李铭本来就在纳闷，听到技侦科长的话才恍然大悟，原来张启发昨晚确实到过现场附近。他咳嗽了一声，迎着众人的目光，把昨晚情况详细说了一遍。他一边说，一边想起昨晚李亮的话，看来李亮当时并没看错，昨晚金盾公司门口那个人，的确是张启发。不过，他还是谨慎地把这个细节隐瞒了。张启发毕竟是他们公司的法律顾问，他觉得需要和张启发沟通一下，事后再说也不影响什么。

最后李铭说："金一鸣说他发现了一些情况，可能跟上周吊死的张素娟有关，我们就去了，到了那儿，当时吧，没见到人，我们还等了一阵子。等了多久？大概半小时吧。"

"等了半小时？"刘兵一边记录，一边问。

"对。跟你们刚才对电话时间的统计一样，快到地方前，也就是晚上十点五十六分，金一鸣又来过电话，说他要是到不了，就再等他半小时。我们到之后打他电话，关机了。"

现在众人都已经知道，李铭所说的那半小时，正是金一鸣的遇害大体时间段。

接下来张启发也详细述说了他当时的情况。从他每个周末都去金满堂洗浴中心的习惯说起，到接到电话，金一鸣在电话里说有些情况，跟张素娟之死有关，然后赶过去没见人，然后晚上十点五十五分又接到被害人电话，就在那附近等了一段时间。

此时，张启发的职业习惯促使他对陈述做了保留，因为案发现场就在小树林，如果他直说，他在小树林边上等了二十多分钟，哪怕是金一鸣电话里要求他等在那里，那也等于在承认，案发时，凶手就在他背后几米处！这个事实，连他自己都觉得很玄乎！这一点，他自己的情感上不能接受，别人恐怕也很难接受。他是律师，知道自己那么说，虽然还不至于让警察把自己打入嫌疑人的行列，但至少会给自己带来一些不必要的麻烦。笔录嘛，反正说的也是事实，自己站得直行得正，起码要把自己择清楚。

"你和金一鸣熟吗？"刘兵问。

"不熟。你们赵队长已经问过这个问题了。"张启发说。

"案发之前，你和金一鸣有交换过电话号码吗？"刘兵又问。

"没有！"张启发回答得很干脆。

刘兵见张启发等三人也没啥可说的了，就让他们在笔录上签了字，然后各自离开。

张启发等人走后，赵铁柱喝了口水，清了清嗓子，说："昨晚的情况大家都清楚了吧？也就是说，凶手昨晚在张启发和李氏兄弟眼皮子底下杀了人！他们都去过现场附近，都没见到金一鸣，而当时，凶手和被害人就在小树林里！"

听到这里，所有人都为之一震。

此时，秦向阳的注意力却还停留在张启发陈述的一段话上，刚才张启发提到洗浴中心时，他一下子想起，自己在现场发现的打火机上印着七个字：金满堂洗浴中心。秦向阳皱了皱眉头，大胆地想，现场发现的那个打火机，会不会跟张启发有关系呢？可是大伙现在都知道，张启发每周末都去金满堂的习惯，此时除了秦向阳，恐怕没有一个人从打火机想到张启发身上。

就在这时法医王平看了看大家，说："我汇报一下尸检情况。死者致死原因，机械性窒息。从颈部索沟勒痕性状分析，被害人脖颈缢沟，为死前形成，也就是说被害人先被击晕，后被挂进索扣。我们这边进一步确定的死亡时间，在昨晚十一点到十一点半之间，前后存在合理误差。死者头部应该是被拳头击打，肘击可能性极小，因为力度很难掌控，其他硬物打击的可能性也排除了。受害者遭受了好几次击打，最后一次，也是最重的一次，导致被害人当场晕倒。另外，从现场找到的那个一次性打火机上，提取到几枚清晰指纹，打火机里的气还有不少，指纹已经做了指纹库比对，是个单向证据，没有结果。另外在打火机上，还检测出了一部分掌纹，不太清晰。我们试着跟被害人做了对比，已经确定掌纹为被害人所留。另外，打火机是金满堂洗浴中心的赠品，每个抽烟的客人都可以随便领取。"

"很好！"赵铁柱赞许地说，"掌纹和指纹可不一样。既然打火机上的指纹无从比对，那它很大概率是凶手的，而掌纹，应该是死者的。为什么呢？合理地设想一下，当时的情况，很可能是被害人试图挣扎，打落了凶手的打火机，从而留下了掌纹。如果金一鸣也用过那个打火机，那留下的应该是指纹才对，而不是掌纹。"

几乎所有人都点了点头，队长这个结论显然再合理不过。换句话说，找到这个打火机的主人，就等于找到了凶手。

当然，赵铁柱刚才说那段话时，心里也有些纳闷：怎么会这么巧？凶手偏偏在现场留下个金满堂洗浴中心的打火机！几乎是一瞬间，他也想到张启发。作为张启发的小舅子，他一早就知道姐夫每周末去金满堂泡澡的习惯，也知道那里天天给抽烟的客人赠送打火机。想到这儿，他赶紧摇了摇头。

痕检科长程艳接下来发言："现场被大雪覆盖，提取到不少痕迹，但没有鉴定价值。好在找到两枚相对完整的脚印痕迹，经过模糊还原处理，正在做相应环境下的力学受力分析。不过，这两枚足印有点奇怪。"

程艳翻开手里的记录继续说："足印的边缘和下部，有少许冰碴儿，这时在外力长时间挤压下形成的，就是说有一段时间，凶手站在那里没动过！具体多长时间无从判断。"

"凶手有一段时间站在那里没动过？"听了这句话，大家议论纷纷，却没讨论出什么结果。

赵铁柱仔细听完所有汇报，点了根烟，压压手平息了现场的讨论，问："现场既然有打火机，那么有没有发现新鲜的烟头？"

副队长刘兵摇头说："没有。不过还有人在保护现场，雪化之后二次勘查。"

赵铁柱点点头，道："总结起来，疑点如下：一、凶手作案动机不明，鉴于死者保安公司老板的身份，我认为仇杀的可能性更大。"

"二、被害人为什么要打出那三个电话，把张启发和李铭兄弟三人约到现场附近？"

"三、被害人给他们的碰面地点为什么不一样？一个在全羊馆，一个在炒鸡店，这两个地点，相距大约五百米。"

其实赵铁柱这第三个疑问相当关键，只是现在，包括我们的主人公秦向阳在内，还没一个人能意识到其中隐藏的蹊跷。

这时刘兵插话说："也许被害人打电话给张启发时，正好在炒鸡店附近，但他可能处于移动状态，等到给李铭兄弟打电话时，就到了全羊馆附近了。"

赵铁柱反问道："那也不对，全羊馆和炒鸡店相距五百米，被害人两分钟怎么可能走五百米？"

刘兵说："他要是开着车呢？也就是说，被害人打电话时，很可能是随机看了看路边的参照物，给出了见面地点，而不是提前想好的。这两个地方相距只有五百米，也许对被害人来说，等于把他们三个约在了相同的地方。他只要在随便一个位置等着就行，人到了自然会电话联系。我们觉得约见地点不一样，被害人呢？很可能觉得没啥不一样。我是从被害人角度分析，当然，我们还要去了解被害人的性格特征。"

赵铁柱很耐心地听完手下的分析，分了一圈烟，说："刘队说得不无道理，这一点也存疑，接下来，也就是我要说的第四点，被害人的手机哪儿去了？"

他顿了顿，留给人们思索的时间，然后敲着桌子说："凶手带走了？那他为什么带走电话？或者还在现场？勘查工作到底彻不彻底？"

刘兵听出队长的话里有责怪的意思，赶紧说："赵队说得很对。我立刻组织人，对现场二次勘查！等不了！这雪一时半会儿化不完！"

赵铁柱咳嗽了一声，整理着思路，恼火地说："查！查被害人案发前和什么人一起！在什么地方！干什么！从昨晚七点，不，从六点，到报案期间，东海路两头的监控都给我翻一边，尤其是多次出入的车辆。另外，查被害人人际关系，跟什么人结过仇，有过怨，都搞清楚。你们技术队那边，脚印、指纹，得抓紧，继续摸线索。还有打火机，金满堂那边，先从昨晚查起，那里有会员制，把所有的会员捋一遍，散客嘛，先从大堂监控查起，重点是从前台领打火机的，查里面跟金一鸣有关系的人。"

刘兵皱着眉头说："工作量不小！"

赵铁柱斩钉截铁地说："我不管，局里人手，各辖区派出所都给我扑上去！手里有其他案子的先不要管！"

秦向阳一直处在思考状态。世上所有的案件，案发和真相，就像数学上的两个点。一个起点，一个终点，这两点之间，有无数可能的连接方式，曲线，折线，波浪线，等等，线和线之间还经常有交叉点，谁也无法确定哪个侦破方向恰好就是那条最捷径的直线。或者说，侦破，根本没有捷径，对结果而言，它就是一场寻找，只有找得快或找得慢，找得到或找不到。你要破案，你只有起点，不知道终点在哪儿，只能不停寻找某个点或某些点，有时甚至要假设几个点，同时验证假设点。然后把起点和找到的点连起来，找着找着，量变在积累，直到某一刻，你突然发现，连起来的那条线，很自然地到达了终点。

这段抽象的话，是秦向阳的读书笔记，有次在局里的破案总结会议上他念了这段话，惹得同事们好一阵笑，总结会议嘛，形式上就是要互相夸一夸，尤其领导对案情的整体把握和英明指挥，而他过于认真的态度，便显得有些不合时宜了。

会开得差不多了，人们整理着自己的东西，一直沉默的秦向阳开口了："我觉得还有个问题不容忽视，就是被害人为什么死在那个地方？而不是别的地方？"他毫不避讳张启发和赵铁柱的亲戚关系，继续说，"这件事和上周那个张素娟的自杀之间，会不会有什么内在联系？"

平心而论，秦向阳这番话说到了赵铁柱心里，这几个问题，赵铁柱并不是没有想过，只不过今天的案情讨论会主要是归拢线索的，这几个没头没脑的问题，他这个当队长的，并没有公开提出来。

副队长刘兵又打断了秦向阳的话，拍着他的肩膀，说："要是凶手故弄玄虚，故意选那个吊死人的地方呢？"他停顿了一下，继续说，"当然，你这些疑问，也是大家的疑问。不过，我们现在的工作量可不小。去！依据实打实的现有线索，该查的查，该访的访，给我把凶手揪出来！就什么都清楚了！"

秦向阳嘿嘿一笑，把刘兵的半盒烟抓过来溜出了办公室。案情会议他听得很仔细，他自己的那几个问题他也回答不了，但他最纳闷的是：为什么金一鸣打的那三个电话，所说的话几乎都一样？昨晚下那么大的雪，是个人都不想外出。为什么他一个保安公司老板，仅凭那么几句话，就能把大志警用器械制造有限公司的两个副总，一个律师同时约出来呢？那几句话的关键词是什么？很明显，是"张素娟"这三个字。

秦向阳想不通。出了办公室，上完厕所，他打定了主意，得抽空去趟市局档案管理处。

秦向阳来盘龙区公安分局三年了，一直没去过那个地方。因为那里存放的都是已结案件档案，以及一些因特殊情况未结的旧案、悬案。自己手头的案子就不少，他对那些东西没什么兴趣。但这次不同，他想去那儿看看有没有跟张素娟有关的档案，如果有，能否解决他的那些疑问。

话说做完笔录后，李铭急匆匆跑下办公楼，一溜小跑钻进了自己的车。进到车里，他把行车记录仪取下来，急匆匆赶回了公司。

回到办公室，他把行车记录仪连上电脑，慢慢拖动时间条。屏幕时间来到昨晚十一点零一分，果然，他看到一个酷似张启发的人影，站在金盾保安公司旁边，小树林边上。此时他和弟弟李亮的车，正在从东往西开，离全羊馆还有大约一千米。保安公司门口有盏路灯，昏黄暗淡，加上下雪，照明效果很差。但是他确信没认错，他很熟悉张启发，哪怕因为天气和光线原因，高清记录仪的画面不算太清楚，他也能断定，那个人就是张启发。

"这没什么不对啊！"他想，"看来刚才做笔录时，没必要隐瞒这个细节嘛。可金一鸣为什么在电话里提起张素娟呢？我和张素娟之间，不就牵扯十几年前那点事吗？哎，还是怪自己心虚了，早知道昨晚不去了。"

秦向阳的任务是去金满堂洗浴中心查相关情况，他对自己发现的那个打火机很感兴趣。他赶过去时，工作早就展开了，几名刑警和派出所的人，正分头查看案发当晚大堂的监控。

从监控看，案发当晚洗浴中心的前台很忙，时不时就有人过去领个打火机，或者袜子。

秦向阳专注地盯着电脑画面，慢慢拖着进度条。画面上的时间来到昨晚九点左右，他看了一会儿，突然点了暂停，紧盯着画面前台旁一个瘦高的男人，激动地用拳头盖住了上嘴唇。

他的拳头不停地在鼻头搓来搓去，自言自语地说："是他！赵楚！老班长！"

"快来！"他猛地站起来，指着画面跟旁边的警察说，"帮我查查这人的资料。"说完，他不安地在旁边走来走去。

很快一个派出所民警过来告诉他，画面里的人叫赵楚，金满堂的会员，一年前办的会员卡，也是洗浴中心的常客。民警说着把会员登记的电话交给秦向阳，连同所里传过来的详细资料。

赵楚，市局档案管理处外聘人员。秦向阳一看赵楚的工作栏乐了，拿出烟来分了一圈，说："我有点事出去趟，队长要是问起来……算了，我自己说吧。"

今天是周末，赵楚在杀人现场站了一整晚，正在家补觉。

中午，他被电话吵醒了。

电话里传出一个女人清脆的声音："哥，我在你办公室呢。你猜，我带了什么好吃的给你？什么？几点了你还睡觉？哎，我不去你宿舍，脏乱差。"

秦向阳开车找到档案管理处，跟值班的打听了赵楚，走进楼道。他觉得呼吸有点不顺畅，心跳略快，就深吸一口气，一把推开了那间办公室的门。

进了门他看见一男一女坐在茶几旁，男的在吃东西，女的玩手机。他以为自己走错了，才要道歉出去。这时那个吃饭的男的抬起头往门口看了一眼，顿时愣住了。

那人正是赵楚。

秦向阳也认出了对方，慌乱中啪地打了个立正，大声说："报告班长！准备完毕，剪哪根？"

当年他们在侦察连，经常搞定向爆破训练，按照程序，战士找到炸弹后，会跟班长报告准备完毕，剪哪根线。训练用的都是假炸弹，线路有的简单有的复杂，但实际上都是走个过场，剪哪根都行，都没危险。赵楚当时作为班长，每次都会跟报告的战士回答：剪个鸡巴。战士得到回答确认，就随便剪一根完事。

赵楚这时也唰地站起来，笑着说："剪个鸡巴！"

这话说完，两人的手紧紧握在一起。那个女的此时却有点尴尬，低声说了句："粗俗！"

赵楚很高兴，拉着秦向阳给那女的做介绍："我最好的战友！经常给你提的那个，秦向阳！"

他又一指女孩，说："这是我妹妹，李文璧。"

秦向阳搓着手，热情地跟李文璧打了个招呼。

李文璧也落落大方回了句："你好。"

"哎？你们怎么不一个姓？"秦向阳奇怪地问。

赵楚笑着说："她是我义父的孩子。不一个姓可比亲的还亲。"

"这样啊，"秦向阳笑着责怪起来，"老班长，你啥时候进的档案管理处？也不通知一声，我现在才知道！"

赵楚轻轻叹了口气，说："当年退役后，我也干过刑警，后来被人家给开了。就在这档案处谋了个外聘的活，实在没脸联系你们。"

"为啥？"秦向阳不解地问。

这时李文璧插话说："还有脸说！刑讯逼供呗！人倒是没抓错，但是把人家揍了，挺狠的。人家就告他，立马被开除了。"

赵楚不好意思地笑了笑。

"我当啥事呢？太正常了！有时候不打还真不行！"秦向阳轻松地说，"要是有机会，我想办法把你弄回去。"

赵楚连忙摆摆手说："不用！干警察太累，还是这活轻松！对了，你现在……？"

"我在盘龙分局那边，三年了。你等着啊，等我立几个大功，就找领导把你聘回去。"说完他哈哈笑起来。

赵楚惋惜地说："有点可惜！你可是个好苗子！应该再干个二期！我退伍那年，你转的士官吧？"

"是啊！"秦向阳说，"有什么可惜的！干够了！你服役十年，两年小兵，两年军校，两期士官，这都退了，我还留恋什么？早晚要出来混社会，那还是趁早不趁晚吧。"

这时李文璧站起来说："你们老战友好好聊吧，我走了啊。"

赵楚连忙拦住李文璧，说："别啊，你不是到处找新闻吗？瞧，这位可啥都知道！"

李文璧是个记者，负责社会新闻板块，听赵楚这么一说，立马又坐下了。

"太好了！"她点着头说，"秦警官，听说今早上被杀的老板，是市局某副局长的儿子？真的假的？怎么死的？有线索吗？对了，给你包好烟！这可是我从总编那儿顺来的！"说着，她从包里掏出两包中华扔给秦向阳。

秦向阳爽快地接住烟说："我啥也不知道！有纪律！"

"你……"

李文璧抓起包哼了一声，转身就走。

"甭管她！"赵楚呵呵一笑，对秦向阳说，"怎么打听到我在这儿的？"

秦向阳抽出中华递给赵楚，自己顺手点上一根，说："省城这么大，根本没想到你在这儿，能跟谁打听啊。今天在金满堂查案子，巧了，早知道我也天天上那泡澡，咱们就早见面了！"

赵楚听了也是感叹不已。

秦向阳接着说："这次过来还有正事，有个叫张素娟的上周自杀，你听说过吗？"

赵楚摇摇头，说："不知道。自杀又不立案，不立案也就不存档。"

"也是！"秦向阳说，"这样吧，你帮我查查老档案，看有没有别的，跟张素娟有关的情况。不知道咋回事，今早的案子，我总觉得和她有关系。"

"案子什么情况？刚才不是李文璧说，我还不知道呢。"赵楚很有兴趣地问。

"一会儿和你详细说。"

"好！"

赵楚走到电脑前，输入好几级密码后打开数据库检索。

令人想不到的是，里面还真有张素娟的消息，两条。

秦向阳顿时来了精神。

一条是2001年9月，张素娟在戒毒所伤人的档案。

一条是2000年10月，张若晴因故意外死亡的档案。这个张若晴，是张素娟的女儿，当时才两岁。

此时，赵铁柱正在局长办公室里站立不安。顾局长告诉他，金一鸣的父亲，市局分管治安的副局长金建国，刚才在电话里大发雷霆！市委常委兼市局局长丁奉武来电话，明确要求务必尽快破案，给全市人民，全市乃至全省的警务人员一个交代！当然，也给金局长一个交代！

这还了得！顾局长拍着桌子冲赵铁柱吼道："局长儿子都敢杀！反天了吗？我给你时间！你给我凶手！一周！"

第三章　突进

　　赵铁柱不知道的是，此时的调查询问工作已经取得进展，二次勘查也有所发现。

　　副队长刘兵带着人，找到了昨晚和金一鸣一块儿吃饭的朋友，一个小学校长和两个老师。金一鸣请客，为孩子下学期择校上学的事。

　　校长表情很沉重，谁也想不到一个大活人说没就没了。他说："昨晚金老板坐的主位，学校的王主任副陪，靠近门口。大概，大概九点刚过吧，金老板出去接了个电话，就走了，说有点急事。电话内容？那我没听到。"

　　王主任有点紧张地说："我是更靠近门口，但没注意金老板说什么。"

　　"别紧张，再仔细想想。"刘兵急切地问。

　　王主任喝了口水，看了看校长，拍着脑门说："是了，是了，金老板接起电话，好像称呼对方张律师，嗯，是张律师。"

　　"张律师？你确定？"刘兵逼近了问。

　　王老师眨了眨小眼睛说："不会给我惹啥事吧？"

　　"你要是隐瞒情况或者乱说，那就惹事了。"刘兵严肃地说。

　　王老师脸一红，赶紧说："哎呀。我就是听到他说张律师，你们再问我一百次，也是这么说，别的，我可啥也没听到。另外，是老孙开车送的金老板，他没喝酒。"

孙老师赶紧抢着说："路上金老板除了抽烟，啥也没说好吧？送到哪儿？就东海路的金盾保安公司呗。具体几点走的，几点到的，记不清，对了，行车记录仪上有，从我们吃饭的饭店，到他公司，那还不都录着？"

张律师？会是谁呢？刘兵做好笔录，琢磨了一会儿，又赶往金盾保安公司。

昨晚在保安公司值班的保安吴建民，向刘兵反映了一个情况。金一鸣在公司门口下了孙老师的车之后，回了一趟办公室，当时他和另一个值班保安因为无聊，在网上玩斗地主，还被金一鸣训斥了。后来金一鸣喊吴建民，从值班室里搬了一桶矿泉水。吴建民送水过去时，看见茶几上摆着好烟好茶，像是要招待人，后来就出去了。

"你怎么知道是好茶？"刘兵问。

"老板叫我搬水，那时候茶几上还什么也没有呢，送水过去就摆上'中华'了，茶还能糙了吗？"吴建民说。

刘兵拿好笔录，让人仔细查看孙老师的行车记录仪。从记录仪上看，金一鸣坐车离开饭店的时间是昨晚九点十分，孙老师的车进入东海路的时间是九点四十分，和东海路监控画面的时间一致。通过对这些关系人的调查，只能确定一件事，金一鸣的确是被九点零六分那个电话约到案发现场的。

那么，九点零六分的电话，到底是谁打给金一鸣的呢？

王老师的笔录称：当时金一鸣称呼对方张律师。

这个张律师到底是谁呢？

刘兵琢磨了片刻，正想打电话向赵铁柱汇报，负责二次勘查现场的警员来电话了，声音听着有点小兴奋："刘队，找到金一鸣的手机了！"

真是个好消息！刘兵接完电话赶紧回到局里，把调查情况向赵铁柱做了汇报。

"现在最关键的，就是九点零六分那个神秘电话！金一鸣的电话摔坏了，还进了水，技侦那边正在修复。"

赵铁柱仔细听刘兵说完，满意地点了点头，在办公室里走来走去。

"赵队，别急。"刘兵安慰道。

"能不急吗？才挨训回来！顾局就给我们一周时间！"

"看来顾局给顶雷了，金一鸣可是市局金副局长的儿子！"刘兵一句话道出了问题所在。

"不管死者什么身份，我们都该把活干好！"赵铁柱点了根烟，又道，"电话在哪儿找到的？"

"在树林边上有一堆砖，掉砖缝里了！"说完，刘兵叹道，"金一鸣反应真不赖！把自己电话扔了！还打落了凶手的打火机！可惜打火机上的指纹无从比对，指纹库里没有。既然他是九点零六分接了个电话才到现场的，那么逻辑上，这电话里应该有线索！"

"所以我这儿着急呢！"赵铁柱走来走去，步子更大了。

"据昨晚跟金一鸣一块儿吃饭的老师回忆，金一鸣九点多接了电话就匆匆离席，去了金盾公司。接电话时，他称呼对方张律师。"

"张律师？"赵铁柱猛地停住脚步，喃喃自语，"我姐夫张启发不就是律师？"

"我可没这么想，天下姓张的律师多了！你这是关心则乱！"刘兵笑道。

这时技侦小王匆匆进来说："领导，手机弄好了！也做了检查，上面只有金一鸣的指纹。"赵铁柱和刘兵一听，火急火燎地冲了出去。

赵铁柱冲进技侦科，打开金一鸣的手机看了一眼，顿时张着嘴巴呆在原地。

电话上的通话记录显示：九点零六分，张启发。

刘兵也看到了，紧跟着他浑身一紧，马上又反应过来，想起张启发和赵铁柱的关系，赶紧把技侦科的人都撵了出去。

"金一鸣所说的张律师是张启发？这怎么可能？"赵铁柱皱眉嘟囔了几句，突然又道，"不对！这个号码不是张启发的！"他点开了张启发的名字，发现对应的，并非他记忆中张启发的号码，而是个陌生号码。

刘兵赶紧掏出手机拨打陌生号码。

对方已关机。

这时赵铁柱说："你看！通信详单里显示，九点零六分，这是金一鸣第一次和这个号码通话！"说着他又翻看金一鸣的通信录，说，"此外再没和这个号码通过话，这说明什么？"

刘兵马上反应过来："看来金一鸣和张启发根本就不熟！所以他原本没有张队的电话！"

"对！张启发说过他们的确不熟。"赵铁柱说。

刘兵想了想，说："既然金一鸣一早没有张启发电话，那么逻辑上的解释是，昨晚九点零六分，他接到这个陌生电话，通完话，就顺手把号码保存了下来。"

赵铁柱瞪了刘兵一眼，道："但这个陌生号它不是张启发的电话，他保存张启发的名字干什么？"

"张启发就不能有两个号吗？"刘兵说完这句话，两人一下子沉默下来。

"不对！"过了一会儿，赵铁柱打破了沉默，"金一鸣的手机显示，十点十八点他又给张启发打了个电话，他打的那个号码，确实是张启发的常用号码。可是张启发笔录上说了，他和金一鸣不熟，此前并未交换过电话，那么那个号码是怎么来的？另外，如果张启发有两个号码，九点零六分这个陌生号码也是张启发的，那么他为什么打完就关机了呢？"

"不好说。"刘兵摇了摇头，道，"现在金一鸣死了，怎么保证张启发的笔录没撒谎？"

"他不可能撒谎，我了解他！"赵铁柱的语气有些生硬。

刘兵理解赵铁柱的情绪，毕竟他和张启发有亲戚关系。

琢磨了一会儿，刘兵又道："不管怎样，金一鸣的手机不会撒谎，那个跟金一鸣吃饭的王主任更不敢撒谎。按手机上的情况，昨晚张启发跟金一鸣先后通过两次话，九点零六分一次，十点十八分一次。前一次是张启发用陌生号码打给金一鸣，后一次是金一鸣打给张启发的常用号码。"

"你不觉得这个说法矛盾吗？或者说张启发多此一举！就算他九点零六分联系了金一鸣，他又何必用个陌生号码，完事还关了机？"赵铁柱继续反问。

"不知道。这个问题该问张启发。"刘兵简洁地回答。

"查！"赵铁柱生气了，他把技侦的人叫回办公室，然后把九点零六分打的那个陌生号码丢给技术员小王。

"关机，"小王忙了一会儿，抬头说，"昨晚九点零八分就关机了。电信部门那边也联系了，是个无记名卡，就使用过这一次。"

刘兵看了看脸色铁青的赵铁柱，把金一鸣的手机封进物证袋交给小王，说："没我的命令，任何人，谁也不准动！谁也不准看！明白吗？"

刘兵说完，拉着赵铁柱回了办公室。

两人默默地点上烟，抽了一气，刘兵打破了沉默："这事你怎么看？"

赵铁柱咳嗽了一声，说："难道九点零六分那个电话真是张启发打的？"

刘兵犹豫了一会儿，才说："我也不信，但金一鸣的手机，明明保存着他的名字，这和王主任的证言也相符！"

赵铁柱从烟雾里跟刘兵对视了几秒钟，然后狠了狠心，说出了刘兵想说的话："查吧！查查就清楚了！省得你们说我和张启发有亲戚，在这件事上打马虎眼！现场不是留了个打火机吗？和张启发比对指纹！"

刘兵赶紧说："一码是一码，我可没那个意思。当然，对比指纹是个好法子，但张启发是律师，我担心……"

"担心什么？担心万一搞错了，他非难我们？"赵铁柱心里明白，刘兵真正担心的，不是张启发的律师身份，而是怕万一搞错了，惹赵铁柱生气。

刘兵点点头，说："毕竟我们不能仅凭金一鸣的手机记录，就把张启发定成犯罪嫌疑人。这种情况下采集他的指纹，是不是有点不合程序？"

"哦，你又怀疑人家，又担心不合程序，你说怎么办？"赵铁柱的语气透着不满，他心里说，这话横竖都被你刘兵给说圆了，说到底，不就是想查张启发嘛，用得着这么费劲？

刘兵似乎听出了赵铁柱的不满之意，笑了笑说："可以暗中调查嘛。"

"暗中调查？什么意思？"

刘兵想了想，把烟头狠狠掐灭，说："这事，得找个不知情的愣小子去干！要是对不上，万一事后让张启发知道，也别迁怒到你的头上，毕竟他是你姐夫！"

"呵！这么为我考虑？那我得提前谢过了！"赵铁柱笑着说。

"我知道你心里不爽，你就说这么干行不行？"刘兵索性直说了。

赵铁柱见刘兵直说了，也跟着正色道："你想得倒也圆满。那指纹怎么采，去张启发办公室？还是他家？"

刘兵见队长同意了，接着说："不用那么麻烦，你把张启发叫到你办公室喝茶，咱们这么这么办……"

赵铁柱想了想，有些无奈地笑了。但他还是同意了刘兵的建议，又问："这事找谁办呢？"

"秦向阳？"他们沉默片刻，同时说道。

秦向阳正在赵楚办公室里查档案。他才把张素娟在戒毒所伤人的档案看完，就被刘兵叫了回去。

临走，秦向阳笑着说："要不，我把剩下的档案拍下来拿回去看？"

赵楚也笑着说："那可不行！要走程序！再说，拿回去看，你是不想再见我了？"

秦向阳哈哈一笑，说："行！行！晚上我争取回来，出去喝一顿！"

很快，秦向阳回到局里，来到刘兵办公室。

刘兵一见秦向阳，就劈头盖脸地问："金满堂那边查得怎么样？"

"不怎么样，"秦向阳如实说，"一个个排查，工作量太大。"

他拿起刘兵的烟点了根，接着说："不过我运气好，在那儿找到了我的一个老战友，老班长！哎，六年没见了！真快！"

刘兵听了感同身受地说："找战友叙叙旧，没毛病。就一个要求，别耽误工作！"

"那可不！你当我光为了找战友啊？他在市局档案处上班，我过去主要为找张素娟的档案！这不，啥也没看，被领导叫回来了！"

"我感觉你这个同志，调查方向总是比较外围！模糊！上午会上你发言，我就及时打断你！为你好！活干多干少，领导不一定看得见，很多地方你得注意分寸，张素娟是张启发的姐姐，张启发是赵队的姐夫，那个自杀的事能不提就不提！多简单的道理？得给领导留下好印象，没坏处！"

秦向阳似听非听，闷头抽烟。

刘兵说完，转身从柜子里拿出一盒茶，说："你来得正好。前天我才弄到盒好茶！去！把赵队杯子拿过来，泡一杯给他送过去，在领导面前落个好！"

书中交代，此时，赵铁柱已经把张启发约了过来，两人正在办公室聊天。刘兵叫他去拿赵铁柱的杯子，实际是为了张启发的指纹。

秦向阳不知是计，却白了个眼，说："懒得去！你直接送队长点茶叶不就得了！"

"那不行！总共才二两，贵着呢！谁也不送！"刘兵见秦向阳还站着不动，笑着催道，"咋这么不会来事！你就说我有好事，想着领导，总成吧？你看看，叫你跑个腿，真费劲！"

"真搞不懂你们当领导的，麻烦！"秦向阳笑着摇了摇头，转身去了赵铁柱办公室。

此时赵铁柱正和张启发闲聊，见秦向阳推门进来，笑着问什么事。

"刘队弄了点好茶，舍不得给你，叫我来拿杯子。"秦向阳有些无奈地说。

"这个刘兵！抠到家了！"赵铁柱爽朗地笑着说，"我们这才洗好杯子，刚要泡茶，拿去吧。"说着，他把自己的玻璃杯递给秦向阳。

"把张律师的杯子也拿上。"赵铁柱大声地提醒。

张启发微微笑了笑，拿起面前的玻璃杯给秦向阳递了过去。

秦向阳拿着两个杯子回到刘兵办公室门口，刚推开门，没成想和刘兵撞了个满怀。秦向阳毫无防备，手里的玻璃杯掉地上，"啪"，全碎了。

刘兵也"不防备"，他手里拿了个证物袋，里面塞着个玻璃杯，被秦向阳一撞，也掉地上碎了。

"操！甭泡了！"秦向阳嘟囔了一句。

那边刘兵见东西碎了，假装着急地叫道："怎么走路的？废了半天劲，才从现场附近新发现个玻璃杯，得！"他做出懊恼的样子说，"还没检验呢！这可咋整！"

秦向阳也振振有词："我说不去吧！非叫我去！这倒好，都碎了！"

刘兵叹道："算了算了，我再给赵队买俩新杯子，总行吧！"

"可我这个怎么办？"刘兵接着又为难地说。

秦向阳说："三个玻璃杯子，碎片都混成一堆了，还能咋办？全都送检呗！其实也没啥影响，最多我让痕检科的按指纹，把赵队的两个杯子碎片挑出来，拼个全尸。"

"只能这样了！"刘兵命令秦向阳，"你把碎片都弄过去！"说完甩手进了办公室。

刘兵这么三言两语，就把秦向阳带沟里去了。其实，他那个杯子根本不是新发现的证物，而是新买的，还做了清理，上边一个指纹也没有。刚才他故意撞碎秦向阳手里的杯子，就是为了假手秦向阳，把张启发的杯子拿去检验。

刘兵考虑得很仔细，知道张启发为人很谨慎。要是知道自己的杯子碎了，还被送到了痕检科，难保张启发心里不多想。要是指纹对不上，到时候解释起来，杯子是秦向阳弄碎的，也是秦向阳送到痕检科的，反正没别人什么事，至少张启发没啥理由迁怒小舅子赵铁柱。

秦向阳很无奈。他把碎片拢一块，用报纸包着送到了痕检科，对痕检人员说："三个杯子，不小心碎了，其中两个是领导的，指纹乱了，都检检吧。"

赵铁柱和刘兵在办公室等着检验结果，坐卧不安，各自心情很是复杂。

晚上，他们期待的检验结果出来了。

痕检科长程艳一路小跑，把报告交给刘兵，满脸兴奋地说："下午的玻璃碎片，明显来自于三个杯子，我们对碎片进行了区分，一个杯子没有任何痕迹。另外两个杯子，其中一个都是赵队的指纹，而另一个杯子上，则只有右手的指纹，我们提取了结果，成像异常清晰，拿去跟打火机指纹进行比对，其中……"

刘兵摆摆手，示意她噤声，专心看比对结果。他看了一眼，心瞬间透凉了，对比结果确凿，现场打火机上的指纹，左右手都有，其中右手的部分，跟张启发右手的指纹高度一致！

程艳好奇地问："刘队，数据库里没有这些指纹，哪儿来的，找到凶手了？"

刘兵咳了一声，不答反问："足迹鉴定什么程度了？"

程艳说："滨海大学的力学专家以及市局来的专家，还在加班搞最后的环境模拟实验。基础数据嘛，早就出来了。"

刘兵点点头，示意她说下去。

程艳拿出另一份报告，报告里详细记录着脚印石膏模型的初步分析：现场提取的两枚脚印，由于处于静止状态，很难做出连续移动的步态分析。脚印模型分析结果是，对方起脚较轻，落脚较重，整体步态相对平衡，凶手体重相对较重，七十五到八十公斤，身高一百八十到一百八十五厘米……

程艳走后，刘兵琢磨着那几个数据，眉头越皱越紧，很显然，那些数据跟张启发的身高体重差不多。

他立刻把今天所有调查结果整理成一份报告，上报给局长顾常山，然后又复印了一份，交给赵铁柱。

看到指纹比对结果后，赵铁柱大吃一惊，重重地摔坐在椅子上，满脸都是难以置信的表情……

为了张素娟的档案，秦向阳天没黑就开车去找赵楚。

两人见了面，找了个饭店，屁股还没坐稳，李文璧来了。

赵楚示意李文璧坐下，然后对秦向阳说："这都多少年没见了？今天啊，咱们不醉不归！"

秦向阳连忙摆手说："改天吧，班长，队里忙得焦头烂额。"

赵楚怔了一下，随即略有遗憾地点点头，不再勉强。

上了菜，李文璧说："其实吧，秦警官，我们记者，比你们警察忙多了！案子不常有，新闻却必须天天有！"

秦向阳不置可否地说："你们那些烂俗新闻，不看也罢！"

李文璧一听急了："烂俗？记者和你们警察一样，都追求两个字：真相！尤其我们社会新闻这一块。告诉你吧，我的理想，就是做一篇轰动全国的报道！"

秦向阳笑说："嗯，你牛！"

李文璧神神秘秘地说："那是！秦警官，我听说早上那个金老板是被杀的？叫金一鸣？市局金建国的儿子吧？金一鸣被杀和张素娟之间，你知道有什么关系吗？张素娟上周，就吊死在金盾保安公司边上那片林地！"

她这一连串问号真把秦向阳噎住了。

秦向阳像煞有介事地问："你怎么知道金一鸣的死和张素娟有关？"

李文璧呵呵一笑："不告诉你！"

秦向阳想，她是做新闻的，无非查到了张素娟孩子意外死亡的事，再无根据地乱猜。新闻可没有档案翔实，对方无非还是想套话。想到此便不以为意，专心吃喝。

吃完饭，秦向阳赶时间，拉着赵楚就往办公室走。李文璧兴冲冲地跟了上去。

来到赵楚办公室，秦向阳终于看到了那份档案。

案情并不复杂，大体情况如下：

张素娟，张若晴，母子关系。

住址：滨海市盘龙区张家埠街道国营纺织小区301房。

2000年7月4日上午十一点，张素娟（二十五岁）的两个朋友，陈凯（三十三岁）和郭小鹏（二十九岁）请张素娟吃饭。饭间三人商定，一块儿去滨海市下辖的清河县"找钱"（找毒资）。饭后，张素娟回了趟家。当时她的孩子张若晴才两岁，那几天感冒了，一直躺在床上酣睡。以前张素娟出门不锁卧室，但是孩子贪玩，常把客厅搞得乱七八糟，有时还把油盐酱醋搞得一地都是。这一次，张素娟就用毛线绳拴住卧室的门，然后锁上房门出去了。

下午到了清河县，张素娟在街上碰到两个社会青年，一个叫李铭，一个叫李亮。当时清河县地下毒品交易比较猖獗，城郊派出所天天抓吸毒者。这李氏兄弟，算是清河县城郊派出所民警林大志私下找的线人。

李氏兄弟凭借良好的嗅觉，看出张素娟是吸毒人员，就打电话叫来了民警林大志。林大志对她搜了身，但没发现毒品，就把她带回派出所。此时，被惊吓的陈凯、郭小鹏已跑回盘龙区。

林大志问张素娟来清河干什么，张素娟吞吞吐吐，说来清河偷东西。随后林大志给张素娟做了尿检，结果呈阳性。林大志得到所长批准后，把张素娟送到滨海市戒毒所，强制戒毒，并电话请示当时清河县公安局值班副局长金建国，获得金建国批准。

张素娟做笔录时，已说明家中有个两岁的孩子，无人看管。见到林大志后，再次恳求先送其回家安顿孩子，然后随警车去戒毒所。林大志不同意，给盘龙区张家埠派出所打电话核实情况。接电话的是个实习的年轻人，叫金一鸣，也就是清河县公安局副局长金建国的儿子。林大志告诉金一鸣，张素娟被强制戒毒，让对方确认一下张素娟家里孩子的事。

下午，林大志带上李铭和李亮，一起押送张素娟去滨海市，途经盘龙区。张素娟再次请求先送其回家安顿孩子，并用头撞车门。林大志不同意。张素娟就叫林大志给张素娟姐姐张素娥打电话。当时手机很少，林大志用手机打了张素娥家中的座机电话，无人接听。打不通电话，林大志只好再次打到张家埠派出所，接电话的还是实习民警金一鸣。

在押送的车上，还有一个小插曲。林大志同意给张素娥打电话之后，张素娟从怀里掏出来一根筷子。她说要是再不打电话，就用筷子自杀！李亮赶紧把筷子夺走。到了戒毒所，张素娟再次追问林大志，孩子是否安顿了。林大志说他已经通知了张家埠派出所。

十八天后，张家埠国营纺织小区的居民，闻到了难以忍受的臭味，才强行进入张素娟家里，找到了张若晴。

人们发现，卧室门上有大量抓挠痕迹。张若晴指甲内有不同程度损伤。室内所有柜子、抽屉都有被翻找的痕迹，有部分屎尿放在卫生纸里，卧室窗户前放着个小凳子，不过窗户是关着的。

经过尸检，警方排除暴力致死和中毒致死的可能性，确认张若晴死于饥渴。死者头发大面积脱落，尸体高度腐烂，腹部以下，包括四肢，皮革化严重。头面部、脖子、会阴部，附着大量蝇蛆。

另外，林大志在抓住张素娟当天下午，就填写了三份《强制戒毒通知书》，按程序，应在三日之内将该通知书分别送达张素娟家属，张素娟所在单位及居住地派出所。但是直到张若晴之死被发现，那三份通知书依然没有被送出。

档案的后半部分，附着本案相关人员的具体情况，包括年龄、身份、住址，以及后来对相关当事人的处理情况。

此案当时影响很大，引起社会的广泛关注和强烈愤慨。涉事民警林大志，以及实习警员金一鸣，自然是首当其冲的谴责对象，林大志那两个所谓线人李氏兄弟，也没逃过人们的口诛笔伐。

此案，金一鸣遭到全社会滔天的道德谴责，但未承担任何法律责任，因其当时为实习民警，没有公职身份。也就是那件事之后，金一鸣也不实习了，直接辞职走人。后来，在家人的资助下，他开了个金盾保安公司。

检察院把主要责任归到了民警林大志身上，对林大志的调查客观公正，事实清楚。法院考虑到案情社会影响巨大，以玩忽职守罪，判林大志有期徒刑三年，开除公职。李铭和李亮这两个社会青年，作为林大志私下的线人，没有公职身份，所作所为皆是林大志授意，所以处罚较轻，分别判处有期徒刑两年。

法院的判决，基于严格的法律依据，但这样的判决在当年显然不能让社会满意。

然而，这个简单的案子，不久后却又峰回路转。

一审判决后，林大志提起上诉，上诉理由非常充分，也出乎所有人意料：林大志提出，他给张素娟的姐姐张素娥打的电话，确实无人接听，这一点得到电信部门证实。可是，在张素娟被送达戒毒所的当天晚上，张素娥却给林大志的手机，回拨过一个电话！在那个电话里，林大志把张素娟的情况，告诉了张素娥。显然，张素娟的家属更加方便，也更有义务安顿张若晴。林大志作为涉事民警，已经完整地履行了警察告知的职责。被告明确强调，正是因为张素娥回了电话，他放了心，才没有再对安顿孩子的事进行跟进。

这么一来，社会道德谴责又全到了张素娥身上。

事后检察院调查，林大志那晚确实接到电话，但是给林大志打电话的机主，叫纪小梅。

张素娥对检察院的回答是，当晚回家后，她看到家里电话来电显示上，有好几个未接电话，当时恰好闺密纪小梅找她有事，急着出去。她自己没手机，就把未接电话记下来，见到纪小梅之后，用纪小梅的手机，一个一个回复的。

纪小梅认可张素娥的说法。

检察院也确认了张素娥当时还没有手机的细节，问张素娥，为什么知道了情况，却没去安顿孩子？

张素娥的说法是，得知情况时已经快半夜了，第二天自己刚好要出差，就联系了张家埠派出所，留下孩子奶奶家地址和电话，请求派出所帮忙，把孩子弄出来，送到奶奶家。

派出所接电话的，又是实习的金一鸣。

这样转了一圈，责任又回到金一鸣身上，而金一鸣没有公职身份，他所承担的责任，只是没有及时把张若晴的相关情况向领导汇报。法院经过慎重考虑后，对林大志、李铭、李亮撤了诉。但是清河城郊派出所，清河县公安局，在内部以"失职"的名义，于2000年10月15日，开除了林大志的公职。

秦向阳等三人看完档案，陷入长久的沉默。

沉默良久，秦向阳发出一声叹息，说："仅就这份档案来说，信息量实在太大了！疑点也同样大，同样可怕。"

|第四章　证据链|

秦向阳看着档案里那些名字，又把拳头凑到鼻头，来回搓动。

张素娟，张启发，金一鸣，李铭，李亮，甚至从未谋面的林大志，对，还有张素娥和张若晴，把这些人互相联结在了一起。此时，案发时他最初的那个疑问解决了——怪不得，金一鸣仅凭一个电话就把李铭、李亮、张启发约到了案发现场附近，那个电话的关键词正是"张素娟"！

"林大志，这个当初被开除的派出所民警现在是什么身份？"

秦向阳刚刚提出这个疑问，李文璧就开腔了："这你都不知道？大志警用器械制造有限公司的老板！公司就是以他的名字命名的。这个公司现在很有名，林大志可是个大老板！"

怪不得！秦向阳瞬间明白了，这李铭和李亮当初也算是林大志的线人，没想到这俩人一直跟着林大志，现如今还做到了公司的副总位置。

金一鸣、李铭、李亮、林大志，这些人的关系错综复杂，却又都跟当年张素娟和张若晴之死有所关联。秦向阳觉得金一鸣的死不会这么简单，它似乎牵动着一条看不见的线。

可是线头在哪里呢？

李文璧忽闪着明亮的大眼睛又说："你知道张素娟的秘密吗？"

"秘密？"

"其实也算不上秘密。就是一些外人不知道的经历，别忘了我是干什么的！"

秦向阳当然知道，记者虽不及警察掌握那么多资源，却往往能通过特殊方式，挖到警方也没有的资料。警察办事讲究程序，记者的优势，就是没有规则约束。

"和你比，我基本就是傻子。你倒是说说看？"秦向阳的恭维显得很真诚。

"这还差不多，"李文璧轻轻地说，"张家三个孩子，当年计划生育可是罚了个底朝天的！张素娟是家里的老二，初中就辍学了。为什么呢？因为她姐姐张素娥读书好，家里那时的条件很不好，张素娟就主动辍学打工，补贴姐姐读书，她从小就很有主见，也很犟。这从档案里也能看出来，你想啊，拿着筷子，想用自杀去威胁民警，一般女孩可做不到。后来呢？他弟弟张启发读书就更好！张素娟夹在姐弟中间，拼命挣钱，补贴他们读书。"

秦向阳和赵楚都若有所思，点起烟仔细听着。

李文璧有些无奈地用手扇着飘过来的烟雾，说："后来张素娟为了多挣钱，就去了歌舞厅上班。那种地方，当时的那种环境，难免就……说真的，我特别理解她！换成我，做不到她那样！她把家里托起来了，她的一辈子却彻底毁了。所以，我特别讨厌她的父母，竟然和她断绝关系！"

赵楚听完李文璧的话，平静地说："人都一样，你干多余的活，开始会有人感激，你要是天天干了，人们就认为你那么做是应该的。这时你要是想不干了，你的麻烦也就来了。"

秦向阳想，歌舞厅，鱼龙混杂，卖淫，甚至染上毒瘾，这些都容易理解。那孩子呢？张若晴是怎么回事？

李文璧接下来就提到了孩子。

"没人知道孩子是谁的，我听当年的老记者说，连她自己也不知道孩子是谁的，她说发现自己怀孕时，也想过去医院。后来又犹豫了，最后决定把孩子生下来！她说没法子，她认了！不想作孽！"

"那么不难猜到，她家里人，尤其她父母，一定很讨厌这个孩子，而且是个女孩。"赵楚说。

李文璧说："不光讨厌孩子，更讨厌张素娟。用她母亲的话说，就是生了个野种，不知廉耻，还吸毒，还出去卖，给家里抹黑，就当没生过这样的闺女。"

李文璧有些激动，调整着呼吸说："他们家有个人很尴尬，张启发。他是个很矛盾的人，他很努力地读书，很努力地维系父母的期望，也很努力地维系姐弟感情，他还可以，感激长辈，也感激张素娟。可是呢？哪有两全的事？想两头都维护，结果往往是和两头都闹矛盾。后来他就沉默了，尤其是从大学毕业之后。"

"张素娥呢？什么态度？"赵楚问。

"她？她和张启发差不多，但应该是更偏向长辈一方吧，不过私下里也帮了张素娟不少。"李文璧侃侃而谈，像无所不知的度娘。

但是秦向阳接下来的话她就不知道了。

见李文璧讲得差不多了，秦向阳说："综合你们刚才说的，单纯就这份档案，我说说我的看法，老班长，你也帮我分析一下。"

赵楚点点头。

接下来，秦向阳说了下面一番话：

"第一，档案中，张素娟、陈凯、郭小鹏去清河县所谓的找钱，根本不是偷东西，而是玩仙人跳之类。注意，张素娟是在街上被李铭、李亮识破身份的。怎么识破？无非张素娟的打扮太招人注意。那么问题来了，也就是我接下来说的。

"第二，李铭和李亮，说好听了，是林大志的线人，直白了说就是两个小混混。他们凭什么，一眼就看出张素娟是吸毒的？后来林大志出现，就更加干脆，直接把她带回派出所尿检。一般派出所民警，看到站街的失足妇女，打扮性感，长相又不错，第一反应是不是等机会直接抓个嫖娼现场？张素娟他们这个，要是等机会，能直接抓个仙人跳团伙了！

"第三，张素娟、陈凯、郭小鹏三人，为什么非要去清河县找钱？而不是在盘龙区？盘龙区可比清河县大太多了！弄个仙人跳，有钱的冤大头也多！找到钱干什么，买毒品。那么，是不是清河县有他们熟悉的毒品来源？

"第四，既然张素娥在事发当晚就给林大志回电话了，林大志为什么不在一审判决时当庭陈述，而是要在判决后再上诉？

"第五，林大志往张素娥家打电话，家里没人，这个已被电信部门证实。可是，张素娥说她回家后，把未接电话记下来，见到纪小梅后，用纪小梅的手机一一回电话。是不是多此一举？在家里直接拨回去，用不了多长时间吧？张素娥说纪小梅找她有急事，什么事那么急，连回个电话的时间都没有？

"第六，林大志一上诉，把问题抛给了张素娥，张素娥绕了一圈，最后问题又回到实习民警金一鸣身上。而问题回到金一鸣身上，林大志的公职就保住了，张素娥除了难免遭受些道德谴责，其实也没啥损失，金一鸣反正从头到尾就被舆论谴责，也不会付出更大的代价，事后干脆也放弃了实习，后来才有了金盾保安公司。我们站在事件外面看，是不是只要有了张素娥给林大志回电话这件事，所有人的问题就都解决了？所以，我觉得这个电话本身，不是那么简单。

"第七，也就是张素娟在戒毒所伤人的事，那就很好解释了。应该是去戒毒所探视的亲戚或朋友，有意或无意，向张素娟透露了孩子的死。张素娟受到强烈刺激，遂后伤人，伤人后她跟着就精神失常了。除了孩子的事，还有什么能刺激一个母亲成这样？按说伤了人，她应该被关到拘留所，她疯了，也就只能关到精神病院了。但谁也没想到，这个可怜的女人，又是如此决绝，病情好转出院，却跑去东海路金一鸣的公司门口上吊自杀！

"我想，她精神恢复正常后，不管是听别人说起，还是自己想起来孩子的事，精神上一定会遭受二次打击，这个打击，不会比第一次的打击小到哪里去。关于这一点，或许搞心理研究的能给出更准确答案。不过，我能确定的是，张素娟了解了当年事情的过程后，肯定去金盾保安公司找过金一鸣。而金一鸣呢，已经不是当年那个实习民警了。她找金一鸣质问也好，吵架也好，发泄也好，如果金一鸣能顺着她的情绪，哪怕是假装认个错，对当年自己的麻木不仁有所反思，我想，张素娟都不至于走到那一步！相反，金一鸣如果指责张素娟无理取闹，如果说她吸毒活该，咎由自取，如果说张素娟到公司吵闹是捣乱，是扰乱公共秩序，这么多如果加起来，张素娟选择在金一鸣公司门口上吊，也就顺理成章了！"

秦向阳说得很平静，他的眼神陷在烟雾里，看起来朦胧，但很有神，就好像他的眼前，正放着所有谜团的录像。

李文璧听得入了神，她紧张了，指甲盖掐进手心的肉里。

终于，她大呼一口气，就像是刚从水底游出水面，然后惊讶地说："天哪！噩梦！真像是一场噩梦！竟然有这么多问题！我竟然……你说的每个字，听起来都合情合理！秦警官，你是要准备调查这个案子吗？"

赵楚掐灭香烟，由衷地鼓起了掌："精彩！"

秦向阳拍着赵楚的肩膀说："老班长，你别取笑我就行！你也知道，这都是猜想。"

赵楚说："无端和武断地猜想，是瞎想。有理有据地猜想和推理，是捷径。你不是把自己当成别人，而是把自己的心当成别人的心，去看，去想，不简单啊，秦向阳！我现在有点后悔当初刑讯逼供了，不然咱们也许有机会组个搭档，哈！"

秦向阳也笑着说："肯定有机会的！"

接着他对李文璧说："我可没空调查。那些事情，不是都已经结束了吗？我得回去了！"说完，他看了看表，跟赵楚打了个招呼转身就走。

李文璧气喘吁吁地追出去，指着秦向阳的车说："哎，哎，你别走啊！你们男人，都一个熊样！不负责任！"

秦向阳按下车窗探出头来，纳闷地问："我怎么不负责任了？"

李文璧说："张若晴的档案明明那么多疑点！你稀里糊涂地掏出来了，就这么稀里糊涂地不管了！还不是不负责任？"

秦向阳笑着说："疑点又不是犯罪，我有什么权利查别人？大街上鬼头鬼脑的人多的是，老天爷也管不过来嘛！"

秦向阳说完，见李文璧被噎得脸色发白，只好笑道："大记者，要不，你先私底下调查调查当年那几个吸毒的吧！陈凯，郭小鹏。对了，还有那个纪小梅。注意身份，不要强攻！"

赵铁柱郁闷极了。下午归拢上来的证据全都指向一个人：他姐夫张启发。

怎么可能呢？他不信这是真的，但证据不会撒谎。

要不要先控制张启发？正当他唉声叹气、犹豫不决时，顾长山顾局长把他派去了市局，让他向副局长金建国做案情汇报。金建国正承受着丧子之痛，这种安抚领导的活，以前可都是顾局出面的。赵铁柱立刻明白过来，顾局长接下来肯定有重要决定宣布，之所以把他打发走，就是让他避嫌。他和张启发的关系，顾长山很清楚。问题是这有什么可避的？兄弟犯法也得抓！一码归一码！赵铁柱觉得很是委屈，一肚子情绪。

赵铁柱猜对了，他刚走，局里就召开了一个小范围的紧急会议，由顾局长亲自主持。顾长山脸色铁青，使得小会议室内的气氛更加紧张。

他咳嗽了几声，板着脸说："会议开始前我先宣布一条纪律，任何人不得对外泄露本次会议的内容。原则上，也暂时不要向你们赵队长透露。"

在座的就那么几个人：副大队长刘兵，法医主任王平，痕检科长程艳，以及秦向阳等几个骨干警员。

众人见赵铁柱没参加会议，心里马上明白过来，顾局这么做，是让赵铁柱避嫌，毕竟他和张启发有那层关系。

顾长山点了秦向阳的名，他说："秦向阳之所以能参加这个会，就是因为他给痕检科提供了那个杯子的碎片！不管怎么说，这都是立功！"

刘兵有些尴尬，在底下干咳了几声，早知道张启发的指纹和打火机的指纹能比对上，他和赵铁柱就不"麻烦"秦向阳了。

"杯子碎片？"秦向阳一开始没反应过来，他皱了皱眉，立刻想起来往痕迹中心送杯子碎片的事，但心中还是不解，"怎么就叫立了功呢？"

顾长山说："程艳，说说你们的最新报告！"

程艳立即打开电脑，走到前台连接了投影仪，调出了一个组合画面，画面上是一个精致的石膏脚印模型，以及一双ECCO休闲皮鞋各个角度的照片。

程艳指着投影画面说："根据现场那两个脚印，市局痕检专家经过十几个小时的努力，精确还原出了凶手鞋底的纹路特征，并绘出了凶手的鞋底纹路。我分局痕检人员从网上找了几千张皮鞋鞋底纹路，与专家给的纹路图进行比对。最初这种比对只是尝试性的，因为比对烦琐，非常耗费眼力。可是谁也没想到，就在十分钟前，他们从网上找到了匹配的鞋底纹路图，就是这一双！"

程艳指着那双ECCO休闲皮鞋说："43号大小，鞋底纹路和专家给出的纹路图一模一样！"

可是穿这种鞋的人多了，这能说明什么呢？秦向阳非常纳闷。

接着程艳又调出一张图，一看就是手机拍的，图上是一个人小腿以下的照片。

程艳指着图片说："这张，是刘兵副队长亲自拍的一张照片，这张照片里的鞋子，也是ECCO的，它的鞋底纹路，跟专家给出的一模一样！"

程艳停顿了一下，接着说："这双鞋子的主人，是启发律师事务所老板张启发。"

闻听此言，在座的除了秦向阳，其他人看起来还算相对平静，因为其他人早就知道了这个结论。

程艳接着说："张启发，身高一百八十二厘米，上季度体检八十三公斤。而专家组根据建模模拟，给出了凶手特征数据范围，体重七十五到八十公斤，身高一百八十到一百八十五厘米。

程艳说完，刘兵站起来汇报："事情是这样，下午，我找到了昨晚跟金一鸣一起吃饭的朋友，其中有个王老师，提到昨晚九点多金一鸣接到个电话，称呼对方为张律师……之后我的人对现场二次勘查时，找到了金一鸣的手机，技侦那边修复了手机……"他把下午的事重新说了一遍。

最后他陈述道："也就是说，昨晚九点零六分金一鸣接的那个神秘电话，就是张启发打的。那个号码打完后关了机，很可能早被销毁。而张启发的指纹，恰恰就是现场被金一鸣打落的打火机上的指纹，匹配度接近百分之百。"

"脚印及相关体貌特征，指纹，作为物证的电话，都指向张启发，动机呢？"顾长山的声音威严而沉重。

刘兵说："我想是仇杀。应该和张启发姐姐张素娟的自杀有关，毕竟当年，张素娟孩子张若晴意外致死这件事，金一鸣责任最大。今天下午，我们也对金盾公司的员工做了笔录问询，证实张素娟自杀前曾多次去金盾公司，并且跟金一鸣有过强烈的口角之争，金盾公司员工回忆，金一鸣曾扬言，要以扰乱公司运营秩序的罪名非法扣留张素娟！这很可能是刺激张素娟自杀的原因！"

顾局长慢慢地点着头，斟酌着说："于是张启发杀了金一鸣，替姐姐报仇？这能说得通吗？"

秦向阳被这疾风暴雨的变故搞得连连震惊，没想到一下午的时间，刘兵和赵铁柱他们做了这么多工作。想到这里，他暗暗有那么点惭愧。

现在他才明白过来，在座的，都是局里的老人了，对十几年前张若晴意外致死一案，大家都有所了解，唯独他此前对那件事不清不楚。换句话说，他们都倾向于同意刘兵关于张启发杀人动机的分析。

刘兵接着说："张启发乘坐的出租车找到了，行车记录仪显示，张启发到达东海路的时间是昨晚的十点五十分，在金盾公司西边的'老赵炒鸡'下车。监控探头没拍到他离开现场的画面，他很可能是步行离开的东海路。昨晚十一点以后至今晨案发，步行和电动车离开东海路的监控画面，东西两头监控总共拍到图像一百七十三个，图像甄别工作正在进行！"

顾局长沉重地说："不管怎么样，作为警察，一切由证据说话！现在，犯罪动机、体貌特征、指纹、手机物证，都指向张启发。那么接下来，我口头宣布，张启发的身份升级为214凶杀案重大犯罪嫌疑人！"

"你们干得不错！效率很高！但是千万别犯急于求成的毛病，把事情搞错了！"顾局长斟酌了一番，又说："这样吧，今晚全局加班，继续固定证据！同时再深挖一下，最好能找到目击者。明天，明天早上八点，直接执行逮捕程序，对重大犯罪嫌疑人张启发进行刑事拘留审讯。到八点之前的这段时间，刘兵你从外围把张启发给我监控好，出了事你负责！"

秦向阳记得，刚看到案发现场时，自己的第一印象是凶手反侦察能力很强。可是，怎么这么快就出来这么多指向性证据呢？是不是有点太顺了？或者说，张启发这案子做得有些业余。

会议快结束时，秦向阳忍不住说出了自己的看法："局长，我想说说我认为的一些疑点，第一点，我这边对金满堂洗浴中心大厅监控的调查是，张启发九点四十分进去，十点二十分离开，十点五十分到东海路。刘兵的调查是，金一鸣接完电话，九点四十分就到了东海路，张启发到东海路的时间为十点五十分。我们现在知道九点零六分的神秘电话，是张启发打的，那他为什么迟到那么久呢？"

刘兵说："他中间不就泡了个澡嘛。"

秦向阳问："他这个过程也太长了，他为什么把自己这么多时间点，暴露给我们？"

刘兵皱着眉说："那只能说，他不是预谋犯罪，是即兴杀人。"

秦向阳点点头，说："即兴杀人，很好的解释。如果是即兴杀人，那他又何必在九点零六分，用那个匿名电话约金一鸣见面？"

"这……"刘兵被噎住了，有点尴尬，他看了看顾局长，只好说，"我也是拿证据说话，你说的这些，明天审讯时问张启发吧！"

秦向阳点了点头，接着说："第二点，刘队的调查是，金一鸣昨晚九点四十分就到了东海路，然后去了趟金盾公司他自己的办公室，还准备了好烟好茶，后来就出去了。从目前的线索看，我们只能认为金一鸣当时是在保安公司门口等人，这也是目前最合理的解释。现在从东海路两头的监控上，也没发现金一鸣当时离开东海路吧？而张启发十咪五十分才到东海路。那么也就是说，金一鸣在那儿等了一小时左右。这么长的时间段，有没有目击者注意到他呢？不管有没有，这一块我们的调查工作都得做。更让我纳闷的是，等人需要提前一小时吗？还下着那么大的雪。你们想想，通常是不是你要约的人快到了，你才出去等着？"

"第三嘛，"秦向阳想了想，非常尴尬地说，"被刘队一打断，忘了。"

不管怎样，秦向阳这番话，让在场所有人都陷入了思考。

顾局长点点头说："小秦说得也很有道理。小秦提到的目击者这条线，刘兵，你今晚抓紧落实。其余的，等审了张启发再说。王主任，你把会议记录整理好送我办公室。先这样吧！记住会议纪律！"

刘兵和赵铁柱两人搭档了很多年，几年前有次抓捕行动中，赵铁柱还救过他的命。如今赵铁柱的姐夫有重大犯罪嫌疑，从感情上，刘兵也不愿意相信这一点。但他知道就目前的证据链，已经可以直接逮捕张启发送检察院了。

会议结束后刘兵一直苦苦寻思：顾局不让赵铁柱参加会议，明摆着是让他回避，这么做确实有点绝。可话又说回来，被害人是市局副局长金建国的儿子，顾长山对案子非常重视，让赵铁柱回避，不管纪律上还是情理上，都说得过去。

可实际上，赵铁柱对案情了如指掌，他要是有私心，这一天下来有的是机会向张启发透风。他有没有这么做？刘兵确信没有。赵铁柱平时原则性极强，刘兵很清楚这点。

事实上会议一结束，刘兵就按顾局长的要求，叫人监控了张启发的手机。监控结果显示，手机通信和定位一切正常，张启发还待在自己公司里，没有任何异动。

那么，赵铁柱回来后要是问起会议内容，要不要跟他透露一下呢？刘兵正琢磨着，赵铁柱回来了。

赵铁柱看起来一脸苦相，怕是又被金建国正过来反过去训了个够。

"去哪儿了？"刘兵主动打招呼。

看见刘兵，赵铁柱叹了口气，苦笑道："替顾局应付领导去了！"

刘兵跟着苦笑了两声，气氛有点尴尬。

"我理解顾局，这是让我回避呢！"赵铁柱无所谓地笑了笑，说，"你们开会了吧？"

"对！"刘兵很干脆地说。

"我猜就是！"赵铁柱一边走一边说，"回避更好，倒也省心！"

"你也知道，对张启发的调查形成了证据链。"刘兵在赵铁柱身后道。

"啥也别说！我知道会议有纪律！"赵铁柱朝身后摆了摆手。

刘兵看着赵铁柱落寞的背影，叹了口气，忍不住道："顾局的意思，直接执行逮捕程序，明早八点抓人！"

听到这话，赵铁柱的脚步明显一怔。

回到办公室后，赵铁柱心里很不是滋味。虽说调查情况他一清二楚，种种证据都指向他姐夫张启发，但从感情上，他怎么也无法接受这一点。

下午被顾长山派去市局之前，他也有过要不要控制张启发的想法，但他根本没想到事情进展这么快，顾长山直接下令执行逮捕程序。

"张启发啊张启发，你这是作死……你这儿出了事，留下我姐和孩子，叫他们孤儿寡母可怎么办！"赵铁柱越想越气，一巴掌重重地拍到了桌子上。

就在这时，他的电话响了。

电话响了半天，他才回过神来，掏出电话一看，是张启发打来的。

"还敢给我打电话！"赵铁柱用力按下了接听键。

"晚上值班不？没事出来喝点！"电话里传来张启发洪亮的声音。

赵铁柱沉默了好几秒，突然吼道："喝你娘的蛋！"

"吃枪药了？"张启发被小舅子这一嗓子给吼蒙了。

"你真他娘的蠢啊！"赵铁柱接着骂道。

"啥意思？"张启发气呼呼地道，"有话好好说！再骂娘老子挂了！"

"你……"赵铁柱止住了冲动，心里犹豫不决，要不要当面质问张启发。

"我咋了？"张启发反问道。

"说话！我对你姐不好？还是藏了私房钱？你要是工作上受了气，别往我这儿发！"张启发也恼了。

"还装！"赵铁柱忍不住了，瞪着眼再次吼道，"你为什么杀金一鸣？"

"什么？你他娘的疯了吧！"

"我看是你疯了！"赵铁柱把心一横，咬着牙说，"我犯个纪律，跟你吱个声，明早对你执行抓捕程序！你他娘的有什么赶紧安顿，往后我也没你这个姐夫！还有，警告你，别想跑！不然罪加一等！"赵铁柱一口气说完，立刻挂了电话。他满脸通红，那是被张启发的所作所为气的，也是被自己违反纪律臊的。

不到两秒钟，张启发又回拨了过来。

赵铁柱想也不想，直接拒接。

张启发连着打了七八次，怎么也打不通，情急之下，就给赵铁柱发了条微信："有话说清楚！说我杀人？证据呢？知道你们的纪律！但我是律师，懂法，我有知情权！"

"哎！"赵铁柱看完微信，把手机扔到一边。

"我昨晚去过案发现场附近，不假！是金一鸣约我过去的！他还约了李铭和李亮，这些你都知道。我有事业，有老婆孩子，会傻到去杀人？替我二姐报仇？你脑子抽了吧？"张启发的微信又发了过来。

赵铁柱看了看，沉默不语。

"我知道你不会平白无故说我杀人，你们有什么证据？最好把调查报告给我看一下！一定是有人陷害我！我肯定能找到漏洞！赵铁柱，你觉得我会跑吗？要是真犯了罪，我能跑到哪里去？抓我无妨，我相信法律！也相信你们能查清事实！我更相信我自己！"张启发很是激动，颤抖着双手，好不容易又发了一条微信。

"明天执行逮捕程序，有什么话来审讯室说吧！你跑就真是作死了！不出所料的话，你的手机已经被监控了，今晚你的一举一动，也都在监控之中！"想到姐姐和小外甥，赵铁柱心里隐隐作痛，终于回复了张启发。

现在张启发说什么，他都不信，他这么做已经违纪了，索性明着告诉张启发，千万别跑。

"我干吗跑？我要是跑，全家不得好死！"

"你他娘的闭嘴！"

"把调查报告发给我！我什么也没做，这个家散不了。我是律师，相信我！"

"娘的！"赵铁柱烦躁地走来走去，他后悔了，后悔不该一时冲动，给张启发说那么多。这下好了，他张启发反而提出看调查报告？给还是不给？相信证据还是相信张启发？赵铁柱在理智和情感之间不断权衡，慢慢地，他心理的天平向情感倾斜过去：反正已经违纪了，万一他真是被人陷害呢？

想到这儿，赵铁柱拿着手机的指尖微微一抖，把调查报告的电子版传给了张启发。

接下来，他长叹了口气，打开门往顾长山办公室走去。

"什么！你不但给张启发通气，还给他传了调查报告？"顾局长一拍桌子站起来，指着赵铁柱，不知道该说什么好。

"局长，我违纪了，愿意接受任何处罚。但我能保证张启发绝不会跑！"赵铁柱信誓旦旦地说。

"你……哎！"顾长山慢慢垂下手，摇着头道，"柱子啊，你说你跟我多久了？我能不了解你？你讲原则，这我知道，但我更知道，你重情义！之所以叫你去市局汇报工作，不让你参加批捕张启发的会议，就是不想让你两难！你啊你，叫我说什么好！"

"局长，我错了……"

同一时间，张启发办公室。

"说我杀了金一鸣！疯了！都疯了！"打完电话时，张启发如遭五雷轰顶。他好不容易跟赵铁柱要到调查报告，顾不得想太多，赶紧打印了一份，从头开始仔细研究起来。

他一字不漏地看着资料，越看越心惊，他是律师，很快就明白了调查内容的分量。那里面罗列的诸多指向性证据，脚印、鞋子、体貌特征、指纹、电话，还有杀人动机，统统指向他张启发！

"到底怎么回事？看来小舅子不是胡说！"张启发再也沉不住气了，这时他才体会到在刚才的电话里，赵铁柱的情绪为什么那么暴躁。

"我怎么就成了杀人犯呢？我什么都没做！娘的！"张启发顺手拿起烟灰缸，用力砸到了窗户上。

窗户上传来一声脆响，厚重的玻璃杯砸成了放射状，烟灰缸随之滚落到地板上，碎了。

张启发挠着头在房间里来回走了几圈之后，猛然间抓住了问题的关键："这是有人栽赃陷害！"职业本能让他很快意识到，暴怒和狂躁并不能解决问题。

"这里边一定有漏洞！"想到这儿，他慢慢平静下来。

第五章　天然漏洞

　　晚上全局值班。秦向阳也没闲着，他没有具体任务，心里一直在琢磨下午那份档案。张启发的事，他在会上就提出了疑点，现在，他把自己的怀疑发散了出去。他坚信自己提的那两个疑点，是站得住的，虽然没证据证明自己的想法，但不影响他放肆地假设。

　　他按自己的思路，抛开那些证据链，假定自己的怀疑是对的，张启发不是凶手，那么，他怀疑的那两点也就一下子通了。

　　就是说，九点零六分给金一鸣打电话的另有其人，而金一鸣接到电话，九点四十分左右就赶回公司，在办公室准备了一番，之后出去等人。他肯定等到了，他等的人才是凶手。张启发十点五十分才赶到金海路，如果金一鸣等的是张启发，不可能提前一小时就去外面等，毕竟当时下着大雪。

　　他顺着假设走，把自己当成凶手，继续想下去："现在我见到了金一鸣，我把他弄到树林里，我逼他约张启发过来，逼他约李铭、李亮过来，然后我杀了金一鸣，想方设法嫁祸给张启发，嗯，这些我办得到。可是，我为什么要约李铭、李亮过来呢？而且约的还不是同一个地方。我打的所有电话，都是借金一鸣来完成。为什么金一鸣一个电话就能把人约出来？嗯，这一点张若晴之死的档案里已经有答案了。我还逼着金一鸣让李铭兄弟在那儿等半小时，让张启发在那儿等二十分钟，我他妈到底想干什么？"

琢磨了一阵，他苦笑着摇摇头，觉得自己的假设也行不通，简直比张启发就是凶手的疑点还要多。

怎么会这样？难道张启发真是凶手？现在，连他也很期待明天对张启发的抓捕审讯了。

随后，他从自己的假设里彻底跳出来，想起了李文璧。

傍晚从赵楚那离开时，他对李文璧说的那句话，可不是单纯应付。

他想："那个女孩实在太单纯了，又太喜欢追求真相，这不是个好习惯，但她一定是个合格的好记者。这个好记者，竟以为我不负责，以为我发现案子有疑点会撒手不管，哎。"秦向阳摇着头笑起来。

他接着皱起眉又想："建议她调查纪小梅和当年那几个吸毒的，的确是我真实的想法，可她若真去了，会不会有什么危险？应该不会！陈凯、郭小鹏，顶多就是些九流小混混。那么，当年李铭、李亮凭什么一眼就断定张素娟是吸毒的？派出所民警林大志的行为也很奇怪，按说远远地看到那种站街女，第一反应必然是等着鱼儿上钩才对。他们又没干过缉毒警。"

想到这儿，秦向阳顺理成章地冒出个念头，既然李铭、李亮一眼就看出张素娟吸毒，那他们之前一定抓过不少吸毒的。

想到这儿，他拿起电话，找到在清河县公安分局的战友孙劲，让他帮忙查查2000年前后，城郊派出所上报给分局的强制戒毒报告。

"时间太久了，查那个干什么？"孙劲问。

"没事，给一个记者帮点忙，她要找点采访资料。"

"女的吧？"

"别废话，给不给查？"

"没说不查啊！那也得等明天。十几年前的档案，估计没被老鼠咬，也发霉了！"

"你们不电脑存档？"

"也存，不过你查的内容太久远了。电脑要么升级，要么更换，就怕数据丢失，那些可不是重要档案。"

"查到联系吧。"秦向阳挂了电话。

张启发办公室内。

平静下来后，张启发猛地推开了窗户，一股新鲜的冷空气随之灌了进来。

他深深地吸了一口气，慢慢地调整心理状态。

"一定搞错了！我是自己的代理人！这里边一定有漏洞！"张启发不断给自己做着心理暗示，重新研究资料。

这次，他把注意力放在那些证据上。

"打火机？金满堂洗浴中心？"资料里既然说打火机上有他的指纹，他相信警方肯定不会搞错。至于警方如何弄到他的指纹，去跟打火机做对比，这个细节他无心琢磨。

"我的打火机，怎么会出现在案发现场呢？"他一边想，一边从口袋里摸出个打火机。这个打火机跟资料上那个一模一样。

"难道是在洗浴中心被人调了包？会是谁呢？"他皱着眉头，百思不得其解。

"43号的ECCO鞋印？"看到这里，他情不自禁低头看了看自己的皮鞋，怒道，"我要是凶手，作案后早换鞋了！看起来，凶手很清楚我的身高体重，习惯，甚至更详细的信息，这应该是个熟人！"

"电话？昨晚九点零六分金一鸣接了个神秘电话就赶回了公司，他金一鸣竟然把这个神秘号码保存了我的名字！这又是怎么回事？"张启发颤抖着手点了一根烟。

"杀人动机？说我为二姐张素娟报仇？"看完这一系列证据，张启发不禁苦笑起来，"真是条完整的证据链！怕是跳进黄河也洗不清了！"他很快意识到，琢磨这些证据是徒劳的。要是这里头有漏洞，赵铁柱就不会急成那个熊样了！

"到底是谁这么和我过不去呢？"他细细地琢磨起所有跟自己有过节的人，尤其这些年来所代理过的失败案件。

说起张启发代理过的案子，那多了去了。失败的案例有吗？也很多，但绝大多数是民事案件，少有的几宗刑事案，要么是公诉方证据确凿，要么都不是什么大事，当事人绝不会为那点代理费回头来这么苦心陷害他。张启发皱着眉想了很久，最终摇了摇头。

证据链的漏洞找不到，可能的陷害者也想不到，张启发再次振奋精神，把注意力投向资料的其他细节。

"李铭、李亮？"他念叨着李氏兄弟的名字。眼睛来回扫着资料里那些罗列的时间点。已经研究了八遍了，再找不到法子推翻那些证据链，这次就真栽了！

当他第九次注意那些时间点的时候，眼神突然在"晚上十一点"上停了下来，同时脑子里出现了几个字：不在场证明。

想到这儿，他兴奋得浑身一抖，拿出电话就给李铭打了过去。打电话的时候，他突然想起赵铁柱的话，他的电话都被警方监控了。想到这时，他的手随之一抖，接着又无所谓地摇了摇头。

"张律师？"大志警用器械制造有限公司副总李铭的声音在电话那端响起。

"在哪儿？找你有急事！"张启发急促地说。

"在公司加班呢！"李铭短暂地顿了一下，说，"和李亮正在草拟一份重要的订购合同，什么事？"

"我过去说！"

"行！过来吧！本来打算明天找你来，探讨合同相关责任条款。"

挂断电话，张启发拿上那份调查资料，驱车赶往大志警用器械制造有限公司。

公司位于滨海市盘龙区最东边的开发区，在一座十六层办公楼里边占了最上边的两层。张启发用了四十分钟才赶到那里。一路上，他不停地观察后视镜，看自己是否被警方跟踪，好在一路相安无事。

这时，盘龙分局的刑警副队长刘兵，立刻监控到了张启发的移动状态。路面监控传回的画面显示，张启发把车停到了一座高大的建筑物外边。

刘兵查阅那座大厦的资料，得知大志警用器械制造有限公司就在那座楼上。刘兵知道张启发是那个公司的法律顾问。

"可是这么晚了，他去那儿干什么？明天执行逮捕程序，可别出什么岔子！"想到这儿，他立刻带人往大志警用器械制造有限公司赶去。

张启发乘电梯上到十六楼，步履跟跄地冲进李铭的办公室。

"二位，帮个忙！"一进门，张启发就气喘吁吁地说。

"怎么了这是？满头大汗的！"李铭从沙发上站起来调侃道。

"事情紧急，长话短说！事关金一鸣的死，有人陷害我！你们先看看这个！"说着，张启发把调查报告交给李铭。

"有人陷害你？什么意思？这是什么东西？"李亮不明白张启发什么意思，凑到李铭身边，疑惑地翻开调查报告。

李铭把报告平摊到茶几上，给李亮让了半个身位，两人一页页翻看起来。看着看着，李氏兄弟的脸色变了。

"这是公安局的案情调查报告啊！你杀了金一鸣？"浏览完报告，李铭猛地站了起来，诧异地盯着张启发。

"我没杀人！有人害我！"张启发颓然地坐到了沙发上。

"有人害你？这上边证据一大堆呢！"李亮皱着眉道。

"是有人害我！我要是凶手，这会儿能跑来找你们？"张启发叹了口气，又道，"这是我小舅子赵铁柱，冒着违纪的风险发给我的！说是明天早上八点，对我执行逮捕程序！"

李铭倒吸了口凉气，摇了摇头说："我说张律师，警察可不是吃干饭的！你莫不是真杀了人？"

"没有！"张启发用力挥着手再三解释，"你咋就不信呢？"

李亮合上调查报告，狐疑地打量了张启发好几遍，说："张律师，我看你小舅子是好意，这是给你提个醒。金一鸣是不是你杀的，咱说了都不算。我建议你老老实实回家，明天进去，有一说一，你要是没干，警察也不能冤枉你吧？"

"问题是这上头证据链确凿！"张启发急得满头大汗。

"对啊！那你来找我俩是什么意思？"李铭一边说，一边往后退了一步。

"怎么就说不明白呢！一、我没杀人！二、警方掌握的证据却全都指向我，我是被冤枉的！"

"冤枉就和警察讲清楚，找我们也没用啊！"李亮说。

"怕是进去了，就没机会讲清楚了！我是律师，比你们清楚这些证据链意味着什么！"张启发一边说，一边哆哆嗦嗦地拿出烟，费了很大劲才把烟点上。

"那你来找我们是什么意思？张律师，你是咱公司的法律顾问，这不假。但一码归一码，话得说清楚，我们可不想被你这事连累，你还是赶紧离开得好！"

"是的！这事我们也帮不上忙！赶紧回去吧，实在不行和你小舅子商量商量！"李亮接着李铭的话说。

张启发一看这俩人急着把他往外推，把烟往烟灰缸里一扔，道："难道你们不觉得金一鸣死得很蹊跷？"

"是有点蹊跷！可我们又不是警察。再说，警察的调查报告这不是在这儿了吗？"李亮说着，把调查报告往前一推。

"你……"张启发一阵无语，他擦了擦汗，咬着牙说，"所以我来找你们帮忙。放心，这个忙你们一定帮得上！"

听到这话，李氏兄弟对望了一眼，两人皆是不明所以的表情。

张启发打开调查报告，把它重新推到李氏兄弟眼前，然后说："证据链里头，最关键是那个打火机，上边有我的指纹，我认。但一定是有人拿别的打火机和我的调了包！"

李亮耸了耸肩，有些无奈地看着张启发。

张启发轻轻哼了一声，说："我问你们，摄像头显示，你俩的车十一点进入东海路，后来你们也没等到金一鸣。那么你们往回走时有没有看见我？当时，我就在金盾公司旁边站着！"

"咦！咋突然问起这个？"李亮疑惑地说，"有啊！当时我确实看见你了，和李铭说，他还不信！"

李铭沉吟了一会儿，点着头说："我当时没多想。后来查了行车记录仪，才确认李亮看到的人是你！"

张启发又点上根烟，突然兴奋地说："这份报告我研究了八九遍，漏洞就在这里！我好像有救了！不然也不会来找你们！"

"漏洞？什么意思？"李铭满脸疑惑。

张启发用烟头指着那页调查内容说："看，你俩十一点左右到那儿，在那儿等了半小时，摄像头显示你们十一点二十分离开东海路。我呢，十点五十分坐出租车进入东海路，十点五十二分到的老赵炒鸡店。随后金一鸣给我打电话，又叫我去金盾公司门口旁边等他。我在那儿等了他二十分钟，大概是十一点二十分左右步行离开的。当时那里没出租车，我从东海路拐出去才打上车。你们明白我的意思吗？"

李氏兄弟茫然地对望了一眼，一起摇了摇头。

"那就是说，昨晚有二十分钟的共同时间，咱们都在东海路上！"

"你这基本是废话嘛！"李亮说。

张启发也不介意，轻松地说："所以，只要你们帮我做个不在场证明，那我就没事了！"

他又点了支烟，语气里透着兴奋："这个不难吧？你俩只要对警察说，我在东海路的那二十多分钟时间，和你们在一块儿，那些所谓的证据不就都没用了嘛！你看，你们的行车记录仪也录到了我，李亮也看到了我。所以，你们只要对检察院说，你们先到邵家全羊，没见到金一鸣，然后开车回头过来找我，这很自然，很正常！去分局对顾长山说也行！省得麻烦检察院了！"

他站起来走了两步，继续兴奋地说："法律这玩意儿，相当机械刻板，啥都要证据！你们看，我明明没杀人，陷害我的人都能给警方整出一堆证据！那好，我就给它个证据！比铁还铁的证据！"

李铭、李亮傻傻地站着，用不可思议的眼光看着张启发。

张启发则越说越精神了，声音里透着亢奋："娘的！不管是谁陷害的我，等老子这关过去，我一定亲手抓住这个王八蛋！到时候有他好受的！陷害我杀人？我非弄死你！你千方百计，搞出证据害我！可你千算万算，没算过自己的计划，有个天然的漏洞吧？时间！我和李氏兄弟有共同的时间！我有不在场证据！"

张启发瞪着愤怒的眼睛，突然回头盯着李氏兄弟说："这事很简单！是吧！不在场证明！"

李氏兄弟都听明白了。

李铭长长地叹了口气，说："可是张律师，我们根本没和你在一块儿！"

张启发没听出对方的言外之意，大声说："废话！所以才要你们帮忙！这么个小忙，不会不帮吧？你看，只需要你们一句话，很简单！"

李亮说："张律师，你比谁都清楚，做伪证，要坐牢的！"

"坐牢？"张启发明白了对方的意思，噌地站起来说："什么伪证？我没杀人！他们警方搞到的证据才是伪证！你们是在救人！救人！明白吗？"

"好吧，"他看了看李氏兄弟的眼神，意识到自己有点太急了，随后语气有所舒缓地说，"就算是吧！我要你们做伪证！可我需要你们的这个伪证，去证明，警方搞到的证据才是伪证！我会查清楚的！一定！你们相信我！你们不会有任何风险！"

李铭见张启发态度缓和了，也跟着放缓语气说："不行！张律师，这事，我俩不能干！这是原则问题！不过，我也愿意相信你没杀人！只要你不是凶手，在检察院那边，就咬住牙，什么都不要说！零口供！我相信，你很快就能出来的！"

"零口供？你电视剧看多了？"张启发冷笑起来。

他突然这么一笑，把李氏兄弟吓了一跳。

突然，张启发又冷下脸来说："别忘了！当年张若晴的死，要不是我大姐张素娥承认回复了林大志的电话，你们早都跟着林大志一块儿坐牢了！哪里轮得到现在在我面前装模作样！"

李亮一听这话急了，说："张律师！天地良心！这份恩情，我们和林总可一直没忘！否则，也不会高价请你来做公司的法律顾问！你放心！能帮的，我们一定会帮！不过，这是命案！做伪证这事，没得商量！"

张启发的心彻底凉了下来，他没想到，在他看来这么简单的事，对方竟满口拒绝。他带着满满的希望，来找李氏兄弟帮忙，此刻，那希望之火慢慢熄灭了。说什么做人的原则，说什么天地良心，不忘恩情，全是扯淡！

他深深叹了口气，冷笑着说："真是义正词严啊！跟我在这儿演戏是吧？是不是还想拿我这些话回去，报警立功？"

李铭真生气了，愤怒地说："胡扯！你让我们做伪证这事，我们绝不会说出去！从此烂在肚子里！"

"去报警吧！那样证据链就更完美了！"对方的果决让张启发绝望了，他面无表情地说着，突然向前一步，用力扼住了李铭的脖子，狠狠地说，"真是好市民！别以为我不知道！你们身上就有窃听器吧！你们公司就生产那玩意儿！不肯答应帮忙，除了要拿我这些话去报警立功，还能有别的原因？"此刻，与其说律师的敏锐和细致，在张启发身上淋漓尽致地体现了出来，倒不如说他因为紧张至极、面临绝望，已经到了风声鹤唳、几近崩溃的边缘。

"胡话！你是疯了吧！"李亮看着这个局面，一下子也不知道如何是好。

李铭反而被张启发的话气笑了，脸因此憋得通红。他干脆举起手，认真说道："来！来！你搜！妈的！我把话撂这儿，今天你要从我身上搜出窃听器，我，我直接从这十六楼跳下去！"

张启发喘着粗气，也不说话，一只手在李铭身上麻利地搜索，另一只手狠狠地掐着李铭的脖子。

"操！这是什么！"张启发说着，从李铭上衣口袋里掏出来一根"烟"，用力往地上一摔。

"啪！""香烟"被摔碎了，露出里面的芯片和连线。

"材料不错，还是瓷的呢，做工很精致，可惜易碎！"张启发一边说，一边把李铭顶到了墙上，他瞪着通红的眼睛，指着地上的芯片，一个字一个字地说，"这不是窃听器是什么？是你妈？"

这怎么回事？自己身上咋跑出来个窃听器？李铭感觉脑袋嗡了一声。情急之下，他伸手抓住张启发的手腕，奋力挣扎，李亮见状，立刻上去帮忙。

好不容易挣脱开张启发，李铭咳嗽了一阵，红着脸说："这玩意儿，我真不知道咋回事！"

这个变故太突然了。

李亮大声说："张启发！你相信我！我们真不知道咋回事！你想想，是你来找我们的，你来之前，我们又没看过这份调查报告，干吗要准备这玩意儿？"

李亮的话很在理，可惜此刻的张启发，已因强烈刺激失去了理智。

"不用解释！不是你们的，难道是警察的？"张启发彻底崩溃了。作为律师，他很清楚窃听器意味着什么。他刚才所说的一切，一定被录得一清二楚！他本来就是嫌疑人，今晚又威胁别人做伪证！这个窃听器要是到了警察手里，那他就是跳一万次黄河也洗不清了！

"不会真的是警察的吧？"张启发面部肌肉不停地抖动，好像一下子明白过来一样，绝望地说，"监听器另一头就是警察？我刚才的话已经被他们监听到了？"

"能不能理智一点！"李铭努力还自己清白，"你来这里只有你自己知道，跟警察有什么关系！"

"不帮我！还害我！"张启发根本不理会对方的辩解，狠狠地踩住窃听器芯片，用力碾了几脚，发泄着心中的怒气。

李氏兄弟盯着那个被踩得稀烂的窃听器，傻傻地站在原地。

张启发握紧拳头跟李铭对视了一会儿，突然一拍脑门，笑着说："好啊！你们不让我活！我也不让你们好过！告诉你们，当年你们伙同林大志做的那件事，自以为很秘密是吧？呵呵！我一清二楚！"

说着他掏出电话，沉声威胁道："今晚我还是律师！我先报警，让警察把你们全抓了！"

……

2014年2月15日，二十三点五十五分。盘龙分局接到报案，启发律师事务所老板张启发，在大志警用器械制造有限公司办公楼跳楼自杀！报案者是李铭、李亮。

接到报警时，本来就赶往大志警械公司的刘兵刚好走到半路。

这下好了，顾局长千叮万嘱，一定要看好张启发！怎么这么一会儿就自杀了？刘兵脸色铁青，第一个来到现场。他迅速把带来的人分成两拨，一拨在楼下死者现场，一拨到十六楼的房间现场。

楼下现场很简单，也很惨烈。张启发从十六楼坠下，当场死亡，尸体残破不全，死者指甲里有少量皮屑组织。

楼上现场相当凌乱，房间里勘查到大量指纹脚印，现场应该有过争斗。张启发身上，也留有明显争斗过的痕迹。

张启发身上的打斗痕迹，让刘兵首先怀疑他是被人推下去的。但李氏兄弟告诉刘兵，张启发跳楼前，的确跟他们有过争斗。死者身上的痕迹，是双方争斗时留下的。

刘兵在十六楼的走廊内，对李铭和李亮做了简单的笔录询问。

当刘兵听到张启发要求李铭哥俩，帮他做不在现场的伪证时，被惊得合不拢嘴。

随后李氏兄弟被带回局里。

赵铁柱从刘兵打来的电话里得知了张启发跳楼的消息，半天默然无语，直到刘兵赶回局里，他都没去审问李氏兄弟。

刘兵见赵铁柱精神状况太差，悉心安慰了几句，才去审问李氏兄弟。

李铭详细陈述了当晚发生的一切，从张启发给打电话，到张启发赶到公司给他看警方调查资料，要求他们做伪证。

交代完，他把那个被踩坏的窃听器交给了刘兵，说上面记录着当晚发生的一切，请求局里对窃听器技术修复，以证清白。

顾长山听到张启发自杀的消息，扁桃体瞬间肿了。

"刚刚确定的重大犯罪嫌疑人就这么死了，怎么跟上边交代？会简直白开了！一堆窝囊废！"想到这儿，他狠狠地用拳头捶了一下桌子。

"哎！"他叹了口气，又想，"畏罪自杀！好歹也能跟上级交代过去吧！可万一不是呢？"想到这儿，他赶紧打电话，叫刘兵仔细核实。

李氏兄弟今晚回不去了。他们被分开关在两间办公室里，说是需要进一步问询。局里也不能拘留他们。有什么证据拘留报案人？但他们嫌疑人的身份，肯定还是在的。

在被分开关进办公室之前，李铭、李亮仔细回忆着刚才发生的事。他俩都暗自庆幸，幸好有那么个不知哪儿来的窃听器，录下来张启发要求做伪证的内容，刚好可以用来给自己做证。他们商量统一了口径，到时，李铭会说窃听器是自己公司的产品，平时就放在身上。这听起来合情合理。

这样做，总比被怀疑跟张启发的死有关要好得多吧！

接下来所有人的焦点都集中在了技侦科。顾长山在办公室里也坐不住了，直接去了技侦科，抽着烟，在走廊上不停地走来走去。

痕检那边很顺利，现场房间内的主要痕迹，有张启发、李铭、李亮的，还有之前的访客留下的。案发时，十六楼走廊摄像头证明，没有第四个人再出入过张启发等三人的房间。房间内有争斗的痕迹，一切都跟李铭、李亮的陈述一样。

修复窃听器根本不难，很快就弄好了。

技术人员发现窃听器里装着一张很小的电话卡，如果不修复，直接找个差不多型号的新窃听器，把那张小电话卡插进去，也能立刻播放声音。

这种窃听原理其实很简单，它里面的小电话卡里，储存着一个主机电话，需要窃听时，只需用主机电话拨通这张小电话卡，就能录音了，甚至还能定位。

技术人员取出小电话卡，放进电话里点开通话栏，果然，里面存着一个主机电话。技术人员把电话回拨过去，可惜，对方关机了。

技术人员记下主机号码，找到李铭问："你不是说窃听器是你的吗？主机号码怎么关机了？"

李铭瞬间冒出一头冷汗，稍一犹豫，只好硬着头皮继续圆谎："那应该是……我那个主机电话没电了！在办公室呢，回去后充好电，明天给你送过来！"

说完李铭擦了擦汗，暗道好险！

他实在没想到，这玩意儿竟然还连着个主机电话，先把这一关过了再说。明天哪怕说主机电话丢了，警方爱咋样咋样吧！

技术人员点点头，也没在意，把录音送到了大会议室。

会议室里，包括赵铁柱在内，其他人员迅速到位，顾局长亲自点开了那段录音。

秦向阳坐在下面，听着录音，心里也是久久地不能平静。他怎么也没想到，张启发不但要挟别人做伪证，最后竟跳楼自杀。

录音时间跨度很长，徐徐地播放着。前面一大段内容，是张启发要求李氏兄弟帮着做伪证的，重点是最后的内容：

"你搜！妈的！我把话撂这儿，今天你要从我身上搜出窃听器，我，我直接从这十六楼跳下去！"这是李铭的声音。

"操！这是什么！"录音最后一句是张启发说的。

接着是窃听器被摔在地上的脆响，一阵噪音之后，窃听器被张启发踩碎了，后面再发生什么，就什么都听不到了。

"这难道还不够吗？"顾局长听得脸都白了："犯罪嫌疑人跑去要挟别人做伪证，要挟不成后，得知一切被录了音，只好畏罪自杀！"

会议厅里没人说话，情况太明显了。

"都是你做的好事！等着处分吧！"顾长山狠狠瞪了赵铁柱一眼。

大家都明白顾长山的意思，要不是赵铁柱违纪，把调查资料传给张启发看，张启发就不可能去找李氏兄弟做伪证。

顾局长连放了两遍录音之后，天都快亮了。

他望着沉默的手下，用释然的语气说："好在那个李铭机灵，随身带着个窃听器，把一切都录了下来！现有证据已充分证明，张启发得知所有证据都指向他之后，面对完整的证据链，胁迫他人做伪证，目的没有达到，彻底崩溃，畏罪自杀！他的畏罪自杀，在动机上，使得之前的证据链更加完整！一个坦荡的、光明磊落的人需要伪证吗？"

顾局长用力做了个手势："不需要！企图用伪证逃脱法律制裁，胁迫不成就畏罪自杀？耻辱！"顾局长越想越气，连说了三遍"耻辱"。

录音放完第一遍的时候，秦向阳心里还是一片凌乱，有一种莫名的挫败感。当顾局长播放第二遍时，他慢慢恢复平静，掏出手机，把录音录了下来。听完第二遍，他又调出自己的录音，小声地快进到某处，反复地听着。

他听的是张启发说的一句话："你千方百计，搞出证据害我！千算万算，没算过自己的计划，有个天然的漏洞吧？时间！我们有共同的时间！我有不在场证据！"

"时间……不在场证据……"秦向阳反复听着录音，小声地重复着，直到眼前一亮：这不正是自己之前那个最大的疑问吗？

他想起来之前开完会后自己的那个假设——他把自己假设成凶手，往下想，"现在我见到了金一鸣，我把他弄到树林里，我逼他约张启发过来，逼他约李铭、李亮过来，然后我杀了金一鸣，想方设法嫁祸给张启发，嗯，这些我办得到。可是，我为什么要约李铭、李亮过来呢？而且约的还不是一个地方。我打的所有电话，都是借金一鸣来完成。为什么金一鸣一个电话就能把人约出来？嗯，这一点张若晴之死的档案里已经有答案了。我还逼着金一鸣让李铭兄弟在那儿等半小时，让张启发在那儿等二十分钟，我他妈到底想干什么？我他妈到底想干什么？我难道就是为了给张启发留下这个天然的漏洞？"

想到这儿，秦向阳感觉自己的逻辑有些错位。

毕竟一切都是建立在假设之上，他还没有任何实实在在的东西去验证自己的假设。

他又想："可是张启发不正是在验证我的假设吗？而且是拿命验证！这个世界上，恐怕除了张启发一直说自己不是凶手，也只有我假设过他不是凶手了。可惜张启发利用那个漏洞时，非常愚蠢，威胁李铭、李亮不成，把命搭上了。

"我还逼着金一鸣让李铭兄弟在那儿等半小时，让张启发在那儿等二十分钟，为什么？"秦向阳继续把自己设想成凶手，大胆地想，"为什么李氏兄弟等的时间，比张启发的长出十分钟？这真的是张启发嘴里所谓的"漏洞"？可是漏洞根本解释不了这个疑问！除非那不是漏洞！是故意！

"也就是说，张启发之死，相当于张启发用反证法去验证那个无法解释的关于时间的疑点，唯一合理的解释，是故意！

"难道凶手这么做，就是为了让张启发自以为是地发现'漏洞'，然后要挟别人帮他做不在场证明，同时凶手算准了李铭、李亮作为公司副总，前途无限，不可能冒险做伪证，进而逼得张启发自杀？如果是这样，那么凶手的目的，根本不是金一鸣，而是张启发！

"可是他为什么要绕这么大的圈子呢？这样一来，在警方的认知里，金一鸣是被张启发杀死的，然后张启发自杀了，凶手是安全的！"

想到这里，秦向阳忍不住打了个冷战。

要是这样，那么李铭身上的窃听器，应该也是凶手找机会放入的。

凶手为什么要这么做？

对，窃听器把一切都录了下来，张启发做伪证失败，自杀。

窃听器是张启发自杀的证据，一切已有定论，就等着按程序移交检察院了。

窃听器就是凶手的护身符，真凶现在无比安全！

当然，这一切都是假设。

可是只有假设，才能解释金一鸣被杀案的疑点。

对于那些疑点，是否除了这个假设之外，还有其他合理的解释，至少到目前，秦向阳想不出来。

如果假设为真，那么就只剩下最后一个疑问：凶手杀死金一鸣，嫁祸张启发，逼张启发自杀的动机是什么？

真正的凶手，一定熟悉张素娟的档案，或者没看过档案，但特别了解张素娟当年的事，所以才会通过金一鸣，把那几个相关人约到一块儿。

可是那个案子当年社会影响巨大，知道详情的人多了去了。

琢磨到这里，秦向阳隐约觉得哪里有不对的地方，却又不知道哪里不对。

秦向阳从思考里回过神来的时候，会议室里除了他早就空无一人了。

李铭和李亮的嫌疑被解除了，两个人虽然很疲惫，但看起来非常轻松。

天马上要亮了，李铭想回自己办公室睡一觉。

这时李亮偷偷走到李铭身边说："哥，我才发现，我身上竟也有一个窃听器！"

|第六章　漏洞的蝴蝶效应|

2014年2月16日，星期天。

昨晚没怎么睡，但刘兵看起来还是精神百倍。他要尽快把金一鸣被杀案的相关调查资料和证据等整理好，尽早移交到检察院那边。当然，还有张启发自杀的相关细节和相关证据。

刘兵感叹着，这个结果他从未料到，但也不是什么坏事。对顾局来说，面对市局领导，可能还有一些后续的小麻烦；但对他而言，一切都结束了。重要的是，赵铁柱私自给张启发传看调查报告，严重违纪，处理结果还没出来，能保住队长的位置就不错了。万一赵铁柱因此被撤职，刘兵的办公室很可能就要换个地方了，副大队长的"副"字，也要跟着摘掉。想到这儿，刘兵也不知道自己该为赵铁柱惋惜，还是为自己庆幸。

秦向阳的战友孙劲效率很高，早上还没上班，他就电话联系了秦向阳。躺在沙发上的秦向阳迷迷糊糊，一看是孙劲的电话，赶紧接起。

可是，孙劲的话令秦向阳很是意外。偌大的清河公安分局，竟然找不到任何有关城郊派出所强制戒毒报告的资料。

"你确定吗？2000年前后的强制戒毒资料都没有？"

"确定！"孙劲说，"从1996年到2000年的都没有。"

"电脑存档呢？档案库里呢？"

"都没有！我还能骗你？"

秦向阳一下子坐起来，这太意外了，他点了根烟，咳嗽着说："其他年份呢？"

孙劲说："1996年以前的倒是有，但是不多，都是电脑存档，纸的早发霉了。2000年往后的都有。"

"怎么会这样？"秦向阳大感意外，查戒毒档案，本来是因为张若晴档案里有些地方自己想不通，才想到的，他想通过戒毒档案，了解一下李铭、李亮抓吸毒分子的经验积累过程。

"好吧！可是你不觉得这很奇怪吗？"秦向阳问。

"这有什么奇怪的？"孙劲不以为然地说，"十几年前的资料啊大哥，那时候下边的分局，档案管理本来就不太严格。像这种时间久远的资料，又不太重要，找不到再正常不过了，没人会过问的！当然现在比较正规化，全部严格电脑存档。"

秦向阳郁闷地挂断电话。

又是意外！这两天接二连三的意外实在太多了！他猛地坐直了身子，想，看来只能从陈凯和郭小鹏身上做调查了，这可不是个省力的办法，不知道李文璧有没有把这事记在心上。待会儿局里要是没什么特别的事，那就亲自去一趟。

大志警械公司。

李亮没回去，他在李铭办公室凑合着眯了一会儿。

李铭根本没睡，不停地在那儿抽烟。张启发的事总算了结了，可他俩谁也没想到，李亮身上，竟然也有一个窃听器！

虽然公司里确实生产窃听设备，但他们确信自己身上不该有那种玩意儿。

李铭看起来憔悴异常。

到底是怎么回事？

他俩都仔细地回忆着，谁也想不起窃听器什么时候被人放在了身上。

到底是谁放的呢？

李铭想不通放窃听器的人出于什么目的，但他却想通了一件事，只要张启发对李铭和李亮有所怀疑而搜身，那么不管搜谁，张启发都必然会搜到一个窃听器，那么，也就极大概率地漏掉另一个人身上的窃听器！

这是个陷阱，考验着张启发的思维盲点！

对方这么做，是针对张启发，还是针对李铭他们？

要是单从目前的结果看，放窃听器的人，至少是帮了李氏兄弟一个大忙。

李铭身上的窃听器被摔坏了，录下的那部分内容，恰好成为张启发自杀的关键证据。

李亮身上的窃器，则录下了事情的全部过程。

不管怎样，李亮身上那个窃听器都绝不能留着！

想明白这件事，李亮起身，准备把窃听器毁了，冲进下水道。

李铭赶紧拦住他，说："先等等！如果窃听器上有指纹呢？"李亮听明白了，李铭指的，是窃听器真正主人的指纹。

李铭说："还有窃听器的型号、款式，所有有关的信息，我们都得找到。提取指纹的话，得找找公安局的熟人帮忙。"

经李铭这么一说，李亮才意识到自己的鲁莽。

李铭仔细看了看窃听器，确认它现在是关机的，继续对李亮说："这里边的卡，对应着一个主机号码。这东西录下了昨晚的全过程，不敢乱放！这样，你把它带身上，今天完事了再弄。记住，你要观察它是不是有开机的情况，如果有，我会找人反追踪回去。不管怎样，我们得找出放窃听器的那个人！"

李铭看着弟弟把东西收好，才叹了口气，又说："是时候办正事了，去找林总谈谈。"李亮点点头。两人匆匆起身，一起去找林大志。

林大志，大志警用器械有限公司老板，原清河县城郊派出所民警，因张素娟孩子张若晴意外致死案，被开除公职，后来下海经商。

这个人四十岁左右，身材微微发福，两眼炯炯有神，一看就是个精明的生意人。

林大志今天心情不错，对两个副总格外热情。

李铭对他的热情却心不在焉，他沉着脸说："林总，有事找你谈。"

"好啊！什么事？"林大志的口气有点高亢。

李铭说："咱们出去谈。"

"为什么？"

"办公室不方便，牵扯到当年那件事！"

林大志闻言脸色唰地变了。

三人匆匆下楼，分乘了两辆车，一前一后径直向城外开去。

到了郊外，李铭在前头开着车，下了乡间公路，在一片麦地的地头停下来。林大志相跟着把车停好，钻进了李铭李亮的车。

林大志在后排坐下，铁青着脸问："怎么回事？不是说好了永远不提吗？"

李亮用力呼出一口气，说："是张启发！他知道了！"

"法律顾问张启发？张素娟的哥哥？他怎么知道的？你们怎么知道他知道？"林大志惊讶地问。

"昨晚在公司，张启发威胁我们做伪证时，突然说了当年那件事！"李铭把张启发自杀之前的事简要说了一遍。

林大志听完，惊道："金一鸣被杀了？你们怎么不告诉我？凶手真是张启发？"

"前天晚上的事，昨天没来得及跟你说，就又出了张启发这档子事！"

"这……"林大志搓着下颌考虑了一会儿，道，"金一鸣是不是张启发杀的，这事咱不管，咱就操心自己的事。"

"那是！"李铭说，"幸亏有那个窃听器在，不然我俩真不知道该怎么办！那个窃听器在警方手里，谁也不知道它是哪儿来的。"

林大志狐疑地看了看李铭，说："窃听器在警方手里？那我们岂不全完了？"

李铭说："没事，张启发把它踩坏之后，才说的那个秘密！"

"那也不对吧！如果他说出那件事，拿它威胁你们，你们早就给他做伪证了！他又怎么会死？"林大志反问。

李亮赶紧说："你说得没错！如果张启发上来就说他知道了那件事，我们很可能逼不得已，走一步算一步，只能给他做证！可是，他一晚上都相当敏感，被那些指向性证据吓坏了，一个劲琢磨先脱罪再说。后来，他非要逼我们帮他做不在场证明，我们拒绝，之后他立马崩溃了！谁也没想到，他会搜我哥的身！更没想到真就搜出来个窃听器！搜到窃听器后，他以为我们出卖他，还怀疑那个窃听器就连着警方的即时监听，把他做伪证的要求都传出去了！所以，他认为即使拿那件事做威胁，对他来说也没什么意义了！"

"你这么说倒也合理！"林大志忽然笑了一下，又道，"所以你们杀了张启发！对吧？"

李铭李亮的脸色顿时更难看了。

李铭生气了，把自己的脸隐在烟雾里："别乱说！我们怎么可能杀他？"

林大志思路清晰，呵呵笑道："张启发精神崩溃，以为你们出卖了他，窃听器是警方的，但你们知道窃听器不是警方的，警方一定不知道我们的事！等到张启发被逮捕，他就一定还会供述出那件事！到时候，就是我们陪他一起坐牢了！谁让你们不帮他做伪证呢？那样的话，我们就都完蛋了！所以，你们必须杀他灭口，使他免于被抓，对不对？"

李亮怒道："胡说！他是自杀的！"

"总之，如果换作我是张启发，遇到那样的情况，是绝不会自杀的！"林大志微微笑道，"别紧张！我们是统一战线，还和当年一样！"

李铭探身揪住林大志的衣领，狠狠地盯着他说："统一战线又怎样？他就是自杀的！"

林大志低头看看衣领，不以为意地说："好！好！他是自杀的！行了吧？窃听器这一招，你们玩得不错！再没有比这个更好的证据了！我要是警察，都会表扬你们的！"

李亮正色道："林总，你错了！窃听器根本不是我们的！"

林大志有些不耐烦地说："对对！窃听器不是你们的！我只知道，没有那个窃听器，张启发绝不会死！"

李铭听出了林大志话里讽刺和威胁的意味，冷言冷语地说："林总，你也别得意！别忘了，当年的事，我们总是拿小份，你可是拿大头！"

这次，林大志再也笑不出来了："你们威胁我？"

李铭这时笑了："不是威胁，是提醒！"

林大志一听，突然又笑了："很及时的提醒嘛！"

说着他猛地掏出了枪，指着李铭的脑袋说："告诉你们！要么一起完蛋！要么一起相安无事！你们知道当年我拿大头，我也知道你们杀了张启发！互相都管好自己的尾巴吧！谁也别威胁谁！否则，我也能让你们两个被自杀！你俩死了，我就彻底安全了！"

不但得不到信任，还被人家用枪指着头，李铭的满腔怒火再也压抑不住，他也猛地拔出了枪，指向林大志，大声说："混了这些年，就你有把破枪？"

车内的气氛顿时紧张起来，像即将引爆的炸药包。

林大志看着李铭通红的眼睛，慢慢地放低了枪口。

他可不想真把事情闹大，他断定张启发的死一定有问题。只是张启发的死，令他们之间打破了原来的默契和平衡，现在大家都在一个爆发点上。毕竟，现在双方都有死穴握在了对方手里。要么继续一起活，要么杀了对方彻底灭口，没有第三条路。

李铭和李亮的想法，其实跟林大志差不多。双方今天出来，本就是为了通个气，商量一下接下来可能会面对的情况，谁也没想非要拼个你死我活。毕竟放窃听器的人是谁？有什么目的？为什么要帮他们？这些他们都还一无所知！可恨的是，林大志竟然不相信窃听器的主人另有其人！这就很难统一阵线，很难继续沟通！

"都冷静！"李亮一边说，一边紧紧盯着双方的枪口慢慢下移，头上热汗直流。

此时，一只麻雀刚刚落在车顶。

初春的田间到处覆盖着积雪，没有什么虫子可吃，它应该是在觅食的路上飞累了，落下来歇歇脚。

突然，麻雀听到下面先后传来三声清脆的巨响，就像春节时在远处的村落里，它听到的那些刺耳的爆竹声。

这可不妙！麻雀赶紧挥动着翅膀，飞向了天空深处。

这件事发生后的第十天，清河县城郊派出所所长沈浩，收到了一份匿名快递。他打开快递，发现里面放着一个小盒子，把盒子打开，里面放着两根"香烟"。他满脸疑惑地拿起"香烟"看了看，才意识到那竟然是两个窃听器！

我们先记住沈浩这个人，再把视线回到林大志他们所在的郊外。

郊外的枪案现场直到午后才发现，两个路过的菜民报的案。

林大志、李铭、李亮，三个人死在了车里。李铭和李亮的额头中间各中了一枪。射中林大志的子弹，从口腔射入，后脑穿出，然后嵌入车顶钢板。三人均是一枪毙命。另外，李铭的枪掉落在驾驶室里，林大志的枪握在自己的右手，李亮没有枪。

车内未发现打斗痕迹，除了三名被害人，也没发现任何新鲜指纹。

李铭的车就停在麦地旁边，麦地里的田垄上，覆盖着尚未融化的积雪。车门是关着的，车辆四周未发现任何有价值的脚印。

带队勘探现场的，是盘龙分局的刑侦副队长刘兵。

张启发的案子眼看着就要结了，本以为可以平安一阵子，没想到这么快又有了案子，而且是个枪案！刘兵把双臂抱在胸前，看着忙乱的人群，眉头皱成了疙瘩。

案发时，秦向阳正独自驱车赶往清河县分局，他想去找孙劲当面了解一下那些"找不见的档案"是怎么回事。接到刘兵的电话，他立刻赶往现场。

秦向阳已经绕着车转了好几圈了，事情一出接着一出，变得越来越复杂。对他来说，金一鸣的死，张启发的死，都有巨大疑点，但是局里在昨晚的会上就已经定了调子：根据诸多物证，是张启发杀了金一鸣，然后畏罪自杀。

可是今天，干脆一次死了三个！

这对所有在场的警察都是巨大的打击。别人他秦向阳不管，他觉得自己这个警察，当得实在太窝囊了。

他觉得自己这两天一直在忙，却好像一直也没做什么实际的调查，不是不想做，而是一直被拴着，有种有力无处使的感觉。可是即便被拴着，他觉得自己所掌握的信息，却又是最多的。只是他还没来得及更进一步地消化吸收。

刚才刘兵说了——死者林大志，大志警用器械有限公司老总，多年前在清河县城郊派出所干过民警，当年因张素娟孩子张若晴意外致死案，被开除公职，后下海经商。李铭、李亮，是该公司副总，这俩人当年曾给林大志干过线人。

现场勘查的初步结论是，林大志枪杀了李铭和李亮，然后吞弹自杀——这结论光听着就不靠谱！秦向阳怀疑着看来看去，可是却看不出有别的结论。

刘兵说："车的前后左右不是没有脚印，而是根本没什么有价值的脚印。"

脚印？秦向阳仔细观察着四周的环境：车的前后都是乡间沙子路，车的左边也是路。最后他只好把目光停留在小麦地里。

小麦地里会不会有脚印呢？

秦向阳踩着田垄上未化的积雪，好奇地往麦地里走了几米，然后蹲下去仔细观察，他观察一会儿再蹲着往前挪，一直挪出了十几米。他这样来回折腾了半天，终于有发现了！

他发现凡是麦苗长势比较厚的地方，麦苗好像都有被轻微踩踏的痕迹，可是痕迹上根本没有脚印。麦苗很矮，不仔细看根本看不出来。这些痕迹相间的宽度不等，有的一米多，有的达到两米甚至更宽，呈横向一直往旁边的乡间公路延伸，一直到十几米外的乡间公路上，就消失了。

奇怪！秦向阳想，如果真是人为踩踏出来的，那只能跑动才能踩出那种宽度，而且还要保证每一脚，都要踩到麦苗厚的地方，绝不能踩到麦苗旁边的田垄上，那上面雪厚，一定会留下脚印，就算把脚印破坏掉，也会留下破坏的痕迹。这似乎太难了。他自嘲地摇了摇头。不过他还是把勘探人员喊过来，按他的指向拍了照。

顾长山直接去了市局。他知道，这次面临的，将是自己从警几十年来最猛烈的暴风骤雨。

其他区分局，要么没案子，要么就算有案子，就算有凶杀案，也一般不会涉及枪案。他这边到好，几天之内，先是金盾保安公司的老板金一鸣被杀，接着是张启发作为金一鸣案的重大嫌疑人自杀，案子还没结，这就又发生了重大枪案，一次死了三个！

他知道，不管案子的细节是什么，不论什么原因，领导眼里的结果就是死了五个人，曝出两把枪！这一次，案子要是搞不好，他这个局长怕是就当到头了。悲极则无语。这次顾长山不想做任何解释了，心里似乎也不那么堵得慌了，事就是这么回事了，自己绝不逃避责任，就让领导看着办吧。

市委常委兼市局局长丁奉武主持会议，此外市委方面另外又派了两位领导参加会议，省厅来了一位，省委那边，市局暂时还没惊动。会议开了整整一下午。

丁奉武最后说："两天五条人命！还有两把枪！同志们！基本情况大家都清楚了！案情特别复杂！情节特别严重！影响特别恶劣！惊动省委那边，那是早晚的事！不要说省委，恐怕部里都要来人！不过现在还不是问责的时候！我和市委以及省厅的领导反复商讨，一致决定成立专案组，214专案组！案子的起点，是2月14日嘛！长山啊，这个案子，你们分局就先放一放吧！"

对于这个决议，顾长山觉得很突然，他完全没有任何思想准备，心里也是有意见的。毕竟新发的枪案，他还没来得及做任何侦察工作。现在就把案子交出去，岂不是承认自己就是个屄包？

意见归意见，顾长山很快意识到，案情如此重大，把这个烫手山芋交出去也不见得是坏事。自己这边，丢脸就丢脸吧，案子要是留在自己手里，万一到头来搞不出什么结果呢？到那时候再交给专案组，那才叫真丢人呢！不但丢人，还可能丢官！

会议接下来宣布了人事任命，顾长山暂时还负责盘龙分局的日常工作，等案件结束后服从组织安排。专案组第一组长由丁奉武担任，省厅的一位副厅长常连胜任监督员。专案组副组长，由市局分管刑侦的副局长兼刑侦支队长郑毅担任，负责日常侦破工作，其他人选，由副组长自行挑选或由各分局推荐。

任命里刚提到郑毅的名字，会上所有人的神经都放松了许多。

郑毅，三十九岁，全省最被看好的刑侦出身的干部。

从警二十年，传说中，分别在三个评选方向创造了三个百分之百，外号郑三百。

刑事破案率百分之百。

命案破案率百分之百。

专案破案率百分之百。

当然，这只是一种夸张说法，事实上不是那么回事，但也从侧面说明了郑毅的办案能力。

全省范围内，他的手下被提拔的人数最多，由他顶上去的领导干部也数不胜数。不管是成绩还是资格，郑毅早就具备了进入省厅的资格。上级领导考虑到由他坐镇滨海市局，各方面的成绩和数据会比较好看，为大局计，才一直拖着没动他的位置。如果这次的214专案搞得漂亮，再不动也就说不过去了。

专案组正式成立。金一鸣被杀案，张启发自杀案，林大志、李铭、李亮枪击案，盘龙区分局把三个案子相关调查资料、相关物证等全部移交给专案组。

专案组人员原则上由各分局推荐。事出在顾长山的地盘，他向专案组推荐了分局最能干的秦向阳，能破案的话，也算是给自己挣点面子，破不了，他也不会比现在更丢人，他的面子早丢尽了。

在这个事上，各分局都非常积极，有的还推荐了两个名额，郑毅的专案组，谁不想来喝口汤呢？

然而郑毅却不是来者不拒，他有自己的想法。

推荐人员档案整齐摆放在他的办公桌上，他一张一张地翻看，有的看一眼就被扔在一边，有的会格外关注地斟酌一番。

当看到秦向阳的档案时，他皱着眉头想了很久，暗道：原来是他！

名单出来了。

清河县分局，孙劲。郑毅选他的理由是，林大志最早就是在清河县城郊派出所工作，李铭和李亮也是清河的，还给林大志干过线人。他需要一个有业务能力，同时对清河各方面熟悉的人——盘龙分局秦向阳。

市局痕检专家、网络专家、法医副主任苏曼宁，这个气质高贵的漂亮女警一直单身，在她心目中，郑毅这样的男人，才值得她仰视。郑毅结过婚，早些年他的妻子因病去世后，就一直单身至今。其间，有领导也劝他再找一个，可他一直都没动静。苏曼宁呢，因此也就格外珍惜跟随郑毅办案的机会。她相信加上自己的智慧，这个男人能解决所面对的一切困难。她喜欢欣赏他背着手站在办公室的落地窗前踌躇满志的样子。

市局刑侦支队副队长陆涛，这人是郑毅的老跟班，用着方便，可以说是嫡系。

秦向阳对自己被调到专案组并不意外，他本来就是盘龙分局的刑警标兵，就算不去专案组，他也会把案子调查下去，毕竟案子发生在自己的辖区。

他很早就知道郑毅，他对这个人没有好感，严格地说，他们之间还有些仇怨。

郑毅办案早就是出了名的疯狂，但凡有一点证据或者嫌疑，被他盯上的人，就算跑到天涯海角，他都要想尽法子把人弄回来，哪怕事后被抓的人排除了嫌疑，他也从不认为自己的方式有急功近利之嫌，更不会去道歉。

十五年前，当时的秦向阳还在上小学，秦向阳的父亲秦家喜，出了车祸，医治无效，撒手离去。

事情经过很简单。那天，还只是分局副大队长的郑毅在街头巡逻，发现三个人形迹可疑，就上前盘问。对方开车逃窜，郑毅开着警车一路狂追。执勤的交警秦家喜，见前面那辆车被警车追赶，就试图拦截，并设置了简单的路障。逃犯的车冲撞路障，车速变慢，被郑毅的车从后面狠狠撞了一下，偏离了方向，撞翻了路边的秦家喜。之后逃犯弃车，郑毅跟着下车追赶，没管受伤的秦家喜，只是叫路人去报了警。

这也正是秦向阳对郑毅极度不满的地方。秦向阳认为父亲的死，郑毅负有很大责任，甚至从某种角度说，秦家喜就是郑毅间接害死的。

秦向阳的想法是，一个警察如果不能救人，那就算抓再多坏人也没多大意义。

而郑毅始终认为自己的处理没有问题，他做的一切，都是源于警察的职责。追捕过程中的意外，谁也控制不了，而且事实上，是逃犯的车撞死了秦家喜，所以他更不能眼看着罪犯跑掉，更何况，他还叫路人去报了警，120也是第一时间赶到的。

市局刑侦支队办公室里，郑毅背对着来报到的秦向阳站了一会儿，转过身说："你就是秦向阳？秦家喜是你父亲？"

秦向阳默认。

郑毅点点头说："我想告诉你两点，第一，我叫你来专案组，和你父亲当年的事毫无关系。既不是想给你穿小鞋，也不是想让你立功，弥补我所谓的过错。案子出在你们分局，我需要你们盘龙分局的人，来挣回你们的面子！

"第二，听说你办案也很拼命？我喜欢这样的人，也需要这样的人！希望你接下来用实际行动，来维护人民警察的荣誉！好了，你回去吧，专案组人员吃住都在市局招待所，统一管理。"

秦向阳默默地转身就走。

"等等！"郑毅说，"你是不是有什么情绪？"

秦向阳说："有！但不影响办案！领导要是不放心，我可以回分局！"

郑毅说："行！有就是有，没有就是没有。你敢认，值得欣赏。但是，你有情绪也没用，你父亲的事，我还是那句话，我的做法没问题！这个事在我这儿没有道歉，我也不会照顾你什么，但是你活干得好，我就升你职！我说了算！"

秦向阳听完转身就走。

郑毅再次叫住秦向阳，说："对了，下边的刑警，你熟悉的，觉得谁合适？专案组还缺个人。"

秦向阳问："什么叫合适？"

郑毅说："合适就是不光有能力，而且要听话！绝对服从！"

秦向阳撇了撇嘴角说："我认识的没有听话的。"

说到这里，他突然想起一个茬，赶紧又改口道："档案管理处的赵楚。"

"赵楚？"

"以前在你的支队干过，现在在档案管理处，是个外聘人员。"

郑毅想了想，说："哦，是有这么个人，能力呢，也有。就是太有主意了，审人还下过狠手，被人告发，开除了！"

秦向阳呵呵一笑："哪个审人从来没动过手？郑支队长，您动过手吗？"

不得不说，秦向阳这话太尖锐了，这么反问领导，更是有些不合时宜。

可是郑毅面不改色地说："我当然动过手！但我现在是副局长，明年进省厅！这，就是区别！"

郑毅这话既巧妙，又霸气。

他见秦向阳无话可说，就问："赵楚和你什么关系？"

秦向阳说："当兵时，他是我班长，两年军校，八年侦察老兵！"

"他是党员吗？"

"不是。"

"既不是党员，又没有公职，这个嘛……"郑毅沉吟起来。

秦向阳见郑毅有些犹豫，也不再啰唆，直接转身告辞。

"等等！你觉得他来有用？"

"是的。"

"你叫他过来吧，给他个顾问的身份协助办案，但是没有工资。"

"当真？"

"废话。"

郑毅也不知道自己怎么就相信了秦向阳的话。

秦向阳也不知道郑毅怎么就相信了他的话。

人生际遇，往往就是这么变化无常。在这两个人一问一答之间，赵楚就这么以顾问的身份，被安排进了214专案组。

赵楚没想到，秦向阳真把他从档案处弄了出来，还直接调来专案组。

起初赵楚是拒绝的，理由很简单，没有工资，只是个可有可无的顾问身份，对于没有公职的人来说，那还不如老老实实上班呢。

可是秦向阳告诉他："这是个好机会！一旦给专案组带来实际帮助，立了功，说不定公职就能回来了。工资是吧，我的那份给你！"

赵楚不得不承认秦向阳的话有道理，咬咬牙，接受了秦向阳这份好心。这个人情可不小，毕竟作为男人，谁愿意天天跟一堆档案打交道呢？

　　作为战友，清河公安分局的孙劲，很高兴能和秦向阳同组办案，他看起来跟赵楚不熟，他当兵时，赵楚已经快退伍了，但不知道为什么，他还是称呼赵楚老班长。直到很久以后秦向阳才知道，赵楚和孙劲之间，也是颇有渊源的。当时，不是孙劲不够热情，而是赵楚在有意疏远孙劲……

|第七章　演戏证伪|

专案组第一场案情讨论会。

卷宗早就分发到了各人手中，郑毅叫苏曼宁第一个发言。

苏曼宁一头漆黑长发，身材曼妙，走在路上恐怕没人以为她是警察。郑毅让她第一个发言。

她很满意，清了清嗓子说："昨天和原单位交接，时间匆忙，我对案情了解还不透，但我不认可盘龙分局的结论。先说金一鸣案：

"一、一切始于晚上九点零六分那个神秘电话。如果那个电话真是张启发打的，他又何必关机？现在我们知道，那个号码就被使用过一次。金一鸣接完后，保存了张启发的名字。我们从金一鸣电话的时间顺着看，那么十点十八分他再次给张启发打电话时，就应该拨打那个刚刚保存的号码。这是所有人的习惯。说明在此之前，他根本没有张启发的号码！我昨晚就查了电信部门，金一鸣手机再也没有回拨过那个神秘电话。这不矛盾吗？

"那么实际上呢，实际上金一鸣十点十八分拨打的，确实是真正的张启发的电话，那么，他又是怎么知道张启发本人电话的？难道他九点零六分在电话上保存"张启发"之后，还去调查了张启发真正的电话号码吗？不可能。

"第二，金一鸣十点十八分约张启发去老赵炒鸡店，张启发于十点五十二分赶到约定地点。案卷里记录，张启发说十点五十五分金一鸣再次来电，让他等二十分钟。那么，他为什么不在原地等，而是跑去金盾保安公司旁边呢？这个细节，是我让人调取李铭的行车记录仪发现的，同时这也证明事发当晚，张启发和李铭、李亮不在一处。那是不是可以认为，金一鸣十点五十五分在电话里，把见面地点从炒鸡店又换成了金盾保安公司旁边呢？而金一鸣约的李铭、李亮，却远在一公里外的全羊馆，这个地点没变过。他为什么多此一举，约他们在不同的参照物见面？他是不是有意让张启发跟李铭他们分开？

"第三，还是时间。如果九点零六分，是张启发通过那个神秘电话约了金一鸣，他为何十点五十分才到东海路呢？金一鸣可是九点四十分就到了，然后他回了公司一趟，很快又出去等人。监控显示，此后金一鸣再没离开东海路，那么，他为什么提前一个多小时出去等人？

"然后是张启发自杀案。窃听器记录得很明确，张启发胁迫李铭兄弟给他做不在场证明。这印证了我刚才的一个猜想，我认为2月14日金一鸣被杀那晚，张启发和李铭他们分开在不同地点，不是偶然的。似乎是真凶故意给张启发留出这么一个共有的时间段，让李铭兄弟帮他做伪证！

"关于枪击案，时间仓促，我还没发现疑点。郑局，我要说的就是这些。"

郑毅的脸色很平静，看不出一丝情绪。

他看记录员整理好了会议记录，声音也不带一丝波澜地说："秦向阳说说。"

秦向阳很干脆地说："我要说的，都被她说完了。"

苏曼宁本来也想看看这个不知从哪儿冒出来的小刑警有什么高见，一听秦向阳这话，顿时把目光收回来，潇洒地甩了一下长发，同时嘴角露出笑意。

我只补充一点，秦向阳斜了一眼苏曼宁，说："我认为李铭根本没必要带窃听器，他要想录音，用手机就行！"

苏曼宁抢着说："这点我有想过，但是手机会没电的！李铭又不知道到底会录多长时间！而且手机目标太大，容易被发现。再说，他们公司本来就产窃听设备。"

秦向阳说："他们是两个人，如果两部手机同时录呢？当你发现一部手机在录音，会不会跟张启发一样情绪失控？那种情况下，你能想到还有另一部手机在录音？"

秦向阳不理苏曼宁，接着说："事后我找机会看过，李铭的电话几乎满电量，李亮的电话还有四分之三电量。张启发搜到窃听器时，他们三个都没想到手机也可以录音，而且可以两部同时录，如果他们有一个人意识到这个，就很可能会想到窃听器的来历有问题。那么，就很可能不会死人了！再说，如果李铭想录音，他们公司还有更专业的窃听设备，更小巧，更灵敏，藏起来很难被发现。而李铭身上那个窃听器，就那么大大方方地放在口袋里。"

"你想说窃听器还牵涉到另外的人？"郑毅郑重地问。

"我没证据。"

"那枪击案呢？跟金一鸣案，张启发案，有没有联系？"郑毅问了个大胆的问题。

"目前不好说。"秦向阳斟酌道，"但我认为，所有死者之间是有联系的！"

"同意！"赵楚道，"金一鸣的死，会不会跟张素娟有关联？毕竟他们死在一个地方。提到张素娟，就不可避免要提张若晴。重要的是，当前的五名死者，金一鸣、张启发、林大志、李铭、李亮，又都跟张若晴当年的意外致死案有关。"

听了赵楚的话，郑毅马上对苏曼宁说："从总数据库，把跟张素娟和张若晴有关的所有资料都找出来，五分钟后摆在这里。"

作为清河县的警察，孙劲此前对案情一无所知，觉得自己就是来打酱油的，干脆一言不发。

几分钟后新的资料分发完毕。

郑毅站起来说："跟我办过案的都知道，我这人办案比较随意，有自己的风格。用粗话说就是，只要不违法，只要你能破案，你怎么样都行，没那么多规矩，没那么多讲究。你们任何人，任何时间都可以进我办公室，任何时间都可以给我打电话，需要什么资源，需要协调什么，都可以提。"

"天下所有的案子，其实都一样。哪里一样？信息不对等嘛。我们和凶手的信息不对等，和被害人的信息不对等。要是都对等了，也就用不着我们了。所以，办案说白了，就是找信息。我们最常用的被害人社会关系调查，工作量虽然大，不也是找信息吗？当然了，这个事不用你们干。目前的情况呢，案发经过和现场所能提供的信息，还有疑点，被你们挖得差不多了，刚才各位都讲得很不错。我的要求是，给你们一周时间，挖出本案所有当事人本身的信息，往深了挖。打个比方，比如金一鸣，工作作风什么样，生活作风什么样。再比如张启发，从什么时候开始穿ECCO的鞋子？如果是张启发杀了金一鸣，那么事后为什么连鞋子都不换？等着警察拍照比对吗？"

　　他喝了口水接着说："话说回来，盘龙分局查到的张启发的犯罪证据，也是很瓷实的！但是瓷实，不表示没疑点，所以才要你们查！陆涛，你在家机动，另外你把林大志枪击案的弹道检测做一做。苏曼宁在家做后勤，汇总分析资料。碰头会四十八小时一次。好消息只有一个，上边到现在还没给我们限定破案时间，坏消息是部里明天来人，早晚给我们限定时间，你们要抓紧！另外下次开会的时候，都别端着。"说完，他扔下一条烟走了。

　　郑毅刚走，孙劲就说："这会开的，我完全不知道该干什么。"

　　秦向阳可不这么认为。金一鸣被杀案，张启发自杀案，林大志、李铭、李亮枪击案，三件案子看似分散，实则关联，疑点不少，可是有用的实际线索却一条都没有。即便如此，郑毅也提出了明确的工作方向，只是孙劲在分局唯命是从惯了，一时不习惯罢了。

　　这时苏曼宁走到秦向阳前面说："秦向阳，李铭的窃听器一定是他自己带的，否则张启发绝没有自杀的必要！等着看吧，你一定会向我道歉的！"说完，她一甩头发转身走了。走廊里接着传来高跟鞋铿锵的踩踏声，听起来非常刺耳。

　　秦向阳叼着烟呆立了一会儿，才说："我给你道哪门子歉？我刚才哪里惹她了？"他莫名其妙地问赵楚和孙劲。

　　赵楚和孙劲笑着摇了摇头。

　　第二天一大早，秦向阳、赵楚、孙劲，开车出了市局。

"专案组的车就是好。"秦向阳大发感慨。

"我们这是去哪儿？"孙劲问。

"去查纪小梅。"秦向阳说。

赵楚笑着点点头，很支持这个调查方向。

怎么查起这么个不相干的人来了？孙劲有些莫名其妙。

"当年张若晴被关在家里，惨死，林大志负有失职的责任。对此，法庭的量刑也很恰当。可是后来突然冒出个纪小梅，帮林大志做证，说林大志当时通知了张素娥，叫她去张素娟家把张若晴带走。这么一来，林大志反而逃脱了法律的惩罚。现在分析起来，纪小梅当年的行为是不是很可疑？"赵楚对孙劲做着解释。

"必须先把张素娟和张若晴牵扯到的疑点搞清楚。"秦向阳又补充道，"老班长，你问问李文璧在哪儿。"

秦向阳话音刚落，后面一辆车追了上来，窗户落下，一个人一边开车一边冲秦向阳招手。

来人正是记者李文璧。

秦向阳一踩油门，两辆车一前一后相随而去。

两辆车先是赶到了盘龙区分局。

一下车，秦向阳伸出手对李文璧说："拿出来吧！"

"什么？"李文璧歪着头问。

"纪小梅、陈凯、郭小鹏的资料。"

"你怎么知道我有？"

"敢跟踪警察！手里没点东西怎么行？"秦向阳接过资料说，"行。干得不错！"

李文璧说："那天你一说，我就去搜集资料了。我可没打草惊蛇啊！我才没那么笨！"

接着，她看向赵楚说："哥，昨晚你说来专案组了，我还不信。秦向阳本事不小啊！我可听说了，又死了四个人！还出了枪案？这回你们可别想甩下我！我要做全程跟踪报道，让全省、全国人民了解真相，写个独家惊天报道！"

"侦查阶段，一个字也不准写！"秦向阳沉着脸，不再理会李文璧，专心翻看资料。

资料显示：纪小梅，四十三岁，在盘龙区肿瘤医院工作，副主任医师。籍贯清河县。学历、工作经历等列在后面，一清二楚。

清河县？秦向阳用拳头擦着鼻头说："孙劲，你把林大志的资料调出来看看，还有张素娥的。"

很快孙劲回来了，拿着两份资料。

看完林大志的资料，众人一下明白了，林大志和纪小梅竟然是同学，小学、初中、高中都在一个班。后来纪小梅考上医学院，来到滨海工作，结婚生子，留了下来。

再看张素娥的资料，她是盘龙区本地人，年纪和纪小梅差不多，但不管工作性质还是学籍经历，怎么看，怎么跟纪小梅八竿子打不着。那么，她俩怎么会是闺密呢？

秦向阳提醒大家，张若晴意外死亡的档案上明明记录着，当时张素娥给林大志回拨电话，用的是纪小梅的手机。

孙劲说："2000年张素娥没手机很正常。"

秦向阳说："我不是指这个，我是怀疑她俩根本就不认识，更不是什么闺密。否则当年林大志和李铭、李亮，为什么一审后，才上诉提起这个细节翻了案呢？"

他对孙劲说："你去弄几张张素娥的照片，生活照、正规照都行，但是要标好年份，2000年的，2005年的，2010年的，2013年的，还有今年的。说完他又对李文璧说，一会儿你陪我们去演场戏。"

演戏？李文璧搞不懂秦向阳的意图，但还是爽快地答应了。

照片也很快弄来了，正规照居多。

众人立刻赶到盘龙区肿瘤医院。不巧，纪小梅没上班。

众人又找到纪小梅住的小区。

秦向阳叫孙劲去买了些礼品和水果，让李文璧提着。又叫赵楚和孙劲先去一趟移动公司，把张素娥和纪小梅的通话记录打出来，然后到纪小梅家里会合。

他跟大家解释道："纪小梅和张素娥到底认识不认识，咱想个办法，试试就知道了。这事不能从她们周围打听，万一她们有所察觉，我们就被动了。"

去纪小梅家的路上，秦向阳对李文璧耳语一番，跟她说了自己的办法。李文璧听完，嘴角不由得一撇，一脸不情愿。

"不情愿是吧？那这里也没你做的新闻了，回家吧。"秦向阳将了她一军。

"你……没说不做嘛！"李文璧和秦向阳对视片刻，很快就败下阵来。

"可别演砸了！"

"你就放心吧！"

两人很快来到纪小梅家门口。秦向阳一边敲门，一边又嘱咐了一遍李文璧。

"谁啊？"门里面的人问。

秦向阳说："纪主任，院里找你有急事！"

门终于开了。

秦向阳一看那个中年妇女，正是纪小梅。

根本就不是院里有急事嘛！纪小梅一看门外站在两个陌生人，就知道对方顺嘴胡诌，只是为了骗她开门。

她一看这俩人大包小包地闯进来，生气地说："你们谁啊？怎么闯到家里来了！出去出去！东西拿走！太不像话了！"

李文璧放下东西，扑通一声就给纪小梅跪下了，带着哭腔说："纪大夫！您救救我妈妈！"

"什么情况！出去！到院里等着吧！"又是病患家属上门，这种情况纪小梅见多了，她想拉起李文璧，没想到对方跪得太坚决了，拉不动。

李文璧一把就抱上了纪小梅的腿，带着哭腔说："纪大夫您忘了？我是刘丽的女儿，上次见面时我还没毕业，您这是认不出来我了？"

"哪个刘丽？什么乱七八糟的？"

李文璧哭得更伤心了："您这真是不想管我妈妈的病了吗？2000年我妈子宫癌，辗转找到您，是您操心大半年，她病情才有所好转！2005年复发，又是您让她大难不死！2010年又……还是您……纪大夫，这些年多亏您，我妈才少遭了那么多罪，还神奇地给我添了个弟弟！我们全家感激您！这是我们的一点心意！"

说着，她拿出张卡塞给纪小梅："我妈去年还找您复查过呢！您还夸我们老家带给您的蜂蜜来着！可我妈她现在又……我们又来给您添麻烦了，您一定要救救她！"

纪小梅硬着头皮听了半天，把卡丢到地上说："你们搞错了吧？我的病人里可没有叫刘丽的！"

"怎么可能？您这是怕麻烦吧？"

说着李文璧哭哭啼啼掏出来一沓照片，一张张递给纪小梅："您看！这是我妈2000年的照片，这是2005年，这是2010年的。您看，这是2013年的！还是你们的合影呢！最后这张是我妈现在的，要不是您，她可能早就……"

那张合影，是秦向阳临时叫孙劲P上去的，看起来有点假，但糊弄事绰绰有余。

纪小梅皱着眉头，无奈地把照片一张张看完后，真的生气了。

她把照片摔到地上说："我根本不认识这个人！简直莫名其妙！别在家里吵吵闹闹的！像什么样子！大白天的！叫邻居听见，还以为我怎么着呢！这张合影又是从哪儿来的？P的吧？你们谁也别想走！"

"这是骗到家里来了呀！"说着她拿出电话就打110。

纪小梅报了警，用力推开门，站到走廊里，大声对着慢慢聚过来的邻居说："这俩骗子！骗到我家里来了！胆子可真不小！"

秦向阳和李文璧老老实实坐在沙发上，看起来像是两个受了委屈的农村孩子。民警很快来到现场，摊开笔录，对房间里的三个人展开问讯。

纪小梅捡起散落的照片给民警看："我叫纪小梅，是肿瘤医院的主任。喏！照片这个人，我根本就不认识！就是这俩骗子！都骗到家里来了！警察同志，可不能便宜了他们！"

民警了解完事情的经过，仔细地做好笔录。

这时，秦向阳站起来，搂着一个民警的脖子走出门外，悄悄对民警说了几句话。民警听完诧异地哦了一声，连忙拉着一起来的同伴走了出去。

秦向阳拿着民警留下来的笔录，掏出证件让纪小梅看了看，正色道："纪小梅，我提醒你一句，刚才照片上那个人，叫张素娥。既然你的笔录上说，你根本不认识张素娥，那么，十四年前，你为什么还要帮她做伪证呢？"

纪小梅看着秦向阳的证件，脸一下子白了，她恍然大悟地说："你们是警察？你们到底要干什么？我要投诉你们！"

秦向阳一句话也不说，平静地看着纪小梅，让她尽情发泄。

这时，赵楚和孙劲推门进来，他们两个去换了一套正装，看起来威严肃穆。赵楚是临时顾问身份，所以他的衣服上没有警察编号。但是纪小梅可注意不到这个细节。

纪小梅吵闹了半天后，终于慢慢安静下来，颓然地歪到了沙发上，她被眼前的阵仗吓住了。

秦向阳见纪小梅蔫了，晃动手里的笔录，适时地重复着刚才的问题："纪小梅女士，你刚才所看的，是一个叫张素娥的人历年来的照片。我问你，既然你不认识张素娥，那么，为什么你要在十四年前，帮她做伪证？你应该没忘那件事吧？"

纪小梅惊慌失措地挪了挪屁股。她试图做些辩解，但很快发现那其实没什么意义，干脆闭上嘴巴，一个字也不说了。

秦向阳单刀直入："事情过去那么久，对我们来说，那其实不是什么大事，我理解你的难言之隐。但是你想清楚，要是你因为这么一件小事被拘留，考虑一下你的家庭和工作单位，到底划不划算？"

秦向阳说完，又从赵楚手里接过两沓厚厚的通话记录，一沓是张素娥的，一沓是纪小梅的。他把通话记录端端正正地摆在纪小梅面前。那意思更明显了，那所谓的闺密之间，最近几年有没有通过话，一查通信记录，便一清二楚。

纪小梅的嘴唇不停地抖动着，她擦了擦额头的汗，慌张地说："我说了就不会被拘留是吗？那我说，本来也没我什么事。"

秦向阳摊开笔录，记下了事情的经过。

2000年某一天，也就是张素娟被林大志抓到派出所那天，快到半夜了，已经睡觉的纪小梅接到朋友聂东的电话。

聂东酒驾，在清河县城郊撞了别人的车，交警暂扣了他的车，让他第二天去交警队办手续。聂东以有急事为由，执意不肯。他想起来以前聚会时，纪小梅曾说起有个很铁的老同学，在清河城郊派出所干民警，这个民警就是林大志。聂东就给纪小梅打电话，让她请老同学帮忙，跟交警打个招呼，疏通疏通，不要扣车，别的该怎么办怎么办。

纪小梅也很仗义，连夜用手机给林大志打了电话，委托林大志帮这个忙。

林大志很爽快，当即赶去现场替聂东说了情。

最终聂东被罚钱了事。

过了一段时间，林大志、李铭、李亮因张若晴的死，按程序被法院起诉。

一审后，不甘心坐牢的林大志在拘留所通过外面的朋友找到聂东，给了聂东两万块钱，让聂东找纪小梅帮自己做个伪证。林大志帮过聂东，又是纪小梅的朋友，所以这个忙，得帮。

林大志的意思是，张素娟被抓当天晚上，恰好只有纪小梅给林大志的手机打过电话，而且用的是手机。那么，只要把打电话的人，换成张素娟的姐姐张素娥就行了。

可是事情过去那么久，怎么把打电话的纪小梅换成张素娥呢？就算时间倒流，张素娥又怎么会用纪小梅的手机给林大志打电话呢？她们根本就不认识。

后来聂东说只能去求张素娥帮忙，拿上两万块钱。

纪小梅说林大志他们间接把人家的孩子弄死了，张素娥又是张素娟的姐姐，怎么可能会帮忙做伪证。

聂东说那还能有什么办法？死马当活马医，不行那就没办法了。

事是聂东办的。

他第一次上门，果然被张素娥打了出去。

聂东也是脸皮厚，锲而不舍，又去了几次。

后来谁也没想到，张素娥竟然答应了，但是死活不收那两万块钱。

聂东最后说，那钱就算给张素娟戒毒的费用。

张素娥才勉强收下。

接下来就是张若晴档案里记录的：林大志上诉。张素娥对检察院说，事发当晚，用闺密纪小梅的手机给林大志回过电话。纪小梅承认确有此事。

但事情到此还有个疑问，也就是档案里张素娥说的，事发后第二天因为出差，又给派出所去了电话，把责任推到了当时的实习民警金一鸣身上。

照事实看来，张素娥根本就不知道张若晴的事，所以并未给张家埠派出所去过电话，那么，她为什么敢那么说呢？或者说金一鸣为什么会平白无故，揽这么个屎盆子呢？

秦向阳很快就想通了这件事。

金一鸣在派出所实习干值班员，每天接的电话多了去了，恐怕连他自己也分不清，张素娥有没有打过电话。而且事发当天，金一鸣两次接到有关张若晴的电话，他当时但凡有点责任心，张若晴的悲剧也不会发生了。最主要的是，在法律对此事的认定上，只要能证实张素娥给林大志回过电话，也就是说，只要林大志已经把张若晴被关在家里的情况，通知给了相应的亲属，那么，玩忽职守的罪名就不成立了。张素娥是孩子亲属，她是否真的给张家埠派出所去电话，和林大志无关。伪证，可以改变结果。

想到这里，另一个事实让秦向阳打了个寒战——张素娥为什么同意帮忙做伪证呢？

那就只剩下最后一个解释：张素娥，甚至还包括张素娥的父母，以及张启发，他们不但接受张若晴意外惨死的结果，甚至是愿意看到这个结果。在他们看来，张若晴就只是张素娟的野种。

否则，还有什么能解释张素娥做伪证的事实呢？

秦向阳知道，这一点，根本不能也没法儿去向张素娥求证。

谁会对外承认心底最深处的那些阴暗呢？

更何况张启发刚死，张家人正处在悲痛之中。

也许在张家的人看来，林大志、李铭、李亮在一定程度上，是帮了他们的忙，帮他们达成了长久以来的心愿吧——他们不是长久以来就厌恶张素娟那个野种吗？这个恶意的猜测，让秦向阳觉得浑身不适。

最深的罪恶，从来不是在明处，而是在心里。

可是有谁知道，那个听起来简简单单的伪证，经过十四年的漫长发酵，产生了怎样的蝴蝶效应？

那个洞悉了所有秘密的人，他最终的计划又是什么呢？

|第八章　半自动售毒机|

从纪小梅家离开时，每个人心情都很沉重，谁也没想到张素娥会做伪证，而且是给间接害死自己亲外甥女的人做伪证。

孙劲临走把进门前买的那些礼品也拎了出来。

纪小梅跟在秦向阳后面，哀求着不要拘留她。

秦向阳说："你的事不归我管，我只负责把你和张素娥以及聂东的情况报告给领导。"

回市局太远，众人干脆回了盘龙分局，简单地吃了午饭，商量着接下来的事情。

赵楚说："林大志、李铭、李亮，这三个人身上的事不会这么简单，还得深挖。就像郑局说的，把被害人的信息挖深挖透，才容易掌握凶手的犯罪动机！"

秦向阳说："没错。至少，得先把张若晴档案里的疑点全搞清楚。你们还记得吗？当年李铭、李亮直接就把张素娟抓去派出所验尿检。李氏兄弟名义上是林大志的线人，可他们凭什么一眼就分辨出张素娟是吸毒者？在档案管理处，我对这个细节做过分析。后来，我曾叫孙劲查他们清河分局2000年前后的强制戒毒报告名单。"

孙劲说："是的。当时我还觉得秦向阳是吃饱了撑的，结果一查，从1996年到2000年的名单全丢了。"

赵楚说："这事是够奇怪的。你问过局里吗？是不是给存到别的地方了？"

孙劲说："管档案的全都问了，他们连档案丢失都不知道，也没人知道怎么回事，毕竟那都是些陈旧档案。"

"那些名单要是不丢，自然不会引人注意。既然丢了，反倒是引人生疑了……"赵楚沉吟了片刻，一拍脑门说，"应该还有个地方能查到——戒毒所。"

秦向阳眼睛一亮，说："对啊！怎么把这茬儿给忘了。"

赵楚对秦向阳说："还有两个人得调查，陈凯和郭小鹏。我看咱们分头行动吧，我和孙劲去趟戒毒所，你和李文璧去找人了解情况。"

李文璧连忙说："我知道陈凯和郭小鹏在什么地方！我的工作可没白做！"

说干就干，四个人分乘两辆车各自离去。

李文璧已经从刚才沉重的情绪里恢复了过来，她在副驾驶上不停地问："我刚才演得怎么样？我嗓子可都哭哑了！你去给我买盒金嗓子吧！"

秦向阳随后拿给她一瓶水就不搭理她了，一边开车，一边想着心事。

李文璧撇了撇嘴，狠狠瞪了秦向阳一眼。她拿这位略有些大男子主义的刑警毫无办法。

秦向阳按李文璧提供的资料，找到了陈凯的住处。

那是一间出租房，门从里面插着。秦向阳敲了半天门，里面才有人答应。

秦向阳亮着嗓子说："是我！房东侄子！房东叫我送你床被子盖盖！"

李文璧小声吐槽道："敲人家纪小梅的门，你说医院有急事找她，现在又成了房东侄子！你这人有没有句实话？你还警察呢！"

秦向阳根本不搭理她，凝神倾听房间里的动静。

过了一会儿门开了。

秦向阳把李文璧拉到自己身后，立刻闪身进去。

房里乱七八糟，潮湿阴冷，连暖气也没有。

陈凯四十岁左右，满脸胡子拉碴，身材瘦弱，披着羽绒服站在房子中间，一见来人不认识，气呼呼地说："你他妈谁啊！还送被子！我就知道房东没这么好心！"

秦向阳扔给陈凯一盒烟，自己也点上一根，说："我是记者，找你谈点事。刚才我不那么说，你也不搭理我啊。"

真是的！这一会儿又成记者了！李文璧在心里哼道。

"什么狗屁记者！我啥也不知道！出去，出去！"陈凯接住烟，没好气地说。

秦向阳心里很明白，跟这种人打听事，要么得镇住他，有他什么把柄，要么得给他点好处或者信息。

想到这儿，秦向阳忽然说："你可能不知道吧？林大志死了！李铭、李亮也死了！"

陈凯叼起烟点上，一脸茫然地说："林大志是谁？"

"就是以前清河县城郊派出所那个。"

"城郊派出所？"陈凯想了想，正了正身子问，"你说的李亮，也是以前派出所到处抓吸毒者的那个线人李亮？"

秦向阳点点头。

陈凯确认了消息，骂道："死得好！李亮那个孙子，以前还揍过我！揍得那个狠啊！操，这下遭报应了吧？"

"为啥揍你？"

陈凯一怔，又不说话了。

秦向阳拍着他的肩膀说："真冷！要不咱出去整两口？这不是死了人嘛，我就打听点小事，你爱说就说，不说拉倒。记者嘛，八卦。"

"找我能打听出什么八卦，"陈凯转着眼珠子想了想说，"出去喝酒，行。可是你说的啊，到时候问不出什么，别说我白喝你的酒！"

秦向阳点头。

陈凯嘿嘿一笑："那就整两口？"

到了饭馆三人点好菜要了酒，秦向阳也不谦让，端起一杯自己仰头干了。

陈凯一看，像吃了亏似的，连忙自己倒满一杯，也整了一口。

秦向阳也不看他，自己又整了一口。

陈凯紧跟着又整了一口，伸手把酒瓶子拿到自己这边。

李文璧这时说话了："少喝点吧你，还开车呢。"

秦向阳说："爷们喝酒，女人闭嘴！待会儿你开车！"

陈凯一听乐了，给秦向阳倒了半杯酒，往前凑着头问："那个谁，林大志他们咋死的？"

秦向阳想，我这儿还没问呢，你倒先打听开了。好，你只要有兴趣，不怕套不出话。

他打定主意，吃了口菜含糊地说："那不知道！那得问警察。对了，你现在干什么工作？"

陈凯喝了一大杯，叹道："别提了！我啥本事没有，干装卸工呢。这不，前些日子不小心砸伤了腿。"

秦向阳跟着他叹了口气，说："哎！这叫英雄气短啊！"

"狗屁！"陈凯哼道。

秦向阳不以为意，探身小声问："你以前吸这个的吧？"说着扭起两根指头打了个手势。

陈凯狐疑地看了看秦向阳，起身要走。

秦向阳连忙按住他，说："别慌别慌！没别的意思。你吸过啥，跟我个记者有啥关系嘛。你就是个装卸工，我把你写在报纸上，谁看啊？你说是吧。"

"也是！"陈凯叹了口气说，"别提了，过去了。"

秦向阳连连点头，指着李文璧，对陈凯说："我跟你说，就她叔，前些年也抽那玩意儿，后来没钱了，自杀了！哎，真惨！不能吸！真的！"

李文璧一听，心想："我压根就没叔！这是又让我演戏啊，也不提前打个招呼！"

她气得从桌子底下踢了秦向阳两脚，面上却立刻做出悲伤的神色，对陈凯说："哎！我叔要是活着，也跟你差不多年纪了。"说完低着头不吭声了。

陈凯吃惊地说："哎呀！真没想到！是啊，是啊，不能吸了！"

秦向阳赶紧说："可不是嘛！就因为她叔，她才当了记者，到处采访吸那个的，写点报道，教育人，别碰那玩意儿！这不，今天稀里糊涂打听到你这儿来了。"

陈凯说："行！写写好！不过我没啥可采访的，我都这岁数了，就为那玩意儿，房子都卖了，混到这步田地，哎，不说了。走了。"

说完他喝了一大杯，起身走了。

秦向阳赶紧上去拦，却死活拦不住，就跟李文璧要了张名片递过去说："啥时候想聊聊，就打这个电话吧。"

陈凯一走，李文璧死死扯着秦向阳的衣领就说："谁叔吸那玩意儿啊！说谁呢你？"

"你不是好演戏吗？配合配合。"

"谁好演戏呀！配合你也不打个招呼？这也没问出来什么呀！"李文璧生气地说。

"我知道你反应快！"秦向阳夸了李文璧一句，沉吟了一会儿，掏出几百块钱来说："去！买床被子给陈凯送去。剩下的钱也给他。"

"你为啥不去啊？"

"听我的，你去比我好。"

李文璧无奈地去了。

送完被子，两人辗转找到郭小鹏的家。

他们到那儿才知道，郭小鹏几年前就去了新疆库尔勒，在那儿包了一片地种棉花，几年来都没和家里联系，家人无法提供联系方式。

两人无功而返。

路上秦向阳埋怨李文璧情报不准。

李文璧一路上气呼呼的，也不说话。

等到天黑，赵楚和孙劲也回到了市局招待所，他俩看起来垂头丧气的，估计也没啥好消息。

果不其然，赵楚说："戒毒所那边档案管理相当混乱，别说2000年的，这几年的都不全！我们又去了市第二戒毒所，情况也差不多。"

李文璧说："我们这边也没问到什么。下一步该怎么呢？"

秦向阳说："实在不行，就去找找清河分局淘汰下来的旧电脑，看能不能恢复数据。"

孙劲说："那上哪儿找啊！多少年了！早处理了！"

秦向阳一听也没招了，搓着鼻头陷入沉思。

这时，李文璧的电话响了，她接起来一听，兴奋地对秦向阳说："那个谁，陈凯！"

"陈凯？"秦向阳急忙接过李文璧的手机。

"哎！你俩，真讲究！还给我买被子！我的事本来就没啥好说的，你们想问点啥？"

秦向阳说："记得你老铁郭小鹏吧？我就想知道当年，你们为啥去清河整那玩意儿？"

"清河有货啊。"

"盘龙区没有吗？"秦向阳问。

"盘龙当然有了，但是盘龙区是省城啊，管得严。我们这种小散客，一般都去清河那种小地方找货。"

秦向阳说："电话里说不清楚，咱还是面谈吧！再整两口。"

陈凯爽快地答应了。

秦向阳叫赵楚和孙劲先休息，自己和李文璧又去找陈凯。

很快到了地方，三个人又去上次那个饭馆。

秦向阳和陈凯碰了一杯，问："下午你说李亮揍过你，为什么？"

"他抓我戒毒呗，还能为什么。他抓我就跑，我跑他就揍我了。"

"他怎么知道你吸那玩意儿？"

"你不知道，那小子眼毒着呢。他抓的小散客多了去了！抓多了，眼力就有了！林大志肯定给他们奖励！还有他哥李铭，眼也毒！"

"他们那几年抓了很多人？"

"也不是。就一年抓得多，闹翻天了当时。"

"哪一年？"

"我想想啊，哎，这脑子，记不住了！"

"你和郭小鹏常去清河吧？和一个叫张素娟的一起。2000年7月，你们又去，张素娟还被抓了。"

"啊！你怎么知道她？"陈凯有些吃惊。

"记者嘛，啥也能打听来，八卦。"

"哎。她的事，还是不说了。她孩子的事，估计你们也知道吧？"

"是的。"

"对了，你这么一提醒，有2000年这个坐标，我想起来了。好像就是2000年，对！2000年抓得最多！我也进去了！戒毒所里满满的，太他妈多了！"

2000年？秦向阳想起来那些丢失的数据，忙问："戒毒所都满了？能有那么多吸毒的？"

陈凯说："那可不？你还干记者呢？我吸过，关注过这方面的数据，官方的。网上说，按平均算，一个市，吸毒的，在册的和不在册的，加起来差不多能占一个市人口的百分之一！"

"没这么多吧！"

"管它呢？反正我不吸了！"

"那你们一般从清河哪里买货？"

"货源？嘿嘿！这事吧，要搁那时候，肯定不能告诉你，这算我们圈里的秘密，不过现在无所谓了，那里也早不卖了。"

"哪儿？"

"清河西关邮局。"

"什么？邮局？"

"说错了，不是邮局，是西关的一个邮箱，以前都往里投信，绿铁皮邮箱。"

"邮筒？"

"对，绿铁皮邮筒。西关最西边，算是郊区了。"

"不是吧！据我所知，售买毒品窝点应该很分散才对！"

"这么说吧，2000年以前是很分散，圈里的人各有各的渠道。2000年以后，确切地说，从2000年年底开始，情况就变了。那一年，先是很多人被送到了戒毒所。等到大伙出来，发现很多渠道都断了，清河西关那个点这才火起来。"

"很多渠道都断了？怎么会这样？"

"我哪知道。"

"既然进了戒毒所，为什么出来还复吸？"

"戒毒所要钱的，大哥！你以为白住？谁有那么多钱在那儿耗？没钱了，过上几个月也就先后出来了！"

陈凯所言，的确是强制戒毒的现状。实际上有关法律规定，强制戒毒国家不收取费用。但实际上，被强制戒毒者的生活费用，以及戒毒需要的附属物品，比如香烟，这些都是自己负责，在戒毒所内购买，而且费用比较高。这在一定程度上，影响了戒毒者的戒断决心，尤其是经济状况一般的戒毒者。如此一来，很多人出了戒毒所就又复吸，形成了恶性循环。

秦向阳叹了口气，问："你现在还能找到西关那个地方吗？"

"不能了。当时那地方就荒了，说是在那附近发现了油矿，地都被征了，居民也都搬走了，那里的邮筒也就荒废了。"

"怪不得要有人用邮筒卖货，原来是荒废的。这样吧，明天你陪我一块儿过去看看。"

秦向阳敬了陈凯一杯，又道："老陈，你和郭小鹏、张素娟，当年你们三个一起去清河县找钱，玩的都是仙人跳吧？"

陈凯闻言一下子变了脸色，他把酒杯重重地敲在桌上，狐疑地说："你是警察吧？"

秦向阳赶紧赔不是："不，不，老陈你别误会！你还没听说吧？张素娟前些天死了。"

"死了？"陈凯张着嘴，呆了老半天才问，"咋死的？"

"哎。自杀。"

"自杀？哎。可惜，可惜了啊。那个女人，说起来命是真苦！比我还苦！"秦向阳连连附和着。

陈凯"滋溜"一声喝了杯中酒，抹了一把脸，说："那女人吧！真不错！有情有义！她的事我全知道，哎，太苦了！可惜当年出了那档子事，否则，我还真有心娶她。哎，你别不信，那时候我房子可还在！"

秦向阳点着头说："我信。我们记者不就是爱打听小道消息嘛，前阵子听说有个女人自杀了，就到处打听情况，才知道叫张素娟。公安局里呢，也认识点人，有档案嘛，这不就又知道了你们当年去清河搞钱的事嘛。"

陈凯"哦"了一声，眯着眼说："看不出来，你小子还挺精。"

秦向阳笑道："混饭吃，没办法。"

陈凯点头道："你没说错，是仙人跳。"

"我蒙对了！"

陈凯不理会秦向阳，自顾自说道："张素娟长得不错，打扮好往那一站，基本上事儿就成了。要是手里有点粉就更好了。你知道的，对吧。找机会往凯子身上一塞，嘿嘿，那弄的钱会更多。"

秦向阳皱着眉问："张素娟在那次之前，进过戒毒所吗？"

"没有，就那一次。"

"你呢？"

"我和郭小鹏，在张素娟之后被弄进去的，在里头待了三个月。前边我不是说了嘛，2000年冬天出来时，情况就变了，很多渠道都断了，清河西关那个点莫名其妙就火了。"说完，陈凯又补充道，"今天这些事，可别告诉警察！不然我饶不了你！"

秦向阳用力点头保证，又和陈凯喝了几杯，才起身告辞。

第二天一早，秦向阳和李文璧又去找陈凯。由于记者身份不能暴露，赵楚和孙劲只好留在招待所等消息。

接到陈凯，秦向阳请客吃完早餐，三人直奔清河县。

清河西关早不是当年的样子了，以前荒废的地方，矗立着一座大型炼油厂。

秦向阳慢慢地开着车，让陈凯仔细回忆。

李文璧安静地坐在后座，像往常一样，悄悄拿出记者录音笔，认真听着秦向阳和陈凯的对话。

秦向阳早就发现录音笔了，也懒得阻止，只是偷偷提醒她，侦破期间，什么东西都不能写，更不能发稿。

车围着西关转了好几圈，望着外面焕然一新的环境，陈凯苦笑着说："甭找了，邮筒早没了。我也没招了！再说了，你们找那玩意儿干吗呢？不就是这么个事嘛。要不回去吧！挺冷的，咱回去再整两口？"

秦向阳说："找不着也没事，待会儿回去整两口。你就说说当时你们怎么交易吧。"

"交易？"陈凯点上烟，深深吸了一口，说，"那简单。你把钱装信封里，扔进邮筒，晚上十二点来取货就行。"

"怎么取货？"

"从邮筒里。晚上十二点来，邮筒从来不锁门，一拉就开了。"

"就这么简单？"

"对啊。"

秦向阳摇着头说："这招可不怎么好。货就没丢过吗？还有钱，钱也可能丢。"

"你傻啊。你丢了货，或者丢了钱，就写个纸条，扔进邮筒里。货主知道有人偷货，或者偷钱，出于安全考虑，就会断货，直到确认安全后，才会重新供货。行有行规！断货，就是对所有人的提醒！懂吗？这么一来，大家都没得吸了。再说你偷货，万一被圈里的人知道或者碰到，还不往死里打？"

小小的吸毒圈子，还有这么多讲究？秦向阳吸了口凉气，说："有一定道理！那就没有断过货？"

陈凯说："那几年大家都很默契地遵守这个不成文的规矩，用现在的话说，和谐。就我知道的，只断过一次，不知道是丢了钱还是丢了货。"

"那几年？具体多久？"

"两三年？三四年？说不好。"

秦向阳把玩着打火机，道："这个事吧，我信，估计还是你们圈里人偷的。正常人一年下来，就算天天路过那个邮筒，都很难想到去拉拉邮筒的把手，何况这里当时是荒着的。为什么？思维盲区。那么，你们就不好奇货主是谁？"

"说不好奇是假的。其实吧，这个圈子，一般都是当面交易，钱货两清，掉头就走，货主站眼前，你都懒得看。吸毒的，不到那个份上，很少有出卖货主的。你想啊，出卖了货主，你上哪儿再买货？谁还敢卖给你？你不是警察，不知道毒源多难找。而且就算找到毒源，你没当场抓住人家交易，你都不叫有证据！所以呢，我们这种人，其实根本不在乎谁往邮筒里放的货，但是人都有好奇心嘛。"

"是的。你晚上藏在附近，看看谁往里头放货，不就知道了？"

陈凯嘿嘿笑道："不能看！只要有人偷看，邮筒里边就没货了！"

"有人偷看就没货了？货主怎么知道有人偷看呢？"秦向阳对秦凯的说辞深感纳闷。

陈凯说："我哪知道。反正我没偷看过，没那闲工夫。郭小鹏说他第一次买货时偷看过。"

秦向阳问："那没货怎么办？钱白花了？"

"那不会。只要有偷看的，人家就不放货进去。这么一来，不管是谁偷看，就知道被人家发现了，第二天也就不会再偷看了。第二天晚上再按时来，就有货了。"

"可是，对方怎么知道有人偷看呢？荒废的地方，又没摄像头！"秦向阳搓着鼻头思索起来。

陈凯说："我买货时，也不知道哪些孙子偷看了，反正我每次都是第二天晚上才能拿到货。郭小鹏也是，他只是第一次偷看过，可他后来每次都是第二天晚上才能拿到货。真想不通，是哪个孙子吃饱撑的，躲着偷看！"

说到这儿，陈凯忽然记起来什么，他丢掉烟头，说："我跟你讲，你今天问的这些话，其实十几年前也有人问过我。"

"谁？！"

"张素娟她弟，张启发。他和张素娟长得很像，我认得。我知道他是个律师，经常跟警察打交道，我可不想出卖货主！可那小子太狠了！不到五分钟，我就把西关邮筒的事说了……他还说他有的是办法让我开口……"

"张启发？那时候张素娟被抓了吧？"

"是的！那是张素娟的孩子惨死之后的事。张启发找到我，问了很多问题。"

现在，我们把故事视角拉回到十四年前。

2000年7月4日，张素娟被林大志送进戒毒所，此后张若晴惨死家中。林大志和李铭、李亮因此被检察机关起诉。后来，在纪小梅和聂东的连番恳求下，张素娥帮林大志做了假证，使林大志等人摆脱了张若晴意外致死案的相关责任。2000年10月15日，林大志最终被开除公职。

当时的张启发对张素娟这番遭遇并非无动于衷，于是通过自己的关系找到陈凯。他本以为张素娟在清河被抓，一定是陈凯和郭小鹏出卖的，想把他们狠狠收拾一顿。要不然两男一女去清河，凭什么只有张素娟被抓？

当时是2000年12月，陈凯才从戒毒所出来。张启发找到陈凯，逼问明白之后，发现根本不是那么回事，张素娟确实是一上街，就被李铭和李亮弄进了派出所。

李铭和李亮是什么人？经过打听，张启发才知道李氏兄弟名义上，是民警林大志的线人。民警又不是刑警，配什么线人？

后来张启发才弄明白，当时清河县的瘾君子较多，清河分局下辖的派出所，都有强制戒毒任务，每年要抓够一定的人数。任务到了派出所，又会具体地分配给每个正式民警。林大志为了更好地完成任务，就以线人的名义，雇用了两个帮手。

可是，李氏兄弟凭什么就有那么好的眼力？是抓的人多了，经验丰富吗？张启发不这么认为。有毒瘾的人的确和正常人看起来不一样，尤其是毒瘾发作的时候。但是在大街上人来人往，李氏兄弟凭什么一眼就把张素娟给揪出来？他这个问题，跟十四年后秦向阳想的一模一样。

作为律师，张启发敏感地意识到，这个事件似乎不是表面那么简单。他还是怀疑有人出卖了张素娟。可是他对陈凯再三逼问，还用了手段，陈凯都矢口否认。不是他俩，那会是谁呢？难道是其他吸毒人员？可是据陈凯反映，张素娟并没有其他类似的朋友。难道是零散的毒贩子？可是毒贩子为什么要出卖顾客呢？张启发想不通。通过对陈凯的逼问，他得知了西关邮筒的秘密勾当。在好奇心驱使下，他决定一探究竟，最好是当场抓到个毒贩子，了解一些详情。

2000年12月底的一个晚上，月朗星稀，张启发独自来到清河西关，找到陈凯说的那个邮筒，往里边扔了几百块钱，然后躲进了马路对面一家废弃的小旅馆。当时那里发现了油矿，居民都搬走了，剩下的房子也就那么空着。

出于小心，他没有选择邮筒正对面的旅馆，而是藏身到了旁边的空房子里。那个旅馆是空置的，他知道那个位置非常好，那么，提供毒品的人也一定知道那个位置非常好。他担心那几家旅馆容易暴露自己。

当时离午夜十二点还有四个多小时。他找了个有窗帘的空房间，拉上窗帘，拿出准备好的夜视望远镜，透过窗帘的缝隙，死死地盯着对面的绿色邮筒，那里有任何风吹草动，都绝不会逃过他的监视。

时间很难熬。他不停地抽着烟，缓解紧张的神经和酸涩的眼睛。他确信绝不会有人察觉到他的监视。

开始的时候他一点也不着急，离午夜十二点还早呢。可是随着时间的流逝，他开始担心起来。直到二十三点五十五分，他再也坐不住了，怎么还是没发现有人靠近那个邮筒呢？

他扔掉烟头，把望远镜抵在眼睛上，不敢有丝毫放松。

他相信，最后五分钟一定能发现异常情况。

很快，最后五分钟也过去了，他还是没发现任何情况。

这是怎么回事？他来回走了几步，又拿起望远镜观察了十几分钟，决定去看看那个邮筒。

邮筒安静地立在路边，没有路灯，周围静悄悄的。

他先围着邮筒转了两圈，没发现什么异常，就走上去拉住了邮筒的把手。

"啪！"邮筒的门被轻轻地拉开了。他拿出手机照着往里边看了一眼，只见自己投进去的那个信封，正安安静静躺在那里。

他犹豫了一下，拿起信封瞧了瞧，里面的钱还在。这让他惊讶不已。他想起陈凯的话："只要有人偷看，货主就不来放货。"

难道自己的监视，被货主发现了？还是另外也有人监视这里，被货主发现了？

张启发想不明白。他摸着黑出了西关，找到一家营业的宾馆睡了一觉。第二天一早，他又回到西关，躲进之前废弃的小旅馆，观察邮筒的情况。可是一直到上午十点，也没见有人打开过邮筒。

张启发决定继续观察，他的视线一整天都没有离开过邮筒周围。直到晚上七点，他发现自己实在太累了。他想了想，决定回宾馆休息，这一晚不观察了，他想看看会有什么情况。

他定了凌晨一点的闹钟，沉沉地睡了一觉，一点钟准时醒来。他重新回到西关，走到邮筒边打开门一看，里面的钱不见了，取而代之的是一小袋白色粉末。

呵！他不由得想，难道真是自己不偷偷观察，对方才肯放货？那对方又是怎么发现自己的？这不可能啊！自己躲得那么隐蔽！他隐约觉得哪里不对，但就是想不通到底怎么回事。

这就像解方程，货主规定的定理是：你把钱放进邮筒里，只要有人躲着观察，不管这个观察者是你，还是另有其人，他都不会放货。

那么，如果你确定自己躲着绝不会被发现，然而却还是没有货，那你只能以为，另有其他人也在附近观察，并且被货主发现了——但是这一点，你却永远没法儿证明，这是个逻辑悖论。那么，在这种情况下，如果你还想探寻答案，你就不得不去怀疑，这个定理本身是不是正确的。

最后，张启发决定再试一次。这一次他决定反着来。他相信自己当时绝不会被人发现，他也不相信还有别人，也躲在那么个荒废的地方。谁会做这么无聊的事！不管怎样，他要反着试一次，又往邮筒里扔了几百块钱。

他把钱投进邮筒的第一晚，直接回宾馆睡觉去了。

第二天早上，他回到西关打开邮筒一看，自己的钱还在，并且还多出来不少，但是没货。多出来的钱，一定来自其他客人。

晚上天一擦黑，他就趁着夜色又躲回那个废弃的小宾馆，用望远镜继续观察。这次他完全不着急了。

很快，时间到了深夜十一点二十分。这时张启发看到有个黑影走到邮筒附近。黑影往四周看了看，然后打开了邮筒。

"装神弄鬼！我倒要看看你是谁！"张启发扔掉望远镜，迅速出了宾馆，飞快地向黑影跑去。

黑影觉察到身后有人时，已经来不及了，只能转身跟张启发搏斗。

可是张启发年轻力壮，黑影根本不是对手，三下五除二就被抓着头发按到了地上。

|第九章　黑色的因果|

好了，我们再把视线从十四年前拉回来。

送完陈凯，回去的路上还是李文璧开车。

秦向阳一直纳闷。陈凯说每次把钱放进邮筒，都是第二天晚上才能拿到货，难道真有人偷看，被货主发现了？还有郭小鹏，只是第一次偷看了，可后来也还是第二晚才能拿到货。难道货主不用休息吗？还是货主为了安全，每次都安排人，躲在什么秘密的地方监视一切？

张启发从陈凯嘴里得知了邮筒的秘密，那他又会怎么做？

秦向阳一路上闭着眼睛，沉入想象。他想象着张启发找到邮筒，往里边放了钱，然后找个什么地方躲起来，监视到深夜十二点，那么当然是没有货。张启发会不会很吃惊？当然会。接下来他会怎么办？他会不会再试一次，再放钱进邮筒，然后这次他不能再监视了，因为由于昨天的监视，导致货主不放货。这么一来，第二天晚上过了十二点，他再打开邮筒，那一定是有货了。

"除非亲自试一次，可那是不可能的。"秦向阳自言自语地说。

"你嘟囔什么呢？"李文璧问。

秦向阳只好说出了自己的想法，最后他补充道："从逻辑上这事解释不通啊。"

李文璧随口说："嗯，我早想过了，确实解释不通。哎，反正货主每次都是让人第二天晚上才拿到货，不是吗？不就是这么回事吗？也许货主很懒，他只放了那么一个风出去，他才懒得观察谁在偷看呢。那多累人呢。还要不要睡美容觉啦！"

李文璧无意的话，让秦向阳一下子愣住了。

他缓了缓神，拍着大腿说："是的！我掉逻辑陷阱里了！确实只能是你说的那样。货主放货的规律，根本就是两天一次，根本不存在所谓有偷看者，就不放货这回事。只有这样，一切才能解释得通。"

"嗯，嗯。都是一回事，就那么回事。别打扰我开车好吗？"

秦向阳说："错！不是一回事。正如陈凯所说，毒品一般是单对单当面交易，吸毒的很少出卖货主。可是这个货主，弄出个类似半自动售毒机的玩意儿，只能说明他连自己是谁都不想让人知道。他太小心了。为什么？还有，他每两天放一次货，这样他每一笔交易中间，都有一天空暇时间，万一哪天有什么风吹草动，他都是主动的。再就是，他放出那么个'偷看就不放货'的消息，恰恰能让钱和毒品不容易被偷，相当于给那个半自动售毒点加了把无形的锁。"

李文璧叹了口气，说；"哎！分析再多也没什么用，反正我们还是不知道货主是谁。"

"货主的事，轮不到你操心。不过你比我想象的聪明点。"

"那当然啦！"李文璧喜形于色。

天亮后，秦向阳决定再去一次戒毒所。他招呼大家今天都穿正装，那样显得调查更加正式，当然，李文璧除外。

市第一戒毒所所长五十来岁，姓刘，言语间非常客气。他知道秦向阳的来意后，非常遗憾地说："那几年的资料没存好，确实是我们工作的失误。不过，凡是进过戒毒所的，登记在册名单还是有的，正本就在市局。"

"光有笼统的吸毒人员总名单，可没什么用。"秦向阳想了想，问他正常情况戒毒所一年能进来多少人。

"正常的话，这里一年下来，关百来人是有的。"

"那2000年呢？记不记得，那年光清河送过来的就很多吧？"秦向阳故意提出2000年的事，想验证陈凯的说法。

刘所长想也没想就说："这事吧，我还真有印象。因为这么多年来，那种情况只出现过一次。那年，光清河县就送进来两三百人。你看看，当时的资料要是还在，就更清楚了。"

"一个县就两三百人？"秦向阳心想，那确实太多了，看来陈凯没有撒谎。

"那2000年之前呢，有什么异常情况吗？

刘所长想了想，说："我刚才说了，特殊情况就那一次。其实呢，下面各个派出所，每年都有指标，基本能完成就行。对了，2000年那次，就是因为清河送进来那么多人，市局还针对清河县搞过一次专项行动，听说很有成效。"

"什么专项行动？"李文璧插了一嘴。

孙劲连忙说："挖毒源呗。别多嘴。"

李文璧哦了一声，退到一边。

秦向阳沉吟了一会儿，不死心地问："那么，强制戒毒结束，戒毒人员离开时，有没有相关记录呢？"

"有是有，可那些就更难保存了。"

秦向阳失望地点了点头。

刘所长笑着说："出去的手续，十几年下来，只有一种情况可能保存下来，就是非正常情况，中断戒毒的。正常情况戒毒都是一年，如有需要，可以申请延续。"

"据我所知，戒毒不收取费用，但生活开支，戒毒者自己负责，要是因费用不够提前出去呢？"

"戒毒者若无力承担生活费用，一般我们会垫付一段时间，但经费有限，时间长了，也只能终止。那也不能算非正常情况。"

"非正常情况到底包括什么？"

"比如生病，死亡，刑事在逃人员被查实，重要人证须出庭做证，有特殊技能的人被特殊部门挖走，等等。由于这种情况比较少，档案管理起来很容易，所以一般不会丢失。如有需要，我这就帮你们查。"

赵楚这时说："来都来了，那就看看吧。"

很快，刘所长拿着一份打印资料回来，他说："1996年至2000年，非正常情况中断戒毒的，都在这里了，一共四十三人。"

秦向阳拿起名单浏览了一遍，一个熟悉的名字也没看到。

他轻轻叹了口气，又浏览中断戒毒事由。

中断戒毒事由跟在每一个名字后面。他一行一行看下来，突然在里面发现了一个熟悉的名字：林大志。

那一栏写着：程浩然——中断戒毒事由，配合清河县城郊派出所调查指认毒品交易人，经办人：林大志。2000年11月2日。

这可是个有意思的信息。

这次在戒毒所挖到三条线索，实属意料之外。

第一条，2000年市局的清河扫毒行动。行动资料市局就有，很容易就能查到。当时清河县，抓了大批吸毒人员。其中清河城郊派出所尤为积极突出，并给其他派出所提供了很多吸毒者的线索。引起了缉毒处的注意。2000年10月20日，市局缉毒处，联合市局刑警支队、武警支队，根据各方面收集到的线索，在清河县查处藏毒窝点九处，捣毁制毒窝点一处，共抓获犯罪嫌疑人三十七名，在逃人员八人，缴获海洛因、可卡因、氯氨酮、摇头丸等各类毒品若干。

第二条，也是清河扫毒行动的原因，以清河城郊派出所为主的清河县，大半年之内，抓获大量吸毒人员。

第三条，就是被林大志从戒毒所弄出去的程浩然，这个人的出现引起秦向阳很大的兴趣。

这件事最引人关注的，是林大志把程浩然弄出戒毒所的时间，2000年11月2日。

秦向阳记得很清楚，张若晴相关档案里有记载，林大志于2000年10月15日被开除公职。

一个被开除公职的人，竟然以派出所的名义，去戒毒所带走了程浩然？林大志为什么这么做？

这个疑问，秦向阳没有对刘所长讲明。他确信刘所长提过的这份原始记录错不了。

那么，林大志被开除了公职，又是如何堂而皇之，以派出所名义带走程浩然呢？这很简单，对当时的戒毒所来说，林大志三天两头抓人进去，工作人员很了解他的民警身份。而他被开除的事，戒毒所当时一定不清楚。他要带走程浩然，就只能利用这个信息上的不对称。最大的疑问，是他这么做的动机。

带着这个疑问，秦向阳等人回到市局，整理着手头的资料，为晚上的专案组碰头会做准备。

赵楚说："清河城郊派出所2000年做的事太反常，或者说太疯狂了！等于一个派出所，把全市的抓毒名额完成了好几倍。我觉得这件事本身就不正常。"

孙劲说："是的。可是在领导眼里，这是好事。"

赵楚说："对，是成绩！其实派出所方面也很好解释，比如可以解释说，有内线帮助。我想说的是，反常之处必有妖。你们想，秦向阳调查陈凯，结果摸到个无人售毒邮筒。我们没法儿掌握这个邮筒售毒点出现的具体时间。如果它是在扫毒之后出现的呢？那就有点意思了。"

秦向阳倒吸一口凉气，说："西关邮筒这个毒点，它出现的具体时间无从掌握。不过，据陈凯交代，他2000年冬天从戒毒所出来时，情况就变了，很多渠道都断了，清河西关那个点莫名其妙就火了。换句话说，大致能断定，那个毒点就是在扫毒行动之后火起来的！"

"哦？这么巧？"赵楚的语气很果断，"我不认为这是巧合！"

秦向阳说："你的意思是，有人在幕后策划，先把大量吸毒人员弄进戒毒所，从而引起警方注意。那么必然的，警方会对清河县进行大扫除。之后，策划者再弄出个无人售毒点赚大钱？"

"很大胆的设想！"赵楚赞道，"逻辑上这非常合理！区区一个县，大量吸毒人员在相对集中的时间段进了戒毒所，这本身就不是常态，也是我们怀疑它背后有阴谋的事实基础。当时的警方搞出那么大的行动，清扫这个县，逻辑上更是必然的。这点没疑问吧？好，我们既然确定了这个点，那这个逻辑必然就还缺少一个前因，一个后果。"

秦向阳说："很有道理。逻辑推测起来，前因只能是有人幕后策划，后果嘛，则是在一定人员范围内，垄断市场。清河县西关邮筒秘密售毒点，之所以火起来，不正好符合这个特征吗？"

"那这些人胆子也太大了！"李文璧说。

"利益使然嘛！"孙劲道。

秦向阳清了清嗓子，说："可是逻辑上的合理性，离事实还很远。以目前掌握的信息看，最引人注意的，是林大志和程浩然这两个人。林大志被开除后，为什么冒着风险，以派出所的名义，把程浩然从戒毒所搞出去呢？想不通！"

秦向阳的话，把大家的注意力一下子转移到了程浩然这个名字上。

"程浩然是吧！"李文璧摇着手机说，"资料有了，我的记者朋友效率不低吧！"

孙劲笑道："有你在，连公安局的档案科和户籍处都省了。"

李文璧得意地笑起来。

程浩然，四十八岁，市局副局长金建国的外甥，现任浩然防水材料有限公司董事长，公司在滨海市盘龙区。早年玩股票赚了第一桶金，有吸毒前科。

"他是金建国的外甥？"秦向阳没想到程浩然还有这层身份，接着他又不以为然地笑道，"程浩然的基本情况，百度都比这详细。你的记者朋友太应付事了。"

李文璧哼道："百度上肯定没'吸毒前科'这几个字！"

接下来的专案组碰头会上，秦向阳等人才知道郑毅一直都没闲着。

郑毅大踏步走进会议室，见人已到齐，直接对秦向阳说："发根烟，我忘带了。"

秦向阳掏出烟发了一圈，自己点上一支，把烟盒扔给了郑毅。

郑毅点上烟，深吸一口说："秦向阳，听说你们这两天收获不小。"

秦向阳说："只是按会议要求，深挖了一些信息。"

郑毅点点头，叫苏曼宁汇报她和陆涛的情况。

苏曼宁似乎很享受第一个发言，她挺了挺胸，说："陆涛按郑局指示，对枪击案做了全面的弹道分析和现场还原，结论是弹道分析和现场对不起来。做弹道分析时，我们按李铭额头子弹射入的角度，往反方向画一条直线，再按李亮额头子弹射入的角度，往反方向画一条直线。那么，理论上这两条直线的交点，就是凶手开枪时枪口的位置。按照盘龙分局的结论，也就是凶手林大志枪口的位置。

"然而现场的情况是，林大志向右侧躺在后座上。我们在电脑上标定他侧躺的位置，再让林大志'重新坐起来'，就找到了他坐着时右手举枪的枪口位置。而这个枪口位置，跟上述弹道实验找到的枪口位置，是有偏差的。实际弹道射击位置，距离电脑模拟的林大志射击位置，有十五厘米，更靠近右侧车门。"

郑毅平静地问："你的结论是？"

"我的结论是，单纯从弹道分析结果来看，林大志、李铭、李亮的枪击案现场，很可能还有第四个人。"苏曼宁的话干脆利落，结论明晰。

郑毅点点头，说："好。"

苏曼宁继续说："郑局和我研究张若晴档案，发现了不少疑点，其中李铭、李亮抓张素娟的情况尤其异常。于是陆涛去清河县分局调取当年的戒毒人员档案，可是对方档案丢失。郑局要求清河县分局做了内部检讨，并要求陆涛查明2000年左右清河县的戒毒人员名单。陆涛从市局调出清河县及附近市区，登记在册的吸毒人员名单总册，调派大量警力，对每个登记在册人员逐一问询，查到2000年，仅仅上半年，进过戒毒所的人数就特别异常，一共二百八十一名。为什么？我们纵向地看，2000年之外的其他年份，每年进过戒毒所的人数就正常多了，每年都保持在七八十人上下。针对这个情况，我们把2000年上半年的强制戒毒人员做出了整理。名单我这就分发给大家。"

对秦向阳来说，林大志枪击案弹道检验倒是个新情况。毕竟，他们盘龙分局当时没来得及做这个检验，案件就被移交给了专案组。秦向阳一早就对林大志枪击案有所怀疑，他忘不了李铭的车右侧，麦田里那些疑似脚印痕迹。这个弹道检验结果，一定程度上验证了他的想法：会不会是有人突然打开李铭的车门，在极短时间内，用擒拿手法抢了林大志的枪，然后开枪杀死李铭、李亮，手法干净，一枪一个。之后，凶手把枪顶在林大志嘴里，杀死林大志，伪造出那么个假现场。如果真是这样，那凶手的手法就太利落，太残忍了。

至于陆涛调动大量警员调查戒毒人员，基本还原了丢失的戒毒人员档案的大动作，更是令秦向阳大吃一惊，连连感叹。为了那份丢失的档案名单，他和赵楚先后去过两次戒毒所。名单虽然没搞到，但却有好几个意外发现。当然，陆涛的调查结果，更加印证了他调查方向的正确性。

"秦向阳，说说你们那边的情况。"郑毅打断了秦向阳的思绪。

秦向阳飞快地整理好思路，说："一、张若晴案件中，纪小梅，纪小梅的同学聂东，伙同张素娥，帮林大志等人做了伪证。张素娥当年，并没有给林大志回拨电话，纪小梅和张素娥也并非闺密关系，而是完完全全的陌生人。纪小梅承认了当年做伪证的事实，认罪态度较好。

"二、我们从对陈凯的调查当中，找到了当年位于清河西关的一处隐蔽售毒点。详情都在我的提交报告上。当年，张启发在张素娟被关进戒毒所后，通过陈凯提供的消息，也曾到过那个售毒点。他有没有找到毒贩，这点还不清楚。

"三、我们从滨海市戒毒所得到了如下几条信息。一是戒毒所在2000年，尤其是上半年确实关过大量戒毒人员，这些戒毒人员的大部分是清河县城郊派出所送过去的。二是2000年10月20日，市局曾针对清河县搞过一次扫毒行动，我相信行动起因，就是清河县城郊派出所扭送大量吸毒人员，从而引起了市局高层的注意。同时，鉴于这两件事内在的必然联系，我和赵楚、孙劲一致认为这两件事应该还有前因，也有后果。至于前因后果嘛，我们还处于猜测阶段。三是我们发现了一个叫程浩然的人。"

说到这里，他拿起苏曼宁分发的2000年戒毒人员名单，仔细看了一遍。果然，他在里面发现了程浩然的名字。

名单上程浩然进戒毒所的日期是2000年10月22日。

"这么具体？"秦向阳问陆涛，"这份名单上，也有程浩然。可是时间过去这么久，怎会有他进戒毒所的具体时间？"

陆涛说："我特意嘱咐过搞统计的人员，要问得详细点。名单统计上来时，这一点我也注意到了。统计人员反映，程浩然说他这辈子就进过一次戒毒所，而那天恰好又是他老婆生日，所以记得很清楚。"

"原来如此！"秦向阳说，"我们从戒毒所得到的信息是，程浩然被林大志提走，配合派出所调查指认毒品交易人。他离开戒毒所的日期是11月2日，就是说这家伙在戒毒所总共才待了十一天。而且，林大志当时已经被开除了。"

"当时林大志已经被开除了？"郑毅皱起眉头道，"秦向阳你想说什么？"

"我还不知道，只是觉得很奇怪。"

"林大志的做法的确非常可疑！"郑毅又问，"你刚才提到的前因后果，可以说说想法吗？"

秦向阳说："那是我和赵楚、孙劲一起商量的结果。我们怀疑，有人策划把大量吸毒人员弄进戒毒所，以引起警方注意。警方则必然对清河县大扫除。然后他们又弄出个无人售毒点赚钱。我们是这么分析的，2000年10月20日市局的扫毒行动，对清河县境内的售毒点打击肯定很严重，那么，在扫毒之后，再弄出个新的隐蔽的售毒窝点，就很容易在一定人员范围内，形成垄断。这个人员范围，应该以当时被送进戒毒所的人员为主。你想，戒毒复吸的概率是很大的，当那批戒毒人员出了戒毒所，再去找毒品时，发现很多老窝点被端了，是不是就会寻找新的售毒点？巧的是，清河西关那个秘密售毒点，就是从2000年年底开始火起来的！"

"你们干得很不错！"郑毅适时收住话题，叫苏曼宁去了他的办公室。苏曼宁回来时手里多了三条烟。

郑毅把烟分给秦向阳他们，转身在案情分析板上写下"程浩然"三个字，才说："从你们的调查结果和逻辑分析看，程浩然和林大志当年的行为，非常古怪！可惜林大志已经死于枪击案，接下来，你们准备怎么对付这个程浩然？"

秦向阳仔细想了想，简洁地说："林大志和程浩然的古怪之处，除了林大志当时已被开除，还体现在时间点上。"

说着，他起身在分析板上写了一串时间。

2000年10月15日，林大志被开除。

2000年10月20日，警方对清河县采取扫毒行动。

2000年10月22日，程浩然进戒毒所（被哪个派出所送进去，无法查实）。

2000年11月2日，林大志以派出所名义，私造手续，把程浩然弄出戒毒所。

"时间上，林大志被开除，跟扫毒行动肯定没什么关联，但是逻辑上，后面两件事，就无法排除跟扫毒行动的关联性。"秦向阳说，"我们对程浩然一点也不了解。如果他和林大志之间真有非法勾当，提审他行吗？肯定不行。一来我们什么证据也没有；二来林大志死了，要是程浩然知道了这个情况，他完全可以把一切都推到林大志身上。比如，他随便编个理由，说当年只是为了尽早离开戒毒所，求林大志帮了他那么一个忙……"

"不过我们倒可以先验证一下另一件事。"说着他拨通了陈凯的手机，按下免提，问，"老陈，你说的那个邮筒窝点，具体什么时候开始做买卖的？"

陈凯在电话里说："不知道。不是说过吗？2000年冬天我们从戒毒所出去后，那里才火起来的！"

"那个地方，是谁告诉你的？"

"大家都那么说。在戒毒所里的时候，大家就传开了，说有那么个地方。"

"具体几月传开的？"

"你饶了我吧！那谁记得！改天整两口啊。"

秦向阳答应着挂了电话。

"大家都听到了吧？我相信陈凯。"秦向阳拿起那份戒毒人员名单说，"基本可以确定了，从时间上看，清河西关窝点，就是专门为扫毒行动结束以后准备的！我建议对这份名单上的其他人员，有选择地进行问询，用来固定结论！"

他放下名单，轻叹道："至于是谁第一个散播了新窝点的消息，我认为，就算把当年那些戒毒人员全摆在这里，一个一个地问，也绝对找不出来。我想我们陷入困境了。"

他点起一根烟，解释道："表面上看，我们似乎找到不少线索，也把当年清河扫毒行动的内在原因搞清楚了，也知道了那个无人售毒点的存在。但实际上，那些事都发生在十四年前，先不说我们连主谋的影子都没摸到，就算现在他站在这里，我们拿他也没办法！毒品交易玩的就是人货分离，你逮到一次交易，顶多也就是一小包货。可抓毒呢，却最讲究人赃并获！十四年过去了，如果主谋早就洗手不干了，我们又拿什么实质性证据定他的罪呢？穿越回去吗？"

他深吸一口烟，斟酌着说："而且大家不要忘了，我们现在查的，还都只是214案件的一个旁支。"

秦向阳一席话，改变了会议室里的气氛。房间里一下子变得静悄悄的。

其实，在座每个人本来就清楚案件的复杂性，只是这几天调查到的碎片信息，整合起来，让大家看到了黎明的曙光。最主要的是，专案组的队员都明白，郑毅绝不只是一个头戴"领导"二字的符号，他经验丰富，有巨大的能量、庞大的资源。而秦向阳的一番话，适时地让大家前进的脚碰到了一块坚硬的石头。

这时苏曼宁忍不住了，她毫不客气地说："秦向阳，你别泼冷水！程浩然身上一定有秘密！只要把他查清楚，就都好办了！"

秦向阳平静地说："你凭什么认为程浩然有秘密？"

"凭什么？凭他只在戒毒所待了十一天！凭和他有关联的林大志！林大志都被开除公职了，还冒险把他弄出戒毒所，这些难道不可疑吗？我有理由怀疑，是程浩然出卖了他掌握着的售毒窝点！这对他有什么好处？以后他从哪儿买毒品？所以，我怀疑程浩然就是扫毒行动的前因！"

秦向阳也不同意，也不否认，他反问道："怀疑一个人很容易。我就想知道，你打算怎么调查程浩然？别忘了他现在可是个董事长，不缺钱，早就不必冒险贩毒了。你打算怎么收集他的证据？"

苏曼宁顿时语塞了，她用略含嗔怪的妙目看向郑毅。那是她的精神支柱，是她一切自信的源泉。可是郑毅却没看她。

然后苏曼宁哼道："我会有办法的！你不信，可以在家待着。"

郑毅用一个强有力的手势，制止了这场争辩。

他把手里的水杯稳稳地放下。水杯和桌面接触，发出"嘟"的声音，听起来，像一颗落地的定心丸。

他用厚重的声音说："秦向阳说得没错，我们现在还在一个旁支上。但以我从警多年的经验，我可以很负责任地告诉大家，很多时候都是一点通，全局通。首先必须承认，程浩然浮出水面，这是个好消息。这个人身上确实有疑点，但在找到切入点之前，不可轻举妄动，免得打草惊蛇。大家先回去休息吧，明早碰头会继续。"

回到招待所，秦向阳坐在床头不停地抽烟，看起来心事重重。

赵楚拍着他的肩膀说："老弟！愁什么呢？"

"没事，想案情。"秦向阳说着，两手往脑后一背，靠在了被子上。

赵楚笑着说："年轻人，就该气盛！不过最好别和苏曼宁呛呛，那娘儿们太傲了，而且还有郑局罩着。"赵楚显然看出了苏曼宁的几分心思。

秦向阳扔掉烟头说："我管她谁罩着呢！程浩然现在就是不能动！我们什么切入点也没有，零证据！"

赵楚点着头说："其实这些案子都还好，怎么说呢，都有线可捋，无非麻烦点。最难的是激情犯罪，往往连动机也没有，犯罪手法也不见得高明，现场证据一大堆，可是，完事，凶手随便往哪儿一躲，你就去找去吧！上哪儿找？找个鸡巴！"

秦向阳笑了，赞同地说："那叫捉迷藏！小时候咱是在房子里玩，你说的那种玩法，那是在全中国地图上玩！但愿我这辈子别碰上那种案子！"这是秦向阳的愿望。

可他忽略了有个词叫"一语成谶"。很多时候，越是不想碰到啥就越是来啥。现在的他当然料不到，不久以后，他就遇到了他最不想碰上的案子。

"是的！"赵楚感叹道，"所以现在咱们不用着急上火，没用。再等等吧，说不定很快就有新情况浮上来了。贩毒这种事，牵扯不是一两个人，就算你捋得再好，别人可不一定捋得好！"

第二天一早，郑毅急匆匆地来到会议室。

他开会总是没什么开场白，无比直接地说："一个好消息，一个坏消息。坏消息是，省委和部里给咱们定出时间来了：限期一个月破案，破不了，在座各位想想回家后干点什么合适。"

郑毅的潜台词很明白，他不想自己"郑三百"的称号，受到这个案子的羞辱。案子破不了，明年他也别想进省厅了。

他继续干脆地说："五名死者，一宗枪案！我不想案子最后移交给公安部！好消息是——"

说到这儿，郑毅抬头看了看秦向阳，大声说："我的人在调查张启发的个人情况时，刚刚发现他有个特别账户。账户的开户日期是2000年12月30日，当时账户上被打入二十万元，此后每年，该账户都会定期被打入二十万元。从2004年开始，该账户每年都会转出五万元，转入方的账号是盘龙区龙山精神疾病康复中心。我的人查到了去年给张启发的转账银行，还查到了银行保存的转账人监控视频。"

听到这个消息，所有人的眼神立刻亮了起来。

秦向阳瞬间意识到，郑毅提到的"盘龙区龙山精神疾病康复中心"，正是张素娟接受治疗的地方。这就很明显了，张素娟的治疗费用，一直是张启发在承担。

转账人是谁？每个人都很期待这个答案。

郑毅的语速很快："转账人叫王艳玲，程浩然的财务主管兼办公室秘书。"

听到这儿，秦向阳心里顿时亮堂了，他仿佛一下子回到了十四年前十二月的那个晚上，他看到张启发在一片废墟里，死死盯着一个绿色废弃邮筒。

"看来，张启发当年，还是逮到了他的猎物！这些钱，分明就是封口费嘛！"他不禁由衷地佩服起张启发来。

"可张启发逮到的猎物，不一定就是程浩然啊！"他退一步又想，"就算那晚逮到的不是程浩然，而是另一个人，那这个人也一定跟程浩然脱不了关系，否则，程浩然就不会年年给张启发打钱了。"

查程浩然，是肯定不会错的。

可是该怎么查呢？

难题，还是赤裸裸地摆在那里。

第十章　源起

这次，郑毅没给秦向阳留出考虑的时间，他用强硬的语气说："我要求你们立刻对程浩然展开调查，查实清河西关售毒窝点的前因后果，尽快让案情回到主线上来！人员安排照旧，陆涛机动，苏曼宁后勤。"

2000年2月的一天，年味儿还没散去，程浩然开着车走在回家的路上。他那几年玩股票发了财，刚提了辆崭新的桑塔纳。

这次进城，他狠心弄了一万块钱的货，够他吸一阵子了。他看了看藏在副驾驶里的货，不禁感叹，有钱的感觉真好。

可是他那天的运气却不太好，桑塔纳经过清河县城郊派出所附近时，正好碰上要去值班的民警，林大志。

林大志那天的心情很不爽，打牌把过年的奖金都输光了，还没来得及翻本，就被副所长沈浩叫着去值班。

"大过年的，哪那么多事！"林大志一路走一路气，抬头看到一辆崭新的桑塔纳从他身边开过去。

车轮碾压着积雪，溅了林大志一身雪泥。

林大志顿时就火了：老子输了那么多钱，大过年的还得值班！你们这些有钱人却开着车到处耍！真是要多自在有多自在！有钱了不起啊！

想到这儿，他跑了几步，一伸手就把桑塔纳拦下了。

他解开大衣的扣子，露出里面的警服，对着车里面的人说："查车！"

程浩然摇下车窗，看了看林大志，理直气壮地说："你也不是交警啊！查什么车啊？大过年的！"

"呵！"林大志更来气了，强硬地说，"过年突发事件多，协查！我接到命令，今天从这儿走的车，全部都要查！"

说完，林大志一把打开车门，就钻进程浩然车里翻弄东西。

他根本没指望能翻到什么，就是要给这个有钱人添点堵，解解刚才车轮子的一"溅"之仇。他觉得今天实在太倒霉了。

程浩然顿时慌了，拦腰使劲抱着林大志，把他往车外边拖，嘴里大声说着："敢查我的车！你知道我是谁吗？"

林大志一听更火大了："我管你谁呢！"

他一使劲，就把程浩然摔趴下了，然后钻进副驾驶，接着翻腾。

程浩然急忙从地上爬起来时，林大志已经发现了那一袋子新买的白粉。

林大志捏着那个袋子左看右看，自言自语："什么玩意儿？"

程浩然一把将塑料袋抢在手里，忙说："糖！白糖！"

林大志见程浩然那个紧张的熊样，警觉性立刻上来了："白糖？我看不像！"说完就去抢程浩然手里的东西，程浩然一着急，袋子"啪"地掉地上撒了。

程浩然心疼得一下子跪在地上，一把一把地拢着地上的白面，往口袋里装。

林大志再没见识也明白了，一脚踹翻程浩然，骂道："白糖你姥姥！你这毒品吧！"说着又把程浩然扯了起来，怒道，"走！跟我去派出所！今天碰到我，怪你过年没烧香！"

程浩然整个人早软了，跪在地上说："别！饶了我吧！我这头一回！我有钱！给你钱！别抓我！"

对方一提钱，林大志就更气了："钱？有钱了不起？我才输了奖金也没眨眼！我说了，今天碰到我，你就自认倒霉吧！"

程浩然炒股多年，心里活泛着呢，见这招不好使，眼珠一转，赶紧站起来说："我有眼不识泰山！你想咋整就咋整吧！可这大过年的，我也丢不起这人啊！咱先进车里坐会儿总行吧？我和你说点事。今天我认了！"

程浩然这么一说，林大志那股劲也就跟着卸了，笑着说："态度还行！我就看看你和我聊点啥。"说着一屁股坐进了副驾驶。

程浩然赶紧捡起塑料袋，坐回车上，顺手摇上窗户。

程浩然缓了缓情绪，掏出五百块钱说："今天就带这么多，你先拿着，改天我还有表示。你就发发好心放了我吧。"

林大志点了根烟表明自己的态度："我告诉你吧，你今天说啥也不好使！今天你肯定得进去了！"

"你要是嫌钱少，和我回家去拿！"

林大志说："不少，比我一年奖金还多，不过没用。你是买卖人吧？你这做买卖的，是不是每天得干挣钱的事？我这干警察的，就得干警察的事。你藏这么一大包毒，我抓你，是不是干我该干的事？这叫各干各的本分！咱俩之间还是别掺和了。"

程浩然见这家伙大义凛然，油盐不进，使出了绝招："告诉你吧，我姨父是金建国，清河县公安分局副局长，你该知道吧？"

这话可着实让林大志心里大吃一惊，不过他面上没表露什么，还是嘿嘿笑道："金局长怎么着？金局长儿子要是犯了法，也得蹲监狱不是？"

程浩然心里一抖，硬着头皮说："要不这样，你和我姨父汇报汇报？他说怎么着，咱就怎么着？"

其实，林大志这时心里已经有所松动了，心里不停地盘算着：对方要真是金建国的外甥，这事还真不好弄，自己就是个小民警，根本摸不清金副局长的为人，万一因为这个事得罪了领导，那就太不划算了，倒不如干脆把包袱甩给金建国，还可以做个顺水人情。想到这儿，他就带着程浩然去值班室打电话。

金建国听明白了事情经过，在电话里对林大志撂下一句话："该咋办，就咋办！"

程浩然赶紧上前对着电话说："姨父，我就这一次！再也不敢了！"

电话里回答他的是一片忙音。

林大志可不傻，"该咋办就咋办"，话可以这么说，事却不能这么做。他琢磨着，该怎么把这家伙放了，还得给自己留下台阶。

程浩然见林大志一脸犹豫不决的样子，心说有门了，就凑上去嬉皮笑脸地说："要不这样吧，这大过年的，你这值班也没什么事，咱找个地方喝点，好好聊聊，也算认识了。我的事，咱吃完饭再说，你看怎么样？"

林大志明白，对方这是给自己留个台阶呢，就故意做出一副为难的表情，勉强同意。

两人找了个饭馆，喝着酒互报了姓名，这才算正式认识。

程浩然也算见多识广，天南海北一通神侃，把林大志听得一愣一愣的。

程浩然侃了一阵，端起酒杯问林大志："你知道我那一袋子货值多少钱？"

林大志没数，只好摇了摇头。

"一万！"程浩然伸出一个指头。

"这么多！"林大志一惊，杯中酒洒了出来。

程浩然说："这种买卖比我炒股来钱快，来钱多。但一般人干不了。"

"废话！那是犯罪！"林大志严肃地说，"这次是看你姨父的面子，你的东西，我也不没收，一没收，事情就捅到明面上了！但有句话必须得说，劝你别吸了！"

程浩然很知趣，拿出五百块钱表达谢意。

林大志摆手拒绝。

程浩然见对方死活不收，收起钱感慨道："吸这玩意儿又不挣钱，还很费钱。要是既能挣钱，又不费钱，那就好了！"

林大志反应很快，低声怒道："什么意思？你想贩毒？"

程浩然沉吟了半晌，小声说："贩毒也不是一定就被抓住，关键得看怎么弄。涉足这个圈子好几年了，每次看着那些人大把点票子，我就眼红！跟你说实话，我一直琢磨有什么稳妥的法子，可惜想不出来，不然我也想搞，趁着还有点本钱。"

林大志说："赶紧打住！想也别想！万一出事，到时候别说金局，天王老子也救不了你！"

这是程林两人的第一次会面。

程浩然第二次见到林大志时，果然说到做到，拿出一千五百块钱，感谢林大志上次高抬贵手。

一千五在当时不算小数，林大志再三推脱，最后实在没办法，才把钱收下。收下钱后，他心里产生了一种深深的挫败感，一是为自己的不坚持原则，听到"金局长"三个字后还是把人放了；二是发愁自己那点工资，以至于过年时输了那点奖金就心疼得要命。

程林二人第三次见面时，程浩然神神秘秘地问林大志："你们派出所有没有抓毒指标？"

林大志说："有啊。一年顶多十个八个的，完不成，也无所谓。你要不是金建国的外甥，上次就把你凑成指标了！"

程浩然说："前两天我在城北碰见抓毒的了，把我好吓。我可不想进戒毒所，进去一年，被折腾得生不如死！出来还得复吸！"

林大志自顾自地喝酒，没理他的茬。

程浩然往前凑了凑，小声说："林sir，你说存不存在这种可能？"

他咳嗽了两声，往四周看了看，接着说："就是我给你提供吸毒人员线索，甚至是藏毒窝点，你们只管抓人，抓得越多越好……"

林大志赶紧放下酒杯，疑惑地问："你想干吗？"

程浩然急道："不干吗！我这儿和你探讨呢。就是你们抓得越多越好，这能不能引起上边注意，派人来扫毒？"

"探讨这干啥？"林大志摸不清程浩然的意思，考虑了半天，才说，"那是肯定的！你想，你一个县，平时一年往戒毒所交几十人，一个派出所交几个人。要是突然变成一年交几百人，那就成大事了！领导肯定注意，知道你这个市毒源泛滥了！泛滥了，就有扫毒行动！"

程浩然点着头说："我也是这么想的，只是好奇，你们派出所为啥没人这么做。"

林大志说："好奇？没那么简单！一是吸毒的不好抓。二是就算有内线，你一个小派出所，也不能一下子送那么多人进去，太扎眼，太不合常理了。你得给别的派出所提供线索，分点机会，让他们帮着抓，这么弄才合理。"

程浩然说："看来干啥事也讲究专业。"

林大志问："你到底想干什么？"

程浩然说："不干什么，就是个设想，嘿嘿。"

林大志闷声到道："设想？都是屁话！你是想戒毒呢，还是帮着扫毒？"

程浩然低声说："说扫毒也对，我想挣钱！"

林大志问："扫毒？扫毒和挣钱有毛关系？"

程浩然摸着下颌，瞅了林大志老半天，才下定了决心似的说："这事我琢磨好久了，我看，这事还就得着落在你身上。咱俩要是合作，绝对天衣无缝！"

林大志丈二和尚摸不着头脑，一脸蒙蒙地逼看着程浩然。

程浩然俯身过去，小声说出了自己的计划。

"我给你提供毒窝和吸毒者的线索，你找两个机灵的参与进来，专抓吸毒的。然后按你说的，你也要给别的派出所线索，一起抓。抓他几百人，送进戒毒所，闹出大动静，上边必然来扫毒，这么一来，一般的毒窝也就完了。我有本钱，我去弄货，然后弄个隐蔽的地方，等戒毒所里那帮子人出来，上哪儿一时半会找货去？那时就轮到咱出货挣钱了。咱们干几年就收手，不贪。"

说完他补充道："你看，我知道好几个出货点，还认识不少瘾君子。这么一来，你我都能挣钱，我还不用再费钱了。更重要的是，你有钱了，给我姨父送礼，升官不就快了？这年头谁不送礼？"

林大志断然拒绝，擦着汗说："绝对不行！"

程浩然不顾林大志的反应，说："我早想好了。具体的事你根本不用出面，我也不能出面做交易，我琢磨着，怎么设计个无人售毒点。"

"无人售毒点？"林大志一阵无语，见程浩然越说越离谱，气得就差掀桌子了。

程浩然说："就是无人售毒点，正琢磨着呢。"

程浩然说得很投入，一脸真诚，好像忘了林大志的身份，或者说，他相信林大志肯定不会出卖自己。

"琢磨个屁！再这么下去，你会出大事的！"林大志急道。

"哎，别急嘛！就算个设想呗！你评价一下这个设想，总可以吧？"说着，程浩然掏出五百块钱，放到了林大志的酒杯底下。

"评价？"林大志感受到了对方的信任，他低头看了看钱，长长地叹了口气，无奈道，"太难了！别的不说，就单说抓毒这一块，我自己也抓不过来吧。必须让别人参与。但是，参与得多了，事儿就容易暴露。"

程浩然说："所以，我才说要找两个机灵的，信得过的，从社会上找。你们所里几十号人呢，其他人也去抓，他们不知道我们的计划就行。"

听了程浩然的回答，林大志敏感地意识到：看来这家伙不是琢磨了一天两天了，很多细节都考虑到了。

"还有什么评价？"程浩然又拿出五百块钱压到林大志酒杯下。

林大志默默吸了半盒烟，才开口说道："还有两个难点。"

程浩然示意他说下去。

林大志说："你有本钱不假，但你上哪儿弄货？"

程浩然说："我去外省打听上家。"

林大志说："不安全。不管你上哪儿打听，一旦你的上家被抓了，你弄货多，就很可能被供出来！"

程浩然惊道："也是！不愧是警察。那怎么办？"

林大志说："只能分批弄货。你在附近找几个大的窝点，还是得以吸毒者身份，分批买货。这样安全。"

程浩然考虑了一会儿，说："不行！那样太慢了！再说那样利润加不上去！跟你交个实底，我资金也不算很多，二百万左右。还是得出省找货，分几批买进来，利利索索。只要交易不被当场抓住，上线就算进去了，也没法儿出卖我，这个行当，谁也不打听谁的身份。"

林大志把酒杯倒满，一大口喝下去，才说："该说的不该说的，都说了，就此打住吧！"

"别啊！"程浩然凑到林大志脸前说："资金是我的，去批货的风险也是我的，只要你参与配合，利润三七开，你三我七。"

林大志呆呆地望着程浩然，没有说话。

程浩然掰着指头，继续说："对你是无本万利！你看，等你攒起钱，也可以投进来。到时候你投的钱，利润你七我三，公道吧？"

林大志没理会程浩然的话茬，把酒杯重重地一放，突然说："刚才我说有两个难点，这才说了一个。另一点是，你怎么对你那帮毒友散布消息？不可能一个个去说吧？那就等于暴露自己了。"

程浩然一笑，说："这个好办！等到有扫毒行动了，我也进戒毒所，找几个嘴巴大的，把外边扫毒的大环境和新货点的情况，模糊地透露一下就行，然后你再想法把我弄出去。等那帮人戒断时间到期，自己就打听着来了。大嘴巴都很管用。"

林大志脸色苍白，低声道："我算是整明白了！这一手，是先清理，再垄断。"

"林sir，你夸张了！只能说短期内，一定范围内，有垄断的效果而已。"程浩然停顿片刻，闪着小眼睛说，"林sir，你这辈子，很可能就只有这一次发大财的机会！好好想想吧。"

几天之后，林大志告诉程浩然，同意合作，这令程浩然喜出望外。

实际上，程浩然做梦也想不到，当时的林大志有自己的打算。

他想利用程浩然计划的前半部分，把程浩然所能提供的吸毒者，都送到戒毒所去，从而引起滨海警方高层的注意，去促成一场大规模的扫毒行动，最后再把程浩然抓进去。

换句话说，林大志受到了程浩然的启示，打算立一次大功！

这是2000年上半年，清河县各派出所大规模抓毒的缘起。

林大志这才找到了两个发小，也就是李铭和李亮两兄弟，来给他帮忙。

话说李氏兄弟早年也沾染过毒品，只是苦于收入低，胆子小，因此常常断顿，后来被家人主动扭送到戒毒所，才好不容易戒掉。这俩人胆子不大，头脑却很灵活，听林大志说可以当街抓吸毒者，还有工钱拿，做得好，还可能立功受奖，跳着脚就同意了。

不得不说，林大志这最初的想法，就跟他的名字一样，是大志向，而且于己于公，都是好事。

作为一个基层派出所民警，林大志最初的想法，不但一点也没有违背他的职业责任，还能为清河县当时的社会环境，带来很大的改善。要是成功，林大志的职务，一定会有很大的变动。

而实际上，当时清河县城郊派出所在抓毒工作中的优异表现，也的确受到了高层领导的高度表扬，林大志作为全县民警的积极分子，也受到了高层领导的关注和肯定。

可惜的是，人算不如天算。林大志当年在张素娟和张若晴的事情上，思想麻痹大意，导致张若晴惨死家中，引起社会舆论极大不满。之后被法院以玩忽职守罪起诉时，他又伙同纪小梅、聂东、张素娥做伪证，才逃脱了法律惩罚，但最终还是被开除公职。

林大志被开除的时间是2000年10月15日。

清河县的扫毒行动于2000年10月20日开始。

要是没有张素娟和张若晴事件，林大志的人生将会是另一番天地！

开除公职，对林大志来说是莫大的打击！意味着他一切的努力都化为乌有，什么立功，什么晋升，都成了镜花水月！而那一切，曾离他非常非常近！

被开除后，林大志越想越亏，越想越愤怒！

他从来没去深思，张若晴事件本可以避免，而是把所有的怨恨，都发泄到了那件事上。他认为自己太倒霉，根本没有立功受奖的命。正所谓，不是我不想进步，而是老天不答应！

林大志闷在家里几天几夜，直到程浩然主动找到他，告诉他针对清河县的扫毒行动开始了，他才咬着牙，一不做二不休，真正地跟程浩然走到了一起，去继续程浩然计划的后半部分，建立新的售毒窝点，垄断毒源。

立功受奖的光辉理想已经断送，他不能再葬送发财致富的机会！

而当时的程浩然压根就没想过，他之前一直被林大志利用，要是林大志不被开除，立了功受了奖，他程浩然早晚被林大志抓起来！

他更想不到，林大志经历了多么痛苦的心路转折历程！

程林二人见扫毒行动已经开始，时机正好，就商定了计划。

紧接着，程浩然于2000年10月22日，主动进了戒毒所，把外边扫毒的大环境和清河西关新货点的情况，模糊地透露出去。

2000年11月2日，林大志利用戒毒所方面的信息不对等以及管理程序的漏洞，假冒民警身份，又把程浩然带离戒毒所。

这之后，程浩然才出资去省外联系货源，把清河西关半自动售毒点秘密地建立起来。林大志带着李氏兄弟一块儿入伙，而程浩然也遵守了最初的承诺，利润跟林大志三七分成。这个买卖一直做到2004年，国家对清河西关那块荒地开发建油厂为止……

专案组开完会后整整一个下午，秦向阳一直缩在自己的房间埋头琢磨，调查程浩然的事，又落在自己身上，他的鼻头早就被拳头搓红了。

他思前想后，确定了两件事——

任何对程浩然外围的调查，都没用。

任何接近程浩然的调查，也没用。

因为在他看来，那个半自动贩毒窝点不管存在了几年，如果当年张启发夜探西关，抓到的是程浩然，那么程浩然很清楚自己犯的是死罪。如果当年那人不是程浩然，但是让程浩然年年给张启发汇款，那么，程浩然也一定参与了贩毒，犯的也是死罪。

也就是说，从程浩然年年给张启发秘密汇款推断，程浩然怎么都是死罪。

那么，程浩然绝不会把自己犯的事，对外人吐露半个字，更不会对警察吐露半个字，这么一来，外围调查和接近调查，当然就都失去了意义。

贩毒这事，除非被当场抓住，否则像程浩然这种人，事情过去了那么多年，怎么可能坐实他的罪行？

这事无解。

除非他自己不想活了，这是唯一可能突破程浩然的条件。

除非他自己不想活了！

除非他自己不想活了！

秦向阳反复琢磨这句话，苦苦琢磨这句话所能发散的诸多可能，直到脑海里射进去一丝亮光。

"谁不想活了？"李文璧背着手进门，听到秦向阳的念叨，好奇地问。

"你啥时候进来的！"

"你可真是的，都进来半天了！"对别人的无视，李文璧很不满。

秦向阳表情木然，飞快地盘算着：也许只有那一个办法。

但是，他没把握。

"只能赌一把了！"他长长地叹了口气。

"和谁赌一把？"李文璧又问。

秦向阳紧盯着李文璧看了半天，一边看，一边搓着下颌。

"问你呢，和谁赌一把？你、你，盯着我干什么？"李文璧被盯得有点不好意思了。

秦向阳突然笑了，一把搂住李文璧的肩膀，说："很可能又轮到你演戏了。你想不想演？"

李文璧象征性地扭动了一下肩膀，兴奋地问："这次演什么？"

"小三，一个相信真爱的小三。"说完秦向阳又补充道，"一场大戏！这次你是主角！绝对的主角！"

李文璧皱起鼻头，不屑道："小三？我就知道，肯定不是什么好角色！爱找谁找谁吧！我不演！"

"不演？"秦向阳故作惋惜地叹道，"那算了。本来我就觉得你不合适。你嫩了点。"

"你才嫩呢！"李文璧不满地撇了下嘴角。

秦向阳认真地说："真的！本来有个人比你更合适，只不过我不太想搭理她。"

"谁？"李文璧来了兴趣。

"我们专案组的一个警花，成熟，妩媚，漂亮，非常适合。但是她太黏人了，我不想招惹她！我怕麻烦！"

"警花？"李文璧哼了一声，说，"算了，算了！那还是我演吧！你做得很对，别招惹人家了！不过，你起码得请我吃顿饭！"

"吃饭好说，可你不太合适啊！"秦向阳故作为难。

"怎么就不合适了？成熟是吗？姑奶奶也会！"李文璧急道。

秦向阳"勉为其难"答应了李文璧，拿起电话向郑毅汇报。

他在走廊上打通了郑毅的电话，把他的计划一五一十汇报上去，最后他补充说："我这么做，是不是有诱供的嫌疑？"

郑毅沉吟片刻说："那就看你怎么操作了。我可以配合你的要求，但你得想好，要么成功，要么干脆别干！"

这是个艰难的选择，搞不好会鸡飞蛋打，要么成，要么败，只有一次机会。怎么拿下程浩然，秦向阳穷尽了所有可能，最后他确定只有这一个选择。

他没得选。他想尽快回到214专案的主线上去。

郑毅挂了电话，倒背着手来回走了几圈，抓起电话给苏曼宁打了过去："张启发不是律师吗？你去收集他所有的发言视频、法庭实录，按秦向阳的要求，用张启发的声音，合成这么一段话……"

苏曼宁在电话那边飞快地做着记录。

秦向阳回到宿舍，将李文璧一把拉到自己身边，仔细地把计划告诉了她。

李文璧听完，惊得半天合不拢嘴。

秦向阳不顾她的惊讶，认真地说："走吧，去给你买几件像样的衣服。这次我手里就你这一张牌，你是全部。"

|第十一章　一出好戏|

苏曼宁轻柔地抚摸着郑毅的每一寸皮肤，深深地吸着他身上的每一丝味道，深怕春深愁长，醒来时就什么也不记得了。她终于得到了这个令她朝思暮想的男人。也只有这种强大的男人，才能彻底征服她的灵魂，让她心甘情愿单身至今，在每个寂寥长夜孤枕难眠。

这晚，郑毅去赴了个免不掉的酒局，苏曼宁作陪。郑毅这次喝醉了，被这个高傲的女人带回了她的家。

半夜时分，郑毅醒了酒，望着卧在身边的苏曼宁，他叹了口气，含糊地说："我就是个单身奶爸而已，局里那么多年轻小伙，苏曼宁你这是何苦呢？"

苏曼宁沉浸在幸福里，一动也不动，像是睡着了。

郑毅又说："秦向阳是把利剑，但是脾气倔强。用这种好剑，你得心底无私。用好了，他帮你披荆斩浪，用不好会伤及自身。你性情高傲，这不好，要适当地增进一下跟秦向阳的关系，别成天顶来顶去……"

第二天下午。

为了显得成熟点，李文璧特意去把头发烫成了大波浪。她穿着件深色的长款大衣，脚上穿着双半高跟的黑色靴子。

站在秦向阳的车前，她把头发撩到大衣外面，再次整理了一遍妆容，眨着眼问秦向阳："姐这造型怎么样？"

秦向阳一只手插在裤袋里，用另一只手不耐烦地按着眉梢说："差不多行了！又不是叫你去北京见导演，就是演个小三而已。"

李文璧对着化妆盒自说自话："真是烦！好不容易弄出这个妆，待会儿又要演哭戏！"

秦向阳把一份怀孕检验报告塞给李文璧，说："快点！都打听好了，程浩然正在办公室。别一会儿他出门，就白准备了！"

他们很快来到浩然防水材料有限公司大门外。

秦向阳最后一次嘱咐道："可全看你的了！程浩然是市局金建国的外甥，记住，只有这一次机会。这次我可不能跟着你。"

李文璧心里突突突地跳个不行，她用力吸了口气，笑着说："嗯！放心吧！"

华灯初上。

程浩然的办公室传来敲门声。

程浩然坐在茶几后面的沙发上，抬起头，用力转了转脖子，舒缓了一会儿颈椎，才慢条斯理地说："请进。"

李文璧推开进去，甩了一下头发。

程浩然眼前一亮，目不斜视地盯着这个身材高挑的年轻女人，看着她款款地走到自己对面的沙发前。

程浩然长着一张圆脸，整体保养得不错，很精神，一双小眼睛在圆脸上滴溜溜乱转，全身上下透着一股子狡黠。

"这位女士，您找谁？"程浩然眨着小眼问。

李文璧用力咽下一口唾沫，轻声说："你是程浩然，程董事长？"

"对，是我。请问您是？"程浩然有点好奇。

李文璧在程浩然对面的沙发上坐下，从包里掏出女士香烟，点上一根，轻轻吸了一口，才说："我叫李文璧，是个记者。"

程浩然跷起二郎腿，把身子往沙发上一靠，笑着说："哦，李记者。要采访？"

李文璧摇了摇头。

"不采访？你有什么事？"

"我来救你的命！"李文璧又吸了一口烟，轻轻说道。

"救我的命？"程浩然把双手一摊，不禁笑了，狐疑地扫了李文璧一眼。

李文璧按灭香烟，也把腿搭起来，进一步表明自己的身份："我是张启发的女人。"

闻言，程浩然立刻把搭着的腿放下，惊讶地说："张启发？启发律师事务所的张启发？"

李文璧点点头。

程浩然忙站起来，笑着说："哎呀！招呼不周，招呼不周。我去泡茶。"

李文璧也不去阻止，正好她可以利用这个空当，让自己平静平静。刚才虽然只是简单地说了几句话，却已几乎用尽她所有的想象，她觉得自己的心快跳出嗓子眼了。她使劲想象着一个成熟的女人，一个小三，在这种情况下会是什么样子。秦向阳不在，她有种深陷荒漠、窒息无援的感觉。

"这女人到底想干什么？空口无凭，谁信你是张启发的女人？有事的话，张启发为何不亲自来？"程浩然心里有无数个问号，面上却平静无波，他泡好茶，小心递给李文璧一杯，又拿起自己的杯子吹了吹，才说："张律师还好吧？"

李文璧没有回答。

程浩然小心地喝了一口茶，说："刚才我要是没听错，李小姐你是说，来救我的命，对吧？"

李文璧点了点头。

程浩然放下茶杯，起身把办公室门锁好，才坐回去沙发上，说："你那叫什么话？我这不是好好地坐在这儿吗？"

他停顿了一下，又道："有话就直说吧。我程浩然是个痛快人。"

李文璧知道对方一定怀疑自己的身份，她叹了口气，缓缓地说："我和老张，好了五年了，才怀上他的孩子，我一定把孩子生下来。这是扯到哪儿了！实在不好意思，我有点语无伦次。"李文璧说完，拿出秦向阳给她的那份怀孕检查报告轻轻放到桌上。

程浩然只是扫了报告一眼，摆摆手，示意李文璧继续说。

李文璧欠了欠身子，问："前几天，盘龙区有个凶杀案，一个保安公司的老板被人吊到了树上，你知道吗？"

"为什么说起这事？"程浩然咳嗽了一声，重重地点点头。

金一鸣的父亲金建国，是程浩然的姨父。表弟被杀了，再怎么封锁消息，程浩然也能知道。

秦向阳如果在这里，他应该庆幸，金建国身为市局分管治安的副局长，他并没有把后续的张启发、林大志、李铭、李亮的死透露出去。这也多亏市局丁奉武开的那个重要会议。金建国再糊涂，也不敢拿市局、市委、省厅的要求开玩笑。

"别急！"李文璧沉默了一会儿，问，"你知道那位金老板是被谁杀的吗？"

"据说还没查出来。"程浩然摇了摇头。

李文璧用低沉的声音说："查出来了。那个老板叫金一鸣，他打落了凶手的打火机，还把自己的手机扔了，埋在雪里，事后都被警方找到了。"

程浩然好奇地问："有证据了？"

李文璧点点头："指纹、脚印、凶手体貌特征还有通话记录、动机，全有。"

"谁干的？"程浩然装作轻描淡写地问。

李文璧摇了摇头，痛苦地说："他！"

程浩然身体前倾，小声问："谁？"

李文璧默然无语，突然情不自禁地哽咽起来。

程浩然只好拿来纸巾递给她。

李文璧把纸巾狠狠地攥在手里，难过地说："张启发。"

"什么？张启发？"程浩然露出难以置信的表情，猛地坐直了身子，掏出烟点了一根。

李文璧无声地哽咽着，眼泪掉个不停。

此刻，程浩然心里起了波澜。这个女人不请自来，进门就说张启发杀了金一鸣。他有些不太相信这个女人的话，可观察了一阵，看她那个伤心的样子，实在不像在说谎。他想，开这种玩笑可一点也不好玩。

转念间他又想，这事要是真的，张启发岂不是要完蛋？他完蛋，那我不就再无后顾之忧了？

想到这儿，他都有点坐不住了，连忙端起茶杯，掩饰自己的失态。

得问清楚到底怎么回事。程浩然打定主意，咳嗽了一声，说："能详细说说情况吗？我到现在都不明白您的来意！"

李文璧抬起通红的眼，看着程浩然说："不是说了吗？来救你的命。"

"哎，李小姐，别开玩笑了！"程浩然笑道，"你倒是说说张律师的动机，他为什么杀金一鸣？"

李文璧随手擦了擦眼泪，说："因为他姐。"

"他姐？"

"嗯。他姐叫张素娟，从精神病院一出来，想起来自己孩子早就死了，受不了刺激，就去找金一鸣讲理，后来在保安公司门口上吊了。"

"张素娟？"程浩然深以为然地点了点头，说，"当年张素娟和她孩子的事，我倒也有耳闻。哎，想不到……真是世事无常啊！"

"老张也没想到她会那么做，太突然了。"

"所以张启发就把金一鸣杀了？报仇？"

李文璧摇着头说："不是报仇，是意外！"

"意外？"

"老张也没想过要杀金一鸣。那天晚上，就在保安公司门口，他本是约金一鸣出去谈谈，他心里也很气不过。后来他们吵起来了，老张不小心，用胳膊肘打到了金一鸣的太阳穴。谁想到那一下那么巧？金一鸣当场就……老张只好伪造现场，把他吊到了旁边的树林里，可惜，还是留下了证据。当时他的打火机也被金一鸣打落，不知掉哪儿了。那天还是情人节……老张去我那，一晚上没睡……"李文璧断断续续，终于把秦向阳编的故事说完了。

"哎呀！我就说以张律师的谨慎，绝不会故意杀人！"程浩然一拍大腿，叹道，"怎么会这样呢？太可惜了！"

李文璧两眼发呆，黯然神伤。

"后来呢？"程浩然急切地问，"现在张律师怎么样了？"

李文璧回过神来，叹了口气，说："后来我就都知道了，他说这次怕是完了，还硬着头皮去上了两天班。再后来，他那个小舅子，盘龙分局的赵铁柱，偷偷告诉他，局里准备直接把案子移交检察院公诉。他小舅子说了，证据都全了。"

"张启发进去了？"

李文璧摇摇头，说："明早六点。赵铁柱通知他的，明早六点逮捕，现在他被监视着。"

程浩然"啧"了一声，还是半信半疑。

他沉思了一会儿，起身去角落拨通了姨父金建国的电话。

"喂，姨父，我是浩然。听说一鸣的案子有着落了？"

李文璧凝神倾听，见程浩然是给金建国打电话求证情况，心猛地悬了起来。

她想，不知秦向阳和郑毅有没有提前跟金建国打招呼，要是没有，要是金建国给说漏了，把张启发的死跟专案组正在进一步查证的事情说出去，那计划就全完了！

事实上，李文璧担心是对的，秦向阳和郑毅都忽略了这个细节，谁也没提前去嘱咐金建国。

李文璧表面上随意而坐，耳朵却直直地竖了起来。

她想立刻给秦向阳发短信说说这个情况，可是根本来不及了！

金建国的声音缓慢而低沉："打听这个干什么！"

"表弟被害，我也急！我听说，是个叫张启发的律师害了一鸣？"程浩然故作气愤地说。

"目前看，是这个人！别瞎打听了！"金建国挂了电话。

"还真是他！"程浩然心中甚喜，他深深吸了口气，让自己平静下来，转身回到李文璧对面坐下。

李文璧紧紧地握着拳头，盯着程浩然。

程浩然拿起烟，想了想又放下，皱着眉说："那怎么办？我也帮不上张律师啊。"

一听程浩然这么说，李文璧心里长长地呼出口气。

看来金建国并未乱说什么，她轻轻咳嗽着掩饰掉自己的紧张，小声道："谁也帮不上。进去就是个死，最好的情况，是个死缓。"

程浩然也咽了口唾沫，说："你来就是为告诉我这些？"

李文璧点点头："他叫我来的。"

程浩然也点了点头，心里突又七上八下起来。事情要真是这样，那他不得不担心，张启发进去后，会不会把自己的事也给交代了，他那里可是有证据，再说他张启发本身就是个人证。2000年12月底，那个晚上的事，他到现在都记得很清楚——

那晚，他刚刚把货放进邮筒，张启发就跑了过去，他来不及跑，和张启发打了起来，结果被狠狠地揍了一顿。程浩然当时不知道张启发的身份，以为对方不是为钱，就是为货。可他没想到对方两样都不为，只是为了找到个毒贩子狠狠收拾一顿，给他二姐张素娟出口恶气，顺便了解张素娟被抓的事是否另有隐情。

张启发打倒程浩然后，并没有停手的意思，拳打脚踢，又打了二十多分钟，直到他自己也觉得累了，才总算停下来。

程浩然没想到张启发那么狠，把他打得浑身是血，他估计自己要玩完了，却不知道对方到底想干啥。过了好半天，他才感觉到自己的脸不疼，才意识到对方打人不打脸。

张启发打累了，才逼问程浩然："认识张素娟吗？"

当时张素娟的孩子张若晴饿死家中，案子闹得沸沸扬扬，可谓是无人不知，程浩然自是连连点头。

张启发冷脸问道："我查到，半年前，张素娟是在清河大街上被派出所两个编外人员抓进去的，还查到，当时派出所有违常规，抓了很多人！这里头是不是有猫腻？那么多吸毒的都进去了，你这个贩毒的，怎么啥事没有？"

"我……我也进去过……你……你是什么人？"

张启发见程浩然吞吞吐吐，似乎知道些什么，干脆地说："带我去你放货的地方。"

程浩然没办法，就带着张启发去了放货的地下室。

张启发从包里拿出个小型录像机，先对着录像机说出自己律师的身份，又让程浩然交代。

程浩然这才知道对方是个律师，死活不吭声。

张启发拿起粉包，就强行往程浩然嘴里塞，连着塞了好几袋，直到程浩然口吐白沫，大小便失禁。几个小时之后，程浩然才醒过来。

张启发见程浩然醒过来，就又拿起粉袋，作势往他嘴里塞，同时狠狠地说："最恨你们这些卖粉的！没有你们，我姐绝不至于搞到那个地步！弄死你，我啥事没有，你信不？"

程浩然这才知道，原来对方是张素娟的弟弟，来查张素娟被抓的事。程浩然心里不由得暗暗叫苦：要查张素娟和大量吸毒人员被抓的猫腻，找我算是找对人了！这叫巧合，还是叫倒霉呢？

面对张启发狰狞的眼神，他程浩然不得不信，再吃下去，自己可就死定了。

这时张启发给了他一个定心丸："叫什么？同伙有谁？交代，就饶了你，我说了，我是律师，不是警察！"

"交代……什么？"程浩然头昏脑涨，逻辑不清。

"交代你的罪行！"张启发恼火地吼道。

程浩然觉得自己快死了。

张启发给他喝了一大杯水，他才慢慢清醒了一些，抱着一箱子毒品，对着录像机，哭得脸不是脸，鼻子不是鼻子。他从怎么认识林大志，怎么商量抓毒计划，怎么设置新的货点，该说的，不该说的，把林大志和李氏兄弟他们也一块儿捎带上，自己那点秘密全说了。

最后，他跪地央求张启发保密，还跟张启发要账号。

张启发震惊不已，他完全想不到，自己竟无意中得知这个天大的秘密。当时，他并没给程浩然留下银行账号，他是录像之后的第二天，经过一番挣扎，才又联系程浩然。面对每年二十万的封口费，他张启发心动了！

这时，李文璧的一句话把程浩然从回忆里拉了回来。

"他叫我来，是让我告诉你他的决定！"

"他的决定？"程浩然一时听不明白，有点慌乱。

李文璧说："待会儿，他会给你来个电话，他亲自跟你说。"

"几点？"程浩然连忙看了看表。

"我不知道。但肯定在明早六点之前。"

李文璧说完这句话，两个人就都沉默下来，办公室里只剩下焦躁不安的呼吸声。

大约快到十一点的时候，程浩然的电话突然响了。

来电显示上是张启发的名字。他慌乱地掏出电话，顿时紧张起来。

此时，苏曼宁坐在办公室里，手里握着张启发的手机。

那个手机本是张启发自杀后，作为物证封存的，秦向阳请示郑毅后，才被拿了出来。

苏曼宁另一只手里，拿着个小小的警用播放器。

事前，郑毅按照秦向阳说的，叫苏曼宁搜集了大量张启发的法庭实录，按秦向阳的要求，把张启发的录音切割组合，合成了他需要的一段话。

苏曼宁用张启发的手机拨通了程浩然的电话。

程浩然赶紧接起电话，说了句"张律师"。

听到程浩然的声音，苏曼宁立刻按下了播放器。

播放器里响起张启发的声音，声音的内容，正是按秦向阳的要求合成的那一段。

苏曼宁不知道，秦向阳用的这个法子竟然和赵楚杀金一鸣那晚用的法子基本一样。

秦向阳本人也不知道，在某些方面，他的思路和他的老班长赵楚是很相似的。

程浩然接起电话，紧张地说："张律师？"

电话里传来张启发的声音："程浩然，你不用说话，你现在只需要听，等我说完我的决定，然后你做你的决定。事情的前因后果，我想小李都跟你说明白了。我的确杀了金一鸣，我是无意的，但法律无情……证据确凿，明天一早六点，他们就对我实施逮捕。我不想被抓，然后被审判，然后死刑，那样我毫无尊严！

"我告诉你我的决定，我选择自杀！

"对我来说，怎么都是死，但前者，我死得没一点尊严。自杀，我就不用被审判，我的家人，也不会被嘲笑。周围的人，无非就是好奇。好奇就好奇吧，总好过嘲笑。你说是不是？"

"自杀？！"程浩然很是吃惊，他想插话，却又不得不继续听下去。

"我选择自杀，你是不是认为，你贩毒的证据，就都被带进棺材里了？那可不一定！那要看你的诚意，看你的选择！"

"看我的选择？"程浩然紧皱眉头，喃喃自语。

电话里，合成录音继续播放："你每年给我二十万封口费，我愿意遵守自己的承诺，销毁证据，带走你的秘密。但我对你有个要求：你必须离开这里，去美国，否则，你的一切早晚也会被别人挖出来！重要的是，你得把李文璧也带去美国！还要在那边安顿好她的一切，帮她把孩子生下来。你应该知道了，那是我的孩子。之后，你一次性给她三百万美金。

"但是，程浩然，我对你不放心，你太贼了。我该怎么确保，你按我的要求去做呢？"

程浩然屏住呼吸，凝神听着。

"所以接下来，我和你做个交易：我需要你通过录像做个声明，声明万一李文璧有什么意外，你就是凶手，同时，把你当年的所作所为录一遍，交给小李。也就是说，我死后，她就是唯一掌握你秘密的人！她会把录像带安放好，等到了美国，生完孩子，拿到钱，确认自己安全了，再把录像带还给你。这样一来，我不违背交易原则，未跟任何人吐露秘密，也能保证李文璧的安全。你呢，就踏踏实实在美国过你的下半生。

"只有这样，我才放心。如果你拒绝，我就放弃自杀！我会在法庭上，把你当年的恶行交代清楚，连同证据一起。我叫你这么做，是为进一步确保李文璧的安全，她对我非常重要！好了！你会不会拒绝？那是你的事。明早六点前再联系！"

录音到此结束，苏曼宁立刻挂断电话。

从2000年年底开始，自从贩毒售毒的证据被张启发掌握，程浩然就年年给张启发打钱。好在十几年来，张启发守口如瓶，一直替程浩然保守秘密。他对张启发的声音再熟悉不过，在他听来，那的确是张启发的独白，死亡式独白，声调阴沉，充满威胁。

而实际上，秦向阳让人录这段话时，他只确定张启发一定掌握程浩然的犯罪证据，却不知道那些证据到底是什么，是录像带？录音带？还是照片？所以，这段话里一直在模糊地强调"证据"，却无法言明什么证据。可是一切在程浩然听来，却浑然天成，毫无漏洞。

程浩然倒吸一口凉气，呆立着久久未动。

这时，他对李文璧的身份已无半点怀疑。看来张启发真的杀了金一鸣，已是穷途末路！可是这算什么？张启发这个决定大大出乎他的预料。他意识到张启发那个建议是对的，让他去美国。可张启发实在太可恨了，开口就要三百万美金！张启发对这个女人还真是大方！

他无暇考虑别的，接下来，他无论如何，都得面对张启发给他的选择。

他很想骂人：狗日的张启发，临死都不让人安心！提出的要求，实在太恶心了！还要录像？多年前已经录过一次了！还不够吗？再说，你张启发可以把那些证据交给这个李文璧啊！再录？不是多余吗？哦！也不是！你张启发口口声声，说什么遵守交易规则，不向任何人吐露秘密，所以没有把证据交给这个女人！我呸！装什么呢！还不是想继续威胁吗？程浩然知道，自己没法儿去和一个要自杀的人讲理。张启发跟他说得很明白，要他拿出诚意。

程浩然，要么生，要么死，取决于张启发自杀，或者不自杀。

选择，无比艰难。

为什么要再次录像？程浩然使劲摇摇头，他觉得哪里有点不对，却又一时说不清。

他愤怒地想，妈的，这叫选择吗？老子有得选吗？真不想再录什么狗屁录像了，再录一遍？难道嫌证据不够多吗？

他不停地走来走去，不小心撞翻了一把椅子，索性抬腿狠狠踢了椅子一脚，这下子把他自己给踢疼了。疼痛刺激着他的神经，这让他突然想到另外一种可能：跳楼去死？谁不怕？如果张启发临死前突然害怕，改变了主意，不自杀了呢？那样一来，自己不就也没得选了？就算再录像，岂非也毫无意义！

怎么办？

只能赌一把？

赌张启发一定自杀？

可是自己不做安全声明，不录像，张启发就不自杀。

这怎么赌？

矛盾！

时间一秒一秒地过去。

今夜，显得无比漫长。

李文璧似乎睡着了，斜着躺在沙发上，眼角还有未干的泪花。她手边放着那张怀孕检验报告。

程浩然烦躁地走来走去，一把抓起报告看了看，又狠狠地丢在地上，冲着报告重重地"呸"了一口。

程浩然毫无睡意，一根一根不停地抽着烟，他害怕自己睡过去，醒来得知张启发坐在了去检察院的警车上，那就全完了。

他想，毫无疑问，张启发为了这个女人和女人肚子里的孩子，直接豁出去了。张启发呀张启发！你自己犯了事，何必要拉上我呢！

这夜，太难熬了！

只是程浩然不知道的是，这夜对李文璧来说，也同样难熬。

李文璧根本没有睡着，她假装安静地躺着，心里却无比紧张。程浩然会不会上钩？她全无把握。她只能按计划把戏演完，至于结果，就交给老天爷吧！

程浩然狠狠地盯了沙发上的女人一眼。女人面容娇嫩欲滴，身材很好，双手抱在前面，遮着饱满的胸，嘴唇也很丰满。如果亲上去，味道肯定不错。他突然察觉到了自己的蠢蠢欲动，他想扑上去，一把撕烂她的衣服，狠狠压在她的身上。他放任着自己的想法，他发现这种想法，能稍微减轻心理上无形的压力。

这时，在他的逻辑里，他突然意识到张启发对他不放心是对的，张启发要是死了，他想收拾这么个女人，还不绰绰有余？

他精神飘忽地想，张启发，算你狠，你要是不让我录这个安全声明，我还真不能保证会对她怎么样呢！

想是这么想，做却是不容易的！

程浩然仰靠在沙发上，不停地胡思乱想，终于熬到了早上五点半。

他看了看表，猛地坐直了身子，重新陷入紧张。

"不行！不能这么干坐着了！"程浩然想了一夜，脑仁生疼，他看了看表，呼吸急促起来，心中怒道，"与其被动选择，不如主动出击，跟张启发来个讨价还价！"

这时李文璧也醒了，她坐起来，撩了撩眼前的乱发，瞪着看似空洞的双眼，一言不发。

程浩然咬着一根烟，又考虑了几秒钟，随后拨通了张启发的电话。此刻他拿定了主意，他想让张启发不用遵循所谓的交易原则了，直接把证据转交给李文璧。等到他带李文璧去到美国，履行完承诺，再把证据从李文璧手里收回来！总之，他不想再录一次像！对他来说，那样风险太大了！

苏曼宁也一夜未眠。

五点半了，再过半小时，到时候再给程浩然放一段录音，任务就结束了。

可她万万没想到，程浩然竟提前主动打来电话！

作为物证的张启发的手机，在苏曼宁手边有节奏地响起。

对苏曼宁来说，这个来电简直像个炸弹。

这不在计划之中。

提前录好的音频，只能主动给程浩然播放，根本没法儿被动接电话。

这可怎么办？

接还是不接？

接了，不就露馅了？哪里有什么张启发？张启发早就死了！

苏曼宁光洁的额头上瞬间沁出汗来。

电话铃声扔在继续。

苏曼宁无计可施之际，猛地想到了秦向阳。她赶紧拿起自己的电话，给秦向阳打了过去。

守在车里的秦向阳也是一夜未睡。

他不知道计划进行得如何。李文璧在程浩然办公室待了一晚都没出来，还差半小时就六点了，他估计，应该还算顺利。

这时苏曼宁来电，他眉头一皱，赶紧接起。

"紧急意外！程浩然给张启发的手机回拨了电话！接还是不接？接了怎么应对？不接他岂非要怀疑？快！怎么办？"苏曼宁用最快的语速说。

面对这个紧急情况，秦向阳来不及惊讶，考虑了不到一秒钟就果断地说："接！听他说什么，不要听完，然后挂电话！"

苏曼宁那边立刻挂断秦向阳电话，同时拿起张启发的手机，按下接听键。

程浩然咳嗽了一声，说："张律师？"

苏曼宁只能听着，不敢发出一丝声音。

李文璧一看程浩然竟然拨打了张启发的电话，立刻挺直了身子，紧张得不知如何是好。

程浩然见对方不说话，只好用尽量平稳的语气说："张律师，感谢你这些年来的守口如瓶，你遵循了交易规则，我很感激！可是，我考虑一晚上，实在不想再录一次视频！你能不能，直接把以前的视频交给李小姐，那么我也……"

原来是讨价还价！苏曼宁知道不能再拖下去了，再拖下去，自己再不说话就该露馅了，她听到这里，"啪"地挂断了电话。

"你……"程浩然被话筒里的忙音噎住了。

"可恶！"他把电话摔在桌子上。

他意识到，他根本没有讨价还价的余地，对方根本不想和他谈。

程浩然咬着牙呆立片刻，长长地呼出一口气，跑去了洗手间，一头扎在冷水里。

李文璧、苏曼宁，在各自空间，也跟着长长地呼出一口气。

此时的秦向阳早上五点五十八点。

程浩然发现自己浑身上下竟然湿透了，牙齿也不争气地颤抖起来。

他斜眼瞅了一眼手机，不停地默念着："张启发！去死吧！"

突然，他的手机响了起来。

张启发来电。

他慌乱地去拿手机，可手却不听使唤，把手机摔在了地上。

他抓起手机，按下接听键："张律师？你？"

电话里传来张启发的声音："还有两分钟。我正在宾馆的十六楼！盘龙分局的人就在楼下！你还没选？现在，我就数三声，你去录像，完了交给李文璧，我销毁证据，立刻跳下去。下面有记者，很快你就能看到新闻，要是还不选，我立刻打开门，迎接他们！"

"一……二……"

这时李文璧突然冲到程浩然身边，对着电话大喊道："别！别！你别死！"

眼见到李文璧疯狂的样子，程浩然也突然疯狂地大叫起来："停！我选！妈的！我录！我给钱！我日……"

第二段合成录音结束。

"啪！"苏曼宁挂断了播放器，此时，她的手心早已湿透。

这是一出李代桃僵的攻心计。

李文璧和苏曼宁这两个从未见面的女人，配合得几乎天衣无缝。

程浩然大汗淋漓，好像刚刚洗完澡，他哆嗦着嘴唇，对李文璧说："来吧，录吧！"

李文璧入了戏。

她呆呆地站在原地，一动不动，两眼失神地望着眼前的虚空，好像没听到他的话。

程浩然理解，眼前这小娘儿们，现在肯定伤心死了。

他对李文璧大吼道："娘的！别伤心了！来吧！录啊！操！"

李文璧故意打了个哆嗦，才反应过来，说："啊！录什么？"

"录你爹的像啊！操！"程浩然彻底愤怒了。

"录你爹的像？"李文璧突然嘿嘿一笑。

程浩然一看，心说："完了，这娘儿们要疯了。"

这时李文璧轻轻说："你知道怎么录吗？"

"废话！我有经验！我经常被你这种倒霉记者采访！"程浩然说着，又踢了一脚眼前的茶几。

"那你坐好，放轻松，咱们开始吧，开始了就不能停了。"李文璧说着，起身把办公室里另外一盏灯也打开，从包里掏出个数码相机。

程浩然简单地收拾了一下自己，深吸了一口气，尽量让自己放松下来。

他使劲咳嗽了几声，清了清嗓子，这才端端正正地面对着李文璧的镜头说："大家好！我叫程浩然，是浩然防水材料有限公司的董事长。我正在自己的办公室里，我对面有个记者，给我录像。嗯，就当是个简单的访谈吧，或者说是安全声明！"

"很好！程先生，您想说点什么？"李文璧在镜头后面问。

程浩然拿出一根烟，问："能抽烟吗？李记者？"

"当然！您随意。"

程浩然点上烟，深吸一口，把心一横，说："现在，没任何人胁迫我。我录这段视频呢，完全出于自愿。我现在的精神状态，也完全正常，这一点，昨天我公司的全体员工以及此刻我对面的李文璧女士，都可以给我做证！"

这时李文璧说："真的是自愿吗？你敢负法律责任吗？"

程浩然说："当然！我说的一切都是自愿的，也都是真实的，我愿意负法律责任！"

"首先声明，本人程浩然，绝不会做出任何伤害李文璧女士的行为。如果李文璧女士受到任何伤害，本人也愿意负法律责任！

"接下来，我想对着李小姐的摄像机，坦白自己以前的事。

"我吸毒，现在还吸，还贩过毒。嗯，赚了不少钱。那事可不简单。2000年春，我说服清河县城郊分局的民警林大志，由我提供吸毒者的线索，提供藏毒售毒窝点，他负责抓吸毒的，往戒毒所里送。这事，李铭、李亮也参与了，他们是林大志的发小。那年，不到半年时间，整个清河县各个派出所，以城郊派出所为主，一共抓了两三百人吧，都送去戒毒了。后来，这理所当然地引起警方高层注意，来清河扫毒。

"这正中我的下怀。扫毒完了，售毒点没了。我出钱，弄了个新点，还去戒毒所里散布了我那个新据点的消息。那帮家伙出了戒毒所后，就都打听着来了。生意很不错，赚的钱，我和林大志三七开。我七，他三。当然，这里发生了一个小小的意外，林大志当时被开除了。开除也好，根本不影响计划。只不过到后来我才知道，要不是被开除，林大志那小子居然想出卖我！他想利用我计划的前半部分，扫毒立功升职！真是知人知面不知心哪！林大志有一次喝多了，才不小心把这件事说了出来，还给我道歉！呸！什么狗屁玩意儿！

"我们一直搞到2004年，清河西关要开发化工炼油厂，就撤点不干了，不能再干了，太危险了。

"当时林大志那小子分到钱，也往里投，甚至借钱往里投。那小子太精了，每次投钱时，都是给我现金，而且每次都搜我的身，看看有没有窃听器之类的东西。

"呵呵！他防着我呢。我当然也得防着他，省得不知道哪天，稀里糊涂被他灭口。我有他的犯罪证据，这点他永远想不到。

"他以为每次见面都搜我的身，我就没办法了，还是太嫩了。他刚开始往里投钱的那几次，都是出去借钱，然后叫我过去拿钱。他照例搜了我的身。当然，我身上什么都没有，我连内裤都脱了，真孙子。但是，他永远想不到，我把窃听器藏进了他的钱箱里。"

"嘿嘿！"程浩然完全沉浸在自己的得意里，不禁笑出了声。

他点上根烟，又热上水，给自己续上茶，才缓缓地开口："他永远想不到，他出去找高利贷借的那几十万，本身就是我的钱！我在我自己的钱箱里，放进窃听器，然后等着他去借。

"林大志坏得很！他借来钱，叫我去拿钱时，每次还都叫我打欠条，按手印。我就故意说，'多余啊。你借钱投资，还得我冒风险去买货，还叫我打欠条？又不是我借你钱！不打！'林大志就说，'亲兄弟还明算账呢！要是你出钱，我去买货，我也给你打欠条！'

"你看，林大志多坏。行，他叫我打欠条按手印，那我卖完货给他送钱时，我就叫他也打收条，按手印！"

说到这儿，程浩然站起来，走到墙角，掏出钥匙打开一个保险箱，对着镜头说："看看！来往账目、手印、现金来往时，我通过钱箱里的窃听器给他录的音，全在这儿！这年头，不防着点真不行！"

"哎！等以后到了美国，这些东西就都没用了。"

程浩然断断续续说完，又深深吸了口烟，看起来有些落寞。

这时，李文璧关闭了数码相机。

|第十二章　来自凶手的礼物|

李文璧收起数码相机，打开电视，冲着程浩然招了招手。

地方电视台正播放着早晨六点的早间新闻，过了一会儿，播音员中断了正常新闻的播放，插播了一条新闻——本台刚得到消息，有人从十六楼跳楼自杀，死者为启发律师事务所老板张启发，死亡原因不明。新闻上还配着一张现场照片，有个人躺在地上，用白布遮盖，周围全是血。由于几天前张启发真正的自杀时间是在午夜，所以照片上的现场灯火通明，四周却一片昏暗。现在程浩然认为张启发跳楼的时间是早上六点，天也是黑的，所以照片上看不出漏洞。

李文璧知道，这段新闻是郑毅安排电视台插播的，其目的就是为了配合李文璧，让程浩然信以为真。张启发自杀的消息，本是对外保密的，所以之前媒体并没播放过这则新闻。而且刚才的新闻上并没提到具体日期，只用了一句笼统的"本台刚得到消息"，因此电视台也不涉嫌造假。

程浩然看完新闻，顿时长长地呼出一口气。

他终于彻底放心了，点着头说："不错！非常不错！张律师是个人物，说到做到！我程浩然也决不食言！"

他转身对李文璧说："李小姐，留下你的身份证吧，看来非走不可了，我去准备出国手续。"

李文璧很爽快，把身份证拿给程浩然。彼此又交换过名片，方便联络。做完这些，李文璧跟程浩然打了个招呼，转身离开。

漫长的一夜终于过去，清晨的空气格外清新。

回到外面，李文璧伸了个懒腰，扬起头深深吸了口气，自言自语地感叹："天哪！我到底干了些什么！"

秦向阳在车上等了一夜。

不管什么时候，等人从来都不是一件愉快的事。

李文璧一脸麻木地走到他面前，几乎不带什么表情，这让秦向阳无法判断事情的成败。

"哎！"李文璧突然笑道，"这次你不但要请我吃饭，还要请我看电影。"

听到这话，秦向阳跟着笑了，紧悬了一夜的心终于落了地。

郑毅对这次的调查结果非常满意，决定以市局刑警支队的名义，由陆涛负责，对程浩然实施逮捕。

逮捕的日子，定在程浩然办好出国手续那一天。程浩然的财产还没来得及转移，他本身在海外有注册公司，本想把大部分资金分笔转入海外公司账户。负责转移资产的王艳玲，也就是程浩然的财务主管兼办公室秘书，在程浩然被捕的同一时间被拘留。王艳玲很快交代了程浩然叫她转移资产的事实，还交代了每年定期给张启发那个账户转账的事实经过。

警方从程浩然办公室的保险箱里，搜出了录音笔、毒资明细、往来账目，以及带有林大志手印的收条若干，此外还有少量毒品。这些证据，连同李文璧拍的视频，一起汇集到了郑毅手里。

剩下的就是程浩然的口供了，这点郑毅一点也不担心。

程浩然被捕时，口袋里还装着李文璧的身份证。

李文璧当时也在抓捕现场，挤在一大群记者中间，被程浩然认了出来。

程浩然再怎么笨，也知道是被李文璧出卖了。

他紧咬着牙，鼓着腮帮子冲李文璧狠狠地说："小婊子！没想到老子英明一世，栽在你这条小阴沟里！后悔啊！后悔！那晚，我真该奸了你！"

程浩然被两个警察架着，一路走一路骂，很有一股宁死不屈的气势，引起记者们一阵哄笑。

李文璧气得脸都绿了，奋力挤到程浩然身边，狠狠踹了一脚。

当然，不只是郑毅，包括市局局长丁奉武，知道这个调查结果后也深感意外。丁奉武在专案组会议室里摔了杯子，他怎么也没想到，林大志、李铭、李亮这三名被害人，生前生意做得红红火火，当年竟然参与了贩毒，而且牵涉金额巨大，性质极其恶劣。尤其是林大志，当年本可以立功升职，结果因张若晴一案，被开除公职后，竟因心中怨恨，回头伙同程浩然走上贩毒道路。还有张启发，作为一名律师，十四年前就掌握了相关人员的贩毒事实和贩毒证据，不但隐情不报，还连年接受贿赂。

"看来这些人死得并不冤！"丁奉武深深地感叹，说了句他这个位置不该说的话。

与此同时，专案组很快就意识到，随着程浩然的落网，214专案已经回到了它的主线上。这也证明了郑毅此前调查方向的正确性，案子到了手里，他没有纠缠于案件本身，而是让人大力挖掘所有被害人的深层信息。他这个思路很符合秦向阳的口味，毕竟秦向阳从金一鸣案起，就对张素娟和张若晴档案里的相关人物，有极大兴趣。

这次的会议，郑毅不再扮演那个冷静的倾听者，而是做起了真正的主角。他深知作为领导，什么时候做引导，什么时候做主导。

郑毅铿锵有力地说："程浩然的落网，证明大家的辛苦没有白费，214专案取得了阶段性胜利。在这里我特别对秦向阳同志提出表扬，当然，一切都离不开全体成员的努力！

"通过程浩然案以及大家的分析，我们是不是应该认识到这么个事实——214案件中，张启发的死不是偶然，林大志、李铭、李亮的死也不是偶然。这些都是必然。为什么呢？正因为他们这几个人之间，存在着不可告人的秘密。

"现在我们已经确认，张启发十四年前，就掌握着程浩然、林大志、李铭、李亮的犯罪事实和犯罪证据。当然，张启发掌握的犯罪证据，到现在也没找到。这个不要紧，即使一直找不到也不要紧。

"我们就从张启发说起。我们掌握的事实是，张启发要挟李铭、李亮，帮他做金一鸣被杀案的不在场证明，没有成功。之后张启发发现了李铭身上的窃听器，把窃听器摔坏，再接下来，我们看到的结果是他跳楼自杀。可是，窃听器摔坏之后，到张启发自杀之前，到底发生了什么，还不得而知。

"从窃听器反馈的事实看，张启发最初的要挟，相对还是比较'温柔'的。直到被李铭、李亮拒绝，他才开始失控，从而警觉，并发现了窃听器。一切就坏在张启发的律师身份上，他思维敏捷，又敏感多疑，发现李铭的窃听器时，他精神已经接近崩溃，思维势必混乱，这在情理之中。正因如此，他才进一步质疑李铭出卖了他，甚至怀疑窃听器是警方安排的！那么，在当时张启发的认知里，他必然认为一切早已被外部监听。也就是说，他认为他威胁李氏做伪证，已被警察窃听，从而更加大了他嫌疑人的身份。在这种情况下，张启发一定认为继续威胁下去，已经失去意义。

"本来，上述内容都是合理的。但是，程浩然已经落网，我们现在知道，张启发掌握着林大志、李铭、李亮的贩毒证据，那么，他当时的跳楼自杀反而就反常了。为什么呢？感情逻辑上，李铭、李亮不帮张启发做伪证，势必导致张启发心生憎恨，那么，他就更有必要继续活下去，去报复揭发林大志、李铭、李亮的贩毒事实！所以，我的结论是，张启发没有任何自杀的必要！自杀？违反常识，更违反逻辑。同时，李铭携带窃听器的行为，也违反常识，更违反逻辑，关于这一点，秦向阳在前面讨论得很充分了。"

说到这里，郑毅喝了口水。

苏曼宁皱起眉头，顺势道："但事实是张启发死了，那么我们是不是可以推断，张启发在摔坏窃听器、情绪失控之后，说出了李铭、李亮的贩毒事实，从而导致李铭、李亮把他杀死灭口，并伪造成跳楼自杀呢？"

郑毅放下水杯，点点头说："两个人把一个人从窗户推下去很容易，就算不容易，也可以制造机会。"

郑毅说完，又继续刚才的话题："我们再来看林大志和李铭、李亮的死。依据刚才的推断，既然张启发自杀违反逻辑，那么，就像苏曼宁说的，更合理的推断是，张启发是死于李氏兄弟之手。在这个结论之下，李铭、李亮杀死张启发后，他俩的心理绝不轻松，他们当时得知张启发掌握他们的贩毒事实，那么，会不会还有别人也同样掌握了他们的犯罪事实？这应该是他们所担心的！不管怎样，他们都亟须把这个情况告诉林大志。也正因如此，林大志、李铭、李亮才把车开去郊外。枪击案弹道分析的结论告诉我们，现场十有八九还有另一个人。这个人趁着林大志等三人聚在一辆车上商量甚至吵架的机会，枪杀三人，并伪造了林大志的自杀现场。

"现在我们再回到金一鸣被杀案，看看所谓的张启发杀人证据。

"证据一，脚印及身高体重特征。痕迹专家从这些证据上，找到了凶手所穿的鞋子和型号，跟张启发所穿的鞋子和型号一模一样。这难道不违反常理，不违反逻辑吗？哪个凶手杀了人，还大摇大摆穿着行凶时的鞋子正常上班？这个证据很可疑。

"证据二，打火机指纹。金满堂洗浴中心赠送的打火机，到处都是。如果有人，提前用一个抹掉指纹的赠品打火机，换走张启发的打火机，把张启发的打火机拿到案发现场，再把金一鸣的掌纹按到打火机上，那么不就很容易地制造出了一条强有力的指向性证据吗？

"证据三，晚上九点零六分那个神秘电话，金一鸣手机里保存的联系人姓名为张启发。这点疑问重重，前面我们已经讨论得很充分了。

"证据四，杀人动机。盘龙分局的看法是，张启发替姐姐张素娟报仇，或者跟金一鸣争吵中一时失手杀人。张素娟自杀的原因，显然来自于精神刺激，根子在张若晴身上。而张若晴之死，并非金一鸣的全责，是很多人麻木不仁，包括相关警员玩忽职守造成的，作为律师，这一点张启发应该很清楚。所以他杀死金一鸣的动机也不充分。

"当然，在没有找到另外的凶手之前，仅凭上述证据，拘留张启发，甚至对他提起公诉，也都是合法合理的。但是，这些证据又都存在合理的疑点。此外，还有其他疑点，为什么张启发和李铭兄弟同时出现在现场，而且有二十多分钟同时在现场的时间段？而这个时间段，又恰恰会被张启发发现，从而必然导致张启发威胁李铭兄弟做伪证。恰恰因为要挟伪证不成，他才又发现了窃听器。发现了窃听器，才又有了后面的张启发跳楼事件，直到林大志等三人同时被枪杀。这一系列事件，呈现出强大的关联性，为什么？是巧合吗？"

郑毅一口气说完这些，接着问："谁有不同意见可以说说。"

郑毅喝了半杯水，见没人回应，点了根烟，说："没有不同意见，也可以补充。赵楚，作为秦向阳推荐的顾问，这次你先说说吧。"

赵楚点点头说："我赞同郑局的分析。金一鸣被杀案，张启发自杀案，林大志三人枪杀案，表面看起来各自独立，实际上却紧密相连。按照现有事实和郑局的分析来看，我认为这三个案件就像连在一起的多米诺骨牌，只要金一鸣那边案发，后边的就必然跟着发生。"

"多米诺骨牌……有意思！很形象！"郑毅来回搓着手，不停地琢磨着。

秦向阳这时说："我赞同赵楚的分析。我可以直接给出我的结论，金一鸣案另有真凶。金一鸣案发生时，我就有许多疑点，现在，疑点都被证实了，那绝非偶然，而是人为的必然。我认为凶手在指引着我们，寻找什么。大家想想，正因为金一鸣被杀案，张若晴意外死亡案中的诸多疑点，才重见天日，才查到纪小梅、张素娥做伪证。反过来说，如果没有纪小梅、张素娥那个伪证，林大志等人早坐牢了，也就没有今天这些事了。同时，还引出了对陈凯的调查，才有后续的清河西关邮筒售毒点，才有了后来的戒毒所查到程浩然，才有了当年张启发掌握贩毒情节隐情不报，才有了林大志、李铭、李亮参与贩毒。

"我认为这一切，都是凶手想告诉我们的！也是凶手想让我们查到的！

"昨天，我到审讯室那边，听程浩然说起2000年春，跟林大志最初的认识经过，他还提到，要不是他当时开着桑塔纳溅了林大志一身雪泥，他就不会被林大志抓到了，也就不会有后面的策划贩毒以及后来的一切了！真是神奇的一'溅'！

"凶手想告诉我们的，想让我们查到的，目前来看，我们似乎都做到了。这么看来，唯独金一鸣的死，算个引子，他挖了个大坑，用这个引子，把张启发引进了坑里，张启发进去了，林大志、李铭、李亮也就等于都进去了。但是程浩然不在他设计的坑里，他属于凶手想告诉我们的信息，是信息的联结者，是林大志和李氏兄弟贩毒售毒的证据。

"还有个可怕的事实，就是凶手对所有这一切都了如指掌！否则，他绝对设计不出那个大坑，再引起后面一连串的多米诺骨牌效应。

"可是，这一切后面都有个大大的问号。凶手为什么让我们查这些？为什么告诉我们这些？他真正的动机是什么？"

秦向阳的话引起了热烈讨论，甚至连赶来旁听的丁奉武局长也发了言。

丁奉武说："小秦分析得很好！我也认定金一鸣被杀案另有真凶，林大志三人枪杀案，不也是另有真凶吗？我不管他们是谁，不管是同一个人，还是几个人，我对你们的要求只有一个：给我把他带到这里来！解决掉你们脑子里那个大大的问号！当然，我脑子里也有问号嘛。"丁奉武说完，倒背着手离开了会议室，临走他没忘他的提醒，"离省厅和公安部给的破案期限，只有二十天了。"

丁奉武临走的一句话，把所有人的心都提了起来。

郑毅凭窗站着，看起来像在往外看着什么，实际上他的注意力在室内。

苏曼宁皱了皱眉头，对秦向阳说："秦向阳，你刚才的意思是不是说存在法外执行的可能？"

这次，高冷美女的话听起来似乎有了点温度。这个女人可一点也不笨，连丁奉武都当着郑毅的面夸秦向阳了，她再绷着脸就很不像话了，而且她也很清楚，那晚对程浩然取证的策划，都是秦向阳的主意，她只不过是拿着个播放器的执行者罢了。同时，秦向阳刚才的那段分析是她从来没有想过的。她琢磨来琢磨去，总结出了"法外执行"四个字。

秦向阳果断地摇了摇头，说："不像法外执行！法外执行的话，根本用不着拿金一鸣的死，去嫁祸张启发。"

苏曼宁认可了秦向阳的话。她深深地看了看郑毅的背影，想起来郑毅那晚上的话：秦向阳是把利剑，你要适当地增进一下跟秦向阳的关系。他不太清楚郑毅为什么让她这么做，但她知道郑毅的话，总归是不会错的。

孙劲可不是个透明人，他给自己的定位很明确，服务员。他不想乱发言，勤快地给领导端茶倒水，忙前忙后，倒也自得其乐。

陆涛还是一言不发，他只要忠实地站在郑毅身边就好，他深知这一点。

此时，谁也没注意到，秦向阳刚才的话，无形中给了郑毅巨大的压力！他完全认同秦向阳的分析，甚至他本人也是那样的分析，但他刚才没有提出来。

为什么？因为他实在没有头绪。真有那么个人，躲在暗处，策划了214这一切，拉着警方的鼻子往前走？他的回答是肯定的。这让郑毅有了种无力感，感觉自己似乎不再操纵全局，不再那么主动，而是一直处在被动之中。

他是专案组领导，压力最大。

他望着远处的天空，似乎那里有他想要的答案。他调动全部心思，试图找出个方向。

这时陆涛的电话响了。陆涛接完电话，走到郑毅跟前说了些什么。

那肯定是个好消息，郑毅听完，眼睛明显一亮，看起来，连刚才巨大的压力也似乎减轻了很多。

郑毅咳嗽了一下，止住了会议室里的讨论，带着轻微的笑意说："清河县城郊派出所所长沈浩，来市局自首，人在审讯室。是不是很有意思？"

"沈浩是谁？"秦向阳疑惑地问。

孙劲用所有人都能听见的声音说："沈浩最早在城郊派出所当副所长，当时林大志是他手下。"

秦向阳一听，有数了，沈浩自首？怕是跟林大志当年贩毒有所牵扯吧？

一行人出了会议室往审讯室走。郑毅走在最前边，一边走一边说："我们这边，昨天才逮捕程浩然，这沈浩今天就赶过来自首了，情报散得很快啊。"

苏曼宁紧紧地跟在他身后说："很正常，程浩然被捕时，记者去了不少。"

郑毅沉着脸，点了点头，不过他还是觉得这事有点怪。

沈浩五十来岁，很瘦，戴着副眼镜，很安静地坐在审讯椅上，看起来不像个所长，更像个知识分子。

郑毅隔着单面镜，平静地观察着沈浩的一举一动。

审讯异常轻松，沈浩显然是带着诚意来的，很快交代了自己的问题：受贿。

他说2000年，林大志以各种方式送了他不少钱。沈浩很有原则，当时就拒绝了。而林大志的理由，听起来却没有问题。林大志当时正在采用程浩然计划的前半部分，利用程浩然提供的情报，到处抓吸毒分子，想以自己的努力为开端，促成一场扫毒行动，立功升职。抓吸毒人员，三五个还正常。但是抓多了，方方面面，肯定要所长配合。林大志就希望沈浩在工作上给他支持，顺便允许他招募两个所谓的线人当帮手。

沈浩意识到，于公于私，这都是个好事，就给林大志提供了很大的支持。故此，林大志私下里又给沈浩送财物表示感谢。沈浩推托不过，就收下了。

后来林大志被开除，错过了立功升职的机会。但沈浩清楚，扫毒行动结束后他被提拔成所长，其实也得感谢林大志他们几个。城郊派出所抓了那么多吸毒的，还配合市局缉毒处搞扫毒行动，这些功劳，上级首先会记在他沈浩头上。

沈浩交代，昨天有人给他送来一份快递，打开一看，里面放着个小盒子，盒子里面放着两根"香烟"。他满脸疑惑地拿起"香烟"看了看，才意识到那竟然是两个香烟形状的窃听器。

审讯员写好笔录，问："你为什么来自首？"

"我是个所长，林大志又在我手底下干过……"沈浩扶了扶眼镜，说，"听听那两个窃听器，你们就知道了。"

窃听器？这实在太意外了！专案组所有人都蒙了，纷纷小声说着，是什么窃听器？会不会和李铭那个有关？而且还是两个。

郑毅拿过窃听器，仔细观察了一会儿。

这两个窃听器都跟李铭那个一模一样，就是不知道里面的内容会不会也是一样。

他拿起一个，打开按钮，第一段录音响起。

大伙想不到的是，窃听器播放的内容，竟然跟专案组手里李铭那个窃听器的内容一模一样。

郑毅皱着眉头听了一会儿，突然按下了快进键。他反复快进了好几次，直到播放器里传出不一样的内容，才恢复了正常播放进度。

"有话好说！张律师！别激动！"这是李亮的声音。

接着窃听器里传来一阵杂乱，应该是有人动手了。

"好啊！你们不让我活！我也不让你们好过！告诉你们，当年你们伙同林大志做的那件事，自以为很秘密是吧？呵呵！我一清二楚！"这是张启发的声音。

"今晚我还是律师！我先报警，让警察把你们全抓了！"这无疑也是张启发在说话，同时还伴随着一些杂音，应该是张启发掏出电话，又摔到了地上。

接下来是片刻的沉默。

"你说哪件事？我不明白！"李铭说。

"别装了！当年你们和林大志一块儿，伙同程浩然贩毒！当我不知道吗？"张启发的声音沙哑而沉重。

"你们不仁，就别怪我不义！"张启发接着说。

"操！笑话！你有证据？"这是李亮的声音。

"证据？明天把你们关进审讯室，你们就知道我有没有了！"张启发一阵冷笑。

"张律师，何必呢。大不了我们兄弟帮你做证就是！"李铭沉默了很久才说。

"晚了！要怪就怪你们自己吧！这就叫多行不义必自毙！"张启发说完，用力打开门，就往外走，"咣当"一声，门把手结实地撞在墙上。

李铭、李亮对望一眼，心里都很明白："不能让他走！他走了，死的就是咱们！"

豁出去了！

李铭上前一步，揪住张启发的衣领，往后使劲一拽，把张启发硬拽了回来。同时李亮上前关上门，双手扭住张启发的手腕。

"我操！你俩这是要动手！"张启发说着开始反抗。

李铭、李亮也不废话，一人扭着张启发一只胳膊，一起使劲，就把张启发的双手别到了背后，推着他走到窗前。李亮伸出手一拉，就把窗户拉开了。

窃听器里传来张启发的冷笑："今天我也不跟你俩费劲了！有种贩毒，我倒要看看你们有没有种杀人，来啊！推我下去！"

李铭说："我最后说一遍，今天这事，要么你永远闭嘴别提，要么你死，你自己选！"

张启发吼道："你们死，我也死不了！"说着他一弯腰，猛地转了个身，想利用转身的力量，把李铭甩在墙上，让自己的手挣出来。

李铭一直十分警惕，把张启发的手往后背上方使劲一拽，张启发叫了一声，身子转不动了。

李铭、李亮互相看了看，心里明白，今天就只有一条路能走了！

他俩一起用力。

李铭喊了声："下去吧！"

张启发就这样被他俩从十六楼窗口推了下去。

半空传来张启发撕裂的惨叫声。

窃听器录音到此结束。

显然，这个窃听器里也有个小电话卡。

技侦人员过来取出小电话卡，仔细查看了一番，没什么异常，就把小电话卡读取出来，记录下它对应的主机号码。不用问，主机号码也关机了。

这个主机号码，跟李铭那个窃听器对应的主机号码不一样，看来凶手非常细心，一个主机号码只用一次。

众人谁也想不到，这个窃听器播放的，竟然是张启发被杀的内容。

现在终于确定，张启发就是李铭、李亮杀的。

李铭那个窃听器，录到一半就被张启发发现了，结果被李铭拿来当成了张启发自杀的证据。

这个窃听器，既然录完了事发当晚的全过程，那么，毫无疑问，案发时就一定且只能就在李亮身上了。

那另一个窃听器录的又是什么内容呢？郑毅打开了播放按钮。

"林总，有事找你谈。"

"好啊！什么事？"

"咱们出去谈。"

"为什么？"

"办公室不方便，牵扯到当年那件事！"

录音从这里开始，是林大志跟李氏兄弟的谈话。这些对话专案组的人都是第一次听，显然，这是十几天前，张启发自杀后的事情。大家不知道录音的开头之前还有没有别的录音内容，如果有，也许无关紧要，已经被凶手给洗掉了。总之，每个人都清楚，这些都是凶手想告诉专案组的。

"怎么回事？不是说好了永远不提吗？"

"是张启发！他知道了！"

"法律顾问张启发？张素娟的哥哥？他怎么知道的？你们怎么知道他知道？"

"昨晚在公司，张启发威胁我们做伪证时，突然说了当年那件事！"录音里，李铭把张启发自杀之前的事简要说了一遍。

"金一鸣被杀了？你们怎么不告诉我？凶手真是张启发？"

"前天晚上的事，昨天没来得及跟你说，就又出了张启发这档子事！"

"这……金一鸣是不是张启发杀的，这事咱不管，咱就操心自己的事。"

"那是！幸亏有那个窃听器在，不然我俩真不知道该怎么办！那个窃听器在警方手里，谁也不知道它是哪儿来的。"

"窃听器在警方手里？那我们岂不全完了？"

"没事，张启发把它踩坏之后，才说的那个秘密！"

"那也不对吧！如果他说出那件事，拿它威胁你们，你们早就给他做伪证了！他又怎么会死？"

"你说得没错！如果张启发上来就说他知道了那件事，我们很可能逼不得已，走一步算一步，只能给他做证！可是，他一晚上都相当敏感，被那些指向性证据吓坏了，一个劲琢磨先脱罪再说！后来，他非要逼我们帮他做不在场证明，我们拒绝，之后他立马崩溃了！谁也没想到，他会搜我哥的身！更没想到真就搜出来个窃听器！搜到窃听器后，他以为我们出卖他，还怀疑那个窃听器就连着警方的即时监听，把他做伪证的要求都传出去了！所以，他以为即使拿那件事做威胁，对他来说也没什么意义了！"

"你这么说倒也合理！所以你们杀了张启发！对吧？"

"别乱说！我们怎么可能杀他？"

"张启发以为你们出卖了他，窃听器是警方的，但你们知道窃听器不是警方的，警方一定不知道我们的事！等到张启发被逮捕，他就一定还会供述出那件事！到时候，就是我们陪他一起坐牢了！谁让你们不帮他做伪证呢？那样的话，我们就都完蛋了！所以，你们必须杀了他灭口，使他免于被抓，对不对？"

"胡说！他是自杀的！"

"总之如果换作我是张启发，遇到那样的情况，是绝对不会自杀的！别紧张！我们是统一战线！还和当年一样！"

"统一战线又怎样？他就是自杀的！"

"好！好！他是自杀的！行了吧？窃听器这一招，你们玩得不错！再没有比这个更好的证据了！我要是警察，都会表扬你们的！"

"林总，你错了！窃听器根本不是我们的！"

"对对！窃听器不是你们的！我只知道，没有那个窃听器，张启发绝不会死！"

"林总，你也别得意！别忘了，当年的事，我们总是拿小份，你可是拿大头！"

"你们威胁我？"

"不是威胁！是提醒！"

"很及时的提醒嘛！告诉你们！要么一起完蛋！要么一起相安无事！你们知道当年我拿大头，我也知道你们杀了张启发！互相都管好自己的尾巴吧！谁也别威胁谁！否则，我也能让你们两个被自杀！你俩死了，我就彻底安全了！"

"混了这些年，就你有把破枪？"

"都冷静！"

窃听器里对话部分到此结束。秦向阳想，既然上个窃听器在李亮身上，那这个就只能在林大志身上了。

也就是说，凶手竟然分别在李铭、李亮、林大志身上放了三个窃听器。

秦向阳想到这里，揉了揉额头，专注听着后面的内容。

接下来，播放器里一阵沉默。

变故出现在最后，那是有人开车门的声音。

"你谁啊？"这是林大志的声音。

紧接着林大志惨叫一声，几乎是同时，窃听器里传出两声枪响，过了一会儿，又是一声枪响。最后是关车门的声音。

录音到此结束。

技侦人员把这个窃听器里的小电话卡也取出来，当作物证保存好。当然，这张小电话卡对应的主机号，也是关机的。

现在专案组手里一共有了三张小电话卡，三个与之对应的主机号码。

显然，这两个窃听器是凶手借沈浩之手，把它送给专案组，这是一份礼物。

|第十三章　致命分析|

"为什么把窃听器送来市局，而不是把它们销毁？"郑毅试探性地问沈浩。

沈浩摘掉眼镜，语气很是激动："郑局，你这话什么意思？当年，我是收过林大志一点财物，但窃听器里的内容事关重大，我能分不清？我也是警察！"

"好！好！老沈你别激动，"郑毅搓着下颌说，"林大志是被开除后出事的，你那点事，算不上受贿！窃听器送来得很是时候，我代表专案组，感谢你！"

"谢谢郑局！那我就踏实了！"沈浩扶了一下眼镜，说，"有需要的，我一定全力配合！"

"说说收到快递的详细过程吧，快递员是谁？"郑毅问。

"没有快递员。早上一上班，门卫就在大门口发现了快递，收件人是我的名字，就送到办公室了。也没有寄件人。那张快递单在我口袋里。"沈浩找出那张快递单递给郑毅。

快递单上果然干干净净，只写着沈浩的名字，字是用很粗的油性笔写的，方方正正，一笔一画。

郑毅又和沈浩聊了一会儿，见他身上再没情况可挖，就让他先回派出所。

郑毅则带人回到会议室。

现在很明显了，张启发案，林大志枪击案，案发现场所有未知情况，都有了答案。

如果214系列案件是一个软件程序，那么，这两个窃听器就是软件补丁，补丁有了，程序就完美了。

以前秦向阳对案情的推断也全都被证实，张启发不是自杀，而是死于李铭、李亮之手；林大志、李铭、李亮三个人，则是被凶手三枪爆头。

多米诺骨牌。

真的是一串一碰就倒的多米诺骨牌。

第一张牌是金一鸣。这张最关键。

接下来倒下的张启发，因为第一张牌故意留给他一个时间段，可以用来做不在案发现场的伪证，他才去威胁李铭、李亮。同时，因为威胁，张启发才说出他掌握着李铭、李亮的贩毒证据，他只要把证据交给警方，就是对李铭、李亮最凌厉的报复，这导致张启发被杀。

接下来，连续倒下的林大志、李铭、李亮。这源于张启发掌握了他们三人的贩毒证据，当李铭、李亮去跟林大志碰头商量，继而吵架，就给凶手提供了绝好的机会，一次性推倒这三张牌。

很完美的逻辑线。

捋完这条逻辑线，秦向阳突然想起，金一鸣案刚发生时，他就怀疑金一鸣的死，会不会和张素娟的自杀有关？那么巧？金一鸣和张素娟死在一个地方。

想到这儿，秦向阳倒吸一口凉气：也许多米诺骨牌的起点不是金一鸣，而是张素娟！

凶手在得知张素娟在保安公司门口上吊自杀的消息后，巧妙地利用了这件事，把她设计成为倒下的第一张牌。不然，凶手何必也把金一鸣吊在树上呢？杀死一个人的方法多得是。

可是凶手为什么送来这"两个补丁"呢？加上之前李铭身上那个窃听器，一共是"三个补丁"，一下子214案把所有的疑问和案发细节，都补全了，除了金一鸣被杀案。

世上怎会有这样的凶手？

竟主动给警察提供案件补丁？

这家伙到底想干什么？

这时郑毅的声音重新变得铿锵有力："我们没时间和凶手玩猜谜游戏！他敢把东西送过来，我们就敢收！先不要去管他这么做的动机，我们现在有很多具体的事要做。"

郑毅接着宣布了接下去的侦察方向。

一是由陆涛协调、安排人手，对全市各大电子市场进行地毯式调查，查找那三个窃听器的来源，调查有没有顾客一次性购买了三个甚至更多同款窃听器。这个活工作量太大，因为除了相对集中的电子市场，其他零星分布的电子产品商铺更是数不胜数。查不到也要查，工作量再大也要干，这种话郑毅根本不用强调，陆涛也绝不会有抱怨、异议。

二是凶手送来的窃听器，专案组将出的多米诺骨牌逻辑线，都证明凶手作案前，就了解与案件有关的一切细节。这些细节，包括程浩然伙同林大志贩毒的相关事实，李铭、李亮参与贩毒的情况，还包括张启发掌握程浩然、林大志这伙人贩毒证据的秘密。这些细节都非常隐秘，除了当事人，还会有谁了解呢？而且了解得如此详细、彻底！换句话说，如果凶手不了解这些细节，就不可能设计出逻辑清晰的多米诺骨牌式犯罪手法。

郑毅考虑到凶手所了解的全部细节，恰好有一个共同点：它们都跟毒品有关系，从而想起了十四年前市局搞的那场扫毒行动。那次行动可是挖出来不少毒窝，而且还有一个制毒窝点。那么，214案件会不会是当时毒贩中的某个人或者某些人，对程浩然、林大志等人的报复呢？所以，他宣布的另一个侦察方向是，参考那次扫毒行动的卷宗，调查所有相关毒贩。还在坐牢的，就去牢里查；放出来的，先从外围查，免得打草惊蛇；尤其要注意那些当时逃逸还没落网的，要密切监视逃逸毒贩的亲人、朋友，力争查清逃逸人员行踪。

不可否认，郑毅的这个调查方向极具针对性，也跟214案件存在逻辑关联性。专案组的人都意识到，他那个"郑三百"的外号确实不是白叫的。

郑毅搞的两个调查方向，大部分是陆涛的活，这下这个向来寡言少语的副支队长可有得忙了。

　　当然，秦向阳等人也绝非无事可做，甚至他们的活更有难度。郑毅要求秦向阳等人分析案情全局，争取找到另有意义的调查方向。郑毅考虑得很全面，万一自己的这两个调查方向都错了呢？专案组的时间可不多了，满打满算，仅剩二十天。

　　会后，郑毅叫陆涛马上又落实了一个细节：清河县1996—2000年的戒毒人员档案，为什么就不见了呢？

　　陆涛通过提审程浩然，很快就有了答案。原来还是林大志搞的鬼。当年扫毒行动结束，清河西关的新毒点弄出来之后，林大志出于小心，就想把那些档案消除掉。当时的清河县公安分局副局长金建国，是程浩然的姨父，金建国的儿子金一鸣，是程浩然的表弟。借着这层关系，林大志叫程浩然给了金一鸣一些好处，叫金一鸣去县局，找机会把档案带了出来。金一鸣为人也颇精明，得了好处，就帮人办事，多余的也不多问。这件事，金建国多年来一直被蒙在鼓里，直到郑毅告知，才明白当年还有这么个隐情：怪不得当年有几份档案不见了，原来是自己的儿子偷走了……

　　会后第二天，秦向阳很被动地履行了自己的承诺，他要陪李文璧吃饭，看电影。李文璧早早就在他的房间等着了。

　　一见秦向阳，李文璧就急不可耐地问："说说吧，我这次演得怎么样？"

　　秦向阳心里佩服，嘴上却故意应付她："当时我又没在现场，我哪知道啊？"

　　李文璧撇了撇嘴角，很是不满地说："结果不是明摆着吗？你就不会夸夸我吗？真是烦人！"

　　秦向阳乐了，把双手抱在胸前说："对！对！我确实该夸夸你。我可听说了，程浩然被抓时，当着很多人骂你了，还说后悔没那啥你……看来那晚你确实演了一出大戏！很不错！说吧，你想吃什么？"

　　李文璧小脸唰地红了，上手就撕着秦向阳的耳朵说："夸人也不会！还敢提这个事！再说一遍我听听？"

秦向阳很无奈，只好带她去吃饭。吃饭的时候，李文璧一直喋喋不休，绘声绘色地讲着在程浩然那发生的事，秦向阳很耐心地听着，好不容易才吃完一顿饭。

吃完饭来到电影院，两人刚要进门，秦向阳听到有人叫他。回头一看，见苏曼宁正站在离他们不远的地方。

苏曼宁迈着轻盈的步子，不急不缓地走到秦向阳近前，笑着说："真巧啊！"

秦向阳和这个女人除了工作素无来往，也只好笑着说："是啊，真巧。"

苏曼宁看起来并不着急离开，她很有兴趣地问："女朋友？真漂亮！一块儿来看电影呢？"

秦向阳不知道怎么回答，只好咳嗽了一声。

李文璧一看秦向阳不说话，马上笑着说："是啊！我们刚吃完饭，他好不容易才有空，这不就陪我来看场电影嘛。"

苏曼宁优雅地笑着说："你应该就是李记者吧？你好！我叫苏曼宁。"

"你怎么知道？"

"你忘了？程浩然的事，咱俩配合得可是挺不错的。"

李文璧这才知道，当时张启发的录音，都是她放的。

李文璧眼睛转了转，挺起胸说："是啊！不过我演那个小三可真是费劲呢！后来听秦向阳说，他们专案组有个警花，特别适合演小三，哎！早知道我就不演了。"

这时秦向阳正无聊地站在这两个女人旁边，喝着矿泉水，听到李文璧这话，嘴里一口水就喷了出来，呛得连连咳嗽。

李文璧皱起眉头，敲着秦向阳的后背说："你看你！这么大的人，连水都不会喝！慢着点呀！"

苏曼宁听了李文璧的话，一下子就来气了，知道那是李文璧向她示威，心里说了声"无聊"，忍着没有发作，转头对秦向阳说："秦向阳，你还记得吗？咱们刚到专案组第一天开会，我们还因为李铭那个窃听器到底是不是他的，产生过分歧呢！那次我的态度不太好，我请你吃顿饭吧？聊表歉意！"

秦向阳连忙摆手说："不用，不用，你太客气了。我可从没放在心上，早忘了。"

苏曼宁笑着说："也是，就那么点事。不过，你那时就能断定窃听器不是李铭的，还是很让人刮目相看！其实呢，我确实有事和你讨论，有关案子的，讨论案情顺便一块儿吃个饭，这你总不会拒绝吧？"说完，她瞟了李文璧一眼。

秦向阳觉得再这么聊下去实在太尴尬了，谁知道李文璧还会突然冒出什么不合时宜的话，就赶紧点着头说："行！改天联系吧！"

得到了肯定的回答，苏曼宁又上下仔细地把李文璧打量了一遍，才说："那你们好好玩，改天联系。"这才转身离去。

李文璧看着苏曼宁走远了，才拉着秦向阳的胳膊说："这就是你说的那个警花吧？你看你，怎么不说话？人都走远了！眼珠子都快掉出来了！"

秦向阳一脸无奈地说："我这不是在看海报吗？看电影总得选个好看的……"

李文璧又撇了撇嘴，说："选吧！选吧！不过，我总觉得这个女人很讨厌！你可要小心点！"

"小心点？小心什么？"

"小心她对你图谋不轨！"

"我有什么好图的？她喜欢郑毅那种男人。"

"哎！我不是说这方面的图谋不轨，这是女人的第六感！"

……

看完电影，秦向阳送走李文璧，自己开车又回了趟盘龙分局的宿舍。他在宿舍里养了只半大不小的金毛，需要他隔三岔五地回去照顾。喂完狗，打扫完宿舍，他才想，这样也是挺麻烦的，要不过些天，让李文璧帮着养养吧。

回到市局招待所，他把214案件所有资料复印了一份，搬到了宿舍。

赵楚正在走廊抽烟，见他搬着一大摞资料，就笑着说："怎么？这是要挑灯夜战？"

秦向阳接起赵楚递过来的烟说："郑局不是叫我们找新的调查方向嘛，我寻思一时半会儿睡不着，研究研究。"

"不用这么拼命！凡事有郑局顶着呢！"

"话是那么说，可咱也不能吃闲饭啊。"

赵楚说："说谁吃闲饭，也不能说你吃闲饭！214案要没你，到现在还指不定怎样呢。"

秦向阳说："那可不一定！别忘了，凶手会给咱们送补丁。"

赵楚一听哈哈地笑起来，然后说："嗯。这个凶手很有趣。要说调查方向嘛，我觉得咱们可能把注意力都放在214案本身了，说不定案件当事人身上还有什么共同点。"

"共同点？"秦向阳不解地问。

赵楚说："郑局说的那些，张启发、林大志、李铭、李亮，都跟毒品有关，这其实就是案件当事人的一个共同点嘛，所以他才做出那个调查方向。可万一这个方向也是错的呢？我就在想，是不是案件当事人还有另外的共同点，我们还没发现。"

"万一是错的？其他共同点？"赵楚一语惊醒梦中人。

秦向阳搓着鼻头说："很有道理！刚才我复印资料的时候，就一直琢磨，这么厚的一摞材料，这调查方向该怎么找，没头绪乱翻？肯定不行！你这个想法太好了，我得仔细琢磨琢磨。对了，老赵你也别闲着，和孙劲一块儿琢磨琢磨。"秦向阳说完，急匆匆地抱着材料进了屋。

赵楚说："琢磨个鸡巴！我脑子不够用。"

秦向阳笑着离开了。

赵楚看着秦向阳的背影，眯起双眼，心中暗道："我选的人，果然没错！"

秦向阳回到宿舍，埋头研究资料。他把张启发、林大志、李铭、李亮的档案找出来，从年龄到籍贯，从亲属到读书的学校，从血型到身高，等等，几乎他能想到的个人情况，都罗列出来，做成表格，想看看能从这种比对表格里发现什么。他这么折腾了一夜，直到天亮才和衣睡去。

接下来的几天，苏曼宁请秦向阳吃了一顿饭，秦向阳实在推脱不过，只好赴约。

苏曼宁在餐桌上很有分寸，除了跟案情有关的话，别的话基本不说。这让本来有些拘谨的秦向阳完全放松下来。

直到谈话的后半段，两个人有意无意地聊了些琐事，就不可避免地聊到了彼此的学业、从警、当兵以及家庭的话题。

秦向阳不太想提父亲的事，毕竟在他心里，秦家喜的死跟郑毅脱不开关系。

苏曼宁知道这件事，不着痕迹地绕开了这个话题。

秦向阳感觉到了苏曼宁巧妙绕开那个话题的好意，就又露出了直爽的本性，直接问："怎么到现在还在单身？家里就不急吗？"

苏曼宁也不回避，笑了笑，坦诚地说："我这人吧，心气高，从年轻时起，一般人我都看不上，拖着拖着不就到现在了嘛。没办法，回不去了！"

秦向阳点点头说："没事，现在你这条件好着呢。"

苏曼宁不置可否地说："无所谓，随缘吧。对了，你和李文璧发展到哪一步了？"

秦向阳笑着说："我没想过这事啊！"

"这就是你的不对了！那女孩很不错，就是嘴有点厉害。她对你有意，我能看出来，可千万别错过！"苏曼宁笑着说。

秦向阳这人，他没想过的，就真的没想过，倘若有人提醒他了，他认真起来，那就真的很认真。他听苏曼宁这么说，就认真地想了想，觉得李文璧确实很不错，随即在心里自嘲，觉得自己也不一定能配上人家。

这时苏曼宁突然转换了话题："对了，案情分析怎么样，有没有发现新线索？"

秦向阳挠了挠后脑勺说："赵楚建议我找找案件当事人的共同点，还没发现什么情况。眼看着又过去一周了，郑局现在很急吧？"

"可不是！"苏曼宁拧眉说道，"郑局这几天沉不住气了，天天在办公室里坐立不安！陆涛那边，按郑局的方向查着呢，希望能有进展！"

秦向阳点点头说："万一调查方向没进展，后边确实很被动。"

秦向阳和苏曼宁吃完饭，各自离开。

回到房间，秦向阳品味了一番，觉得苏曼宁这人其实也不错，起码说话、处事各方面很得体，没有李文璧说得那么讨厌。

很快三天又过去了，离上级给专案组的期限只有十天了。

这一天，组织上对市局副局长金建国做了暗中调查，没发现他跟外甥程浩然等人的贩毒案有任何牵连。当年金一鸣从金建国办公室偷走吸毒人员档案一事，金建国当时根本没注意到有档案丢失，直到很久以后才发现有资料遗失，结果是不了了之。金建国得知这一系列隐情后，向上级提交了检讨报告。至此，跟程浩然、林大志贩毒案有关的当事人，死的死，抓的抓，都有了各自的归宿。

也就十天的工夫，陆涛整个人瘦了一圈，这证明郑毅那两个调查方向还没有任何结果。

陆涛被郑毅狠狠地训了一顿。

郑毅的声音很大，在走廊上都能听得一清二楚。

秦向阳等郑毅发完火，推开门进了办公室。

郑毅站在窗口望着窗外，默默地抽着烟。

秦向阳走到他身边说："郑局，会不会是调查方向有问题？"

郑毅凭窗思索，没有说话。

秦向阳继续说："你有没有发现，所有的死者，没一个是无辜的？"

听到这句话，郑毅转过身来，用期待的眼光看着自己的手下："你想说什么？"

秦向阳说："我在找死者的共同点。我总觉得凶手想通过这一系列案件告诉我们什么。但直到现在，也找不到一个有突破的共同点。"

郑毅疑惑地问："共同点？"

秦向阳点点头："你把张启发、林大志、李铭、李亮跟毒品连在一起，那个调查方向，不就是一个共同点吗？"

郑毅说："我这个方向不一定对。"

秦向阳说："是的。要是你错了，我们就被动了，时间不多了。"

郑毅冷着脸说："我比你急！"

秦向阳说："我知道！刚才我说死者没一个无辜，其实也不准确，张启发罪不至死！他只是隐瞒着程浩然、林大志等人贩毒的事。"

郑毅反问道："要是金一鸣真是他杀的呢？"

秦向阳说："那他就不无辜了！但他不可能杀人！"

郑毅用低沉的声音说："没有什么是不可能的！"

秦向阳没有琢磨郑毅这句话的深意，自顾自说道："我只是在考虑，如果张启发也是死有余辜，那就不得不考虑苏曼宁的话了。"

"什么话？"

"法外执行！"

这场谈话没任何结果。

时间很快又过去一周。

这一周内，李文璧来过专案组两次，她把有关214案的调查，写成了新闻报道。但市局早就跟所有媒体打过招呼，破案期限未到，暂时什么都不能发。

李文璧说："我不发，就是叫你看看，我写得怎么样？"

秦向阳耐着性子说："案子还没结，你瞎写什么呢？"

李文璧说："你们不是收到了好几个补丁吗？还有你们局里那个陆涛，每次碰到他，都是带着一大帮人来去匆匆。现在离结案期限只有三天了吧？还没展开最后的总攻吗？"

"总攻？"秦向阳叹道，"案子才刚刚开始。"

"什么叫刚刚开始啊？"

秦向阳意识到自己又说多了，起身劝李文璧少打听，先回去。他好不容易把满脸惊讶的李文璧送走，又一头扎进了资料里。

共同点。

共同点。

到底在哪儿呢？

张启发、林大志、李铭、李亮的档案就放在桌子上，已经快被他翻烂了，那个所谓的共同点，还是找不出来。

或许根本没有什么共同点吧。

他用力地吸了一口气，点上一支烟，决定一字不漏地把这些档案再看一遍。这一次，他换了个方式，他把那四个人的档案一字排开，在桌面上摆好，然后从姓名开始，一栏一栏地比对着。

档案个人信息很快比对完了，还是没有结果。

很快，他开始比对档案的个人工作经历那一栏。

林大志和李氏兄弟的个人工作经历没什么好说的。他们于2004年合伙创立了大志警用器械制造有限公司，林大志股份多，任总经理；李氏兄弟股份少，干副总。程浩然早就交代了，那个毒品的贩卖点是2004年散的伙。那可以确定的是，他们开公司的钱，就是贩卖毒品的非法盈利，林大志和李氏兄弟干警用器械的买卖，程浩然干的是防水材料。

张启发的律师经验很丰富，代理过大大小小很多案件，这些经历是律师的资本，档案上整理得比较全面。那里头大部分是民事案件，看不出异样之处，秦向阳仔细地看了好几遍，就在想放弃之时，突然发现里面有好几个案子的字眼很是特别。因为时间的不同，那些案子夹杂在档案里的不同位置，任何人只要主要到它们，就一定会觉得很突兀。那几个案子分别是：628袭警灭门案，903强奸杀人案，1123男童挖眼案，719杀人碎尸案。

"哎呀！他还代理过这种大案？"秦向阳立刻警觉起来。

档案里记录得很简单，张启发代理的这四个案件都以失败告终。秦向阳马上明白过来，这种刑事案件，法院都会给被告指定个代理律师。而被指定的律师有时候不愿意接活，或者有其他原因，就会推荐给同行。在律师界，都清楚这种指定性质的代理案件，配合法律走过场的意义更大一些，面对检方重重证据，这种代理官司基本打不赢，这是法律工作者都尊重的客观事实。

但是从档案上看，这些案子却是张启发主动接的。这就有些奇怪了！明知道打不赢的官司，为什么要接呢？不是给自己抹黑吗？

从时间上看，这些案子集中在2007年、2008年。那时候张启发只能算个小律师。

小律师主动接这种刑事大案？

秦向阳立刻想到了另一种可能，张启发这么做，最大的可能是想一鸣惊人。这很容易理解，一个小律师要是打赢了刑事案件，在业界立刻就能声名鹊起。有很多律师之所以成为大律师，就是代理社会热点案件成功上位。难度越大，回报率越高，这是个再简单不过的道理。同样，难度越大就越容易失败。这四个案子张启发都没赢，这一点也不让人意外。可他不会因此失去什么，他当时本就是个小律师。

"唯一的问题是，他张启发为什么一而再，再而三，连续接这么四个大案呢？接一个两个，失败了还不够吗？"秦向阳把档案撤到一边，心里很是纳闷。

"有收获吗？"赵楚拿着一盒烟进来，把烟丢给秦向阳，顺手翻了翻旁边的档案。

"一无所获！"秦向阳顺手点上烟，轻轻叹了口气。

"我也是瞎说，也许死者本来就没共同点。"赵楚安慰道。

"不。郑局叫陆涛干的活，出发点就是死者的共同点。这个侦查思路肯定没错，只是我们都没找准！"秦向阳果断地说。

赵楚点点头，抽了口烟，貌似随意地说："要说死者的共同点吧，那很多。你说得很对，关键是找准。可是怎么判断准不准呢？我们又不是凶手。"

秦向阳说："逻辑啊，大哥！找来找去，哪个对案子推进有帮助，哪个就是准确的。凶手接连抛出案件补丁，分明在牵我们的鼻子。我总觉得，凶手想通过这一系列案件告诉我们什么。换句话说，他想告诉我们的，很可能就是那个共同点。"

"有道理！"赵楚"啧"了一声，笑着说，"你看，所有死者都是男的，这个肯定不靠谱。再比如，我们穿的警服，用的基本警械器具，都是林大志和李氏兄弟他们公司供给的，这个肯定也不靠谱……"

"什么？都是大志警用器械公司供给的？"秦向阳打断了赵楚的话，愣了几秒钟，反问，"你怎么知道？"

"这个不算什么秘密啊，不过一般人确实不知道，或者说不在意。"赵楚说，"我在市局档案处干了那么久，净看档案解闷。"

"什么档案？"

"警械订购合同之类的档案呗，乱七八糟，多少年的都有。"

"详细说说！"秦向阳来了兴趣。

赵楚道："就这么回事，多的也记不住，有啥好说的嘛？"

秦向阳可不这么认为。在这个节骨眼上，凡是跟林大志等死者有关的事件，说不准哪个就能用上，秦向阳一个也不想放过。在他的坚持下，赵楚无奈地陪秦向阳去了档案处，找到了那些陈旧合同。

那些合同分为两类，一类是警服、警械等的企业招标合同。一类是产品的供给合同。秦向阳仔细把招标合同看了一遍，发现林大志的警械制造公司早在2005年，就曾参与市局的相关招标项目。

只是有一点比较奇怪，2005年，林大志所投递的招标合同首页上，有个用红笔画的"×"。

"这是什么意思？"秦向阳细看才明白，在2005年那个"×"旁边还标注了一行小字：曾因渎职被派出所开除，一票否决。这意思很明显，负责招标的人，了解过了林大志的底细，直接把标书否决了。

"谁否决的？"秦向阳问赵楚。

赵楚拿起那堆合同翻了翻，指着一个名字说："应该是郑局的前任，副局长邓彪。"

秦向阳问："副局长管招标这档子事？"

赵楚说："应该有专门的人负责，但肯定要领导逐级签字。换句话说，副局长不签字，后面的也就不用签了。"

秦向阳点点头，又翻看后面的招标合同。

市局的招标是块肥肉，但不是年年招标。2007年年底，林大志又投标了，但标书首页上又被画了"×"。这次的否决人，是新上任的副局长兼刑侦队长郑毅。

"看来郑毅继承了前任领导的意见。"

秦向阳又翻看下一份标书，2008年底，林大志的标书又被拒绝了，但是转折出现在2009年春天，林大志公司的标书不但没被拒绝，还中标成了供应商。后边的年份再有招标，也是林大志公司中标。也就是说，从2009年起到2014年，市局及各分局警械、警服的供应，都来自大志警用设备制造有限公司，其中，警服的生产由本市一家有名的服装加工厂完成，但林大志和李氏兄弟是那家服装厂的股东。

"奇怪啊！林大志的标书被郑毅拒绝了两次，怎么后来又成了供应商呢？"秦向阳吃惊地说。

"这有啥奇怪的？林大志的标书多年被拒，心有不甘，肯定下本了！"赵楚轻描淡写地说。

"你是说郑毅收了林大志的好处？"

"那也算不上什么大事吧！"

秦向阳说："是算不上什么大事。可是按郑局的为人，会那么容易被林大志突破？而且作为供应商，林大志怎么会一直持续到现在？"

"倒也是！"赵楚放弃了自己的态度，说，"这种事，要么收买，要么胁迫，难道这里头有别的隐情？"

"别的隐情？胁迫？什么事能胁迫郑毅？"

他想不通。

接着，他又想起另一个想不通的问题：张启发为什么一而再，再而三，连接这么四个大案呢？接一两个，失败了还不够吗？

"张启发的事确实有怪异之处，可是跟眼前这个疑问根本就不相干嘛！"他自言自语了一番，突然对赵楚说，"既然来了，再帮我找几份档案吧！"

"什么档案？"

"628袭警灭门案，903强奸杀人案，1123男童挖眼案，719杀人碎尸案。"

|第十四章　大难临头|

丁奉武倒背着手亲自来到郑毅的办公室，他稳稳地在沙发上坐下，斟酌着对郑毅说："怎么样？这几天休息得还行？"

郑毅知道丁奉武的来意，点了点头，信心满满地说："丁局你就放心吧，很快就有眉目了！"

丁奉武笑笑说："你小子！就知道你不会让我失望。"不过他还是有点不太放心地补充了一句，"214案放在全国都是一等大案！限期是个死命令，这次，部里是来真的！"

送走丁奉武，郑毅的眉头一下子拧成了疙瘩。离丁奉武给的期限还有三天，他知道三天不会出现奇迹，但他必须那么回答。他知道这次面对的，恐怕是他从警以来最大的考验，也是最大的危机。他在心里狠狠地说，我绝对不能失败！我的三个百分之百，也绝对不能毁在这个案子上。什么案子，也阻止不了我明年进省厅的步子！

市局档案管理处。

赵楚很快找齐了四份档案。他看了看那些档案的名字——628袭警灭门案，903强奸杀人案，1123男童挖眼案，719杀人碎尸案，吃惊地问："都是刑事重案，你要干什么？"

"找共同点。"秦向阳来不及细说，搬起厚厚的资料，找了个地方研究起来。

没过多久，他看不下去了。不是不想看，而是资料加起来太多，需要静下心慢慢研究，最好能带回去。

想到这儿，秦向阳出去买了条烟回来。他把烟给了赵楚，叫赵楚帮他把资料复印一份。

赵楚有些无奈地摇摇头，拿起烟进了档案室，过了好一阵子才出来，手里拿着一摞复印资料。

秦向阳喜出望外，上去接过资料。

回去的路上，赵楚问秦向阳："你研究这些干什么？"

"我只是好奇，当年张启发作为一个小律师，为什么一口气代理了这四个案子。"接着，他把张启发档案里的情况说了一遍。

"依我看，张启发为的就是扬名立万。当年，这些案子都影响很大！"

"影响很大？"

"是的！以前我在档案处上班，没事就看档案解闷。"

回到宿舍，把资料往桌上一扔，秦向阳马上平静了下来。他想，凶手到底要我找什么东西呢？他感觉自己好像踏上了一条颠簸在暴风骤雨里的小船，船行驶的方向，却掌控在别人手中。他看不清那人的脸，更看不清那人的意图。

他把四份档案平铺在桌面上，然后把每份档案的第一页打开。

每份档案的第一页都有一串人名。他马上明白过来，四份档案，四串人名，就是四个专案组。

每个专案组里，都有好几个成员。成员的名字各不相同。

"不对！"他发现自己光顾着看专案组成员名单，却忽略了每份名单的最上面，那里还有个名字——组长：郑毅。

郑毅竟是这四个专案组的组长！秦向阳吃惊得下巴都掉了下来。

站在旁边的赵楚，也跟着露出很意外的表情。

秦向阳打开电脑，随便输入了一个案件的名字。

搜索结果很快出来了。链接不算太多，但几乎每个转发链接上，都有诸如

"上诉""冤假错案""黑幕"等诸如此类的字眼。他仔细看了看，发现有些链接的内容被删除了。他很快明白过来，现在搜索到的链接，应该是被删除清理之后的结果。显然，最初的相关信息应该更多。

怎么会这样？他手忙脚乱地又输入另一个案件，弹出的搜索结果还是一样，有不少链接的内容被删除了，但大多数转发链接的关键词，也是"黑幕""疑点"之类的字眼。

他把四个案件全搜了一遍，结果是一样的。

"是这些案子有问题？还是网上的消息有问题？"秦向阳望着赵楚说。

"通常来说，网络上虚假消息很多，当然不能全信！"赵楚说。

"我知道。问题是，反映四个案子的初始链接，好像都有被删除。"秦向阳一边说，一边演示了好几个链接。

赵楚输入着不同的案件，仔细搜索了一遍，发现情况跟秦向阳说的差不多。

他深吸了口气，把浏览器设置成按时间顺序显示，对秦向阳说："这么看就条理多了。所有相关内容，时间上看，最早的一些内容确实被删除了。"

"这有点奇怪。后面的内容为什么没删除呢？"秦向阳说。

"后面的信息不可控了呗。或者说，信息的发布源不同。一般情况下，花钱删消息的，跟发布消息的，不是利益相反，就是利益相关。"赵楚说。

"对啊！"秦向阳搓着下颌说，"它们要真是冤案，谁是利益相关人呢？"

赵楚起身把门关了，小声说："要真是冤案，郑局第一个倒霉！他是这些案子的专案组组长！"

说完赵楚又道："利益相关者——除了案件的相关家属，自然就是律师了。你想，律师要是把冤案反过来……"

"太对了！"赵楚的提醒让秦向阳明白过来，他攥着拳头说，"知道张启发为什么接连代理这四件案子了。多明显！当年，他一定是先后从网上注意到了相关信息！"

"有道理啊！"赵楚说，"而且张启发当时关注的信息，一定是每个案子案发后，最早出现在网络上的负面消息。否则，张启发的行为确实难以解释。"

"对。张启发一定是注意到了'冤假错案'之类的信息，才动了心，接连代理了这四件案子。他的意图很明显，想以小搏大，扬名立万。"秦向阳果断地说。

"那么问题来了，那些最初的负面消息是谁发的？又是谁删的呢？"赵楚问。

赵楚说完这句话，跟秦向阳对视了一眼，而后不约而同地把视线挪到了郑毅的名字上。

他们的思维都很敏捷，几乎同时把林大志公司成为市局供应商的事，跟这件事联系到了一起。

这个逻辑并不难理解。

林大志和李氏兄弟公司，连年往市局投标被拒，其中，更是被郑毅连拒两次。按理说，接下去，林大志的公司就没有再中标的可能。可实际上，大志警械设备制造公司偏偏自2009年春天起，成了市局的供应商，而且截至当前，供应链条一直没有中断。为什么？这个问题很令人纳闷。是林大志给了郑毅什么好处吗？这显然说不过去。郑毅和他的前任副局长，拒绝林大志的理由是"曾因渎职被派出所开除，一票否决"。他们既然否定了林大志的为人，那么以郑毅所处的位置，又怎么会重新收取林大志的好处？

从逻辑上分析起来，最大的可能只能是林大志拿到了郑毅什么把柄，从而胁迫郑毅做出了违心的决定。只有这样，林大志才能从一再被拒，到成为警械警具的供应商。

那么林大志怎么胁迫郑毅？或者说，他拿到了郑毅的什么把柄？现在看来，最大的可能就是这四宗案子。郑毅曾是这四宗案子的专案组组长。也就是说，这四个案子的真相，跟郑毅办案的结果截然不同——那是四个冤案。不管从林大志成为供应商的时间上，还是从逻辑上，分析起来，只有这个把柄才能威胁到郑毅。

可是，林大志和李氏兄弟，他们又是怎么获知案件真相的？林大志等人都遇害了，这个问题，目前谁也无法回答。现在能推断、还原的真相，仅限于林大志等人，为了中标，先后在网络上发布了那些案件的负面消息，然后以此威胁郑毅。郑毅显然不会因为网络上的区区负面消息，就屈从于林大志。那么接下来，林大志一定是抛出了"实锤"，从而令郑毅屈服。

所有信息综合分析起来，结论只有一个：林大志等人因某些原因，掌握了案件的一些真相。为什么不是林大志等人跟案件本身有直接关系呢？否定的理由很简单，如果他们跟案件本身有直接关系，他们绝不会为了生意，跑去郑毅面前自己出卖自己。他们一定出于某些原因，先后发现了这四宗案件都有问题，之后给郑毅提出一些反面证据，证明郑毅办了冤案，切实威胁到了郑毅的地位和名誉。当郑毅屈从，帮他们成为供应商，他们再回头删除自己所发的网络消息。至于后来消息扩发失控，越传越多，那就是谁也没办法的事了。

郑毅先是连番拒绝林大志的标书，而后第一个签字，帮林大志成为供应商，郑毅反差巨大的行为，强化了这个结论：628袭警灭门案，903强奸杀人案，1123男童挖眼案，719杀人碎尸案，是四个冤案。

这个结论令人震惊，令秦向阳一时无所适从。

直觉告诉他，凶手处心积虑，引导警方，让他找的，就是这些东西。

他一闭上眼，那种奇怪的感觉就扑面而来：凶手先后给214案专案组送来三份补丁，似乎生怕专案组把案件的调查方向搞错了，凶手似乎比警方还着急，把案件的隐秘点和枪杀案的细节，都告诉了专案组，这些奇怪的举动，分明是在引导。

拿林大志枪杀案来说，一般的凶手巴不得把案件定性成林大志杀人，再引咎自杀。而这个凶手借沈浩之后，把窃听器送给专案组，分明就是在告诉警方：人是我杀的，他们都该死。他们背后有秘密，你们发现了吗？死者除了贩毒案，还有秘密。

这下子，秦向阳彻底慌神了："凶手想让我干什么？"

秦向阳当然知道，不可能仅仅因为简单的网络搜索，就确定那些都是冤案。就算推理无误，那些案件确实是冤假错案，那么，凶手是要他这个小小的刑警标兵，重新调查案件？这很可笑。

是要借助214专案组的力量翻案？这更不可能。就算加上现在专案组的力量，也不可能翻案。何况郑毅还曾是这四起案件的专案组组长，总不能让郑毅自己否定自己的案件吧？

先不说214专案组的破案时限快到了，即使还有时间，即使郑毅不曾担任这四起案件的专案组长，也翻不了这种大案、铁案。虽然才干了三年刑警，但这一点秦向阳还是懂的，翻案不仅牵扯程序上的重启，更牵扯很多相关人员的问责问题。此外，有的案子甚至还牵扯到某些高层领导一生的名誉和荣誉。翻案？就等于赤手空拳的小媳妇跟老虎对着干。

想到这儿，他无奈地看了看那四份档案，他注意到那四个案子的案发地点竟然都在清河县，只是案发年份不同。

好吧，秦向阳想，假设又不花钱，那就在刚才的基础上再退一万步。假定冤案的推断无误，再假设他这个小小的刑警把四件案子的真凶都抓出来了，并且这些凶手现在就关在市局的审讯室里，那接下来会是什么情况呢？运气好，法院会对案子进行复查，程序上还得经过最高法，耗时长短不好说，还不一定有结果。运气不好，可能就是市局、省厅、检察院、法院，搞不好还要加上个政法委，这些部门之间互相推来推去，其间还夹杂着某些领导审时度势的小算盘。难道凶手的最终目的，是要看着这个省会城市的司法系统天下大乱？

连秦向阳都觉得自己的想法太疯狂。他妈的这都退了两万步了，凶手到底想干什么？

那晚秦向阳做了个梦，梦见自己握着的四份档案，一下子变成了威力巨大的四颗炸弹，炸弹组合在一起，上面线路交错纵横，他拿着把小剪刀，晃来晃去，浑身都是汗，不知道剪哪根线。

时间又过去两天，离破案期限还有一天。

专案组成员都放弃了，连秦向阳也把那些档案丢在招待所的桌子上，回家喂狗去了。

郑毅叫陆涛停止了一切调查，他拍着这个踏实、忠诚的汉子，语重心长地说："辛苦了！回去好好休息！"

郑毅看起来很平静，瞧不出来他心里在想什么，也许他有了胜券在握的法子，也许他放弃了，谁知道呢？

苏曼宁最近终于算是成功地接近了秦向阳。通过接触，她觉得秦向阳这个人也挺不错，实在，直爽，而且踏实能干，聪明那就更不用说了。她没多想郑局为什么叫她接近秦向阳，增进和他的关系，也许，郑局是为大局着想吧，不想看她总和秦向阳杠起来，没想到郑局还有这么细腻的一面。

这天下午，苏曼宁拿着一个包装袋敲了敲秦向阳房间的门。没人回答，她直接推开门走了进去。

"人呢？"她好奇地在房间里转了一圈，然后掏出电话给秦向阳打了过去："上哪儿了？噢？回分局宿舍了？我这儿有些化妆品，没办法，网购买多了，专门拿来让你做个顺水人情，送给你女朋友！"

秦向阳在电话那边赶紧说："不用，不用。怎么好意思麻烦你！"

苏曼宁坚持着说："你这人，总是这么客气！是不是眼看着专案组要解散了，就不打算理我了？"

秦向阳一脸委屈地说："哪能啊？"

"那你等着，我这就过去。听赵楚他们说你养了条狗？我可是很喜欢小动物，正好过去看看！"苏曼宁说着就挂了电话。

秦向阳在那边赶紧说："它可不小……"话没说完，人家挂电话了。

苏曼宁刚要出门，斜眼瞥见那些散在桌子上的档案，就好奇地走过去翻开看了看，她一边看一边寻思："这是什么？他怎么看这些东西？"

很快，苏曼宁找到了秦向阳的宿舍。

秦向阳见苏曼宁真提着东西来了，嘴上好一阵抱怨："你看，因为你来，害我大扫除。"秦向阳指着他的金毛说，"主要是它，弄得房子里乱七八糟。"

"呵呵，它很厉害，能让一个人变勤快！"

"对，对！你先坐会儿，冰箱里有饮料，我去倒垃圾。"秦向阳说完，提着垃圾往外走。

"它叫什么名字啊？"

秦向阳在楼道尽头说："叫大黄蜂。"

苏曼宁把化妆品在桌子上放好，转着圈在房子里看了看，心想：这家伙还挺爱干净，收拾得有模有样。

这时大黄蜂跑到她脚边，抬起爪子请她握手。

苏曼宁蹲下去握着金毛的脚爪说："你真可爱。"

这大黄蜂很调皮，和苏曼宁闹了一会儿，转身就钻进了秦向阳的床底下。

苏曼宁也跟着蹲下身子往里看，见它正扒拉床下的东西，试图把混在杂物里的一只玩具球含起来。

"我帮你拿！"

苏曼宁找了张报纸垫在膝盖下面，趴下身子使劲往里伸进手，去拿玩具球。她在床下摸来摸去，不小心碰翻了角落里的一个小盒子。

"哗啦！"她听到有什么东西撒到了地上。

"哎！"她叹了口气，想把掉出来的东西放进小盒子里。这时大黄蜂却提前一步，含住那个掉落的东西，从床底下钻了出来，然后把东西丢在了地上。

"又调皮！"苏曼宁从床下挪出身子，刚要站起来，正好看见大黄蜂丢在地上的东西，顿时惊呆在原地！

那是个窃听器！

确切地说，那是个香烟形状的窃听器，跟专案组掌握的窃听器一模一样！作为痕检专家，苏曼宁对专案组里那三个窃听器太熟悉了。

她赶紧把窃听器捡起来看了看。果然，就是那种轻便塑料壳，和专案组的毫无二致。不过，这个窃听器外面还套着塑料袋，应该是个新的，还没用过。

她赶紧到门口看了看，见秦向阳还没上来，立刻关上房门，把床下角落里那个小盒子拿了出来。

打开来一看，小盒子里竟然摆放着四个旧手机。

"怎么这么多电话？"苏曼宁眉头紧蹙，手心里全是汗。

她看着手心里的窃听器，又看了看那四个旧电话，突然有个大胆的想法跳进脑海："难道其中的三个电话，是专案组那三个窃听器的主机电话？"

"不会吧！可是一共四个电话，余下的那个又是怎么回事？"

这个想法来得突然，像一颗闷雷，却无法证明。她顿时觉得头晕目眩起来。

这时外面传来了脚步声。她赶紧把东西都放进盒子里，然后把盒子扔进了床底下。

秦向阳哼着小曲推开门进来。

"干什么呢？"秦向阳见苏曼宁在床边靠着，看起来神情有点奇怪，随口问道。

"没什么。"苏曼宁不大自然地笑了笑，"接了个电话，我得回去了。"

"你看，连杯水都没喝，我送你。"秦向阳赶紧说。

"不用！不用！"苏曼宁就急匆匆地离开了。

过了一会儿，李文璧拿着些吃的闯进秦向阳宿舍，一进门就说："嘿！你猜我碰到谁了？那个警花！苏曼宁！她是不是来看你了？"

秦向阳笑道："怪不得老话常说无巧不成书，她是来给你送化妆品的。"

"给我送化妆品？送到你这来？"李文璧哼道，"要她那么好心！我可不稀罕！"

匆匆回到市局，苏曼宁慌张地闯进郑毅办公室。

在回市局的路上，她觉得心快从嗓子眼里跳出来了。她试图分析刚才那一幕包含着的可能性，可是脑子却一片混沌，无法思考。

在告诉郑毅之前，她很犹豫。感性上，她觉得秦向阳绝不是凶手，何况现在还不知道那些旧电话是怎么回事，无凭无据，怎可妄下判断？

但是进了办公室，面对郑毅询问的眼神，她还是开了口："刚才我去给秦向阳送东西，在他分局宿舍的床底下，发现了四部旧手机。另外，另外还有个新窃听器，跟214专案的窃听器一模一样……"

郑毅听完"唰"地站了起来。他静静地站了几秒钟，很快恢复了平静的神态。就好比一个饿了很久的人，突然找到一只刚出炉的烤鸡，烤鸡温度太高，他不急于一时下嘴。

"我知道了，你先回去吧。"郑毅坐回椅子上说。

苏曼宁转身刚要走，又想起来一件事，她转回身子说："他的招待所房间里，还有一些卷宗，我看了看封面，都是结了案的，搞不懂他在干什么。"

"卷宗？"郑毅对这件事似乎更感兴趣，他站起来说，"走，看看去。"

五个小时后。

晚上九点三十分，秦向阳正在外面吃饭，被郑毅叫到了办公室。

郑毅默默地抽了半支烟，开口说："秦向阳，你觉得这个案子，明天该怎么结案？"

这个问题问得有点怪。

秦向阳想了想，直接说："只能移交到部里，我们没抓到凶手。"

郑毅点点头说："我要是不这样做呢？"

秦向阳说："那就申请延期。我才发现个新情况，还没来得及汇报。"秦向阳所指的，是那四宗旧案。案子的主办人是郑毅，他根本没想好要怎样跟郑毅谈这件事。

"你是说我作为组长经手的那四件案子？"郑毅直来直去，令秦向阳有些措手不及。

秦向阳略微惊讶，很快就坦然说道："那些卷宗在我房间的桌子上，看来有人告诉你了。"

郑毅点了点头，说："那就是你找到的214案当事人共同点？"

"是的。"秦向阳毫不避讳地说，"但我还是猜不透凶手的意图。"

郑毅站起来，走到窗前背对着秦向阳说："关于那四件案子，网络上的风言风语，我不是不知道。但法律就是法律，一切讲证据，这些年都过去了，它们经得起考验。"

说着，郑毅突然转过身来："倒是你！秦向阳，现在你该担心担心自己了！"

"什么意思？"秦向阳觉得这话莫名其妙。

郑毅也不解释，抬手拿起遥控器按了一下，打开了墙上的电视。

秦向阳好奇地看了过去。

画面里首先出现的是陆涛。

接着，秦向阳看到陆涛身后还跟着一队人。视线里，一个房间的门刚刚被打开，全队人鱼贯而入。

秦向阳看着画面左上角的摄像机符号，一下子明白了，这是现场直录。

显然，画面里那队人身后，跟着市局宣传科的人。

秦向阳又看向画面，这时，他看到画面里出现了一只狗。

他越看越觉得不对劲："那不是我的狗吗？那是我宿舍？"

画面跟着进入室内。

很快，陆涛叫人从床底下拿出来一个小盒子。镜头立刻跟到了陆涛身上。

陆涛戴上手套，打开盒子，从里面依次取出四部旧手机，还有个带着塑料袋的窃听器。

他拿着这些东西走到镜头前亮了亮，似乎知道他的领导正在直视着画面。

接着，画面里又走进去几个技侦人员。他们把陆涛拿着的东西仔细检查了一遍，回头对着镜头说："确认！四部手机，都有电话卡。其中三部，是214案三个窃听器的主机；第四部，是金一鸣案九点零六分那个神秘电话，号码对上了！"

郑毅立刻拿起电话打给陆涛："查那些电话卡，看是原卡还是复制卡。"

过了一会儿陆涛回电："确认完毕，是原卡。"

陆涛刚说完，郑毅抬手就把电视关了。

秦向阳一直紧盯画面，整个过程一言不发。

沉默。

良久的沉默。

郑毅似乎很享受这种气氛，直到他的电话再次响起。

电话那边说："我们回来了。"

郑毅挂断电话，打破了沉默："四部手机，三部是窃听主机，一部对应金一鸣案九点零六分的神秘电话，秦向阳，我想听听你的解释。"

"我无话可说。"秦向阳掏出证件扔在桌子上，很干脆地说。

郑毅点了点头，用赞赏的语气说："很好。"

这时秦向阳却突然笑了。他掏出一根烟点上，深深吸了一口，说："这很有意思。"

郑毅没有理会这句话，他们之间的对话已经结束了。他拿起对讲机接通了陆涛的频道："申请一张刑拘证，送到我办公室。"

说完，他冲着门外喊了一声："你们两个进来吧。"

郑毅话音一落，赵楚和孙劲推门进来。

郑毅说："作为专案组成员，我叫你们来，不是叫你们站外边偷听的，现在，你俩给我把秦向阳看好了！"

郑毅的话还没说完，秦向阳突然动了。

他猛地抓起茶壶砸向赵楚，同时转身旋踢，踢倒了郑毅。他旋踢的腿一落地，支撑腿就紧跟着上前一步，抬起膝盖，狠狠顶在了孙劲的肚子上。

只是一眨眼工夫，秦向阳撂倒了三个人，接着他转身踢开窗户，瞅准方向，纵身斜着跳了出去。他跳的方向正对着窗户旁边的排水管。他牢牢抓着排水管，任凭身子悬在空中摆来摆去。片刻之后，那股劲被卸掉，身体停止了摆动，他才抬起脚钩住排水管，手脚并用，像蜘蛛一样爬了下去。

郑毅一脸狼狈，从地上爬起来喊人。等到陆涛带人追出来，秦向阳早不知去向了。

第十五章　亡命天涯

郑毅的动作非常快。他立即向省厅申请了通缉令，同时下令封锁所有出城道路。所有出城的车辆，一律停车接受检查。机场和火车站都是实名制，但郑毅还是派了人手过去盯着。

市局指挥中心。

大屏幕上显示，秦向阳开着专案组的一辆车正在市区逃窜。

交警、市局、各分局刑警很快动员起来，对锁定的车辆进行围捕。

那辆车最终被逼停在路边。

车里的人自己下了车，一脸蒙地蹲在地上。

陆涛带着警员掏出枪冲了上去。

"不是秦向阳！"陆涛盯着那个蹲在地上的人，拿出对讲机向指挥中心汇报。

那个蹲着的人站起来交代了事情的经过。他说不久前，有个人开着车在他身边停下，掏出枪胁迫他上了车，还拿走了他的身份证。

临走前那人对他说："你开着我的车一直朝前走，直到开不动为止。身份证有你家的地址，你最好按我说的做。"

"他从哪儿下的车？"陆涛问。

"……"那人支吾了半天，指给陆涛一个方向。

大约半小时前。

秦向阳下车后，掉头往回疾走了大约一千五百米，然后跨过绿化带，向旁边的黑暗里走去。他在车上时观察过，那片区域一片漆黑，应该是个建筑工地。

黑暗尽头果然像是一片工地。那里是一片废墟，旁边有个搭起来的板棚，亮着灯，里边有个看门的老头。

秦向阳进去，给老头发了根烟。

老头把烟接过去，问他是干啥的。

秦向阳撒了个谎："我清河的，来办事，就刚才，妈的，有人抢了我的钱包，这大半夜的，实在没地方去了，摸着黑就寻到了这里。"

老头说："我这儿也没地方啊。"

秦向阳把一包烟都丢给老头，说："不要紧，我打个地铺凑合凑合。"

老头接过香烟，态度变得和善了许多。随后这一老一少又聊了一会儿。秦向阳才知道这里不是个建筑工地，而是拆迁区。白天拆下来很多废料，老头才在这儿看门。

这一晚变故太快。自己突然成了通缉犯，214案重大嫌疑犯，直到现在，秦向阳也没时间琢磨这突来的变故。现在最重要的，是逃出去，逃出滨海。

他不敢真的睡过去，担心万一有人来搜查。还好，郑毅的人都集中在灯火通明的交通要道上。

第二天一早起来，秦向阳跟老头要了碗热水喝了，开始琢磨怎么出城。

这时，他看见一辆四轮车开进了拆迁区。车上下来一个男人，两个妇女。他们把车停在一大堆砖块旁边，准备往外运砖头。

秦向阳怔怔地看了一会儿，想出来一个办法，不过这个办法得先把老头支开。昨晚他跟老头说自己的钱包被抢了，这时候要是让老头看见自己有钱，那就不对头了。

他走到老头跟前，故作惊讶地拿出来一百块钱，说："咦！我身上竟然还有钱，昨晚咋就没注意？早知道就不用在这儿凑合了。"

老头笑着说："你这叫塞翁失马焉知非福。"

秦向阳也不去纠正他乱用成语，高兴地说："大爷，不管怎么样，都得谢谢你帮忙。这样吧，你拿着这个钱，去买点吃的，再买瓶酒，给我留二十就够了，我一会儿坐公交车回清河。"

老头说："你这小青年会办事！"说着很痛快地接过钱买东西去了。

秦向阳见老头走了，就问四轮车旁边那个男人："你们要往外运砖吗？"

男人点头。

秦向阳说："我给你八百块钱，你把我也运出去，怎么样？"

男人一脸疑惑，不明白他说的"运出去"什么意思。

秦向阳向他解释："我是清河的，老房子被强拆了，来省城上访。我是个老上访户，清河司法所和省城司法局的，见了我就抓。我不想被那帮孙子抓到送回去，这次我得去北京！你帮帮我，把我送到清河就行。"

男人心直口快，慷慨地说："又是他娘的强拆！可恨！我该怎么帮你？"

秦向阳说："我藏到砖头里。"

"藏砖头里？那怎么藏？"男人惊讶地问。

"找两块长条板子，最好跟你的车斗子一样长，侧着竖起来，然后我平躺进车斗子里，躺倒在两块长板子中间。你再多找几块短木板，横着放，压在侧着的长木板上。这样，就等于用木板给我搭了个棺材。然后你再把砖头摞到木板棺材上。最后别忘了用砖头把我的脚挡起来。"

男人听明白了，笑着说："可别把你憋死了！"

"不会。我告诉你，今天不知道咋回事，路上很多查车的，到时候你别慌，和那两个大婶也说说，都别慌。"

说着秦向阳掏出钱包，把钱全拿出来："你看，我出来得急，就这些了，只能给你八百，你总得给我留点。"

男人爽快地接过去八百块钱，示意没问题，心里乐开了花：这钱挣得简单。

秦向阳说："那赶紧动手吧，我可没钱再分给那个老头了。万一等他回来，知道我是上访的，把我举报了就坏了。"

男人回头和那两个女的说了说，很快就从拆迁废墟里找来很多木板，然后挑出需要的，按秦向阳说的在车斗子里搭起来，一个简易的木板棺材很快就成形了。

秦向阳赶紧钻进去说："放砖！别忘了把脚挡起来，头这边也别露着！"

接下来，秦向阳就这样躲在"棺材"里，一路有惊无险，晃晃悠悠地出了城。

躺在那个逼仄的空间里，他才终于有时间琢磨这一切是拜谁所赐。

他想，很简单，现在，一切从凶手的角度考虑就对了。他在前几天发现了那个共同点，找出来那四份卷宗，可是几天后他就把卷宗扔在了那里。娘的，那根本就是四个炸弹！冤案？爱谁谁吧！他不想管了。所以凶手才把那四部电话栽赃给了他，为什么？这就是逼着他逃亡，逼着他按凶手的思路查下去。这也就反向证明了，那四个案件确实有问题，也反向证明了那就是凶手期望警方找到的东西。

为什么要跑？秦向阳可不傻！有了那一堆证据，自己被抓进去，一时半会儿根本说不清。就算运气好，有可能找到不在场证明，从而否定那些证据的有效性，可那又怎么样？万一运气不好，找不到不在场证明呢？秦向阳记起来，林大志等三人被枪杀那天上午，他刚好在去清河分局找孙劲核实丢失档案的路上！也就是说，连个帮他不在场证明的人，他都找不到！总之，绝不能束手就擒，那样一来，又该如何去侦破214案凶手的意图？

隐隐之间，秦向阳觉得凶手栽赃给他，就是希望他逃亡，希望他去查那些冤枉，同时也自证清白！在郑毅的办公室里，他几乎是依着性子，本能地做出了这个选择！根本来不及想太多。

他想，看来凶手还挺了解我的性格，知道我一定不喜欢束手就擒。

他有种奇怪的感觉：凶手似乎就在他身边，最起码，很清楚他的一举一动。

想到这儿，秦向阳的倔脾气上来了：好！你想怎样，我就配合你。我倒看看，事情到最后会是个什么吊样。

他知道，要想侦破凶手的意图，只有将计就计，按凶手的思路走下去，才能接近凶手，进而把他从阴影里揪出来，洗脱自己的嫌疑人身份。

那就意味着，必须查那四个案子。

先查哪个呢？随便哪个都行。反正案发地都在清河县，那就先从628袭警灭门案开始吧。

他摇摇晃晃地想了一路，车突然停了下来。

男人下车敲了敲车厢板大声说："到了，到了。"

"卸车，卸车。"秦向阳的声音从外面听起来瓮声瓮气。

车停在清河县西关郊区。砖块被卸在旁边的空地上。

不远处就是那个国有大化工厂。

秦向阳望着化工厂高耸的烟囱心想，真巧！前些天还和李文璧、陈凯来过这儿。想不到才短短一个多月，就物是人非啊。

想起李文璧，秦向阳心里觉得很不对劲，不知她得知自己是嫌疑人时什么表情，会不会记得去喂大黄蜂？

出了省城一切都好说，通缉令不可能这么快贴得到处都是。

他知道警方追踪人无非靠两点，一是空间压缩，一是追着钱走。空间压缩，就是被追的人，你不敢使身份证，不敢明目张胆地到公共场合，过夜、吃饭都要费尽心思，直到把你压缩到荒山野岭，或者偏远的地方。追着钱走，就是你到哪儿总得花钱，现金没了，你总得想办法。你取钱也好，让朋友转账也好，就很容易被监控逮住，通信联系也很容易被定位。你要是直接抢钱，那就等于又惹上当地警方。

秦向阳想不到，郑毅对他发布了通缉令之后，赵楚和孙劲情绪很大，被郑毅暂停了工作，停职反省。

丁奉武想不到，郑毅在期限的最后一天给了他这样一个答案。本来，丁奉武还是非常欣赏秦向阳的，他觉得这个小伙子机灵、直爽、能干，大道理拎得清，好好发展下去很有前途。打破他丁奉武的脑袋，他都不敢相信秦向阳是犯罪重大嫌疑人，但铁证如山，他又不得不信，心中颇觉可惜。

苏曼宁想不到，郑毅指挥抓捕忙了一夜，天亮之后竟不是回家休息，而是去了她家。这让她又惊又喜。惊的是，他大白天过来，也不担心影响不好；喜的是，这可是那男人第一次主动来她家。让她更惊的还在后面。她没想到这个男人这次这么兴奋，完全不像是一夜没睡，一上午缠绵了好几次，才沉沉睡去。

完事后，苏曼宁听着郑毅粗重的呼吸，盯着天花板默默发呆。她在想刚才那番激情过程中郑毅说的话。当时，她也不知道自己为什么问他那几个问题。

苏曼宁断断续续地问："要不是凑巧，我发现秦向阳宿舍的致命证据，你该怎么办？"

压在郑毅身上的无形压力，在陆涛隔着画面给他展示那些铁证时，就已完全被卸掉了。郑毅兴奋地说："我早就准备好了另一套方案。"

他的兴奋主要源于案件的绝地转机，而且是在所有人都已放弃的情形之下，他知道有的同僚已经提前在看他的热闹了；其次才是妖媚性感的苏曼宁。

这双重的巨大兴奋突破了他一向谨言慎行的心理防线，让他的得意全无遮拦地暴露给了这个一直崇拜他的女人。

苏曼宁问："什么方案。"

郑毅说："我会以张启发就是凶手的结论结案，让所有人满意。"

这里的所有人，指的自然是丁奉武、市委、省厅以及公安部。

苏曼宁的呻吟变成了惊讶："那怎么行？"

郑毅笑着说："别忘了第一个窃听器可以证明张启发自杀。我会把第二个毁了。"

苏曼宁问："那枪击案呢？林大志身上那个第三个窃听器，也有现场录音。"

郑毅说："我可以抹去最后那一小部分！抹去凶手杀人的片段！那样就成了盘龙分局最初的结论，林大志杀人，然后自杀！"

苏曼宁双眼蒙眬，她感觉有点不认识这个她曾以为完美的男人了。

但她还是接着问："那金一鸣呢？那次开会当着丁局的面，你不是给出了很多依据吗？说不可能是张启发杀人！"

郑毅狠狠地说："依据是依据，证据是证据，法庭最后还是要以证据说话，我不信法庭会无视那些证据，张启发杀人的证据链很充分。退一万步，就算法庭以证据有瑕疵，逻辑有疑点，驳回公诉，那领导也不会把我定性成破案失败，顶多是重新调查，我就又有了时间，我就还是郑三百！"

苏曼宁问："那多米诺骨牌呢？"

郑毅说："多米诺骨牌还是多米诺骨牌，但没有你发现的那些铁证，那我就让张启发变成推倒多米诺骨牌的人。

"你不懂！这很重要！只有这么做，才能不被领导责罚，又能重新争取新的调查时间！"最后他用冲刺的力气补充道，"谁也不能打破我'郑三百'的神话，谁也不能阻挡我进省厅的节奏！"

"这是错的！"苏曼宁也不知道自己哪儿来的勇气，说出了这句话。

"错？"郑毅突然笑了，"幼稚！这是无奈！是没有办法的办法！这是大案，破案期限是死的！你知不知道，有多少人正等着看我笑话？要想不被责罚，争取新的调查时间，我只能这么做！"

"你……"

苏曼宁一心想找个完美的男人，那是因为她这个女人本身就很完美。可是，当听完郑毅的一席话，她的眼角不由得流出两滴泪，她知道，自己的梦碎了。

她想不到，这个男人为一己虚荣和前程竟这么执着，偏激，不择手段，连正义和良心都抛弃了。这时，她不禁开始后悔，后悔找到那些铁证，才让这个男人一时兴奋，赤裸裸地把身心都完完全全暴露了出来。

可是这个女人竟不会转个弯想想，要是她没发现那些铁证，那么郑毅就不只是这么说，而是要实实在在地，要把张启发变成214案的凶手了。

恍惚之间，她残存的理智突然想起了秦向阳。

她想起秦向阳在214案件的整个侦破过程中，一直坚信张启发不是金一鸣案的凶手，一直坚信所有一切都另有其人。可是最后的证据却指向他！如果他是凶手，何必那么努力破案，最后弄个引火烧身呢？

李文璧想不到，专案组竟然从秦向阳家里搜出了最要命的证据。

她很气愤。她想，这根本就是栽赃！秦向阳绝不是凶手！她相信自己的感觉，更相信自己的眼睛。她可忘不了秦向阳找寻真相时那执着的眼神。她对他充满信任，这份信任不是源于苏曼宁那种盲目，而是平等相处，实打实地亲眼所见。

"别慌！"李文璧想，"先去把大黄蜂带到家里来。"

秦向阳在清河县西关，找了个小手机店，用余下的钱买了好几张不记名电话卡。他换上电话卡，先拨通了赵楚电话，赵楚的电话刚响了一声，他立刻挂断了电话。

赵楚立刻明白过来，这就是默契。

赵楚很谨慎，他估计自己的电话很可能已被监听，弄不好外面还有人监视。他打开抽屉，抽屉里面有一沓不记名电话卡，有电信的，有移动的，有联通的，这些都是他分若干次买回来的。

他很细心，没有让常用的那个电话关机，以免引起监听人员的怀疑。

他取出另一个旧电话，拿了张电话卡放进去，回拨给秦向阳。

电话通了。

秦向阳说："想办法来清河，把李文璧也带来。记得带上专案组的证件，我下一步需要你的顾问身份，还需要李文璧的记者身份。小心被跟踪。"

赵楚什么也没说就挂了电话，他就知道秦向阳一定能逃出城，虽然他还不知道那是怎么出去的。

赵楚的估计没错。

郑毅把赵楚、李文璧、孙劲的电话都监听了，而且派人二十四小时严密监视。赵楚宿舍楼底下，就有两辆车轮流值班。

郑毅相信秦向阳一定跑不出城，一切都在他掌握之中。

赵楚走到窗户前点了根烟，静静地琢磨起来。他得想个万全之策，带着李文璧去清河县。

"该怎么在严密的监视之下脱身呢？秦向阳能做到，我就一定能做到……"

秦向阳的第二个电话打给苏曼宁。

苏曼宁见来电是个陌生电话，疑惑地接了起来。

"我是秦向阳，找你确认一件事，是你对吧？你是去给我送东西的时候，发现的那些证据吧？"

直到秦向阳说完，苏曼宁才反应过来，赶紧说："我是无意的！当时……"

啪。电话被挂断了。

苏曼宁一下子慌乱起来，心里泛起来一阵内疚。自从郑毅说出了心声，她就一直在痛苦之中。她从没想到，郑毅竟跟她想象的完全不同，她的梦碎了！从那一刻起，她的心已经在慢慢远离郑毅。她不想去面对一个心口不一的男人。

等她冷静下来，很快理清了一个事实：秦向阳要是凶手，绝不会那么随随便便，把那些证据丢在床底下！

她眼前浮现起秦向阳大男孩似的眼神：坚毅，透明，敞亮。

他怎么可能是凶手呢？

不可能！

理智下来后，她开始后悔之前的做法太草率，不该那么急着把那些证据告诉郑毅。她越这么想，心里就越发内疚，等到秦向阳突然打来那个饱含质问的电话，她突然坐卧不安起来！

赵楚下楼买了点水果，大摇大摆地打了个车直奔李文璧租住的小区。负责监视的警员发动汽车远远地跟了上去。

很快到了目的地，赵楚叫出租车直接开进了小区。监视人员担心暴露，不想跟得太近，就把车停在了小区门口。

赵楚见到李文璧就说："他来电话了。"

李文璧赶紧问："他还安全吧？"

赵楚点点头说："他叫我们去跟他会合，明天，你跟单位请个假，记得带上证件。"

李文璧点头。

赵楚又叮嘱道："记得不要关机，不要给我打电话。另外，咱们的电话极可能被监控了，小区外面也有人监视。明天你要按我说的做。"

临走时，赵楚交给李文璧一个手机，告诉她，那个手机是安全的。

"那大黄蜂怎么办……他的狗。"李文璧突然问。

赵楚无奈地说："把它送到你爸妈那儿吧。"

秦向阳深切体会到了被通缉的感觉。郑毅的动作比他料想的快很多，此时此刻，清河县主要街道和公共场所，已经贴满了追捕他的通缉令，大街上巡逻的警员也比平时多了许多。

秦向阳浑身被砖块搞得脏兮兮的，哪里都不敢去。这个处境可不妙。

起初，他想找个城郊的浴池洗个澡，运气好还可以在休息室里歇一会儿。后来他还是放弃了这个想法。

不安全，好像哪里都不安全。

他用仅剩的零钱，从一个小店买了几包烟、几瓶水，径直朝郊外走，最后竟不自觉地又回到原处，刚才卸车的地方。

什么是绝地？这就是。

你身处的世界繁荣照旧，但与你无关。

远处的街道和往日一样，人流不息，热闹非凡，却暗藏杀机。

他无奈地笑了笑，点起烟，观察四周的环境。

这里在城郊之外，四周都是农田，农田里零零落落，坐落着大大小小的蔬菜大棚。他身处的这片空地，堆满了建筑垃圾。难不成躲到蔬菜大棚里去？

他立刻摇了摇头，视线又越过大棚，往远处看去。

这次，他看到视线尽头有一片简易建筑。

"那是什么？"他决定过去看看。

沿着乡间小道走了很远，他终于看清了那片建筑。那是个很传统的火砖厂，厂区中间，十几间破旧的房子连在一起。刚才他看到的简易建筑就是这些房子。

这里似乎停工了，没什么人。他先围着砖厂外围转了一圈，然后信步走到厂区里面，来到一排陈旧的房子跟前。

那些房子大部分都上了锁，有的开着门，门上连玻璃都没了。

他仔细看了看，确认似乎只有一间房子有人居住。

那间房子开着门，门前有条狗。

秦向阳自嘲着：看来自己跟砖头很有缘。

那只狗病恹恹的，见了生人也懒得叫，专心地趴在原地晒太阳。

秦向阳往前走了几步。

这时那间房子的门开了，从里面出来一个老人。

秦向阳看了看自己浑身的砖锈，赶紧迎上去，笑着介绍自己："大娘，我是找活儿干的。"

大娘站在原地上下打量完秦向阳，摇着头说："走吧走吧。早没活儿了，早停了！"

"怎么就停了呢？"

大娘也不理他，转身回屋了。

秦向阳赶紧追过去问："你看，我这别的活儿也不会啊，这可叫我怎么办？"

大娘抱怨着说："现在哪儿还有火砖厂？一个市能有一两个算不错了。天天来查证，不停咋办？"

"查什么证？"

大娘不耐烦地说："工商、环保、安全、采矿证，乱七八糟，还不就是那一堆！"

秦向阳同情地笑了笑，又问："那你？你家其他人呢？"

"关进去了！说是给放人，这都多少天了，也没放。孩子、孩子他爹都进去了！哎！"

秦向阳附和道："现在环保查得严，没办法，不过你也别担心，这种事，不会拘留的。"

大娘并不在乎秦向阳的安慰，直接说："你还是去西关那边找找活儿吧，那边有砖厂，好几个大厂呢，都是什么加气砖、页岩砖，技术活，工资多，你年纪轻轻，好学。"

秦向阳苦笑道："我笨，学不来。再说，那些砖厂都要身份证，我的证件、钱包都被偷了，想去也去不了。"

大娘点点头，随口问："小伙子你哪儿人？"

秦向阳继续扯谎："昌源市的，离清河县老远，哦，现在是清河县了。"

大娘叹道："哎！都是些苦娃子！出来打个工，也不易。那你咋跑这来了？你早前在哪儿干啊？"

秦向阳说："在建筑工地。今天活干完了，钱也结了，没承想，出来就给人偷了。从这附近路过，看到砖厂，这不就过来了，寻思找点活儿赚点路费。"

大娘说："我这儿房子有的是，活儿没有，这天也快黑了，要不你在这儿凑合一宿，明天就走吧，我这儿没法儿留你。"

"太好了！"秦向阳赶紧向大娘道谢。

第二天中午，李文璧请完假，按赵楚说的，用赵楚给她的那个手机，订了辆私家车。

她早早地在楼下等着，见那辆车到了，赶紧过去跟司机说："你在这儿多等会儿成吧，我还有点事。"

"那得加钱。"

李文璧说："行，我给你五百。"

下午五点，天色还是亮的。

赵楚收拾了一个简单的行李，提着它出门打了辆出租车，直奔李文璧的小区。监视人员见他拿着行李，赶紧跟了上去。

出租车进了李文璧小区。

监视人员赶紧记下出租车车牌号。赵楚和李文璧毕竟不是嫌疑人，只能算是秦向阳非常可能联系的人，他们的任务是盯紧目标，只需确保时刻了解目标的行踪即可。

很快，赵楚乘坐的那辆出租车从小区出来了。

便衣走近出租车，往里瞄了一眼，里面没人。

此时，赵楚和李文璧收拾好东西，坐进了那辆私家车。

那辆车从中午就停在小区里，根本没有引起监视人员的注意。私家车顺顺当当地开出小区，从监视人员眼皮子底下开走了。

大概四个小时后，市局指挥中心的监控人员发现，赵楚和李文璧的手机信号一直停在李文璧的小区内，很长时间都没动过位置了。

　　这个情况引起了郑毅的怀疑，他赶紧要求现场监视人员确认目标位置。

　　三分钟后，现场监视人员向郑毅汇报：赵楚和李文璧不见了。

第十六章　第一宗错案

就在赵楚和李文璧不见的那天晚上，苏曼宁犹豫了很久，才下定决心给秦向阳打电话。她翻看昨天的陌生号码，给秦向回拨过去，可惜对方关机了。她只好发了条短信：秦向阳，对不起，我后悔了！我知道你不是凶手。你要是凶手，怎么可能把那些证据放在自己的宿舍呢？你放心，我电话没有被监听，别忘了我还是个网络专家，对不起！

郑毅命人查找李文璧的小区监控。

那辆私家车也很快就被陆涛找到了。车主说，李文璧中午就订了他的车，却让他在那儿等了一下午。

郑毅一听就明白了，知道赵楚和李文璧潜行出城，怕是和秦向阳少不了关系。他很吃惊，难道秦向阳已经出城了？

赵楚和李文璧下车的位置在哪儿？

司机马上交代了。

那个位置还在市区。

陆涛通过监控，找到了那个位置，并且幸运地从监控里发现了赵楚和李文璧。监控里，赵楚和李文璧在那儿等了一会儿，于傍晚六点十分，上了一辆城际客车。

陆涛调查得知，那辆客车司机姓陈，目的地是昌源市。

第二天司机从昌源返回省城后，警方马上找到了陈师傅。

陆涛拿着赵楚和李文璧的照片，问司机有没有印象。

司机说不记得了。

陆涛又问："记不记得路上有两个人同时下车？如果有，在什么位置？"

司机说："这是末班车，人多，到了昌源都晚上九点多了，到昌源城郊下车的人最多，你问的问题很难回答。"

"那就分段想，再仔细想想。"

司机想了一会儿，说："路程的前半段，下车的人很少，有，但好像都是一个一个下的，不记得有几个人同时下车的情况。哎呀！当时大晚上的，我哪能注意那么多。"

陆涛很无奈，向郑毅做了汇报。

郑毅问："出城的每辆车不是都要检查吗？就没发现异常情况？"

陆涛回答："检查人员手里只有秦向阳的照片，也没得到其他指令，肯定就放过去了。"

郑毅点点头说："我大意了，责任在我！你把赵楚和李文璧的资料，发给所有检查点，一旦发现他们进城，立刻通知我！"

陆涛走后，郑毅抬头看了看墙上的地图。他想："省城和昌源之间一百八十多公里，中间经过包括清河县在内的好几个县级市，秦向阳，你到底在哪儿呢？"

想了一会儿，他立刻拿起电话打给了陆涛："叫指挥中心关注全省宾馆住宿联网信息，一旦发现赵楚和李文璧的登记信息，立刻通知。"

接着他又补充道："从省城到昌源市，沿途各县市的娱乐场所、洗浴中心、电影院、网吧网咖、酒吧、房屋出租公司，都要巡逻检查！把赵楚和李文璧的信息发到沿途各县市分局，把信息落实到全部派出所。我这就请示省厅发协查通报，我还就不信了！"

赵楚和李文璧在清河县下的车。客车司机并没说错，他们的确不是一起下车的，而是分开，一个在前，一个在后。

下车后，他们找地方吃了点东西。赵楚没有急于联系秦向阳，他得先解决住的地方，把今晚对付过去。当然，他们现在还不知道，郑毅已经以省厅的名义，把他们的个人信息下发到了各县市分局，又由分局下发到派出所。他们现在跟通缉犯秦向阳一个待遇了。

住哪儿呢？赵楚谨慎地考虑着，租个民房倒是可以，可大晚上的不好找。宾馆？肯定不能去，洗浴中心？网咖？KTV？好像都不安全。想来想去，好像没一个地方是安全的。秦向阳不能冒险，他更不能冒险。看来出来之前，考虑得还是不够全面。这可怎么办？

这时李文璧突然叫道："哎呀！肚子疼！刚才吃的东西不干净！"

一听李文璧这句话，一道亮光划进了赵楚的脑子：医院！

现在，只有医院是最安全的。郑毅就算发协查通报，也绝不会考虑到医院！

想到这儿，赵楚拉着李文璧说："走，去医院！"

赵楚和李文璧来到清河县人民医院。

急诊室医生看了看李文璧的情况，笑着说："吃了脏东西肚子疼而已，你们自己从大街上药店里拿点药就行。"

这时，李文璧又发挥了她的演技，说："那可不行！我，我怀孕了！不敢大意！要不你给我开间病房吧！明天我好好查查，顺便做个孕早期产检。"

"噢！是这么个情况啊。"医生说，"还没做孕前产检？那行，去办个住院手续吧。"

赵楚和李文璧在病房里草草休息了一晚，第二天一早偷偷溜出医院。这一晚累是累了点，但总好过无处可去。

来到街上，他们先给秦向阳买了几件衣服，之后终于在郊区和秦向阳碰了头。

三个人一见面，皆是一阵唏嘘。

秦向阳的头发和脸倒很干净，看来是在火砖厂洗过冷水澡，衣服却脏兮兮的，很引人注意。

李文璧赶紧让秦向阳换上新买的衣服。旧衣服不敢丢，只好用包装袋装起来，暂时带在身边。

秦向阳换好衣服问赵楚："安全吧？"

"放心！绝对没尾巴！你怎么出的城？这两天怎么过的？"

秦向阳简略地把情况说了一遍，赵楚也把自己的情况说了说。

李文璧听完，用不可思议的眼神看着秦向阳说："我就知道你没事，可是没想到你还真够能的，先躲在棺材里！又躲在砖厂里！"

秦向阳笑笑，叹道："没你们能，把医院当宾馆，我要是身上有钱，也上医院。"

李文璧说："你不能怀孕，没法儿给你开病房……"

此时的秦向阳还不知道，他这次的砖厂经历，却为他后来侦破另一个大案打下了基础。

三个人说笑了一阵，这几天紧绷的神经才总算轻松了一些。

赵楚问秦向阳："接下来有什么计划？"

秦向阳说："能确定的是，凶手把我逼到这一步，就是让我调查那四件案子，至于查完之后会怎么样，我也想不出来。我想先查628袭警灭门案，那是我翻看的第一份卷宗，当年郑毅的专案组抓的凶手姓林，叫林建刚。我想今天就去接触接触林建刚家属，做个初步了解。"

赵楚说："行！我这个临时顾问，也被停职反省了，我无所谓！那就陪你查到底。对了，我把那四份卷宗给你带来了。"

"在哪儿？"秦向阳上下打量着赵楚问。

赵楚笑着晃了晃手机。

"有你的，想得这么细！"

其实这时，秦向阳心里纳闷：虽说前天，他给赵楚打电话，叫让赵楚把李文璧带来，下一步要用到赵楚的顾问证件和李文璧的记者身份，但也没明说要查案。

他想，看来赵楚是猜透了他的想法。可是一开始，赵楚对那些案子似乎一点也没兴趣，怎么这次这么积极，还拿来了电子版呢？想到这里，他没再多想下去。

李文璧问："那今晚我们上哪儿住？不能还上医院吧？"

秦向阳说："到时候再说吧，郑毅逼得很紧，一般地方根本不敢住。"

他们现在很不方便，只能步行。好在步行能给他们充足的时间交流案情。

接下来，熟读卷宗的赵楚，把628袭警灭门案的情况简略地讲了一遍。

说是袭警灭门案，其实是杀警灭门案。

2007年6月28日晚上七点多，有人报案说，清河县中医院家属区9栋1单元602，清河县工商银行清河支行行长冯伟家发生了凶杀案。现场死亡四人，死者分别是冯伟、冯伟的媳妇康艳华、冯伟的儿子冯路顺，以及串门邻居马晓莲。

现场情况极其惨烈。冯伟身中两枪，一枪从眼窝射入，一枪从太阳穴射入。康艳华身中十一刀。冯路顺身中六刀。邻居马晓莲最惨，刀伤二十五处，枪伤一处，身上就没个完整的地方，左手虎口刀伤很深，大拇指基本掉下来了。

赵楚先说了枪的来源。经鉴定，现场子弹来自一支五四手枪，该枪原归清河大丰桥派出所民警刘常发所有。刘常发于2007年6月27日晚，在回家路上被杀，配枪失踪。

接着赵楚又介绍了死者的身份。冯伟，工商银行清河支行副行长，当年冯伟已纳入上级考查范围，不出意外，第二年就能被提拔到更高一级领导层。康艳华是市中医院的化验科科长。儿子冯路顺十四岁，上初中。邻居马晓莲，在公交公司工作，当时是公交公司自己组织的反扒队的成员。"

"反扒队？"

"是的！资料上是这么说的，公交公司自己组织的。可能是那几年清河县治安不太好。"

然后赵楚又介绍了现场勘查情况。

现场三室一厅，异常混乱，到处是血迹，打斗的痕迹。冯伟死在客厅沙发上。康艳华死在主卧室。冯路顺死在客厅。邻居马晓莲死在刚进屋的屋门口。警方在客厅的一面大镜子上提取到凶手血迹，玻璃镜子破裂，地上有碎片，现场还提取到凶手头发若干。

赵楚边走边讲，讲到这里，他对秦向阳说："你对现场情况有什么看法？"

秦向阳沉默了一会儿，搓着鼻头说："马晓莲挨了一枪，怎么还中了那么多刀？她体格是不是特别好，很壮，很高大？"

赵楚拿出手机找到卷宗电子版，看了看说："是的。那个女人三十来岁，一百六十八厘米，八十多公斤。"

秦向阳点点头说："这就对了。从马晓莲被杀的位置来看，她应该是刚进门，就被凶手袭击了。她左手虎口之所以刀伤那么深，很显然，是她用左手攥住了凶手右手的刀，用力挣扎所致。凶手手劲很大。"

赵楚接着说："案发后警方走访调查，划定案发时间段在6月28日中午一点到两点。冯伟楼下邻居说，他最先听到楼上的动静时，大概是一点多，不到点半。邻居说当时动静很大，有孩子的叫声，有打骂声，还有类似桌子倒地的声音，事后证明那是枪声。冯伟对门的邻居也听到了声音。当时是夏天，正是午睡时间，这一有动静，就都听见了。邻居们以为他家吵架，楼下最先听到动静的邻居，知道四楼的马晓莲和康艳华关系好，就下楼找马晓莲，叫她上六楼劝架。马晓莲上去不久，楼上就没啥动静了，邻居们以为是马晓莲劝好了，就都接着睡午觉了。"

"谁报的案？"秦向阳问。

"马晓莲的婆婆。晚饭时，马晓莲家人见她还没回家，以为她还在冯伟家，就去找，然后报了案。"

秦向阳说："按卷宗的描述来分析，冯伟应该和凶手认识。你看，冯伟死在沙发上，冯伟老婆死在卧室。冯伟为什么死在沙发上呢？说明冯伟给凶手开门之后，坐回去沙发上，这应该是要接待对方，或者冯伟和凶手要谈什么事。之后，凶手开了两枪，打死坐在沙发上的冯伟，然后才冲进主卧杀了康艳华。这时，在另一个卧室睡觉的冯路顺，听到声音冲到客厅，又被凶手杀死。当然，也可能是先杀的冯路顺，再杀的康艳华，他俩的死亡顺序不重要。关键是冯伟，他一定是先死的，凶手一定是冲着冯伟去的。"

秦向阳喝了口水，接着说："现场混乱，打斗痕迹多，凶手就必然会留下大量DNA证据，说明凶手性格焦躁、激烈，粗枝大叶，缺乏反侦察意识。当然，那样的现场，就算是老手清理，也清理不干净，比如马晓莲指甲缝里的组织残留。她跟凶手搏斗非常激烈，又是夏天，穿得少，指甲缝里肯定有凶手的皮肤组织，一般的凶手，都来不及，或者想不到去给死者剪指甲。"

赵楚说："刚才忘了两个细节，一个是，警方的走访调查里提到，冯伟楼下的邻居在去找马晓莲劝架之前，还给楼上冯伟家打过电话。邻居说那个电话打通了，但对方没说话，马上挂了电话。第二个是，楼下的邻居刚开始听到楼上的动静时，还从阳台的窗户往上看过，刚好见到冯伟家的窗户被人从里面关上了。"

秦向阳马上说："凶手杀人的间隙，关了窗户，接了电话，从心理学角度说，他这么做，恰恰是强化了邻居对冯伟家情况的判断，邻居们更会认为冯伟家确实在吵架，从而使凶手的行凶过程更不易被暴露。这个凶手很冷静。可是……不对啊！这又跟刚才分析的凶手性格很矛盾！"

赵楚说："确实很矛盾。而且现场勘查还有个细节，冯伟家厨房煤气开关是开着的，煤气灶上放着个铁盆子，铁盆子里竖着两瓶茅台酒。"

秦向阳说："开着煤气灶？凶手想破坏现场？"

赵楚点点头，说："巧的是冯伟家的煤气不多了，如果气够多，灶一直烧，铁盆盆底早晚会熔化，然后茅台酒瓶就会倒在煤气灶上，到时瓶盖再被烧化，酒精燃烧就很容易引起煤气瓶爆炸！"

秦向阳惊道："这个凶手很不简单。那凶手又是什么情况？"

赵楚说："凶手叫林建刚，当时二十九岁，是个小学老师，已婚，有个孩子，作案动机是情杀，被捕后一直拒不认罪，检方有物证，有作案动机，还在案发现场提取到了林建刚的诸多NDA信息，证据链比较严谨。但对方一直拒不认罪，法院本着谨慎的原则，判了死缓。现在可能转无期了吧，不太清楚。"

"死缓？"

"这个案子，当时影响很大，多名群众看过案发现场，尸体抬走时还被长时间围观，社会影响极坏，何况死者中还有个民警。当时清河县公安分局报请市局，派个有经验的顾问来帮忙，市局直接叫清河公安分局成立了专案组，派郑毅过来当组长。专案组成立后，郑毅从调查到抓到人只用了三天。"

赵楚停下来看了看卷宗，接着说："调查结论是，林建刚杀民警刘常发，目的是抢枪，而后携枪去杀冯伟。林建刚的媳妇叫关虹，是个酒店大堂经理，和冯伟有不正当男女关系，被林建刚发现，继而杀警抢枪，再杀死冯伟全家。另外，专案组判断，凶手行凶后离开家属区的时间段是下午一点三十分到两点。在这个时间段内，专案组找到了两名目击者，根据目击者的叙述，还给凶手画了像。目击者的叙述基本一致，看到一个男人从家属楼9栋离开，身高大约一百七十五厘米，平头，身材匀称。两个目击者，一个看到的男人背面，一个看到的男人正面。看到凶手正面的目击者年纪大，光记得对方是个单眼皮。"

秦向阳说："那就是说，林建刚符合目击者描述的那几个特征？"

赵楚停下步子，又从手机上看了看卷宗，说："林建刚，身高一百七十六厘米，很瘦，六十公斤，平头，单眼皮。法医报告上说，案发现场采集到的头发，冯伟指甲里的皮肤组织以及客厅大镜子上的血迹，DNA检测结果，都跟林建刚的DNA检测结果完全一致。"

"凶器呢？"

赵楚说："警方从林建刚的摩托车座位底下，找到了现场凶器，一把双刃匕首，开刃的，血都没擦净。"

秦向阳戴上李文璧给他买的帽子，想了想说："看来案发当天，林建刚确实去过冯伟家！又有凶器，又有DNA，单纯看证据，这个案子，郑毅他们办得挺瓷实啊！"

李文璧说："我觉得也挺瓷实啊。"

秦向阳突然问："那马晓莲指甲里的皮肤组织呢？"

赵楚看了看手机，说：法医报告上，比对结果里没提皮肤组织。

"不对啊！"秦向阳纳闷地说，"明明采集到了镜子上的血迹，还有头发，还有冯伟指甲里的皮肤组织，而马晓莲跟凶手有过厮打，为什么就没有皮肤组织呢？"

赵楚说："这点确实有点怪，也许厮打过程，马晓莲并无碰触到凶手肢体！"

秦向阳摇摇头，说："案子要是有蹊跷，卷宗上可看不出来。找找卷宗上林建刚父母家的地址，咱过去看看。"

秦向阳等人很快找到了那个地址，那栋楼很旧，一看就是二十世纪八九十年代的。找到对应的门牌号，秦向阳叫李文璧敲门。

门内问了句找谁啊？

李文璧赶紧说："我是记者，来做个采访。"

门开了，一个六十多岁的阿婆站在门口说："做什么采访？"

赵楚上前一步说："阿姨您好，请问您是林建刚的母亲吗？"

阿婆慢慢地点了点头。

赵楚说："我是警察，我们是为林建刚的案子来的。"

林母一听，立刻大声说："滚！"说完很用力地关上了门。

这时一个路过的邻居站住了脚步，对赵楚说："你们这抓上访，抓到人家里来了？就发发善心，让人家安生安生吧！"邻居说完，叹着气离开了。

秦向阳和赵楚对望了一眼，又叫李文璧敲门。

李文璧一边敲门一边解释："阿婆，我们不是司法所的！我真是记者！我们是省城的，专门为您儿子的事来的！来平反！"

李文璧连着喊了好几遍，门终于开了。

林母用身子挡着门口，问："你们真不是抓上访的？"

秦向阳赶紧笑着说："阿婆，我们真是省城的，专门为林建刚的事过来，他的事很可疑。"

林母叹着气说："可疑，可疑，我们建刚根本没犯错！"

李文璧赶紧伸手扶着林母的手说："我们进去慢慢说，好不好？"

林母叹了口气，把三人让进屋内，关上门，说："随便坐吧，没啥招待你们的。"

李文璧连忙摆着手说："不用不用。"说着，她把礼物随手放在客厅桌上。

林母指着李文璧问："你是记者？"

李文璧拿出记者证递给林母："您看看，我真是记者。"

"那他们呢？他们是什么官？"林母指着秦向阳和赵楚说。

"他们是警察。"

"警察有什么用？我上访了那么些年，也没见警察给我个说法。"

秦向阳说："警察办事要证据，您没有证据，上访很难讨到说法。"

林母一听这话，大声说："证据？跟我要证据，要你们警察干什么？"

秦向阳赶紧说："您说得对，我不对。我们这次来，就是为林建刚的事。"说着，他让赵楚拿出专案组的顾问证件，给林母看了看。

林母戴上眼镜，拿着证件仔细瞅了瞅，递还给赵楚说："顾问？凭你们两个小警察，就能给我儿子平反？"

赵楚接过证件，认真地说："所以得调查，有证据就能，您要相信法律。"

林母大声质问道："我相信法律，法律相信我吗？相信林建刚吗？"

秦向阳说："如果您儿子的案子有问题，那错的不是法律，是人！"

说到这儿，秦向阳也不禁叹了一口气。他知道时隔这么多年，作为林建刚的母亲，心里肯定有很深的怨气，费了这么多口舌，也不一定能打破和林母之间的隔阂。这时他越发体会到重启旧案的调查，是多么艰难。作为警察，办每个案子都必须慎之又慎，一旦有疏漏，那将给很多人带来一生的痛苦和怨恨。

林母也跟着叹了口气，才说："人！人啊！人心难测！"她一边说，一边取下眼镜，道，"那你们想知道什么？"

秦向阳赶紧说："能说说关虹的事吗？"

林母听到关虹的名字，狠狠地吐了口吐沫，说："那个贱女人！要不是因为她，我儿子也不会出事！建刚啊，我苦命的孩子！"

李文璧给林母倒了杯水，轻声说："您慢慢说。"

林母叹了口气，道："也没啥可说的，那个女人打从和我儿子结婚，就没想着好好过日子，天天打扮得妖里妖气，我打开始就不太同意他俩的婚事。生完孩子以后，就更过分了，勾搭别的男人。两口子一个碗里吃饭，一张床上睡觉，她的事，瞒不过建刚。"

秦向阳问："能说得具体些吗？比如林建刚在案发当天，去过冯伟家吧？"

林母说："冯伟？那个行长？那天的事，建刚他爸都知道。"

李文璧赶紧问："那林建刚他爸爸呢？"

林母木然地说："死了！前些年抑郁成疾，生了场大病。"

李文璧赶紧闭嘴。

林母说："那时候，建刚有什么事不和我说，都和他爸说。他爸再和我说。你们说的案发当天，建刚确实去过那个行长家。"

李文璧问："他去干什么？"

"吵架！建刚回来的时候，手都破了，他说和冯伟打了一架！还打碎了人家客厅的镜子。"

李文璧拿着录音笔继续问："为什么打架？"

林母说："建刚回来很生气，他就是要去当着冯伟老婆的面，把冯伟和关虹的事挑开了说！哎！建刚那孩子平时能忍，随他爸，说他软弱也行，要不是实在忍不住，他不会去打架。"

秦向阳想了想，问："他既然去当着冯伟老婆的面把事给挑开，手里是有冯伟和关虹偷情的证据吗？"

林母想了想说："以前，建刚确实不知道关虹外面的人是谁。案发那天，建刚从冯伟家回来，他爸还怪他了，说他无凭无据去别人家里闹，不像话。"

林母喝了口水，接着说："那天，建刚说他有证据，他说一个月前，有人打110报案，说香格里拉酒店808房间有人吸毒，大丰桥派出所的出了警，去到现场才知道808里的人不是吸毒，是偷情，偷情的人就是冯伟和关虹！"

秦向阳立刻问："110的事，林建刚怎么知道得这么具体？那个报警电话是他打的吧？"

林母抬眼瞅了瞅秦向阳，说："他爸后来也这么反问他，他才说了实话，他跟踪了关虹，眼看着冯伟和关虹进了808房间，就打了110，谎称有人吸毒。"

李文璧说："可以理解。"

林母说："建刚本以为冯伟和关虹被110抓个现行，冯伟就会受处罚，关虹也会有所收敛。但他后来发现，关虹还是不停地联系那个冯伟，这才有了后来那一出，闹到了冯伟家里。"

李文璧说："我知道了，他去冯伟家，他很生气，用拳头打破了人家客厅的镜子，还和冯伟打了架，还被冯伟扯掉了头发！"

林母说："他就不该去！办案的警察跟我说，现场死了四个人，加上死的那个民警，是五个，现场有我家建刚的血迹和头发啥的，证据确凿。但是，建刚肯定不会杀人！他没那个胆子！我的儿子我有数！"

秦向阳点点头，说："林建刚摩托车座下面的凶器，是怎么回事？"

林母摇摇头，说："那个真说不清！谁也不知道哪儿来的！我儿子被人陷害了！"

随后李文璧又和林母聊了一会儿。秦向阳见她说来说去也就这些事了，就起身告辞，临走他说："您放心吧！我们一定调查清楚！"

林母使劲拉着秦向阳的手，颤抖地说："你可一定给我儿子平反啊！"

秦向阳没说话，但他已经确定这个案子有问题了。

这时李文璧忽然想起个事，她回头问："阿婆，您知道哪里有民房出租吗？"

林母疑惑地问："怎么了？"

"我们从省城来查案，回来回去太麻烦了，最好租个房子。"

"谁家租房子我不知道，不过我家就有套房子闲着，就是建刚和关虹以前住过的房子。建刚他爸也走了，有人叫我把那房子卖了。我没卖，留着是个念想。说起来我真是气死了！那个贱女人，也来找过我，叫我卖房子，她说按法律她要分一半钱！她就做梦吧！真是个贱女人！"

一提到关虹，林母浑身就抖个不停，等慢慢平静下来，她才说："房子空着也是空着，家具什么的也都有，你们要想住，我就带你们去。我不要钱，只要你们帮我儿子平反！"

秦向阳等人连说可以。

这真是个意外的惊喜，这下不用东躲西藏了。

林母见他们愿意住，又说："那套房子在顶楼，也没装电梯，要是有什么不方便，你们将就将就吧。"

李文璧连忙说没事，拿出三千元钱让林母收下。

林母坚决不要，李文璧硬是把钱扔到了客厅。

很快，林母带着秦向阳等人到了目的地。房子还算干净，看来林母时常过来打扫。林母走后，秦向阳一边拖地一边说："卷宗里的法医报告一定有问题，接下来，我们得去会会关虹和当年的法医了。"

第十七章　孤证不孤

　　林建刚出事之后，关虹就另外嫁了人，林母不知道她现在的住处。李文璧用赵楚的手机联系了她的记者朋友，让对方想法查查关虹的情况。很快，对方就把关虹的地址发了过来。

　　秦向阳想，林建刚打110，让大丰桥派出所抓到了冯伟和关虹偷情，正常情况下，派出所会不会管这种事？那肯定不管，偷情是私事，顶多给予调解。那要是不正常情况呢？

　　林建刚打110，谎称有人吸毒，那么，民警刘常发正常出警，也就是说，抓到冯伟和关虹的，就一定是民警刘常发。那么，刘常发的死，逻辑上跟冯伟的死应该有着某种关联。带着这个疑问，秦向阳等人去找关虹。

　　关虹住在清河县一个高档小区的别墅里。谁也没想到林建刚死后，她还能找上个有钱的男人。

　　这个四十出头的女人，看起来风韵犹存，她慵懒地靠在秦向阳对面的沙发上，随手取出烟，点上吸了一口，说："警官，林建刚的事，那都是老皇历了！怎么到现在还来问个没完？"

　　秦向阳见这个女人很傲气，知道她不是个善茬，跟着也点上一根烟，慢慢地吐出一根烟柱，故意出言相激："我知道那个案子没你什么事，但是林建刚的死，冯伟的死，他全家的死，甚至民警刘常发的死，都跟你脱不开关系！"

关虹一听这话，立马坐直了身子，狠狠地掐灭香烟，指着秦向阳说："有种这话你去公安局说！老娘陪着你一块儿去！"

秦向阳迎着她的目光说："到哪儿说都是这句话！"

关虹用力拍着茶几说："怎么说话呢！我开门让你们进来，陪你们坐这儿，算是配合你们工作了吧！你倒好，上来就血口喷人！有你这么当警察的吗？我还没看你证件呢！拿出来我看看！"

秦向阳抽着烟，慢吞吞地说："老子就这么当警察！想去局里是吧，你看我今天能不能把你弄进去！"

赵楚赶紧咳嗽了一下，拿出证件递过去，说："这是我的证件，他今天没带！"

关虹说："没带证件问什么话？你这个，专案组顾问是个啥？你叫赵楚啊！你能问，他不能问！"说完狠狠斜了一眼秦向阳。

赵楚说："那我问你，案发的一个月之前，你和冯伟到香格里拉开过房，这事你记得吧？"

关虹说："不就那么回事吗？我跟林建刚没感情！爱跟谁好就跟谁好！没想到那个该死的林建刚，跟踪我，还报警说我吸毒！我呸！"

赵楚点点头，问："那天出警的是刘常发吧？"

关虹说："我不认识什么刘常发。"

赵楚说："你再好好想想，那天具体是怎么回事？"

关虹说："七年前，一大帮警察问过我多少遍了！不就是非要确定我和冯伟有那事吗？我当时怎么说的，现在还怎么说，我们那天就是偷情了！咋了？他林建刚心里不忿，他也出去偷啊！他去杀人全家算怎么回事？林建刚该死！"

赵楚说："注意说话态度！"

关虹又拍着茶几说："我就这态度！你们走吧！再不走，我可打110了！"

赵楚虎着脸道："你最好配合点，否则我可以告你妨碍执行公务。"

关虹猛地站起来说："呵！还告我？我犯哪门子法了？"

说着她掏出手机，一边走一边拨打电话："喂！老公，你快回来看看吧！不知道从哪儿蹦出来俩警察，说要告我呢！嗯，嗯，快回来！"

秦向阳见这个局面太被动了，万一闹到警察过来，自己也跑不了，起身对关虹说了句"打扰"，招呼赵楚和李文璧走了出去。

回到住处，赵楚闷闷不乐。

秦向阳说："老班长，你人那么聪明，咋不会审人问话呢？对付那种女人，不能一本正经，要对症下药，上来就得唬住她。"

赵楚皱着眉说："废话！我要是会审人，当初也不会因为揍人，被开除去看档案！我给你干个顾问还成。哎，这一次撬不开关虹的嘴，再去就更难了！"

"没事，再想办法！"秦向阳笑着说，"可惜我没证件，不然，当时我就着她那句话，把证件一亮她就蔫了。"

这时李文璧咳嗽了一声，倒背着手，歪着头说："你们知道关虹老公是谁吗？"

秦向阳不解地看向李文璧，不知道她想说什么。

李文璧倒背着手走了两步，转过头笑着对秦向阳说："关虹打电话时，我偷看了，她老公叫聂东！"

"聂东？"秦向阳反问。

"对！我看到她的通话记录，她打出的电话，名字写着聂东，她嘴里叫人家老公。那聂东不就是她老公吗？"李文璧说。

赵楚说："纪小梅那个同学，不就叫聂东？"

秦向阳冲着李文璧伸出大拇指，笑着说："还不能确定，要真是那个聂东，事情反而好办了！"

赵楚说："看来郑毅还没处理张素娥、纪小梅和聂东他们。"

秦向阳说："郑支队长光顾着抓我了，哪能顾得上那种小事。"

李文璧笑着说："那他等于间接帮了我们！我们再去找关虹？"

秦向阳摇摇头说："今天不行了，她正在气头上。我们去找628案当年的法医。"

秦向阳说完，拿来赵楚的手机，找出当年的法医报告，让赵楚和李文璧看右下角的签名。

李文璧看了看说："签名的怎么是个法医副主任？那主任呢？"

秦向阳摇摇头说："不知道。我怀疑这份法医报告有问题，看来得让苏曼宁查查。"

李文璧一听苏曼宁，皱着眉说："那个娘儿们，出卖了你！你还找她？"

秦向阳让李文璧看了看苏曼宁前几天发的那条短信，说："直觉上，我觉得她还是值得信任的。"

"直觉？你们男人的直觉靠谱吗？"李文璧撇了撇嘴。

秦向阳笑了笑，说："只能赌一把，除了她，没人能帮我们。"

"哎呀！算了，算了！反正你要是被抓了，我大不了给你送牢饭了！烦死了！"李文璧沉着脸说。

秦向阳笑了笑，说："我要是被抓了会被枪毙的，你应该赶紧找个人嫁了。"

李文璧说："反正嫁谁也不嫁你！"

秦向阳不再理她，拨通了苏曼宁的电话。

苏曼宁的电话响了一声就被接起。

秦向阳说："帮我查下2007年清河县分局法医主任的资料。"一句话说完，秦向阳立即挂断了电话。

再次接到秦向阳短信，苏曼宁像触电一样浑身一抖。她出卖了别人，别人却还信任她，这让她双颊发起热来。她几乎是毫不犹豫地赶紧关上办公室的门，上网搜索资料。

大约五分钟后，苏曼宁发来短信：2007年清河分局法医主任王越，于2007年10月辞职。短信后面附着王越的家庭地址和新的联系方式。

为换取对方的信任，秦向阳决定自己一个人约见王越。他联系上王越，双方约定在一个公园见面。

王越看起来五十来岁，清瘦，目光却炯炯有神，那应该是干法医多年练就的眼力。

王越开门见山，问道："你在电话里说，要跟我打听一件案子的情况？可我不干法医已经很多年了。"

"我知道。我想打听628袭警灭门案法医报告的情况。"

王越眼睛一亮，问："你是什么人？"

"我是警察，省城的。"

王越看了看秦向阳，说："这么说，上边重启这个案子的调查了？你的证件呢？"

秦向阳咬了咬牙，说："没有。你听说我，是这么个情况。"接下来，秦向阳把214案的情况以及自己被陷害的事，简略地跟王越说了一遍。

末了他补充道："这就是事情的全部经过。你要不信，出去公园，找个派出所门口，就能看到我的通缉令，当然，你可以打上面的电话，把我送进去。"

王越沉默了一会儿，说："我信不信你的话其实不重要，我对把你送进去更没兴趣。重要的是，你对628案法医报告感兴趣，这就行。"

秦向阳沉默不语。他的诚意已经亮给对方，什么结果，现在全看对方了。

王越来回走了几步，突然站住说："那份法医报告，说它有问题就有问题，说它没问题它就没问题！"

秦向阳知道对方还有话说，他平静地听着，并未打断王越。

"但是对我来说，那样的报告，我是不会签字的。我这人很轴，认死理，这把我后半生给搭上了，我现在是个兽医，给狗看病。"

秦向阳说："狗有很多地方比人强。"

王越点点头说："我这么跟你说吧，冯伟家，现场提取的凶手DNA信息，证明有两个人到过案发现场。请你理解，因为我不知道该怎么表达清楚。现场客厅的大镜子破损处提取到了血迹，镜子下方附近，还提取到了被外力撕扯下来的头发，冯伟双手的指甲里，也提取到皮肤组织信息，这第一组DNA信息，属于同一个人。现场马晓莲右手指甲里，提取到了少许皮肤组织，这第二组DNA信息，属于另一个人。大丰桥派出所民警刘常发被杀现场在户外，那个现场勘查前下了大雨，破坏得很厉害，没提取到有效痕迹。"

"两份DNA信息？"秦向阳惊道，"他们让你删掉了一组DNA信息？"

王越摇摇头："也不能说是删除。你是警察，应该比我更清楚。怎么去证明马晓莲右手指甲里，那少许皮肤组织信息，它就是凶手的呢？相比第一组DNA信息——冯伟家那些头发，那些血迹，冯伟指甲里的皮肤组织信息，马晓莲指甲里的皮肤组织信息太孤立，是孤证！"

"孤证？马晓莲是被害人，凭什么是孤证？"秦向阳皱着眉反问。

王越眯着眼看了看秦向阳，说："是，她是被害人，但她是去冯伟家串门的，你忽略了马晓莲的身份！"

"身份？公交公司反扒队？"

"对！你把资料掌握得还算全面！"

"明白你的意思了！马晓莲是去串门的，那么，她右手指甲里的少量皮肤组织，就有可能是串门前本就存在的。"秦向阳说。

"是这个意思。案发那天是工作日，马晓莲右手指甲少量皮肤组织，有可能是她上午上班时，在扒手身上挠的！"

秦向阳问："这……那天她们公交反扒队抓到过扒手吗？"

"当时调查过，没有。可实际上，她们抓不到很正常，她们的作用更多是预防。扒手那么好抓？你手一滑就溜下车了……"

秦向阳皱着眉反问："就算马晓莲案发当天挠过扒手，但她饭前总要洗手吧！"

"洗个手，不一定洗净指甲里的皮肤组织！"

"可是，谁能证明马晓莲那天挠过其他人？这只是个可能！"秦向阳气愤地说，"不能因为可能，就当成孤证吧？"

"那没办法！"王越冷静地说，"比起来，第一组DNA信息内容就丰富多了！"

"是的！"秦向阳无奈地点点头。

"为了迅速结案，当时专案组组长郑毅，坚持以第一组DNA信息为突破口，调查抓人，很快就抓到了林建刚，最为关键的是，在林建刚的摩托车后座下，还找到了杀人工具。因此，第二组DNA信息未予采用，直接删掉了。"

"看来郑毅并非草率结案！"秦向阳叹道，"没想到有这么多隐情！"

王越点点头，说："但从法医的角度，我坚决不同意删掉第二组DNA信息。我同意第一份DNA信息的丰富性和关联性，更知道物证的重要性，但我认为那组DNA信息的主人不是凶手！"

"为什么？"

王越说："因为第一组DNA信息，有血迹，有头发，有皮肤组织，甚至有唾沫……正因为它太丰富了！怎么讲？那个凶手有枪，而且刀法很好，显然是有准备的行凶！那么，他又何必在行凶前，打碎了冯伟家客厅的镜子？还因此留下了血迹！留下了头发！那组DNA信息，更像是一场势均力敌的厮打留下的！"

"犯罪行为学分析，我同意！那把枪，是凶手杀死民警刘常发得来的。冯伟家的犯罪，显然是有预谋的！"

王越说："是的！628案，显然是先抢枪后杀人的连环案。我一直怀疑，删掉的那份DNA信息报告，才是凶手的。"

"可你刚才也分析了，那份DNA信息，有可能是马晓莲在扒手身上挠的……"

王越摇摇头，打断了秦向阳，说："那只是理论分析，我不喜欢小概率事件！因此，郑毅删掉第二组DNA信息，我是万万不肯签名的。"

秦向阳说："留下的那一组DNA，是林建刚的。"

王越点点头："这个我后来知道了。"

秦向阳问："这事，专案组的人都知道？"

王越说："那我不清楚。"

秦向阳问："你为什么不据理力争，闹到上面去？"

王越看了看秦向阳，很不屑地笑了笑，说："你觉得可能吗？我这只是推断而已！案子闹得那么大，专案组破案有时限，而我只是个法医。老婆孩子还指着我过日子呢。"

秦向阳伸出手说："谢谢你告诉我这些。"

王越没有和秦向阳握手，只是淡淡地说："林建刚是不是凶手我不确定，但你要真能抓住凶手，来告诉我一声。"

秦向阳转身往公园外走去，他一边走一边说："林建刚不是凶手！他太瘦弱了，才六十公斤，单挑打死刘常发，他办不到！他就是拿着刀，也能被马晓莲挠得浑身是伤。"

王越浑身一怔，望着秦向阳的背影，突然说："你不想知道另一份法医报告的去处吗？"

秦向阳停住了，回头看着王越。

王越说："我留了备份，你抓住嫌疑人的话，可以找我比对。"

王越提供的消息，令秦向阳很振奋。

看来214案的凶手没错，628案极可能是个冤案。

秦向阳有些自嘲，凶手竟让他这个同样被冤枉的人，去查别人的冤案。

也许，只有被冤枉的人，才足够了解被冤枉的痛苦，才能有足够的动力吧。

在新家的第一个晚上，秦向阳睡得很舒服。他可是好几天没怎么正经休息了。第二天醒来，他觉得浑身是劲。

他愉快地对赵楚说："走，再去会会关虹。"

关虹还是一个人在家，见到昨天的警察又来了，用尖细的声音说："吆！真是没完没了！这是来带我回公安局的吧？"说完，她呵呵地笑了两声。

秦向阳点上烟，靠近关虹，笑着说："今天不找你，找聂东。"

关虹瞪大眼睛说："你们没有搞错吧？我老公可不认识林建刚。"

秦向阳说："你给聂东打个电话，我来跟他说，这不难为你吧？好公民女士？"

关虹笑着说："行啊！我现在很想看看你要整什么幺蛾子！我老公可能还没到公司，我就配合你一回，好警察同志！"

电话很快打通了，秦向阳接过关虹的电话说："聂东，你和纪小梅什么关系？"

聂东说："纪小梅？我同学，怎么了？你谁啊？怎么在我家？"

秦向阳一听这话知道找对人了，按捺住心里的兴奋劲儿，平静地说："当年，你和纪小梅帮人做伪证的事，还记得吧？"

秦向阳不给聂东说话的时间，继续说："你现在回家，我算你自首有功，半小时后不回来，自己看着办吧。"

关虹在边上听糊涂了，自言自语地说："这都哪儿跟哪儿啊。"

秦向阳也不理她，叫李文璧打开录音笔等着，叫赵楚拿出个小本子，做出做笔录的样子。

没二十分钟工夫，聂东气喘吁吁进来了。

秦向阳拿过赵楚的证件亮了亮，说："聂东，你是在这儿说，还是回局里说？"

关虹大声打断了秦向阳："说什么说！老公，我这就打110！"

聂东立刻冲关虹吼了一声："你他妈闭嘴！"然后紧紧握着秦向阳的手道，"警官，我在这儿说，在这儿说。我全说，我这是立功吧？"

秦向阳说："过去这么多年了，你没想到那件事还是败露了吧！你的事，其实纪小梅和张素娥已经都交代清楚了。我们找你，只是程序上来通知你一声，接下来，就该是法院的事了。"

聂东一听这话，颤着声说："那全是纪小梅的主意，我顶多算个从犯吧？"

秦向阳摸着下颔，说："你的情况不严重，顶多三年。"

"啊！三年！"聂东咽了口吐沫。

秦向阳说："我提醒你，进去之前，最好先把财产转移到你亲人名下。不然，你这个媳妇到时候肯定和你打离婚，分你一半财产！你可能不知道，她前夫林建刚死刑，她还去找人家家属，要人家卖掉房子给她分一半。"

聂东哼了一声，对关虹说："丢人！你放心，我要是进去了，你别想离婚，就算离，你也得不到一分钱！"

关虹慌张地跑到聂东身边，拉着他的手，紧张地问："到底怎么回事？我干吗和你离婚啊？"

秦向阳见聂东低着头不说话，就对关虹说："我们才查清楚，聂东身上有个案子。你刚才也听见了，他要是进去了，你可一分钱也没有。"

关虹赶紧对聂东说："你进去我也不离婚啊！"

聂东一听这话，气得直瞪眼珠子。

关虹没意识到自己的话不中听，拉起秦向阳的胳膊，红着脸说："昨天，都是我不好！我给你道歉！您大人大量，不会和我个老娘儿们一般见识，对吧！哎，你们不是因为我的事，才找我老公麻烦吧？"

秦向阳心想，这个女人心眼还不少，笑着说："那怎么可能？一码是一码。林建刚的事本来就和你无关。"

关虹小声说："不，不，也不能说无关，有的事，也怨我没说清楚。"

聂东一看关虹欲言又止的样子，吼着说："怎么你还有事没说清楚？不就那点破事吗？我也没嫌弃吧？还有啥话你他妈赶紧说！"

说完聂东毕恭毕敬地拿出烟发了一圈，然后说："警察同志，你看，我这动员关虹交代，算不算立功？能不能对我宽大处理？"

秦向阳把烟挡回去，假装考虑了一会儿，认真地说："那要看她交代的具体情况了。要是有重大发现，你肯定是有功的。"

聂东顿时眼睛一亮，走过去捏了关虹一把，虎着脸说："你倒是快说啊。"

关虹嗫嚅了一会儿，小声说："不就那点事嘛！"

"那你还不快说！"聂东催促着她。

关虹清了清嗓子，喝了口水，看着秦向阳，说："你们不就是问冯伟和我开房那天的事吗？其实真没啥，无非冯伟叫我穿着制服和他那啥……"

聂东一听这话坐不住了，指着关虹大声说："什么？你他妈还和别人玩制服诱惑！和我睡觉你怎么不浪了！"

关虹瞪着聂东说："不是你叫我说吗？我那时是个饭店大堂经理，平常就穿制服好不好？"

接着她的声音慢慢大了起来："就是和冯伟正玩着呢，警察突然就闯进去了！警察在房间里到处翻，后来我才知道他们找毒品呢。林建刚不是报的假案嘛，说我们吸毒！毒没找着，冯伟却被领头的那个警察认出来了。然后领头的就让其他警察都出去……"

秦向阳皱着眉头，提醒关虹："慢点说，有条理点，和我吵架的水平哪儿去了？"

关虹就又提高了声音，说："就是领头的警察，叫刘常发，把冯伟认出来了，不知道他俩以前在哪儿见过，但他俩肯定不熟。然后，刘常发就使了坏心眼，他对冯伟说，冯大行长，你出来偷个腥啥的，本来不叫事。不过，听说你明年又要升职了，这节骨眼上要是传出去这种事……"

关虹顿了顿，取出烟点上，说："反正就那么个意思。也不知道刘常发从哪儿听说冯伟快升官了，就拿偷情的事要挟，想挣点外快。冯伟就说要给刘常发钱，求他别声张出去。刘常发就说，这种事只能抓现行，事后无凭无据的谁还承认啊，到时候你冯伟不承认，我一分钱也捞不着。然后刘常发就出去了一趟，从跟班的手里拿了个相机，给我和冯伟照了相。完了，就这么点事。"

秦向阳听明白了，心想刘常发倒也不是个省油的灯，逮着挣钱的机会，行长也不放过，可不是咋的，行长有钱。

秦向阳问："那当年做笔录你为什么不说清楚？"

"当年？当年那些警察也没问这茬啊！他们就光问我是不是和冯伟有一腿！我知道，那是为了证明林建刚有杀人动机！"关虹连珠炮似的说。

秦向阳觉得这话在理，就问："那事后冯伟给刘常发钱了吗？"

关虹说："应该是给了吧？他说他能摆平，不用我操心。"

秦向阳点点头，对关虹和聂东说："你们先去卧室，我们商量一下。"

客厅里静了下来，秦向阳默默整理着思路，他想，照关虹交代的情况，冯伟事后一定给钱了。可是刘常发会不会满足呢？如果刘常发把冯伟和关虹的照片散发出去，势必影响冯伟来年升官。那么刘常发就有理由继续要挟，多次跟冯伟要钱。正所谓贪心不足蛇吞象，这样时间长了，很可能引起冯伟心态失衡，进而雇凶杀人。那也不对。如果雇凶杀人，死的应该只是刘常发。凶手为什么杀死刘常发之后，第二天又去杀了冯伟全家呢？

秦向阳把自己的想法，告诉了赵楚和李文璧，三个人讨论了好几遍，还是想不通秦向阳提出的问题。

秦向阳不停地搓着鼻头，自言自语："如果我是凶手，我杀死刘常发之后，第二天再去杀冯伟全家，那么，我只有一个可能的理由。"

赵楚和李文璧同时问："什么理由？"

秦向阳说："具体什么理由，我也不知道。但肯定是，我突然得知冯伟做了对我不利的事。"

"是这么个逻辑！"赵楚点头同意，

秦向阳越说眼睛越亮："而且，这件对我不利的事，极大可能是刘常发告诉我的。"

李文璧摸着自己光洁的额头，连珠炮似的说："刘常发告诉你什么事，你才去杀冯伟全家啊？难道他会说，冯伟也玩了你老婆？"

秦向阳一听这话，差点让口水噎住，但他还是点了点头，说："如果真是这样，我也有可能去杀了冯伟。"

秦向阳说完这句话，又觉得逻辑有些不通，他想了想接着说："可是，如果刘常发告诉我，冯伟玩了我老婆，那我又何必再帮冯伟杀刘常发呢？我应该感谢刘常发才是。"

李文璧想了想说："你杀了刘常发，冯伟给你钱啊。拿到钱你再杀冯伟全家，也不耽误。这叫专业精神。"

秦向阳摇头道："凶手肯定不是专业的。"

想到这里，秦向阳又把关虹叫了出来。

关虹的精神头看起来好像不太好，大概是被聂东训斥过。

秦向阳让她喝了点水，问："冯伟应该不止你一个女人吧？"

关虹想也不想，就说："肯定不止我一个，不过我不在乎，他给我钱就行，你说对吧？"

秦向阳点头表示同意，又问："那你是怎么判断他还有别的女人呢？"

关虹说："我很懂事，从来不打听他另外的女人。只是有一次，我无意在他口袋里发现了一样东西，才猜了个大概。"

"什么东西？"

"一个工牌，银行的工牌，就是他所在的银行。"

"工牌上是个女人？"秦向阳问。

"废话！"关虹说完，赶紧说了声不好意思，接着道，"那女人长得挺漂亮。我当时就猜，冯伟肯定跟他的女下属有一腿，冯伟不就是好制服那一口嘛。不过他肯定捂得很紧，他当时面临升职，银行里要是传出他搞女下属，那也很被动！"

"还记得名字吗？"

你七年前看过一眼的照片，还能记住名字吗？"

"那样子呢？"

"也记不住了。"

"还有没交代的吗？"

"没了。"

秦向阳也看得出关虹没啥可说的了，就说："那我们先回去，不过可能还会回来找你。你告诉聂东，你表现不错，算他立功，回头我会跟领导汇报的！"

这一趟还是收获很大的，挖出来刘常发威胁冯伟这么个重要细节，这应该就是整个628案最初的起因，现在只剩凶手杀冯伟的动机还没搞清楚。

回到住处，秦向阳想，要是能把关虹说的那个女人挖出来，也许可以找到新的线索。可是该怎么挖呢？叫关虹去冯伟的银行辨认吗？不行。时隔七年，少女变少妇，少妇变大妈，怎么认？除非让银行所有女员工把自己七年前的照片找出来！可是自己不是警察身份了，赵楚有证件也不行，那样做动静太大，现在是秘密调查，根本行不通。再说，那个女人还在不在银行工作都是难说的。

该怎么办呢？

秦向阳抽着烟，不停地在房间走来走去，他望着窗外一栋一栋的房子，突然想到了一个地方，不出意外的话，那里应该有工牌女人的照片。

第十八章　取证的代价

秦向阳尽管安抚了聂东，说他立了功，但他还是坐卧不安。他想了想，拿起电话给纪小梅打了过去，把警察上门调查的事说了一遍。他想探探纪小梅的口风，要是纪小梅能大包大揽，把当年的责任都扛起来，那就最好不过了。

纪小梅听出了聂东的意思，在电话里阴阳怪气地说："聂东，别忘了当年林大志可是先找的你，你才来找的我。那事跑了谁也跑不了你！"

聂东不服气地说："你要是不谎称张素娥是用你的手机给林大志回的电话，那我再能也办不成！"

纪小梅这下生气了，冲聂东吼起来："我那天半夜给林大志打电话为谁办事？不全因为你酒驾撞车吗？这还赖我了？真是好心当驴肝肺！"

聂东知道自己理亏，态度很快软了下来："是，是！我不对！你有空过来咱商量商量，该找律师找律师，总不能这么干等着吧。"

纪小梅沉默片刻说："我这在北京会诊，一时半会儿回不去，等完事去找你吧。打上次那几个警察来过以后，我提心吊胆了一阵子，后来没动静了，我还以为能躲过去呢。"

聂东说："屁，还躲过去。"

纪小梅问："警察和你怎么说的？"

聂东说："那个警察说我有立功行为，你来了再说吧。"

秦向阳想到的地方，是冯伟家那套老房子，也就是628案发现场。

自从出了事，那套房子就被封了。整栋楼的人也是人心惶惶，谁想到那个惨烈的现场晚上也睡不踏实，后来就慢慢地都搬走了，留下一栋空楼，直到现在医院也没有拆，就那么空荡荡地竖在那里。

冯伟当年作为银行行长，家里应该有员工合影，员工集体培训之类的照片，如果房子一直没人住，那就很可能还在。他决定去冯伟家看看。

对秦向阳来说，那的确是既不用麻烦别人，也不会闹什么大动静，又能找到老照片的唯一地方。但一想到那个地方，李文璧就觉得浑身发毛。秦向阳也想到了这一点，让她留在家里。

清河县中医院家属区9栋。楼道里潮湿昏暗，到处是灰尘、蛛网，厚厚的灰尘上一个脚印也没有，显然，这里很久没人来过了。

秦向阳和赵楚踩着厚厚的灰尘往上走，楼梯间里回荡起沉闷的脚步声。他们很快找到了一单元602，十三年前冯伟的家。

房门锁着，门上有一张大大的蛛网，封条早不知去向。秦向阳端详着眼前这扇厚重的房门，十三年前那天，凶手就是带着刀枪，敲开门从这里进去。

赵楚拿出新买的一套开锁工具，插进锁里试了试，白瞎，门锁早锈住了。他索性拿出螺丝刀插进门缝里，想把门撬开。谁知还没怎么用力，门一下子开了，就好像有人从里面打开了门，铁门摩擦转轴，发出嘶哑的声音，在这空荡荡的楼道里听起来格外刺耳。

赵楚被自己吓了一跳，随后摇了摇头。秦向阳也跟着笑了笑。不用说，这锁早就锈坏了，随便一撬就能打开。他们在门口等了一会儿，等到霉味散得差不多了，才一起进去。

说是霉味散得差不多了，进去之后味道还是很大，让人很不舒服。屋里光线很暗，所有东西上都罩着一层厚厚的灰尘。秦向阳踩下去一脚，又下意识地抬了起来，他踩的地方应该就是当年马晓莲死的地方。随后他又把脚落下去，看了看沙发、客厅以及主卧，那里是其他三个死者躺下的地方。

秦向阳在客厅里安静地站了一会儿，然后走到那面大玻璃镜子前。他用手在镜面上四处摸了摸，找到一个地方，抬起胳膊用袖子去擦镜面的灰尘。

很快，镜面玻璃露了出来。秦向阳抬头看去，见到了那块破裂的镜面，裂纹成发散状，向四处延伸。这应该就是案发那天，林建刚用拳头砸出的裂纹。

他闭上眼睛，眼前好像显现出林建刚愤怒的眼神。他看到林建刚对着冯伟，大声地说着什么。看到冯伟的老婆康艳华生气地走进卧室，很大声地关上房门，冯路顺则躲在自己的卧室里，不耐烦地戴上耳机。客厅里的林建刚越说越生气，突然他伸出拳头，用力地在大镜子上捶了一拳，镜子被击打的地方裂了，林建刚的拳头也出了血。然后林建刚像疯了一样，和冯伟厮打在一块儿。冯伟吐了口吐沫，用力扯着林建刚的头发，扯得林建刚晃来晃去……

秦向阳的想象被赵楚的话打断了，他晃了晃头，回过神来，看向赵楚。

赵楚指着墙对秦向阳说；"过来看看！"

秦向阳顺着赵楚指着的地方看过去。那面墙上有好几个大相框，里面贴满了老照片。中间的一个相框里，放着冯伟和康艳华20世纪90年代拍的结婚照。令人奇怪的是，墙上最大的一个相框里仅有几张照片，空荡荡地留着好几块空地方。

赵楚指着那好几块空地方说："你看，那里以前应该有相片。"

秦向阳观察了一会儿，点了点头。那好几块空地方被照片压出的痕迹非常明显，痕迹里落满了灰尘。看大小尺寸，那里以前应该放着好几张大照片。

难道那就是放银行员工合影的地方？可是照片怎么不见了？赵楚不解地摇了摇头。

他俩翻箱倒柜，从客厅到卧室，仔细地把整个房间找了一遍，弄得浑身是土，可是一张银行员工合影也没找到。

"真是怪了。"秦向阳喃喃说道，"这不合理啊。"

赵楚拍了拍身上的土，冲着秦向阳摇了摇头。

秦向阳心里陡然生出一个疑问：难道那些照片被人拿走了？可是按理说，案发前，一般没人对这种合影照感兴趣，房主更不会让那么大的地方空着，太难看了。也就是说，案发时，那里肯定是有相片的。案发后，这里除了警察，不会再有人来过。

"不会吧？"秦向阳突然说，"难道合影照被凶手拿走了？有这个必要吗？"如果真是凶手拿走的，秦向阳觉得很难解释这种行为，就算相片里有凶手熟悉的人，他也没必要这么做，这不是欲盖弥彰吗？

赵楚说："也许凶手根本没想那么多，他杀完人，看到相片里有自己熟悉的人，条件反射一样，很自然地取走了相片，就像一种保护本能。他怎么可能知道七八年后，有人来找这些相片呢？"

"有道理！是我想多了！"秦向阳想了想，拍着赵楚的肩膀，赞同地说。

"本来我只是当成个线索来查查，这样一来，反而说明照片有问题了。"秦向阳笑了笑说，"看来，我们快抓到凶手的尾巴了！"

赵楚摇摇头叹道："当年现场勘查人员也够马虎，那么大的相框，那么多空地方都没觉察！"

秦向阳说："可以理解，当时屋里四名死者，到处是血迹，惨烈，混乱，忙都忙不过来，谁会把注意力放那上头呢？"

赵楚想了想，也觉得有道理。

从旧楼里出来，真有种重见天日的感觉，两人不约而同地深深吸了口气。虽说没找到想要的东西，但在秦向阳看来，却比找到相片还要高兴。

不就是一张相片吗？秦向阳心想，还得麻烦她。

他一边走，一边拿出电话，给苏曼宁打了过去。她认为苏曼宁还是值得信任，哪怕出卖他的就是苏曼宁。214案凶手把那些铁证放在他床底下，早晚会被人发现，不是苏曼宁也会是别人。苏曼宁再怎么样也是个警察，秦向阳相信，她有分辨能力，她不笨。

电话很快打通了。

秦向阳说："网络专家，又要麻烦你了，帮我找一张照片，清河县工商银行2007年前后的全体员工合影。"

这次苏曼宁轻轻说了声"好的"，就立刻挂了电话。

郑毅在上级的限定期间内找到铁证，锁定了金一鸣案的凶手，把整个214案一连串的多米诺骨牌式案情，向上级领导做了汇报，得到了上级部门的口头表扬。上级鉴于通缉犯秦向阳在逃，暂不给予郑毅实际奖励，督促其尽快将秦向阳捉拿归案。郑毅信心满满，加大了对秦向阳的通缉力度，督促全省各县市相关部门日夜巡查，并请求外省相关单位协查。

秦向阳这次等得有点久，直到晚上十一点，苏曼宁才联系秦向阳，说她黑了清河县工商银行所有员工的个人电脑，找到了一张2006年农历年底的银行员工合影，调高了像素，给秦向阳发了过去。

秦向阳打开手机，见发来的照片上写着"清河县工商银行迎春晚会全体员工合影"，后缀是公历2007年1月15日。照片上冯伟坐在第一排最中间，男员工都在第一排，冯伟身后站着两排女员工，个个笑得阳光灿烂。

秦向阳想了想，叫赵楚第二天一早拿着照片去找关虹认人，毕竟赵楚有证件。他嘱咐着赵楚，这次去不用多说话，严肃点就行。

第二天，赵楚去了没多久就回来了，一进门他就说："没想到这么顺利！关虹一眼就认出来了！"

秦向阳纳闷道："她不是说不记得对方样子了吗？"

赵楚指着照片第二排中间的一个女人说："就是她！关虹说不看照片是肯定想不起来，她看了照片，说这个最漂亮，一眼就认出来了，我让她再三确认过，她说错不了。"

李文璧也拿起照片看了看，说："长得确实不错！"

"有照片就好办！"秦向阳说着，就给苏曼宁打电话，"你发来的合影里，第二排中间的女人，对，对，最漂亮那个，帮我找找她的资料，详细点，她还在不在银行工作我不知道，你可以先从银行找。"

一个多小时后，苏曼宁回了电话：我比对了清河工商银行全部女员工近五年来的工作照，这个女人叫胡丽娜，现在是借贷部主任。详细资料发到短信里了。

胡丽娜，四十四岁，个人经历比较简单，毕业后在农业银行上班，后来辞职，到他老公罗仁杰的夜总会里帮忙。1999年又回到银行上班直到现在。不同的是，她1999年去了清河县工商银行，而不是以前的农业银行。

胡丽娜老公罗仁杰的资料就多一些。罗仁杰，四十八岁。从资料上看这是个能人，1999年以前，也就是罗仁杰三十二岁之前，干过很多买卖，从台球室干起，承包过电影院和菜市场，赔了钱，又批发猪肉，倒腾工业用盐，看来是挣到了钱，在1997年干起了夜总会。夜总会的名字就叫丽娜夜总会，生意很不错，胡丽娜这才从农行辞职去帮忙。生意红红火火干了两年，没承想因为线路问题，一场大火把夜总会烧了个精光。胡丽娜因为这才又去上班，但不知道通过什么关系去了冯伟的工商银行。那场大火之后，罗仁杰并未一蹶不振，而是重整旗鼓，凑钱搞起了运输队，他自己任队长。这样干了没几年，全国一盘棋的房地产经济开始崛起，清河县也到处都在拆迁。罗仁杰就把运输队改成了拆迁队，给拆迁工作解决了不少难题。秦向阳浏览着资料，很快到了末尾。罗仁杰现在的身份是，清河县杰作地产开发有限公司。

赵楚说："这个罗仁杰不简单啊。"

秦向阳点点头："你看他做过那么多生意，有起有落，好不容易搞出个夜总会，一把火烧了，又搞运输队，又看准机会搞拆迁队，现在还成了地产开发商！这人不光头脑好，还特别要强，要强的人，一定特别要面子。这人相当不简单。"

这时，秦向阳电话提示有短信进来，打开一看，还是苏曼宁发来的，她又补充了罗仁杰的一些资料，还附着罗仁杰的近照。

信息显示，罗仁杰自幼习武，是个练家子，尤其喜欢玩刀，当年开台球厅、包菜市场、电影院，经常带着把甩刀，那甩刀耍得人眼花，就为这，市面上的人给他起了个外号，叫刀哥。信息里还说，当年罗仁杰的丽娜夜总会位于清河大丰桥街道。

大丰桥街道？秦向阳精神一振，想，那不正是大丰桥派出所的辖区吗？这么说来，民警刘常发肯定认识罗仁杰。是个人都知道，在那个年头，夜总会这种场子，少交不了罚款，甭说别的，派出所一个月给你来几个突击检查你就受不了。就冲这个，罗仁杰这种社会人，能不和辖区民警搞好关系？

至于冯伟，从他那拈花惹草的习惯看，肯定也没少去夜总会，那自然也就认识了罗仁杰和胡丽娜。也就是说，后来冯伟和胡丽娜玩制服，应该就是从夜总会时延续下来的关系。怪不得夜总会被烧之后，胡丽娜能去冯伟的工商银行，原来有这层关系摆着。

女人要偷腥，谁也管不住。难道罗仁杰不清楚冯伟和胡丽娜的关系？但像罗仁杰那种要强要面子的社会人，要是知道老婆偷腥的话，肯定不会任其发展。

秦向阳继续想，看来，这个罗仁杰，跟冯伟和刘常发都很熟。那么，当冯伟被刘常发不断勒索时，会不会找这个罗仁杰当中间人呢？

如果找罗仁杰当中间人，倒是个恰当不过的人选。可是罗仁杰为什么杀冯伟呢？难不成真是刘常发告诉了罗仁杰，冯伟睡了胡丽娜？要是这样，罗仁杰的确有杀冯伟的动机。

可是，刘常发又怎会知道胡丽娜和冯伟的事呢？

秦向阳考虑得头脑发昏，喝了一大杯水才觉得好些。他把自己的想法说了出来，尤其想听听李文璧的意见。

他知道李文璧经常性的惊人之语，乍一听无脑，却反而常能不经意间帮他打开思路。

"又是男女关系！"李文璧很赞成他前面的一系列推断，一边走一边重复着秦向阳的话，"可是，刘常发又怎会知道胡丽娜和冯伟的事呢？除非……除非……除非刘常发也睡了胡丽娜！"

"对！除非刘常发也睡了胡丽娜！"李文璧加重语气说，"只有刘常发睡了胡丽娜，才能从胡丽娜的嘴里，得知冯伟也睡了胡丽娜。"

"当罗仁杰替冯伟做说客，去找民警刘常发的时候，刘常发一定对罗仁杰很不满意。就难免拿冯伟睡胡丽娜的事，取笑罗仁杰——你罗仁杰自己的老婆，都让冯伟睡了，你这还替冯伟办事？这么一来，罗仁杰就一定会反问刘常发，怎么知道得这么清楚？刘常发答不上来，就等于默认了他自己也睡过胡丽娜了！"

"这么一来，罗仁杰怎可能受得了呢？ 于是说客变成了下死手，杀了刘常发泄愤。当然，也可能是误杀，但总之刘常发死了，罗仁杰干脆一不做二不休，又去杀了冯伟全家！顺便还杀了个串门的邻居！"

"这样是不是很合理呢？"李文璧说完，认真地问秦向阳。

秦向阳和赵楚被李文璧一连串的推论镇住了。虽然没有任何真凭实据，但不可否认，她的话没有任何逻辑漏洞，既能完美地解释凶手杀刘常发的动机，也能完美地解释凶手杀冯伟的动机，两者之间还天然融洽，绝不矛盾。

胡丽娜是女人，李文璧也是女人，女人分析女人，果然有天然的优势。

现在看来，不管凶手是不是罗仁杰，都得调查。

想到这儿，秦向阳冲着李文璧竖起了大拇指，说："我们现在不是警察办案，一切以证据说话。我现在这个处境，不受办案条条框框的约束，合理地推理，就完全有验证的必要。我想，既然要验证，我们不妨大胆些，直接拿罗仁杰去和王越保留的法医档案做比较。"

"怎么比较？去跟罗仁杰要根头发吗？"李文璧问。

"嗯，就是要根头发。"秦向阳斟酌了一会儿，对李文璧说，"这事还得你来办。"

第二天上午九点，赵楚去婚庆公司租了部摄像机，和李文璧按昨晚商量的办法，去了罗仁杰的杰作地产开发有限公司。

李文璧先进去打听，得知罗仁杰在公司，才回头示意赵楚进去。门卫见这次又进来个抗摄像机的，伸手就把他们拦住了。

赵楚笑着给门卫递上烟，说自己是省里的记者，来这儿做个专访。

门卫得知这两人没有提前约好就来采访，就有点难为人的意思。赵楚知道向来都是阎王好见，小鬼难缠，就又从怀里掏出一条烟来，硬塞给门卫说，我们也不难为你，要不你找个办公室的人出来问问。

门卫乐呵呵地收起烟，把办公室主任叫了出来。

办公室主任是个胖胖的中年人，他了解了情况，斟酌着说："采访嘛，倒是个好事情，不过你们没预约，这又是上班时间，领导呢，也有领导的安排，这事怕是不大好办。"

李文璧赶紧说："预约采访，显得不是有点假嘛，现在政府提倡本色采访，最好连采访稿也不要，说话接地气，少数一二三四，脚踏实地为人民服务。你看咱杰作地产，工作干得相当漂亮，整个清河城市建设的规划布局，日新月异，科学合理，大部分都是咱公司的项目。省里领导怎么想那我不知道，但是省里的媒体对你们清河城建这块，尤其对你们杰作地产，都很关注。所以我们这才不请自来了！再说，有媒体主动对你们采访报道，大领导也会更关注咱清河的城建工作嘛。这种免费的宣传对你们来说，总不是什么坏事情。"

李文璧一席话听得办公室主任眼珠滴溜溜乱转，他咳嗽了一声，说："你贵姓？哦，李记者是吧？看得出来，李记者觉悟很高嘛。我们公司，从一砖一瓦，到楼盘别墅，向来讲究脚踏实地，真材实料！对待采访嘛，从来都不虚头巴脑。你刚才的话，提到了我们公司的不少成绩，嗯，当然，我们也还是有不足的！那个，这还没录像对吧？"

李文璧赶紧说："如果这次采访顺利，我们会专门给您预留一到两分钟时间，当然了，内容要剪辑到领导后面。"

办公室主任摆摆手，笑着说："那个，我就不用了，不过我觉得你的建议很不错，我去跟领导汇报一声。"

李文璧赶紧补充道："我们这次专程采访罗总！"

过了一会儿，办公室主任迈着方步走了出来，跟李文璧说："我带你们进去吧！罗总一会儿有个会，只有十分钟时间。"说着他用指头点着李文璧说，"罗总可是个干实事的人，我可提醒你们，你们来得这么冒失也就罢了，一会儿可别提什么冒失的问题！"

李文璧赶紧说不会不会，跟着主任上了楼。

罗仁杰长相普通，头发一根根短短地竖着，看起来很精神，身体一看就很结实。他没什么官架子，见主任引着记者进来，赶紧离了座，上前一步，跟李文璧握了握手，笑着说："欢迎啊，李记者。"

李文璧亮了亮记者证，笑着说："我们是省报记者，今天没有预约，自作主张，打扰您了。"

罗仁杰笑着摆了摆手。

办公室主任对李文璧说："你们的意思，我都跟罗总汇报了，那咱们就开始？你们看是拍外景，还是？"

罗仁杰沉声说："就在这里吧！哪里都不要去了，一会儿还有个会。你们呢，问得简单点，我呢，也实实在在聊一聊。"

李文璧点点头，叫赵楚打开摄像机，然后问："罗总，您要不要收拾一下？"

罗仁杰说："收拾什么，赶紧开始吧。"

李文璧笑着端详了一下罗仁杰，说："上镜嘛，还是整理一下吧。"说着，她掏出一把梳子，上前一步想给罗仁杰梳头。

罗仁杰摆摆手制止了李文璧，自己从上衣口袋掏出把小梳子，随意地梳了几下。

李文璧见人家自己有梳子，变通也是快，趴到镜头上看了看，然后微皱着眉头说："罗总，您这都有白头发了，我帮你拔一下吧！"说着轻巧地走过去。

罗仁杰知道对方好意，这次倒没说什么。

"别拔！"办公室主任大声说。

李文璧被他吓了一跳，捏着一白一黑两根头发，僵立在那里，不知如何是好。

办公室主任走上去，小心捏住李文璧手里的白头发说："你看，领导的白头发，不正是清河县城建工作丰硕成果的见证嘛！不能拔！都拍上！不但要拍上！还要拍得清清楚楚！"

说着，他又捏住李文璧手里那根黑头发，生气地说："你们这些小年轻，工作就是不细心！怎么连黑头发也拔了！"

罗仁杰无奈地笑了笑，说："没事！"

李文璧松了一口气，说了声对不起，趁着主任不注意，轻巧地拔了几根白头发下来。

接下来的采访很顺利，李文璧驾轻就熟地问了几个问题。罗仁杰回答得也实实在在。山寨采访结束，直到走出公司大门，两人才长长地松了一口气。

秦向阳得知李文璧成功拿到了罗仁杰的头发，很是开心，立刻拿去找当年的法医主任王越。

这次两个人见面的地方还是上次的公园。

王越没想到秦向阳这么快就又约他见面。

秦向阳把一个装有罗仁杰头发的塑料袋交给王越，说："这些头发来自一个嫌疑对象，可惜我没地方做DNA鉴定，只好找你。"

王越抓着秦向阳的肩膀，兴奋地说："你真找到嫌疑人了？"

秦向阳说："是不是他还不确定。有办法鉴定吗？"

王越笑着说："当年我好歹是个法医主任！这点事交给我吧！有了结论立马联系你！"

秦向阳不知道的是，这一天，纪小梅从北京会诊回来，来到清河县找聂东。

纪小梅见到聂东，先把他数落了一顿，骂他竟想把当年做伪证的锅全甩给自己。

聂东又是好一阵道歉，纪小梅才作罢。

聂东见纪小梅火气消了，就说："事儿就是那么个事儿，大不了你、我，还有那个张素娥，咱仨一块儿抗，谁也跑不了！不过呢，那天来的警察，可是真说过我有立功行为。要是我没事了，你自己进去，你可别再怨我了！"

纪小梅疑惑地问："立功？你立了哪门子功啊？"

聂东点上烟，深吸一口，说："一言两语我也说不清，总之我没骗你就是。"

纪小梅沉默了一会儿，笑着说："聂东！别是你在背后耍小心眼，还是想甩锅给我吧？"

这时坐在旁边的关虹插嘴说："我老公真立功了！不骗你！"

聂东听纪小梅那么说，也生气了，他拍着桌子，说："你看这人！咋就不信！那天警察来找关虹，了解一个案子的情况，是我动员关虹交代的！关虹，给她看看视频！"

关虹一听这话，有点犹豫，她不想外人知道自己当年的那点丑事，又见聂东一副无所谓的样子，只好站起来说："好吧！我们这别墅区，大门和客厅都有摄像头呢，我就把那天的视频找给你看。"

很快，关虹找到了秦向阳等人来访的视频。

纪小梅赶紧探身凑过去看，她有点好奇聂东到底立了哪门子的功。

纪小梅盯着电脑画面，慢慢皱起了眉头，她指着画面里的秦向阳说："怎么是他！"

"谁啊？"聂东问。

"这警察姓秦，名字一时想不起来了！大概一个月前，就是他算计我，和这个女的去我家演戏，套了我的话！"说着她又指了指画面里的李文璧。

"不然我不可能承认做伪证的事！这个警察心眼很多！"纪小梅愤愤地说。

聂东生气地说："还是怨你傻，上人家的当！"

聂东的话还没说完，纪小梅突然想到了什么，惊叫着说："不对！不对！这个姓秦的，好像被通缉了！我想想，我想想！"

说着，她挠了挠头，立刻大声说："没错！就是他！他现在是通缉犯！他的通缉令，滨海贴得到处都是。今早我还在我们医院门口那看过！对，对，叫秦向阳！想起来了！"

"啊？通缉犯？他不是警察吗？"关虹吃惊地说。

"是啊！什么情况？"聂东也挠了挠头。

"问我我哪知道啊！"纪小梅说，"反正，我就确定他现在是个通缉犯！"

"你确定？"聂东盯着纪小梅说，"那他说我这立功的事就不算了？"

"废话！通缉犯说你立功你就立功？我就说嘛，你立了哪门子功啊！"纪小梅悻悻地笑着说。

话一说完，纪小梅突然神情一怔，转身就跑。

"干吗去啊你？"聂东问。

纪小梅大声说："重大通缉犯在清河！我报警去！我这才叫正儿八经的立功！"

聂东听见纪小梅的话，傻傻地站在原地。

纪小梅报案之后，聂东家里有关秦向阳等人的那段视频，很快到了郑毅手里。郑毅慢慢拉动着视频的播放条，表面看起来波澜不惊，心里却颇不平静。他实在想不出，秦向阳是怎么从铁桶般的滨海逃出去的，逃出去也就罢了，竟然还没逃远，竟然就躲在紧邻省城的清河县。

郑毅不禁暗暗感叹：秦向阳啊秦向阳，你胆子可真不小！

视频上听不到声音，郑毅带人亲自赶到清河，叫人把聂东和关虹带到了清河县公安分局。

聂东和关虹战战兢兢接受了郑毅的亲自询问。他俩可不傻，虽然不知道郑毅的肩章代表什么官，但从郑毅那不怒自威的气势上，就断定郑毅很有来头。

聂东和关虹把知道的情况详详细细说了一遍，临走时聂东不停地问郑毅："领导，我这算立功吧？"

郑毅不耐烦地把那俩人打发走，立刻返回滨海。

回到自己办公室，他再也坐不住了，不停地在办公室里走来走去。从聂东的嘴里，他得知秦向阳和赵楚、李文璧在一起，秦向阳还向关虹打听628案的有关情况。这令他非常恼火，他没想到，秦向阳在被通缉期间，竟然又打起了那几个旧案子的主意！一个多月前，他和苏曼宁在秦向阳房间里，见过那四份案件的档案，当时他不以为意。

"不行！"郑毅暗暗下了决心。

很快，清河县也到处贴满了秦向阳的通缉令。而且有所不同的是，郑毅升级了通缉令内容：凡直接抓获嫌疑人的，由滨海市局奖励人民币五十万元！提供嫌疑人直接线索被确定有效的，奖励人民币二十万元！

此外，郑毅还命令陆涛带上一部分人直接去清河县公安分局驻扎，现场负责对秦向阳的搜捕行动。他把那四件旧案子相关家属的资料交给陆涛，嘱咐陆涛要暗中派人监视那些家属，他告诉陆涛，秦向阳很可能跟那些家属接触。陆涛不太明白为什么，但还是忠诚地执行了命令。

郑毅的命令是：214案重大嫌疑人秦向阳携带武器，极度危险，如果拒捕，直接击毙！

郑毅比任何人都清楚，一旦秦向阳和警方遭遇，他是绝不会束手就擒的。否则，他当初何必从市局跳窗逃跑呢？也就是说，"如果拒捕，直接击毙"这八个字，等于间接宣布了秦向阳的死刑。

关虹家的监控显示，秦向阳等三个人去过两次，赵楚自己去过一次。陆涛按照他们每次离开关虹家的时间，调取了沿途所有的监控。很幸运，他从监控上发现了目标。他发现目标每次出现都是步行，目标看起来非常警觉，每次经过有监控的路口，都有刻意躲避的行为。

陆涛暗道，这几个家伙太狡猾了！

他顺着监控一直找，最终目标消失在一条街上，不见了。

陆涛把这个情况报给了郑毅。

郑毅很兴奋，夸陆涛干得不错，叫他安排人手，对目标消失的那条街道重点布控监视。

事实上，陆涛所不知道的是，干过侦察兵的秦向阳比他想得还要狡猾。那些天，秦向阳每次返回房子所在的街道，都会在身后撒一些胡椒面，他这么做，是为了防止日后万一有警犬找来，能一定程度破坏警犬的嗅觉。

当然，陆涛此时的布控完全依仗人力，并没使用警犬。

苏曼宁见郑毅在省城和清河县之间来去匆匆，有心打听，才从郑毅嘴里得知他审问了关虹和聂东。郑毅升级了通缉令，令她非常意外，同时又非常疑惑，她想不通郑毅为什么这么做，只能第一时间把情况通知秦向阳。

秦向阳知道情况后，马上意识到自己忽略了聂东别墅里的摄像头，连呼大意。不过，他马上明白了郑毅的想法，看来郑毅是通过升级通缉令，对自己施压，不想让自己触碰那四件案子！

"好，你不让我碰，我偏偏碰给你看！"不过，他也很清楚，接下来自己在清河的一举一动将变得更加危险。

第十九章　两案连启

有了上次关虹的教训，这次秦向阳不敢再大意了。幸亏苏曼宁通知得及时，他想到现在清河到处是通缉令，万一林建刚母亲发现自己是通缉犯，稀里糊涂地去报警，那就麻烦了。他还想到，郑毅升级通缉令，肯定是因为自己在查的案子，那么，郑毅就极可能派人监视那些案子的家属。看来后边的调查越来越难了。

天一黑，秦向阳叫赵楚去林母家附近侦查侦查情况，赵楚可是老侦察班长，这点事难不住他。谁知赵楚刚打开门，就迎面碰到了林母。

赵楚大吃一惊，把提着菜篮子的林母让进去。

林母一进屋，赵楚赶紧上了街。他站到路边的阴影里，一边抽烟，一边警惕地观察着路上情况。随着烟头星火的闪动，他心里合计着可能的突发局面，他知道，万一有人跟踪了林母，那他这次只能动手了。

还好，十几分钟过去了，他没发现意外情况。那就只有两个解释，要么是负责监视的人员还没到位，要么是监视者仅仅盯着林母小区附近，不管哪种情况，这次都算是运气不错。但不管怎样，郑毅这次一定会安排人手监视那些家属，在这一点上，他和秦向阳判断是一样的。想到这儿，他也不禁皱起了眉头。

林母进门，就一脸疑惑地对秦向阳说："怎么街上都是你的通缉令啊？你不是警察吗？我这买完菜都顾不上回家，特意来问问。"

秦向阳知道瞒是瞒不住了，就把从214案案发到现在的情况，一五一十跟林母讲了一遍。

林母听完惊得合不拢嘴。

李文璧赶紧接着说："林阿姨，还有个好消息要告诉你，我们找到了一个628案的嫌疑人，他到底是不是凶手，很快就有答案了。"

"真的吗？"林母紧紧抓着李文璧的手，颤抖着问。

"真的！我们怎么可能骗你呢？"李文璧说。

"好！好啊！有了消息你们马上通知我啊！打电话就行，跑来跑去不安全。"林母叹着气说，要是真找到凶手就好了！建刚就能出来了！"

说完她放下李文璧的手，又道："闺女我回去了！放心，我还没老糊涂，不会出卖你们的！"

深夜的清河县也失去了往日的宁静，时不时有闪着警灯的车，从秦向阳住处外的街道上飞驰而过。

秦向阳意识到时间越来越少了，他打开手机电子存档，同时翻出了两份档案。这次，他要同时查两个案子：903强奸杀人案，719杀人碎尸案。

903强奸杀人案的案情极为简单，但是网上关于这个案子的讨论却最多。

903案件的凶手叫刘正龙，2007年案发时，仅仅二十一岁。

刘正龙母亲谭芳，算是个网络名人，从儿子认罪的那天起，她就开始了漫长的上诉历程，这么多年下来，上访的费用早耗尽了一家全部的积蓄，最后连房子都卖了。

网上到处是刘正龙案和谭芳的消息，这些年来也曾有不少律师找到谭芳，帮她上诉打官司，但最后都不了了之。不用说打官司，谭芳最初上访时，和一名律师为了能借阅到刘正龙的卷宗，就耗费了两年时间。

但是单纯就卷宗来看，903案却极为简单。2007年9月3日傍晚七点钟，清河县西关滨海化工有限公司（也就是清河西关发现油矿后，建立的那家国有化工厂）的女工陈爱梅，下班回家，在路上被先奸后杀。案发现场位于郊区的一片玉米地，也是陈爱梅上下班的必经之地。死者的尸体就藏在那片玉米地里，尸体旁边有一眼废弃的机井，机井上盖着一块厚重的石板。死者下身赤裸，衣物被藏在机井石板下的缝隙里。

算起来，那个国有大化工厂也算跟秦向阳有缘了，第一次到那儿，是跟陈凯和李文璧去西关找当年的邮筒；第二次路过，是最近从滨海坐那辆拉砖头的车逃跑。

他感慨一番，继续研究资料。

直到陈爱梅死后第八天，人们才找到了她的尸体。当时尸体已经出现不同程度的溃烂。清河当地警方查了半个月，也没抓到凶手，鉴于死者家属强烈要求，死者尸体一直未被火化，被保存在市医院的太平间里。案件被媒体曝光，弄得化工厂的女工人心惶惶，社会影响非常恶劣。当然，这个案子真正火起来被社会全面关注，是在刘正龙认罪，其母谭芳不言放弃地上访了五年之后。

滨海市局很快又派出了专案组。组长郑毅，副组长是清河县公安分局刑警副队长周学军。

案子被郑毅接手后，三天时间锁定了嫌疑人刘正龙，七天拿下口供。更主要的是，刘正龙的DNA信息和死者体内精斑的比对结果完全一致。

据刘正龙供述，9月3日傍晚七点多，他骑着自行车路过那片玉米地，遇到下班回家的陈爱梅，见对方年轻漂亮，起了色心，把陈爱梅拉到玉米地里实施了强奸，事后和陈爱梅商量和解，遭严厉拒绝。陈爱梅坚决要报案，刘正龙起了杀心，掐死了陈爱梅。

从这份资料里，秦向阳看不出任何疑问，倒是一份附在卷宗后面的上诉书引起了他的兴趣。

上诉书是刘正龙一审被判死刑后提交的。薄薄的一页纸上写着七八行字，字迹工整，无一处修改，无错别字，无病句。以秦向阳的经验判断，这么整洁的上诉书应该是抄写的。

上诉书内容大意是刘正龙提起自己太年轻，不懂法，一时冲动，认罪态度较好等，请求轻判。上诉书右下角有刘正龙的签名，名字上盖着手印。名字后面是日期，2008年5月11日。

秦向阳看完上诉书，又看了看刘正龙的死刑执行日期，顿时大吃一惊，卷宗里的行刑日期是2008年4月21日。

这怎么可能？上诉日期怎么会在死刑执行日期之后呢？

秦向阳皱着眉头，继续往后看。

电子文档最后面附着两张行刑现场的照片。照片是黑白色的，一张是刘正龙跪在前面，身边四名警察正在对他的身份做最后的确认。另一张是行刑之后的照片，刘正龙面朝下趴在地上。

照片下面写着一行小字，行刑场地：清河北郊荒废沙场。

沙场？沙地？

秦向阳仔细看了看照片的执行场地，越看越纳闷，怎么看都觉得照片上行刑的地方不像是沙地，反而更像雪地。

他判断是雪地的主要理由是：

一、第一张照片里，刘正龙穿着羽绒服，身边的四名警察，三人穿制服，一人穿便服，但看样子都穿得比较厚实。

二、第二张照片里，刘正龙尸体的前后左右，有多处脚印，脚印很深，很清晰，一看就是在雪地上踩出来的，沙地的脚印怎么可能这么清楚呢？

三、刘正龙头部流了很多血，有一大摊血从他的头部淌出去，看着很瘆人。从那一大摊血迹的渗漏程度判断，血下面应该是雪地。如果血液流到沙子里，不可能留下那么多痕迹。

可为什么卷宗上写着沙地呢？秦向阳想不明白。他又看了看行刑日期，2008年4月21日，突然一拍桌子，心想：查查不就知道了嘛！

他毫不犹豫地拿出电话，又给苏曼宁打了过去。

苏曼宁还是第一时间接起了电话，她轻轻地喂了一声，就不说话了。她知道秦向阳找她肯定有事。

秦向阳这次的语气客气了很多，他咳嗽了一声，才说："又要麻烦你了，帮我找找2008年4月21日的天气情况，清河县的，看看下雪没。"

苏曼宁立刻挂了电话，还是什么也没多问。

很快苏曼宁就回了短信：清河县，2008年4月21日，晴，最低气温十点五摄氏度，最高气温十七摄氏度。

秦向阳一看短信愣住了：怎么会这样？难道刘正龙的死刑执行日期有问题？

如果有问题，那会是什么原因呢？

他又打开电脑搜索刘正龙，很快就找到不少相关内容，他发现竟然有不少帖子都是讨论死者的行刑日期的。近几年来，这份卷宗的很多内容被谭芳和她的律师先后发到了网上。

对这个问题，很多网友一致认为，死者的行刑日期被大大延后了，至少被延后到了2008年冬天。延后的原因，网络上有很多传闻，说这件事跟器官移植有关，很可能是有富商移植了刘正龙的肾，行刑日期被延后，是为了配合肾脏移植手术的需要。

作为警察，他很清楚，我国有很长一段时间，人体器官的合法来源，主要有两个，一个是红十字会，一个是死刑犯。就算是刘正龙的肾被富商移植了，只要程序合理，也在法律许可范畴之内。

他走到窗前，点上烟深深地抽了一口，然后长长地叹了口气：看来这件事背后的隐情太多了。他想，不管网络上的分析和传言是不是真的，多么甚嚣尘上，最根本的原因，还是案子本身有问题，就是说，这案子也是个冤案！要是案件本身没问题，刘正龙就不会死，那么，也就不会引起普通群众那么广泛的关注和讨论，更不会有刘正龙的母亲坚持上访多年，还卖掉了房子。

他知道，不管案子背后有多少隐情，牵扯什么人，那都不是他该操心的，他能做的，就是先把真凶揪出来。

719杀人碎尸案的案情也不复杂。

2008年7月19日，新婚夫妇谢正伦和妻子孙晓玉，蜜月归来后的第二天晚上，孙晓玉在清河郊外自家别墅卧室里被杀，并被残忍分尸成了若干块，家中丢失黄金首饰及现金若干。案发时，别墅所有门窗都是封闭的，门从外面上了锁。

案发后，本地有名的企业家，清河化肥有限公司的董事长，谢正伦的父亲谢坤，给警方施加了很多压力，并让媒体曝了光。谢坤有钱有势，这么做在情理之中。这使得清河分局又申请市局成立了专案组，专案组组长还是郑毅。

郑毅很快锁定孙晓玉的新婚丈夫谢正伦为重大嫌疑人。理由是，别墅门锁没有任何撬动痕迹，经专家检查，也排除了有人使用万能钥匙等工具进入的可能。就是说，只有谢正伦不用破坏门锁，能光明正大用钥匙开门。而且警方在谢正伦衬衫多处位置，发现了死者孙晓玉的血迹，另外在案发现场的木质地板上，还提取到了谢正伦带血的足迹。此外，在案发现场，还留有谢正伦少量的呕吐物。除此之外，现场未发现任何第三者的指纹和痕迹。这些直接物证和间接物证，都指向谢正伦。

警方对尸块进行检验，发现孙晓玉怀孕了。当时的专案组长郑毅，让人拿婴儿胚胎跟谢正伦做了亲子鉴定，结果令人吃惊，胚胎和谢正伦NDA相似率仅为百分之二十点零三，也就是说，孙晓玉怀的不是谢正伦的孩子。因此，警方判定谢正伦具有作案动机。

谢正伦辩称，自己去市里买完东西回家，发现门是从里面反锁的，钥匙打不开门。他以为孙晓玉从里面锁了门，就叫门，但没叫开，打电话也没人接。他以为孙晓玉睡着了，只好返回车里等。过了一会儿，他又去叫门，发现门已经开了，进门后他才发现妻子惨死。他上前碰触过妻子的尸体，并当场呕吐，后来才跑出去报警，报完警一直留在自己的车内。

警方问他，为什么出警时房门是锁着的？

谢正伦说，他出门报警时，担心万一有人进入房间破坏现场，就用钥匙锁上了房门。

在警方和法庭看来，谢正伦外出报警锁上房门的说法，很难自圆其说。因为一般人在那种情况下都会极度紧张，很难再产生"万一有人进入房间破坏现场"这么冷静的想法。

谢正伦又辩称，要是自己杀人，又何必从现场拿走那么多财物呢？

警方认为拿走财物是凶手迷惑警方视线。

另外，谢正伦拿不出有力的不在场证明。

对此，谢正伦辩称，当晚他们夫妻二人在家招待朋友。自己喝了酒，孙晓玉喝得比他还多。他就去城里买了些葡萄糖，还有营养品。由于新婚别墅在郊外，加上自己酒后开车慢，从县城买好东西回去的路上，就用了将近一小时。他坚称孙晓玉被杀时自己正在开车，但拿不出证据。

看到这儿时，秦向阳无奈地摇了摇头，这种案子要搁到现在就好处理多了，但719案的年份是2008年，那时装行车记录仪的很少，更不像现在，城里、小区到处都是药店，否则，谢正伦就算真去买那些东西，也用不了多久。

最后，谢正伦一审被判死刑缓期两年执行，后来谢坤也在外面积极托人托关系，法院最终以本案事实清楚，但证据链不完整，判谢正伦无期徒刑。

不过最令人不解的是，法院一审之后，谢正伦居然放弃了上诉。

这一夜秦向阳睡得很不踏实，一方面是因为这两份卷宗，一方面是因为郑毅对案子相关家属的监视，使接下来的调查愈加困难。

第二天赵楚和李文璧也参与进来一块儿讨论案情。

李文璧说刘正龙的案子，他们干记者的，多多少少都听说过，关于刘正龙行刑日期的疑点，以及肾脏可能被富商移植的网络传言，秦向阳没兴趣。他自顾尚且不暇，更没能力去蹚那摊浑水。他眼前最重要的事，就是把这些案子查清楚，找出真正的凶手，从而引出214案的凶手，才能把自己的嫌疑撇清楚。他也坚信，只要抓住那些冤案的真凶，那么再大的黑幕，再深的水，也总有澄清的一天。

赵楚一直眉头紧锁。他和秦向阳担心的事一样，郑毅把案子的家属都监视了，接下来该怎么办呢。

正当这几个人一筹莫展之时，秦向阳的电话响了。来电人是王越，他赶紧接起电话。

王越的声音听起来平静，却难掩他内心的兴奋。

他说："你送来的头发鉴定结果出来了，跟我保存的那份DNA信息完全一致！秦向阳，有你的！我当年的委屈没白受！"

秦向阳等人一听，喜出望外，互相击掌庆贺。

这个鉴定结果看着很简单，意义却很重大。它证明了马晓莲右手指甲皮肤组织的来源，是杰作地产的老板罗仁杰。

马晓莲是公交职员兼公交公司反扒队人员。

罗仁杰是个大老板，大老板会坐公交车吗？

即使大老板可能坐公交车，他也绝不可能是扒手。他不是扒手，就绝不会平白无故，把自己的皮肤组织留到马晓莲的右手指甲盖里！

换句话说，只有罗仁杰是628案的凶手，他才可能在2007年6月28日那天，被马晓莲挠过！

每个案子，真相只有一个，合理的推理却有很多，当自己的推理跟真相画上等号，这份喜悦怎能不让人振奋。

说郑毅当年忽略了第二份DNA证据也罢，急于破案也罢，总之，郑毅把628案搞错了。但是对秦向阳来说，现在唯一的疑问是：林大志是如何获知628案有问题，从而去威胁郑毅呢？

这个问题，单靠思考是不可能有答案的。秦向阳摇了摇头，暂时把这个疑问按了下去。

王越接着问秦向阳："接下来你打算怎么办？把证据交给警方，让他们去抓罗仁杰？"

秦向阳果断地说："不！我现在是个通缉犯，泥菩萨过江自身难保。老王，你先保存好那份证据。你也知道，我还有三个案子。最后，我会跟所有凶手做个了结！"

王越说："现在全市警察都在抓你，你打算怎么办？"

秦向阳没有回答王越，忽然问："2007年9月3日，刘正龙的案子你知道吗？"

王越顿了顿说："知道，但不了解具体情况。我跟你说过，那年10月我就辞职了。"

"也是。那你认识周学军吧？你们分局当年的副队长，903案子的副组长。"

"周学军，我老铁。不过他退休了。"

"退休了？"

"嗯。当年我辞职不久，他就跟着退休了。"

"正常退休？"

"呵呵，他比我还小两岁，你说正常不正常？"

"你意思是他的退休，和903案有关？"

"也不是，他是因病退休，现在还没停药，这都多少年了！他不愿意跟人聊案子，我也不问。我俩，算是同病相怜呐！"

秦向阳搓了搓额头，说："老王，你能不能约到周学军？我想和他见个面。"

王越说："我试试吧！这要是以前，我没把握。可你破了628案，我估计能行。我这些年的心结被你破了，我就不信他不动心！"

秦向阳说："你约到他，一块儿来我这儿。我现在外出很不方便，一会儿我把地址发给你。"

挂断电话，秦向阳说："我们怕是很难接触到903案的家属了，希望这个周学军能帮到我们。"

赵楚点点头，对秦向阳说："不管怎么说，我们还是找到了628案的真凶，后面的再难也要查下去，我一定帮你洗脱嫌疑。"

李文璧也跟着说："对啊！秦向阳，别忘了还有我呢！我会陪你走到底的！那么现在，我们是不是再捋捋628案的过程？我早晚要把它们都写成报道！"

秦向阳一听笑了，记者最关心的永远是报道真相。

他点上烟，把自己想象成罗仁杰代入案件，捋了一遍628案的过程。

628案案发前一个月左右，林建刚跟踪妻子关虹，眼看着关虹和行长冯伟走进了酒店808房间。于是林建刚打了110，谎称酒店808房间有人吸毒。接警后，大丰桥派出所民警刘常发带着人赶到808房间。刘常发没找到毒品，却意外撞见冯伟和关虹偷情。于是刘常发动了歪脑筋，用取证的相机给冯伟和关虹拍了照，进而要挟冯伟。至于刘常发是怎么认出冯伟行长的身份，以及知道冯伟要升职的细节，这个就不得而知了。

事后冯伟给了刘常发一笔钱，想买回刘常发手里的照片。

刘常发哪那么好打发？反而三番五次继续要挟冯伟。

冯伟见这么下去不是办法，就想找个中间人，说和说和这件事。找谁呢？他突然想到了社会哥罗仁杰。罗仁杰虽然做上了房地产公司老板，但以前开夜总会时，冯伟是常客，两人关系不错，更何况夜总会被烧以后，冯伟还把罗仁杰的老婆胡丽娜弄到自己银行上班，有这份人情在，他罗仁杰不帮冯伟的忙肯定说不过去。

冯伟还想到，罗仁杰开夜总会时，肯定没少打点刘常发。这么想来想去，冯伟就觉得，这事还真得罗仁杰来办不可。于是就找到罗仁杰，说明了情况。

罗仁杰也仗义，很痛快地把事揽了下来。

6月27日傍晚，罗仁杰约刘常发吃了顿饭。饭后回家的路上，罗仁杰找了个人少的去处，对刘常发讲明了自己的来意，事差不多就行了，希望刘常发给他个面子，不要太过分。

谁知刘常发根本不吃这一套，还摆出一副公事公办的样子，说要把冯伟的钱退还，然后把冯伟和关虹的偷情照片交给上级。

刘常发的话，令罗仁杰很是恼火。

刘常发见罗仁杰生气，进而取笑罗仁杰，说当年罗仁杰开夜总会，还不都是靠他罩着？那意思，就是你罗仁杰别把自己太当回事！一个混混出身的老板，还来我面前当和事佬？

这么一来，罗仁杰就和刘常发起了口角。两人在争吵中，刘常发进一步取笑罗仁杰，从而不小心说了一个小秘密——也就是冯伟和胡丽娜偷情的事。

刘常发很可能是这么说的："你罗仁杰还有闲心思，跟这儿帮冯伟擦屁股呢？冯伟连你老婆都睡了！"

罗仁杰脾气火暴，但做生意多年，心思却也精明，听刘常发这么说，立刻反问："你怎么知道冯伟睡了我老婆？"

这明显是件极私密的事！刘常发自知失言，支支吾吾说不出来。

罗仁杰当即明白，这种事，也只能从床上打听到了！刘常发肯定也睡了自己老婆，两个人在床上少不了浪言浪语，这种事怎么会瞒得住！

罗仁杰进而才想明白，怪不得胡丽娜能进冯伟的银行？这两人早就有一腿啊！自己当年的夜总会，成了绿帽子批发中心了！

这么一想，罗仁杰顿时怒火中烧，狠狠地把刘常发揍了一顿，没承想出手太重，把刘常发给打死了！也正因如此，才在现场留下不少痕迹。可是正如秦向阳当初接触档案时分析的那样，罗仁杰不但精明，而且冷静，事后他处理了现场。之后又恰巧下了一场大雨，导致警方在刘常发被害现场没提取到有价值的线索。

说来凑巧，那天刘常发正带着枪。罗仁杰见刘常发死了，干脆一不做二不休，拿了刘常发的枪，第二天中午去杀冯伟。

巧上加巧的是，6月28日那天，林建刚也因为老婆关虹的事，去冯伟家大闹一场，盛怒之下，还打碎了镜子，并且跟冯伟大打一场，被扯掉了头发，还留下了不少皮肤组织信息。

林建刚刚走，罗仁杰就杀到了！

冯伟见罗仁杰来了，以为他帮自己把事摆平了，很高兴，还拿出来两瓶茅台酒，准备让罗仁杰带走。

谁知罗仁杰上来就质问冯伟："你睡了我老婆胡丽娜？"

罗仁杰这一问，让冯伟很尴尬，只好说："这是干什么？那个林建刚来家闹了一场才走，你又来家闹这一出！你出去！"

刘常发已经死了，杀一个也是杀，杀一家也是杀。接下来就是卷宗里描述的那样，罗仁杰杀了冯伟一家。马晓莲上门劝架，也被杀灭口。临走前，罗仁杰很冷静，把冯伟拿出的那两瓶茅台放在煤气灶上，想毁灭现场。

罗仁杰，本来根本不认识林建刚。但他又想起冯伟说林建刚也来闹过，就辗转找到林建刚，跟踪到林建刚住处，等到天黑趁人不注意，把作案用的那把尖刀，绑到了林建刚摩托车后座下面。这是个很巧妙的栽赃陷害，时间点和动机上都卡得很好，正是他的这个栽赃，把后来的郑毅也给绕了进去。做完这一切，他又把刘常发的那把枪丢进城外的清河里。

"很完美的过程回放！"李文璧说着，关掉了录音笔。

"完美有什么用！"秦向阳叹了口气说，"那些被冤枉的人，再也回不去了！"

实际上秦向阳还原这个案件，确实跟真相几乎无差别——6月27日傍晚，罗仁杰的确约刘常发吃了顿饭。酒后回家的路上，罗仁杰又对刘常发表明自己说客的身份——只不过，有一点秦向阳不可能想到，6月27日那晚吃饭时，还有个人作陪。

谁?

大志警用器械制造有限公司的副总李铭。

罗仁杰的房地产公司少不了消防器材和保安用品，是林大志他们公司的客户。那晚的饭钱都是李铭付的。饭后已是夜里十一点左右，是李铭开的车。刘常发非要在自己小区附近下车，罗仁杰跟了过去，提出再去KTV玩会儿，顺便说点事。刘常发以时间太晚为由，拒绝了。罗仁杰就把刘常发拉到路边，说出了自己的说客身份……

2007年的小县城摄像头少，夜里十一点左右行人更少。罗仁杰跟刘常发动了手，互相扭打到绿化带里时，李铭的车就在路边停着。李铭坐在驾驶室里，见罗刘两人打了起来。对方在黑暗中，他看得模模糊糊，不知道怎么回事，想去拉架，后来又放弃了。

他一早就知道罗仁杰的火暴脾气，性子上来了，可能连他这个拉架的都打！可是你不去拉架，这么干看着就更不像话！当时李铭也喝了些酒，神经就有些大条，以为两人打架没啥大事，就带着"少管闲事"的念头驾车离开。

直到案发后通过报道，李铭才意识到罗仁杰那晚冲动之下杀了人，还抢了枪械。而628案里，凶手用的正是刘常发的枪。李铭再傻也能猜到，628案和刘常发之死，都是罗仁杰干的！

李铭是一阵后怕，事后找到罗仁杰，装得跟没事人一样。他挑起话头，说起6月27日那晚自己喝多了，罗仁杰一下车自己就开车走了。那意思就是让罗仁杰知道，他李铭确实啥也不知道。

罗仁杰呢，做了案也很淡定，装得没事人一样。

后来，李铭还是把这件事告诉了老板林大志。

林大志可不笨，知道这事不能声张。

后来，林大志又通过新闻得知，郑毅抓获的凶手叫林建刚，他立刻意识到郑毅把案子办错了。

接着，他想起公司对市局的投标，多次失败。要想成功，就得先过郑毅这一关。怎么拿下郑毅呢？靠送礼肯定没用。于是他想到了胁迫，拿628案做文章。

等郑毅把林建刚抓走后，林大志就秘密地找了几个枪手，去网上散布了一些负面消息，说628案的被告是冤枉的。林大志的算盘打得不错，他想先散布一些这样的消息，引起郑毅的恐慌。等到下次市局再招标时，就去找郑毅谈判，让郑毅帮他促成市局下一次的竞标合同，他呢，则帮郑毅保守案件的秘密。

这就是林大志第一次在网上散布冤案的过程。

而张启发呢，当时还是个小律师，他从网上意外发现"628案"可能是冤案的消息，鼓起勇气就跑去给林建刚当代理人，最终也没捣鼓出什么名堂。

但是现在，这一切对"通缉犯"秦向阳来说，还是个疑问。

|第二十章　在地图上赌博|

书归正传。秦向阳没想到王越的动作很麻利，第二天就来到他的住处。跟他一块儿来的，应该就是清河分局前刑侦副队长周学军了。

周学军的样子很憔悴，身体看起来很臃肿，确切说，应该是浮肿，岁数看起来比王越还要大。

王越作为中间人，简单地做完介绍，大家就算认识了。

周学军慢慢地坐在沙发上，抬起略微浮肿的眼皮看了看秦向阳，说："你就是秦向阳？"

秦向阳点头。

周学军说话很慢，他一字一句地问："能说说你是怎么找到628真凶的吗？"

秦向阳点点头，简略地把调查过程说了一遍。

之前王越也不知道具体情况，听起来就格外认真，等秦向阳说完老半天了，他还呆呆地盯着前方。

周学军咳嗽了一声，王越才一下子回过神来，冲着秦向阳伸出了大拇指。

周学军也点点头，说："不错！当年我也参加过628案，专案组他们过来后，我就成打杂的了。真没想到，哎，真没想到是这样！"

秦向阳笑了笑，没说什么。

周学军说："你的情况，王越和我说了，接下来你真要搞903案？"

"是的。"秦向阳很干脆地说。

周学军掏出烟点上，给其他人发了一圈，才沉吟着说："903案，难的不是破案，而是抓人！"

"抓人？"秦向阳问，"你早就知道案子有问题？"

周学军把眼一瞪，生气地说："废话！不然我病情能加重？能成现在这个屌样？这都是气的！"说着他拉起裤腿露出皮肤，用指头往上按了按，结果这一按就是一个窝，指头抬起来，但窝里肉弹不起来。

秦向阳一惊，他虽然不知道那是什么病，但看情况，能断定是个慢性病，而且病的时间肯定短不了。

他从李文璧手里接过一杯水，递给周学军，说："您是前辈，我佩服。"

周学军轻轻哼了一声，说："不用说那些没用的。903案，你注意过没？郑毅领着专案组来了之后，被害人的遗体很快就被火化了。"

秦向阳道："这点卷宗上没说，难道尸体里的精液有问题？"

周学军摇摇头说："尽快火化尸体，是为了避免家属瞎闹，制造不利于破案的舆论环境，在这件事上，郑毅是果断的，比我强。"

秦向阳说："那案子的问题在哪儿？"

周学军说："当时的专案组成员，包括郑毅，也包括我，都没怀疑过案子办得有问题。直到抓住刘正龙，我因病提前退休，案子才出现了新的情况……"

接下来，周学军慢慢简述了事情的经过。

2007年9月3日晚上七点多，女工陈爱梅被害后，警方从陈爱梅身上提取到精液若干，从而判断陈爱梅被先奸后杀。然后有一点显得奇怪：那些精液，并没有进入陈爱梅体内，而是附着在其阴户外面。

当时的清河公安分局副队长周学军分析，凶手是刺激过度，体外射精。表面看案情很简单，顺着精液抓到人，案子也就破了。周学军带人对清河西关周边厂矿企业的男工人进行逐一排查，提取血液做DNA鉴定，这样一来速度就慢了。警方这边查得慢，被害人家属那边闹得凶，上级才又成立专案组，限期破案。

郑毅的排查方法和周学军的一样。只不过郑毅的作风是不眠不休，讲究高效。在周学军的排查结果基础上，他很快锁定了犯罪嫌疑人刘正龙。经比对，刘正龙的DNA跟被害人身上的DNA信息完全一致，郑毅立刻把二十一岁的刘正龙捉拿归案。

审讯时，刘正龙承认，上下班会经过案发的那片玉米地，也承认2007年9月3日晚，大概七点左右，从玉米地旁边的路上回家，但就是不认罪。

不认罪，最好能拿出不在场证据，可是刘正龙拿不出。后来，刘正龙说了一件事，令警方一度费解。

他说9月3日傍晚六点左右，去嫖过娼。

当时，清河西关有很多洗发店。警方按刘正龙所说，在名为"小上海"的洗发店，找到了卖淫女刘芸芸。经过一番对质，刘芸芸才认出来刘正龙，承认9月3日傍晚六点左右，刘正龙确实光顾过。

警方问刘芸芸为什么这么确定。

刘芸芸说，9月4日她来了大姨妈，所以对大姨妈来临前一天的事有印象。9月3日那天，刘正龙是她第一个客人。店里一共就两个姐妹，平常一般是晚上七点左右开工。那天另一个姐妹有事，刘芸芸早去了一个钟头。她一去，刘正龙就上门了。

既然嫖娼在先，为何又强奸杀人呢？这不合常理，令人费解。但这个疑问，完全不能作为刘正龙的不在场证据，更不能证明刘正龙不是凶手。相比之下，被害人身上那些刘正龙的精液，则是铁一般的证据。

先嫖娼再强奸杀人，郑毅也理解不了。可是作为刑警，理解不了的案情多了去了，正因如此，犯罪心理学才丰富多彩。

郑毅认为案情清晰，证据确凿，才把刘正龙交付检察院。后来，刘正龙被判了极刑。

案子转折点发生在刘正龙被抓，周学军因病退休之后。

那是2017年10月，有天晚上，递交了内退报告的周学军，跟清河西关的几个朋友在外边吃烧烤。邻桌传来的说笑声引起了周学军的注意。

邻桌坐着两男一女，男的流里流气，女的叼着根烟卷儿。周学军往旁边看了一眼，只觉得那个女的面熟，仔细想了想，才记起来，邻桌的女人正是"小上海"的按摩女刘芸芸。

刘芸芸当时正述说一件事，把同伴逗乐了。

周学军仔细听了听邻桌的谈话内容，一下子就流下汗来。

刘芸芸在讲述一件对她来说有趣的事。

她说，上个月的一天，她接待了一个很奇怪的客人。怎么奇怪呢？

刘芸芸平常接待完客人，都是用卫生纸把避孕套包起来，扔到垃圾桶里。那个客人完事后，走到门口，然后好像突然想起来什么，又转身从垃圾桶里捡起两个用卫生纸包着的避孕套。

刘芸芸好奇，问对方干啥呢？

对方说刘芸芸服务好，所以帮着把垃圾带出去。

"真是个土鳖！说我服务好，帮我倒垃圾呢！服务好，你咋不多给我钱呢！"刘芸芸的声音很尖锐，被周学军听得一清二楚。

事情听起来确实很怪。周学军干了半辈子刑警，也没听说过有嫖客临走，还帮着小姐倒垃圾的。引起周学军注意的，倒不是这件事的稀缺性，而是刘芸芸这个人。9月3日当晚六点，刘正龙找的按摩女就是刘芸芸。周学军听刘芸芸说出这么一件奇怪的事，当场就决定详细问问。

事情很好办。周学军刚内退，外人不清楚这一点。此前因刘正龙在9月3日晚嫖娼的事，刘芸芸多次去专案组接受调查，所以她是认识周学军的。周学军连唬带吓，在"小上海"按摩店，对刘芸芸进行了一次详细的盘问。

经过盘问，刘芸芸交代，她说的事情就发生在9月3日晚上。具体几点？刘芸芸记不清，她告诉周学军，那个奇怪的家伙，是她那晚的第二个客人。

9月3日。

第二个客人？

周学军问她为啥记得这么清楚。

刘芸芸说："上个月9月4日来的大姨妈……大姨妈前一天，接待的第一个客人叫刘正龙，被你们抓了，第二个就是那个奇怪的家伙，当然忘不了。"

周学军立刻警觉起来。按刘芸芸的说法，那个奇怪的家伙，是在刘正龙走后不久去到"小上海"的。可是他完事后，为什么又突然把垃圾带出去的呢？换句话说，那个奇怪的人，临走时带走了两个避孕套，其中一个避孕套里，有刘正龙的精液！

903案被害人身上的精液，为什么被洒在阴户外面呢？周学军想起903案的这个事实，不由得对刘芸芸嘴里那个奇怪的人产生了强烈的怀疑。

周学军讲述到这里就停了下来，一口气喝了半杯水。

秦向阳趁机问："你怀疑那个奇怪的人就是凶手？他带着刘正龙的精液回到案发现场，洒到了被害人陈爱梅身上？"

"逻辑上是合理的啊！不然那个人为啥要带走避孕套呢？"李文璧插话。

周学军清了清嗓子，说："当时这个想法只是一闪而过，我也没往深处想。但接下来，刘芸芸把我那个念头砸实了！"

"怎么回事？"王越忍不住好奇地问。

周学军说："后来我继续盘问那个人的体貌特征。刘芸芸说，那人身上沾着很多玉米须。"

"玉米须？"秦向阳惊道。

周学军说："是的！玉米须！刘芸芸当时还嫌弃他脏。那人说，在地里干了半天活，身上沾着玉米须很正常。你们觉得正常吗？一个身上沾着玉米须的人，嫖娼完带走了两个避孕套。除了他自己那个，另一个套里恰好是刘正龙的精液——由此，我不得不怀疑，那个人才是903案的凶手！"

李文璧说："可是凶手为什么在玉米地掐死陈爱梅，又去嫖娼呢？"

沉默了半天的赵楚突然说："从事实倒推原因，只能是凶手不想奸尸——强奸实施前，陈爱梅一定曾剧烈挣扎，否则她不会被掐死。不管凶手掐死陈爱梅是有意还是无心，当他发现对方已死亡，而激昂的兽欲却未得到发泄，那么他去嫖娼就顺理成章了！"

"完全同意！"周学军赞赏地看了看赵楚，说，"而且从刘芸芸描述的细节来分析，那个家伙带走避孕套，应该是一时兴起，像是突然使坏的恶作剧。刘芸芸说过，那个客人完事后，走到门口，然后好像突然想起来什么，又转身去垃圾桶里捡拾避孕套。"

"刘正龙真倒霉！"李文璧叹道，"他干吗要嫖娼呢！哎！而且时间点那么寸！他要是去得晚一点，又何至于被坏人捡走避孕套呢！"

等李文璧感叹完，秦向阳才问："那家伙的体貌特征呢？刘芸芸总能描述点什么吧？"

周学军慢慢说："问得好！那家伙个不高，很黑，身体强壮，一脸麻子！对我来说，他算个老熟人了！"

听了他的话，大伙都很吃惊。

周学军说："那家伙不是第一次作案。903案之前，他身上就背着两条命案。"

"还有命案！"王越也不禁感叹起来。

周学军点点头，说："那家伙叫孔良田，小名孔二狗。903案往前数十六年，那时我干警察没几年，接的第一个刑事案子就是他干的，也是强奸杀人案。他把那妇女奸杀后，把尸体扔进了他们村后的水井里。那是他犯的第一个案子，当时我们不知道谁干的。到那附近村里调查，你猜怎么着？问十个村民，能有九个说是孔良田干的。这个孔良田啊，真是臭名远扬！一脸麻子，个不高，又黑又壮，打小不是个好东西，上小学就敢偷看女老师洗澡，赶集调戏妇女，看电影猥亵小媳妇，这种事多了去了。当时吧，我们就去找孔良田，但这小子跑了。我们就拿提取的精液，跟孔良田家里找到的信息比对，还真是他。

"那小子，家里一穷二白，爹娘也死得早，就剩那么三间破瓦房。打那往后，逢年过节，局里没事，我都去他们村蹲守，看这家伙回不回来。你猜怎么着，我这一蹲就是七年，连个人影都没见着。

"再后来，昌源市那边出了个案子，也是强奸杀人，发过通报来叫我们协查，一看案子情况，手法和我经手的第一个案子一模一样，都是强奸后或者强奸过程中，把被害人掐死，再把尸体丢进枯井里。我就从昌源那边要来凶手DNA信息，和我们这边的一比对，嘿！对上了！这才知道，这小子成惯犯了！

"他的第三起案子，应该就是903案了。谁也没想到他2007年回来了，回来又犯下案子，人又不见了。除了这些，他还有没有别的案子，那谁也不清楚。"

"怪不得卷宗里提到，903案的被害人旁边有一口水井！"秦向阳慢慢说道，"不过那口井上盖着块大石板，照习惯，孔良田打算把被害人扔到井里，他没想到石板太沉，搬不动，就把尸体丢在了那里。"

周学军点头表示同意。

"知道903案也是孔良田干的，没向专案组反映吗？"赵楚问。

周学军说："兄弟，我当时刚办了内退，再说郑毅那边已经结案了！当时，我把了解到的情况整理出来，专门去滨海找了一趟郑毅。郑毅把整理的东西留下了，但接下去一直没什么动静，我就知道事情不好办了！"

周学军这番话每个人都很是理解。他把整理的材料交给郑毅，等于交给郑毅一个炸弹，郑毅怎么办？打自己的脸？向上级坦白自己办错了案子？翻案？谁也不知道当时郑毅怎么想的，但每个人都明白郑毅当时左右为难的处境。

"现在你们明白了？"周学军总结道，"903案和628案不一样。628案，他们专案组，他郑毅，都不认为抓林建刚抓错了，他们排除了马晓莲右手指甲里那份孤证，只是迫于各种压力，想尽快破案。领导要成绩，民众情绪需要安抚，就是这么个情况。要不是秦向阳，谁也想不到，林建刚是给真凶顶了包。但903案，发展到后边，我是知道凶手身份的！还把推论结果告诉了郑毅！"

周学军这番话道出了实情，众人无不吃惊。

周学军说："没想到吧？我和郑毅，都知道凶手是谁，凶手的名字，甚至凶手的老家，甚至凶手的DNA，都一清二楚。郑毅为什么不翻案？因为孔良田是个被通缉多年的通缉犯、惯犯，他郑毅也没把握抓到人，还因为他已经错拿刘正龙结了案！"

"你有没有把这些消息发到网上？"秦向阳突然想起一个茬：林大志又是如何知道这903案也是冤案的。

"上网？没有！这件事，只有我和郑毅清楚！"周学军肯定地说。

肯定不止周学军和郑毅清楚！秦向阳在心里想，那林大志是怎么知道内情的呢？他琢磨来琢磨去，很快想到一个可能——周学军提到，刘芸芸当年在饭馆里当笑话说起"那个奇怪的客人"时，跟她坐一起的，是两个社会混混模样的人。推理起来，只能是那两个混混，把刘芸芸的话传了出去，最后到了林大志耳朵里。林大志干过警察，以他的敏锐，一定怀疑刘芸芸嘴里"那个奇怪的客人"，很可能是903案的真凶。是的！周学军听了刘芸芸闲聊，才产生了怀疑，从而把刘芸芸带走盘问，那林大志要是听到那些闲话，凭什么不产生怀疑?

实际上秦向阳的推断是对的。当年和刘芸芸一块儿吃饭的那两个青年，是林大志公司的保安。

保安把刘芸芸的话传了出去，最后到了林大志耳朵里。林大志敏锐地察觉到了刘芸芸话里的疑点，把它跟社会上盛传的903案联系到了一块儿。扯到903案，就扯到郑毅。林大志一看又是郑毅办的案子，就亲自找到刘芸芸，用他的法子对刘芸芸也进行了一番"盘问"。他盘问的结果，跟周学军的结果一样。林大志这才断定，有个"身上有玉米须，黑矮壮，一脸麻子的人"，才是903案的凶手！于是，他又找枪手把这个冤案的消息也发到了网上，用作下次市局招投标时威胁郑毅的砝码。

一声长长的叹息打断了秦向阳的思绪。周学军叹道："郑毅不管，我能怎么办？我就只能去孔良田家里等！每个年三十我都去！我希望那小子还记得老家，说不定哪年会再回来看看！"

"哎！"秦向阳把诸多感慨化作一声长叹，问，"关于孔良田，真就一点线索也没有吗？"

周学军想了想说："网上网下，他的通缉令挂了很多年了，就是找不到人。我唯一了解到的消息就是，当年昌源那个案子出来后，昌源警方说，有人在昌源的一个砖厂见过他，但是昌源警方也没找到。现在你知道了吧？为什么刚才一进门，我就说903案难的不是破案，是抓人？"

"砖厂？烧砖？"秦向阳皱着眉头嘟囔着，"这好歹也算个技能。"

秦向阳说完，站起来走到窗前，默默地抽着烟沉思起来。

他想了一会儿，回头对周学军说："我现在就是通缉犯，我很清楚通缉犯的滋味。网上网下都是通缉令，你想在城里生存，可以说根本不可能，像我这个情况，能住在城里，这属于例外。你们可能不知道，我这地方是林建刚母亲提供的。"

他话头一顿，又说："但是只要这个孔良田还活着，就得吃喝拉撒吧，他总得有个立足之地吧？"

"而且这个立足之地，一定很荒僻，远离城区，没查身份证的，没网络，没通缉令，还得能让他干活、吃喝，在那儿干活的人，也肯定不关注外边的信息，只有这样，孔良田这种通缉犯才能活下来！你们想想，这种地方多不多？"

李文璧想了想说："这种地方也不少啊。煤矿，采石场，野外修桥梁的，修铁路的，盗墓的……还有？"李文璧歪着头，使劲地想。

秦向阳笑了笑，说："盗墓的就算了，修桥，修路，这些还算技术工种，而且你在这儿干完，队伍就散了，工作不固定。煤矿，采石场，倒有可能。"

说完，他拍着李文璧的肩膀说："你还少说了一个地方，砖厂。"

"砖厂？"周学军疑惑地看着秦向阳。

秦向阳点点头，说："而且是那种传统的火砖厂，你刚才不是提到过，昌源那边有人在砖厂见过他吗？你们不知道，前些天我从滨海跑出来，没地方去，就躲在一个停工的老砖厂里。现在环保等部门查得严，传统的火砖厂已经很少了，而且，火砖厂一般就开在荒僻的地方。大的现代化砖厂都在市区附近，他不敢去，他也进不去。"

秦向阳搓了搓鼻头，继续道："要我说，这个孔良田既然在砖厂干过，那他逃逸后，就很可能出于惯性，还去砖厂找活干。火砖厂荒僻，对他来说，去那儿干最大的理由是安全，其次才是熟手。当然，这只是一个猜测，李文璧说的那些地方也有可能。"

听完秦向阳这一席话，周学军说："就算他这些年还在砖厂干，那也还是没法儿找。咱中国地方太大了，谁知道这孙子在哪个旮旯里！"

秦向阳叹了口气，这时他想起还在专案组时，他和赵楚之间的玩笑话。他记得那时赵楚说："其实这些案子都还好，怎么说呢，都有线可挥，无非麻烦点。最难的是激情犯罪，往往连动机也没有。犯罪手法也不见得高明，现场证据一大堆，可是，完事随便往哪儿一躲，你就去找吧！上哪儿找？找个鸡巴！"

当时他还赞同地说："那叫捉迷藏！小时候咱是在房子里玩，你说的那种玩法，那是在全中国地图上玩！但愿我这辈子别碰上那种案子。"

想起这些，他不禁摇了摇头，苦笑着想，看来自己还是碰上那种案子了！当初真是一语成谶。

想完这些，秦向阳抬头看了看周学军，见他对自己一脸失望的表情。他知道，周学军已经在失望里过了这么些年，怕是早就习惯了。

秦向阳不喜欢让别人失望，更不喜欢让自己失去希望，他走到周学军身边，拍着他的肩膀说："别放弃。他要是跑到边境去，那还真不好找。不过，他要是在本省，或者哪怕在周边几个省份，那还是有可能找到的。"

这些天，郑毅发现苏曼宁的情绪有点不大对劲，对他的态度有点不冷不热。对此，郑毅没有多想。现在，他的注意力不在苏曼宁身上。

清河的大网已经撒出去了，郑毅还是有点坐卧不安。

他到现在都不明白，秦向阳是怎么逃出滨海的。他更想不到，秦向阳已经在调查628案了，居然还查到了关虹头上。他在秦向阳宿舍里，亲眼看过那四份卷宗，很显然，那四个案子都是秦向阳的目标。他不知道秦向阳现在的进展如何，但他知道，再这么放任对方调查下去，自己将彻底陷入被动。

郑毅再迟钝也该明白了，在他的角度看来，214案凶手的目标，就是那四件案子，秦向阳是214案凶手的棋子，凶手是冲着他来的。

想明白这一点，郑毅有点不寒而栗。

这时，他才反应过来，秦向阳是被陷害的。

214案的凶手逼着秦向阳走向一条不归路。

"难道真凶和我有什么恩怨不成？"郑毅反复琢磨着从警以来有可能得罪的人。可是想来想去，他还是摇了摇头。

郑毅这个人，业务能力并不差，但还是比不上他分析和掌控大局的能力。箭已经射出去了，他告诉自己，秦向阳只能把214案通缉犯的身份背到底。秦向阳没有回头路，他也没有回头路。

他不敢想象秦向阳摘下通缉犯身份的后果。对上级领导来说，那意味着他郑毅折腾了这么久，连214案凶手的一根毛也没逮到，他的能力、他过往的一切荣誉、他将来的前途，都会被质疑、被否定、被断送。更可怕的是，如果秦向阳从那四件旧案身上，折腾出什么花样来，那无异于宣布郑毅半生努力得到的一切，都化为乌有。

郑毅有点后悔了！后悔什么？后悔当初办那四件案子时，没有再缜密些！再耐心些！

虽然最初的错，并非有意，但如果当初把案子办对了，现在何至于这么被动？

可是后悔有什么用！他狠狠地掐灭了手里的香烟。

不管凶手的目的是什么，对郑毅来说，结局只有一个：秦向阳是214案的凶手，一切会以秦向阳因拒捕被击毙告终。他绝不允许秦向阳活着回来。

至于214案幕后的真凶，那个神秘的策划者，对他郑毅来说，就像佛祖手心里的孙猴子。你尽管蹦跶，你有什么意图，我不理就是了，以不变应万变。既然秦向阳是真凶的工具，那么掐住了秦向阳，就等于掐住了真凶的咽喉。等秦向阳背着214案凶手的身份被击毙后，214案就画上句号了。

那样一来，真凶的目的尚未达到，如果真凶再出来做案，那对郑毅来说，就是个新的案子了。到时，他一定会抓住那个凶手，他很想看看，这个不断给自己找碴儿的，到底是个什么家伙！

郑毅站在办公室中央，他对面墙上挂着地图，地图上小小的清河县就像一片孤岛，已经被围得水泄不通。郑毅盯着地图，紧紧攥起了拳头。

苏曼宁只是隐约知道秦向阳让她查的那些信息，都跟以前的旧案有关。她不知道秦向阳那么做意义何在，但她只能无条件配合。是出于信任，还是出于愧疚？她说不清。也许就只是警察的责任感。可是警察的责任感不是追查凶犯吗？秦向阳不就是通缉犯吗？每次想到这儿，她都无奈地摇头。

这天夜里，她的电话又响了，还是那个陌生号码，她知道是秦向阳。

秦向阳送走周学军和王越后，一直把自己关在房间里。

"孔良田到底躲在什么地方呢？"他一根接一根地抽着烟。

他明白，靠猜是解决不了问题的，可是还能怎样？这件事，就是美国的天眼卫星，恐怕也解决不了。你卫星再牛逼，总还是靠搜索电子信号。可是，如果目标多年都生活在一个基本没有电子信号的地方，那怎么办呢？

中国太大了，只能再赌一把。

怎么还是赌？

一个人被通缉，手里没卫星，又要去找另一个被通缉了多年的人，对方的行迹一直隐藏得很好，除了赌，还能怎么样呢？

赌，也有很多讲究。

想了整整一夜，秦向阳把他的砝码压在了火砖厂上，这也是多年来，警方手里跟孔良田有关的唯一信息。

那么该怎么找呢？

苏曼宁接通了秦向阳的电话。

秦向阳说："网络专家，又要找你帮忙了。"

苏曼宁沉默了几秒钟，说："我也不知道怎么就上了你的贼船了，这次要我干什么，说吧。"

秦向阳说："其实你心里清楚，我这不是贼船。"

说到他故意停顿了片刻，给苏曼宁消化的时间。

"这次，我要你帮我发布些信息。注意，是大面积发布网络信息。"

苏曼宁静静地听着。

秦向阳继续说："信息的内容是，有网友在火砖厂疑似见到通缉犯秦向阳，砖厂地点不要点明，可以含糊地说本省某火砖厂，也可以含糊地说邻省某火砖厂。"

苏曼宁完全搞不清秦向阳的意图，只是机械地问："邻省？邻省可有好几个。"

秦向阳说："不管几个，都不要点明。消息的内容、消息的地点，你清楚了吧？"

"清楚。"

"再就是发布消息的时间，你要适当地分出先后，不要发布在同一个时间。我就一个要求，既然现在到处都是我的悬赏通缉令，那么你要做到对郑毅来说，这些信息都是各地网友发布的，IP地址要分散到周边各省区。你怎么做我不管。"

苏曼宁深深吸了口气，甩了甩头发，终于开口问："为什么这么做？"

秦向阳想了想说："现在还没法儿解释，我在赌博，要是赌赢了，会告诉你的，还会请你吃饭。"

苏曼宁挂了电话，先是静静地坐了一会儿，又稍显无奈地摇了摇头，她越来越搞不懂秦向阳在干些什么了。

对秦向阳来说，如果这张牌打错了，他也不知道接下来的牌该怎么打。

先打完这一张再说，他想借用警方的力量，借用像蛛网一样密集的基层派出所的力量，把本省和周边几个省的火砖厂，先彻底捋一遍，看能否就此发现孔良田的踪迹。

秦向阳的脾气向来这样，合理假设，大胆推论，然后尝试。

不试试怎么知道呢？

做完这些，秦向阳的注意力立刻回到了719杀人碎尸案身上。

他很想跟谢正伦的父亲谢坤接触接触，但是目前看来不可能。

那怎么办呢？能不能想办法从孙晓玉亲人那边做些了解呢？想到这儿他才发现，卷宗里似乎没提过孙晓玉的家庭背景。

他再次打开手机里的卷宗，才发现是自己忽略了，孙晓玉的亲属栏不是空白的，上面写着两个字：孤儿。

"孤儿？怎么是孤儿呢！"秦向阳沮丧地挠了挠头发。这样一来，719案的相关情况，就根本没法儿继续调查。

郑毅，把他的路都封死了。

秦向阳怔怔地盯着档案，脑子飞速地转着："难道真没路了？"

他有点不甘心，随手拿起电话又给苏曼宁打了过去。

苏曼宁正在电脑前忙个不停，过了一会儿才接起电话。

秦向阳说："不好意思，这么晚又打扰你。"

苏曼宁说："没事，都习惯了。又有什么吩咐？"

秦向阳说："我在查719案。卷宗里提到，被害人孙晓玉是个孤儿。"

苏曼宁说："你想让我查她的背景？孤儿院之类的？"

秦向阳回答是的，他对苏曼宁猜到他的意图并不意外。

过了一会儿，苏曼宁给秦向阳回了电话："我在全省的孤儿院档案里找到条记录，孙晓玉，崇光孤儿院。不过，这个孤儿院不在清河，在滨海。不知她是不是你要找的孙晓玉。"

"有照片吗？"

"儿童照片。"

秦向阳顿了顿说："既然在滨海，能不能麻烦你明天去那儿问问？你知道，我这……"

苏曼宁说："上一个活儿我还没忙完呢，这又来一个。秦向阳，你到底想干什么？"

秦向阳说："我在查四个旧案子，说出来你可能不信，这是214案凶手让我查的。"

苏曼宁吃惊地问："凶手让你查的？你和凶手……"

秦向阳说："你误会了！我意思是，要想破214案，就非得查这些不可。"

苏曼宁叹了口气，说："行，我信你。你让我去孤儿院打听些什么？"

秦向阳想了想，说："我一会儿给你孙晓玉被害时的照片，你到那儿，先确定她是不是在那儿待过。如果是，你就问问那些阿姨，看她们是否知道她的个人情况，比如她从哪儿上学从哪儿毕业，怎么跟那个谢正伦认识的，等等吧。对了，别忘了看看那里有没有她的遗物。"

挂了电话，秦向阳叹了一口气。他真没想到自己到今天这个地步，朝前走的每一步，竟然都离不开女人。一个是李文璧，既无条件负责他生活的方方面面，也帮他查案；一个是苏曼宁，也在尽己所能给他提供帮助。他不禁感叹，这下子欠的债似乎太多了。

第二天一早，李文璧像往常一样上街买早餐。她戴着帽子，安静地站在人群里排着队。

这时，两个陌生男人慢慢地向李文璧走去。前面一个男人走到李文璧面前，手里拿着一张照片。他再次看了看照片，又看了看李文璧，突然把李文璧从人群里拉了出去。

"干什么？"李文璧甩开那个男人，大声说。

那个男人再次紧紧拉住李文璧，问："你是李文璧？"

李文璧仔细看了看眼前的男人，确信自己不认识，这才猛地转念一想："坏了！难道被警察认出来了？"

这时，那个男人的同伴也走过来。这两个男人相互点了点头，一边一个把李文璧夹在中间。

其中一个男人掏出证件晃了晃，对李文璧说："警察，跟我们走一趟吧！"

李文璧奋力挣扎起来，无奈势单力薄，又怎么可能挣脱得开？只好用力跺了跺脚，被人夹着走了。

半个小时之后，秦向阳和赵楚见李文璧还不回来，这才意识到不对劲。赵楚从窗口往外看了看，没发现异常情况。

秦向阳敲着自己的头说："坏了！不会被便衣认出来抓住了吧？"

赵楚回身一拳，重重地打在墙壁上，咬着牙说："又大意了！没想到查得这么紧！"

秦向阳想了想，说："先别急。一会儿我让苏曼宁打听打听情况。"

赵楚点点头，说："咱们要不要换地方？"

秦向阳苦笑着说："现在能去哪儿？一上街就被围住。"

赵楚想了想说："那就以静制动。我不信郑毅能一家一家挨着搜！"

秦向阳说："那不可能！这条街附近这么多小区，挨着搜成扰民了。"

赵楚来回走了几圈，说："万一李文璧……"

秦向阳说："我相信她不会乱说，不过……"说到这儿，他瞬间变了脸色，接着说，"不过，我担心郑毅给她定个知情不报、藏匿通缉犯的罪名，拘留她！"

赵楚皱着眉说："是的，郑毅手里有关虹家的视频。"

秦向阳果断地说："不能连累她！实在不行，只能把我的位置告诉郑毅！"

"你想功亏一篑？"赵楚瞬间变了脸色。

"不。但我个爷们儿，肯定不能连累她吧！"说着，秦向阳掏出了电话……

我们先让时间快进到晚上，一会儿再回来。

这晚，苏曼宁给秦向阳发来一条信息：白天我抽空去孤儿院了，下午才回来，才知道李文璧被带到市局来了。目前她待在拘留室，看样子一切正常，不过按程序，郑毅有二十四小时的正常询问时间。孤儿院的情况，晚些再联系，现在局里忙。

李文璧被发现的消息传给郑毅后，他兴奋地用力拍了一下身边的墙壁，立刻叫陆涛把人带回市局，他要亲自问问。

郑毅知道，被全面通缉的秦向阳如果想单人生存，那一点问题也没有，但要想在被通缉的情况下查案，就一定得有人帮助才行。郑毅看过关虹家的视频，他很清楚，找到了李文璧，也就等于找到了秦向阳。

他没着急第一时间问话，而是先把李文璧晾了半个晚上，他想挫挫这个姑娘的锐气。

晚上十二点，郑毅看了看表，觉得时间差不多了。他走出办公室，带着人往李文璧所在的问询室走去。

与此同时，苏曼宁打通了秦向阳的电话，只不过她没想到，此时离李文璧被抓已过去了十八小时，秦向阳那边早就做出了相应的应对。

电话一接通，苏曼宁就说："郑局去审李文璧了，刚走。"

秦向阳说："这么久才审？他是在消耗李文璧的心理防线。"

苏曼宁说："普通的问询而已，有情况我会通知你。"

"普通的问询？"秦向阳顿了顿，没有把自己的想法说出来，继续问，"我要你发的网络信息怎么样了？"

苏曼宁说："昨晚都弄好了。"

秦向阳说："谢谢。孤儿院的事呢？"

苏曼宁说："确认了，人没错，就是719案的孙晓玉。"

秦向阳赶紧问："你怎么确定的？"

苏曼宁说："那里有个阿姨，姓孙，孙晓玉就是她一手带大的。孙阿姨有孙晓玉的遗物，当年719案发后，警方通知她到清河整理孙晓玉的遗物。"

秦向阳问："打听到什么情况？孙晓玉怎么认识谢正伦的？"

苏曼宁说："孙晓玉十三岁就离开了孤儿院，那之后的情况孙阿姨一无所知。"

秦向阳问："十三岁就离开了孤儿院？"

秦向阳说："案发前一年，孙晓玉又回到了孤儿院，那时她已经二十一岁了。孙阿姨对她而言，就像母亲。"

秦向阳问："那孙晓玉消失的八年都去了哪里？"

苏曼宁说："孙阿姨问过她，她不说。直到案发前不久，孙晓玉才告诉孙阿姨，她要结婚了。"

秦向阳问："提过跟谁结婚吗？"

苏曼宁说："没。孙阿姨直到719案发后，才知道谢正伦这个人。"

秦向阳说："信息太少了！可惜，我没法儿接触谢正伦的父亲谢坤。"

苏曼宁说："谢坤是清河有名的企业家，谢正伦还有三个姐姐，他二姐还是个小有名气的歌手呢。"

秦向阳问："那他母亲呢？"

苏曼宁说："谢正伦是谢坤再婚后生的。谢坤第一任妻子王爱春，在谢坤有谢正伦前一年就去世了，难产，听说大人孩子都没了。"

秦向阳忙说："那谢正伦和他三个姐姐就是同父异母了。这个谢坤，怎么说呢，有了三个女孩，还要王爱春生孩子，看来是非要男孩不可！"

苏曼宁说：“是的。我找来的资料上是这样。王爱春难产死了，谢坤再婚后，终于有了男孩，独苗！”

秦向阳摇摇头，说：“那孙晓玉的遗物呢？”

苏曼宁说：“除了一台旧笔记本，都是生活用品。”

秦向阳说：“笔记本呢？能借来看看吗？”

苏曼宁说：“十几年不用，都不能开机了。不过我已经带回来了，修好后再联络你。”

秦向阳有些不好意思地说：“真是麻烦苏警官了！”

苏曼宁笑了笑挂了电话。

与此同时，问询室里，郑毅坐在李文璧对面，默默地抽着烟，他已经盯着她看了很久了。

李文璧早就忍不住了，她不耐烦地挥着飘过来的烟味，说：“喂！你们这是非法拘禁！等着我曝光你们吧！”

郑毅慢慢地踩灭烟头，平静地说：“李记者是吧？二十四小时之内，你有责任接受警方问询，配合警方调查，明天早上，我们会送你回去。”

李文璧笑了笑，说：“好啊！那你们快问，问完了给我准备张床，我要休息。”

郑毅点点头，说：“听说，李记者今天早晨在清河一条街上买早点？”

李文璧斜眼瞅着郑毅，说：“买早点怎么了？法律什么时候不允许我买早点了？”

郑毅依然平静地问：“秦向阳就在那条街附近吧？”

李文璧立刻回答：“秦向阳？我还到处找他呢！”

郑毅立刻问：“你为什么会在清河？”

李文璧说：“我找秦向阳。他被你们通缉，我不信他是罪犯！我得找到他，问个清楚！有问题吗？郑警官？”

郑毅紧紧盯着李文璧的眼睛说：“我问你为什么会在清河！”

李文璧也瞪着郑毅说：“我到处找他啊，我还去了昌源、洛城，有问题吗？"

此时，李文璧的心急速地跳动着，但她的嘴上没有丝毫迟疑，几乎是郑毅刚问完一句，她立刻回答一句，她不想留给郑毅任何的观察和思考时间。她不禁感叹，幸亏之前秦向阳让她演过几出戏，让她有了一些应对突发状况的经验。但她还是拿不准郑毅接下来要怎么做。

郑毅对着李文璧笑了笑，说："看来李小姐不想配合我的工作。你们几个一块去关虹家的事，李小姐这么快就忘了吗？"

说着他掏出电话，拨通了一个号码："陆涛，明早六点前，把关虹和聂东接到市局来。记住，是六点前！我们的李记者在局里最多能待到七点！"

坏了！怎么忘了这个茬了！李文璧一听这话，顿时大惊失色。

郑毅胸有成竹地笑了笑，说："其实关虹和聂东过来也纯属多余，光凭你和秦向阳去关虹家的视频，我就能治你个知情不报、窝藏通缉犯的罪。现在你只有两个选择，要么交代他们的落脚点，要么被拘留，等着被起诉吧。"

第二十一章　主动暴露

这时一个网警匆匆进了问询室，走到郑毅身边悄悄说着什么。

郑毅听完网警的话，大吃一惊，叫人看住李文璧，自己立刻走出问询室。

市局指挥大厅里，来来往往的人正忙个不停，谁也没在意时间已到了凌晨。

郑毅匆匆赶到指挥中心，大声问："什么情况？"

一个警员立刻回答："网络上的消息，有群众在火砖厂发现疑似秦向阳的人！"

"火砖厂？哪里的火砖厂？"郑毅飞快地问。

警员迟疑了一下，说："不知道。会不会是群众看到通缉令的大额赏金，乱发消息。"

郑毅想了想，说："消息的IP地址呢？"

警员说："这个确定了，有省内的、昌源的、洛城的、清河的，还有邻省的。相关信息很多，但都提到，在火砖厂发现疑似秦向阳的人。"

这个情况实在让郑毅意外。

他点上烟，一边抽烟一边摸着下颌的胡茬儿，不停地走来走去。

李文璧已经被抓了，秦向阳不也该在清河吗？怎么一下子出来这么多消息？难道真是群众看到高额赏金，乱发消息吗？

他一时拿不定主意，紧紧盯着大厅的屏幕。

不对！他想，既然李文璧被发现了，从早上到现在，都快二十个小时了，秦向阳绝不会坐以待毙。

二十个小时，够秦向阳跑得足够远了，不然网上不会一下子出现这么多消息。有枣没枣，打一竿子再说！

想到这儿，他拿定了主意，立刻拨通了陆涛的电话："关虹和聂东，你先不要管了，马上通知清河分局，让他们通知各地派出所，把清河及周边县市的火砖厂摸一遍！我刚收到信息，有群众在火砖厂见过秦向阳。"

挂断电话，他又拨通了丁奉武的电话。他管不了那么多了，网络信息的位置不确定，他要请示丁奉武，让省厅协调全省及周边各省份的基层派出所，把力所能及范围内的火砖厂，统统摸一遍！

李文璧提心吊胆挨到天亮，稀里糊涂地回到家中。

天亮前的那段时间，她一直不停地琢磨郑毅给她的选择，她知道那话说得一点也没错，她急得一夜没合眼，开始考虑起自己即将到来的拘留生活。但她实在没想到，天一亮人家就把她放了。

她不知道郑毅天一亮就去了省厅，同样也是一夜没合眼。

她更不知道郑毅在去省厅的路上，突然接到了秦向阳的电话，从而被秦向阳强行改变了拘留李文璧的决定。

李文璧回到家，想，郑毅可能在玩什么把戏吧！管他呢，先想办法通知秦向阳他们，那个地点还是安全的。

苏曼宁这几天实在太忙了。这天天刚亮，她就接到李文璧电话。

李文璧在电话里的情绪很好，她说："苏姐吗？我是李文璧。"

还没等苏曼宁说话，她接着说："你看，上次你送我那么多化妆品，都没来得及跟你说声谢谢。那些化妆品挺好用的，我用着啊，挺好的，真挺好的！挺好的！"

苏曼宁只好跟着客气了几句。

苏曼宁本来就很关注李文璧的情况，听完电话，立刻明白了李文璧的用意，看来她现在已经安全了，至少能自由通话了，还连着说了三句"挺好的"，看来，郑毅应该没问出什么。想到这儿，她立刻给秦向阳发送了信息。

苏曼宁的确很聪明地领会了李文璧的意图。李文璧刚回家，估摸着自己电话肯定还被监听着，可又一时半会儿搞不到新的电话卡，弄不好外面还有人监视，只好找苏曼宁帮忙。她嘴上有点不信任苏曼宁，但心里也清楚，秦向阳前段时间一直和苏曼宁联系，让她帮了不少忙。她判断以苏曼宁的聪明劲，应该能明白她的意思，就应该会给秦向阳传递信息。

苏曼宁刚想联系完秦向阳，电话又响起来。她一看，这次又是个陌生号码，就疑惑着接了起来。

"是苏警官吗？"电话里传出一个女人的声音。

"对，是我。请问您是？"苏曼宁客气地问。

"我是孙阿姨，崇光孤儿院的，咱们昨天见过的。"孙阿姨轻声说道。

"噢！孙阿姨！您好啊！请问有什么事吗？"苏曼宁热情地问。

孙阿姨说："哎，昨天你过来，突然问起孙晓玉的事。她的事都过去那么多年了，我就寻思了一晚上，想问问你，你是因为什么打听她？"

苏曼宁想了想秦向阳的话，才说："是这样，我们有个警官，发现孙晓玉的案子很可能有问题，所以叫我向您了解些情况。"

孙阿姨疑惑地问："案子有问题？凶手不是给抓了吗？"

苏曼宁说："是案子，有搞错的可能，我们还在调查阶段，还没找到新的证据。您放心，有情况我会通知的。"

孙阿姨说："这么说凶手搞错了？那我们晓玉不是白死了！天啊！"

"这要等调查清楚才有结论，所以我才找你打听情况啊。可惜，您那边也没什么有价值的信息。"说完，苏曼宁叹了口气。

孙阿姨顿了顿，说："晓玉和谢正伦的事，她从没跟我提过，婚宴更是没有吃到。哎。"

苏曼宁疑惑地问："婚宴都没吃？昨天你不是说，她跟您特别亲吗？"

"是啊！"孙阿姨说，"哎，我就是盼着，她什么时候过上好日子就行！可惜啊，那个苦命的孩子，真是一天福也没享过。"

苏曼宁继续问："可是，阿姨，您不觉得哪里不正常吗？你们关系既然那么好，她怎么可能不跟您提谢正伦，也不提结婚的事？"

孙阿姨说："事后我也想不通。不过，你可不能说晓玉不孝顺我，她还给过我好大一笔钱，说是留给我养老。咳，我哪用得了那么多？"

苏曼宁赶紧问："一大笔钱？多少钱……"

这夜未眠的不止郑毅和李文璧。

秦向阳同样，好不容易才熬到天亮，只不过，从昨天起，他又是一个人了。

咱们让时间再倒回到昨天上午。

秦向阳深感庆幸，要是抓走李文璧的那两个便衣多个心眼，不那么急于上前认人、抓人，那么只需要跟踪李文璧，就能找到他的住处了。

想到这里，他果断下了决心，立即行动，一分钟也不能拖。

赵楚坐在客厅里，烟灰缸里全是烟头。

秦向阳把决定告诉了赵楚，他说："老班长，这些天来麻烦你了。我决定了，告诉郑毅我的位置。"

赵楚沉默了一会儿，严肃地说："作为男人，我理解你的决定。"

秦向阳一听这话，笑了："别误会，我大不了换个地方，换种方式调查。我是容易放弃的人吗？"

赵楚闻言放松地笑了，说："就知道你小子又有鬼点子。"

秦向阳说："也不是什么鬼点子。不过，从今天开始，下面的事，只能我自己来。李文璧暴露了，你得回去。"

赵楚用力攥着拳头，问："为什么？"

秦向阳说："位置暴露给郑毅后，你回去，李文璧才会没事。"

赵楚轻轻叹了口气，看得出来他还想说什么，最后还是什么也没说。

秦向阳拿起电话要了份外卖，他点了不少菜，跟外卖公司说很着急，要求对方派有摩托车的员工送过来。

很快，门外有人敲门，秦向阳往外看了看，送外卖的到了。

秦向阳打开门，笑着让对方进来。

外卖小哥刚进门，还没来得及说话，站在门后的赵楚突然抬手，朝着他的脖子狠狠砸了一拳，小哥的身子就倒了下去。

秦向阳先把小哥的外卖套装和帽子脱下来，穿戴完毕之后，和赵楚用床单把小哥的手脚捆绑好，又找来碎布塞住他的嘴巴。

前面说过，林建刚这套房子在顶楼。

赵楚出去看了看，外面很安静，这个时间，邻居应该上班去了。他回头做了个"OK"的手势。

秦向阳背起外卖小哥，在赵楚的帮助下，把小哥弄到了楼顶天台上。

做完这些，赵楚无奈地对秦向阳摊摊手："该我了！"

秦向阳点点头，刚要动手，赵楚想起了什么，急忙说："等等！"说着，掏出自己的钱包递给秦向阳。

秦向阳咬了下嘴角，什么也没说，抬手一拳，把赵楚也打晕了，然后找来东西，把赵楚也捆成粽子。然后他把赵楚拖到外卖小哥身边，找来床单撕成布条，把这两个人牢牢拴在了一块儿。

做完这些，他回到房间，胡乱吃了几口饭，把自己的东西收拾进随身小包，打开门走了出去。

他下了楼一看，果然有辆摩托车停在楼下，成色看起来还不错。他拿出外卖员的钥匙，戴好头盔，开着摩托出了小区。一会儿，摩托车就来到早上李文璧被带走的街上，那个街口附近停着几辆车，有好几个黑衣人分散站在四周。秦向阳一眼就知道那些全是便衣，明着的有那么几个，暗着的可能更多。

他毫不在意，开着摩托从一个便衣身边驶过。

几个便衣只是抬头看了他一眼，见是个忙碌的外卖员，就继续各忙各的。

秦向阳开着摩托很快出了城，他一路狂奔出了西关，也没想好能去哪儿，干脆在西关外那个大化工厂后面停了下来。

他停好车，见附近有个水泥房子，上面写着"变压器"三个大字。

他想了想，决定在变压器间里暂避一时，按计划，他得先熬过这一天。

想到这儿，他打开小挎包，拿出之前去冯伟家时买的那套开锁工具，卸下变压器间的门锁，把摩托车推了进去。

他钻进水泥房子，随手把门关上。他活动了下身子，感觉还不错，房子空间不小，但是很暖和，变压器发出有频率的嗡嗡声。初听起来，他感觉那些声音像苍蝇，很快就爬满了他的全身。

苏曼宁当然想不到，她半夜给秦向阳打那个电话时，他正靠在化工厂背后的外墙上。

初春时节，外面很冷，幸亏变压器间里热量足够，他在里面坚持到天黑，迷糊了一阵子，需要打电话时，才躲到外面。

天蒙蒙亮时，他走出变压器间，用手机登录了一个网络电话，给郑毅打了过去。他知道，网络电话的物理地址，郑毅早晚能查到，到那时，郑毅就会知道他根本没在省外什么火砖厂，而是还留在清河。

网络电话能骗郑毅多久，那不好说，至少能争取点时间。他现在需要的，就是时间。

当时，郑毅正在去往省厅的车上，而李文璧还待在问询室。

电话一接通，秦向阳立刻说："我是秦向阳。"

郑毅浑身一愣，立刻说："不错，有胆给我打电话！可惜还是到处跑，像只老鼠，有胆做，没胆认！"

秦向阳说："痛快人说痛快话！李文璧和赵楚前些天一直和我在一块儿。昨天一早你们把李文璧带走，我就离开清河了。"

郑毅说："你不想连累她。"

"是的。我的事，和她无关，也和赵楚无关。"

"你说无关就无关？"

秦向阳不理会他的质问，接着说："不出意外的话，赵楚和一个外卖员，还在我之前住处的楼顶天台，我绑了他们。我把外卖员的电话告诉你，你从外卖公司就能查到那个地址。"

郑毅记下外卖员的电话号码，顿了顿，说："我劝你不要再跑了！我知道你在哪儿！你会被击毙的！"

秦向阳笑着说："二十四小时了，够我跑得足够远。来抓我吧！"

说完他立刻挂断电话，取出电话卡扔掉，重新换了张新卡。

电话卡换好之后，第一缕阳光出来了，斜斜地洒在他的脸上。他叼起一支烟笑了笑，对李文璧，他只能做到这些了。

好吧！他搓了搓麻木的手，先给苏曼宁发了条短信，告诉她自己换电话了。

发完短信，他找出了孙劲的号码。想到这个在专案组打酱油的老战友，他不禁笑了笑，他知道孙劲人不笨，只是没得发挥而已。

由于之前清河是重点巡查区域，清河分局大量用人，孙劲早就恢复了工作，回了清河分局。

他再次抖了抖双手，编写了一条短信，给孙劲发了过去。

那是一段特殊的代码，是当年他们侦察兵演习时的通信代码。

孙劲读取代码，翻译出的内容是：老虎安全，老虎不是凶手，老猫请回话。

孙劲收到信息，立刻明白是秦向阳发的。这些天来，他何尝不是一直担心着自己的战友。他不知道秦向阳宿舍里那些铁证到底怎么回事，但他也绝不相信秦向阳是214案的凶手。

孙劲读完信息立即上了街。时间太早，他宿舍周边的手机店都没开门，他挨家挨户地敲门，好不容易才买到一张电话卡。

他回到宿舍装上电话卡，立刻给秦向阳拨了回去。

电话很快接通。

孙劲说："没事吧？"

秦向阳说："没事，弄辆车过来接我，对了，把你的警服拿一套过来，顺便给我带点吃的。"

孙劲马上按着秦向阳给的位置找了过去。

秦向阳打完电话，脱下快递员的衣服，扔进变压器间。

很快，孙劲开车赶到，他一边拿吃的，一边说："状态这么差！"

秦向阳坐进车里，吃喝完毕，叹了口气，才笑着说："通缉犯的日子不好过。"他这一笑，干裂的嘴唇就裂开了，他不由得嘶嘘了一阵。

孙劲说："现在大部分人都下去找砖厂了，昨晚市局来的命令，说有人在哪个砖厂见到你。我还纳闷呢！"

秦向阳一听这话，心想，苏曼宁发布的网络消息真是时候，跟自己这次出逃的时间很切合。郑毅呢，动作也真够快的。看来，自己这次暴露位置跑出来，真是跑对了。自己这么一跑，那些网络信息的可信度反而更高。他郑毅信也得排查砖厂，不信也得排查砖厂，找人就是这样，宁愿多做功，也不可放过。

不管怎样，孙劲说了个好消息。

于是他笑了笑，故作轻松地说："我一直在清河查几件旧案子，李文璧和赵楚也在这儿。昨天李文璧上街，被市局的人发现弄回滨海了，我不想连累他们，这才跑了出来。"

孙劲皱着眉说："他们不会有事吧？"

秦向阳说："我刚用网络电话联系了郑毅，把之前的藏身位置说了。"

"对！咱是爷们儿，不能连累女人！"说完，他给秦向阳递了瓶水，接着说，"为什么查旧案子？"

秦向阳皱着眉说："一时半会儿解释不清，你只要知道，那是214案凶手逼我查的，我没得选，只能那么做，才能抓住凶手的尾巴。"

孙劲点了点头，问："接下来准备怎么办？"

秦向阳一边套上孙劲的警服，一边说："接下来只能连累你几天了。"

孙劲笑着说："没事！这几天局里基本没人了，去宿舍猫着，很安全，应该没人想到你敢住警察宿舍。"

秦向阳点点头，问："对了，你这几天什么任务？"

孙劲说："监视一个老板，谢坤。陆涛给我安排的，我都不明白什么意思。"

秦向阳听完眼睛一亮，说："他们冲我来的，郑毅知道我在查谢正伦的案子。"

孙劲恍然大悟，问："你也打算见谢坤？"

秦向阳说："是啊，案子当事人一个也见不到，怎么查？"

孙劲点点头，说："等会儿一块儿去谢坤的公司，看看能不能找到机会。"

秦向阳晃了晃脑袋，说："头晕，先把车停路边，我得睡会儿。碰到你同事知道怎么应付吧？"

孙劲说："放心，谁也想不到通缉犯在我车上，还穿着警服。有人问，我就说你市局的。"

他的话没说完，秦向阳那边已经睡着了。

省厅给了郑毅最大力度的支持，命令很快传达下去，全省各分局及基层派出所将在最短时间内，把全省的新旧火砖厂全摸一遍。同时，省厅还向周边邻省发出了协查通报，请求各省厅给予最大支持，争取把各省辖区内的火砖厂统统扫一遍。

这是个规模空前的联合行动。

厅长重重地拍着郑毅的肩膀说："郑毅啊，我的老脸全都给你豁出去了！希望你的判断是正确的！214案，部里的领导可都格外关注！"

郑毅顿时感受到了强大压力，但还是硬着头皮说："我也不能保证秦向阳躲在砖厂里，换句话说，就算他躲在砖厂里，我也不能保证他老老实实等着我们去抓！但我能保证一定把他抓到！请领导放心！"

从省厅出来，郑毅深深吸了一口凉气，然后立刻掏出电话，给陆涛发了个信息，内容是秦向阳给他的那个外卖小哥手机号。

发完信息，他立刻给陆涛打电话说："刚才我给你发的手机号，是个送外卖的，你立刻查清他昨天早晨最后一单外卖的地址，在那个地址的天台上有两个人，去把人给我带回来！不，带到清河分局，我过去！"

苏曼宁接完孙阿姨的电话，立刻给秦向阳打了过去。电话里传出对方已关机的提示音，她这才发现自己有一条未接短信，打开一看，才知道秦向阳刚刚换了号码。

她把之前的号码删掉，重新给秦向阳打过去。

秦向阳刚睡了一会儿，就被她的电话惊醒了。

苏曼宁没问他为什么换号码，直接说："孤儿院的孙阿姨，我昨天找她打听事，她很纳闷，今早特意打来电话聊了聊。现在我这有个新情况，孙阿姨说，孙晓玉曾用她的身份证办过一张卡，里面被人存进去一百五十万！"

秦向阳一听这话立刻清醒了，他想了想说："谁存的？"

"我刚才已经查过了，你肯定想不到，是谢坤！钱走的是他私人账号。"

"怎么是他？"秦向阳觉得很怪，他转念又一想，说，"是不是谢坤给儿媳妇的见面礼，彩礼之类？"

苏曼宁说："这无法确定。打款时间是2008年6月19日，也就是719案前的一个月。"

秦向阳想了想，说："如果是见面礼、彩礼之类，那为什么会打到孙阿姨的账号上呢？"

"不清楚，但是孙晓玉和孙阿姨感情相当好。"

"好吧，对了，那个孙晓玉的旧电脑查得怎么样了？"

苏曼宁嗔怪道："我又不是超人，哪能那么快！"

秦向阳赶紧道了歉，刚要挂电话，听到苏曼宁在那边说："最快也要下午，你等我消息吧！"

苏曼宁挂了电话，秦向阳笑着对孙劲说："我改主意了，先送我去你宿舍吧，下午咱去办件正事。"

小心驶得万年船。孙劲没注意到，快到宿舍时，秦向阳还是习惯性地在外面马路上撒了些胡椒面。

第二十二章　君子协定

郑毅在清河分局的审讯室见到了赵楚和外卖小哥。陆涛一早带人找到他们，让他们换了衣裳，吃了点东西。这俩人相当狼狈，被绑在天台上待了二十多小时，又冷又饿，屁股底下也挪不动窝，小便直接尿在了裤子里。

外卖小哥很委屈，对郑毅说，自己去送外卖，刚进门就被打晕了，什么也没看清，醒来就发现在天台上，和另一个人绑在一块儿。被救之后，发现自己的摩托车也没了。

郑毅点点头，叫人把小哥送回，他的目标是赵楚。

赵楚自顾自地抽烟，也不说话。

郑毅也点上烟，说："你和秦向阳跟我在演戏，是吧？"

赵楚笑了笑，说："我就是个临时的小顾问，你是专案组领导，爱咋想咋想。但话可不能乱说，作为警察，你说话得讲证据啊！"

郑毅听这话也笑了，说："你还知道我是专案组领导？你明知秦向阳是重要通缉犯，还和他搞到一块儿？"

赵楚坦然地说："他以前是我的兵！他肯定不是罪犯，我信他！"

郑毅呵呵一笑，说："你也说了，一切讲证据。你信他？证据呢？"

赵楚说："没证据，所以我才和他一块儿找！反正你把我停职了，闲着也是闲着。"

郑毅沉默了一会儿，说："那你说说昨天怎么回事？"

赵楚揉了揉脖子，说："还能怎么回事？因为我妹呗，李文璧。他俩处对象，李文璧被你们带走了，秦向阳担心你给李文璧治个知情不报、窝藏重犯的罪名，就跑了。跑得很突然，大早上的，叫了份外卖。送外卖的小哥一进门，他把人家打晕了。我刚想问他怎么回事，回头他又把我打晕了，醒来后，我和送外卖的就在天台上了。人家这叫仗义！就这么回事。"

"就这么回事？"郑毅反问。

"对，他还把外卖小哥的摩托车骑走了。"赵楚说。

"你们待了那么多天，他就没透露过去哪儿？"郑毅问。

"没说过。前些天他不一直忙着在清河查当年628的案子嘛。"赵楚说。

"查628案？他查得怎么样？"郑毅问。

"稀里糊涂，还不就那样？我问过他为什么查，他说等他查清楚我就知道了。这就是我知道的全部情况，"赵楚看着郑毅说，"你要是不信，我也没办法。"

郑毅心想，这老油条，话尽往圆里说，还主动承认秦向阳确实在查旧案，一点漏洞也听不出来。

想到这儿，郑毅扔给赵楚一根烟，问："那照你看，秦向阳能去哪儿？"

赵楚想了想，不答反问："你知道他怎么从滨海逃出来的吗？"

他见郑毅不说话，继续说："他藏在运碎砖的车里。"

"藏在砖里？"郑毅忍不住问。

"对！他藏在砖里，逃过检查来到清河，后来还在火砖厂里藏了好几天。"赵楚直视着郑毅的眼睛说。

"火砖厂？"郑毅沉吟着说，"你意思是，他这次还可能藏在砖厂里？"

赵楚笑着说："那我不知道。但他这次逃出去，肯定是没法儿查那些案子了。能躲过追捕，有吃有喝，就算他本事。"

郑毅深深吸了口气，站起来走了两圈，说："你今天说的这些，还算坦诚！去吧，写份检查，暂时留在清河分局，找陆涛报到，他安排食宿，有任务我会找你。"

"我还想回档案处上班呢！"

"过几天再说！"郑毅强硬地说。

赵楚无奈地点点头，站起来走了。

赵楚说的这些话，郑毅并不全信。不过他判断，有的事赵楚还是讲了实话，比如秦向阳藏在碎砖里出城，又躲在砖厂里。要是没有这些事，网上就不可能出现在火砖厂发现疑似秦向阳的各种消息。郑毅由此判断，这次多省份联合摸排火砖厂的行动，很可能会有收获。

赵楚走后，郑毅又想起李文璧。在他看来，李文璧知道的情况，不可能比赵楚多。李文璧和秦向阳谈对象，但赵楚毕竟只是个外聘人员，没必要在这件事上帮着秦向阳遮掩，把自己搞到没有退路。算了，他决定先不理会李文璧。

苏曼宁这些天被秦向阳支使得晕头转向。这天她一直忙着处理孙晓玉那台老旧电脑，直到下午才把电脑修好，还做了恢复数据处理。

她打开电脑，仔细检索着里面的内容。电脑里的图片非常多，有的原来就有，有的是恢复数据后找到的，这些内容加起来，几乎让处理器不堪重负。

苏曼宁打开图库，一张一张看过去，见里面有不少照片都是晚上拍的，看灯光，很像来自夜场酒吧、夜总会之类的场所。有的照片是孙晓玉和女伴站在一块儿，有的是孙晓玉和不同的男人搂在一块儿，有的是自己拿着话筒唱歌。

苏曼宁深感疑惑，看来孙晓玉早先的工作不算光彩，可是，这样的女孩又怎会跟谢正伦这样的富二代走到一起，并且结婚呢？苏曼宁想不通。不过照片上的孙晓玉的确很漂亮，扎着高高的马尾，额头光洁，眼睛明亮，闪耀着青春活力。

苏曼宁皱着眉继续检索，她看着看着，鼠标突然停了下来。此刻，她的鼠标点开的不是照片，而是一张多年前的医学检验报告。

苏曼宁揉了揉眼睛，仔细看去，见那份报告的抬头上写着：清河县人民医院父子鉴定医学报告。

前文说了，苏曼宁除了是网络专家，还是痕检专家，法医主任，她很快浏览完毕，马上明白了报告的内容。她觉得内容都不关键，关键的是报告结论——依据现有资料和DNA分析结果，在排除同卵多胞胎和外源干扰的前提下，支持检材GRS20080616OF为检材GRS20180616OS的生物学父亲。备注：近亲属干扰无法排除。

什么情况？苏曼宁紧紧皱起眉头，看向那两份检材对应的备注名字……

秦向阳睡得并不踏实，他又做起同一个梦，梦到那四份卷宗突然变成四颗威力巨大的炸弹，炸弹组合在一起，上面线路交错纵横，他拿着把小剪刀，晃来晃去，浑身都是汗，不知道剪哪根线。

"轰！"梦中传来巨大的轰鸣，一下子把他惊醒过来，他擦着汗扭头一看，才知道梦里那声轰鸣来自电话铃声。

电话是苏曼宁打来的，她的语气急促而惊讶："孙晓玉被杀前怀孕了！"

"我知道，卷宗里说了。"秦向阳晃了晃头，感觉清醒了一些。

"不是！"苏曼宁在那边摆着手说，"我说孩子，孩子是谢坤的！"

"什么情况！"秦向阳叼着烟，手里的打火机久久按不下去。

苏曼宁使劲咽着唾沫，说："孙晓玉的电脑，我复原了数据。在里面找到一份医学报告，报告上说，谢坤，是孙晓玉孩子的父亲！"

秦向阳听了这话，眼前一阵眩晕，就像胸口上挨了一记重拳，他猛地点上烟深吸一口，才说："确定？"

苏曼宁说："是的！清河人民医院的父子鉴定医学报告，2008年6月16日。"

秦向阳赶紧说："等等！6月16日？你上次说，孙阿姨账户那一百五十万汇款，是6月19日到账吧？"

苏曼宁说："是的。"

秦向阳马上说："推论起来，也就是说，孙晓玉6月16日做完鉴定报告，确定自己怀了谢坤的孩子，然后要挟谢坤，给他个银行账号。谢坤在6月19日往那个账号上打了一百五十万！"

苏曼宁打断了秦向阳，说："等等，还有个情况！"

秦向阳又打断了她的话，接着说："也不对！谢坤和孙晓玉怎么在一块儿的呢？谢正伦和孙晓玉7月19日都度完蜜月了，就是说，6月19日，离他们结婚的日子不远了。那么，只能是孙晓玉认识谢坤在先，之后才和谢正伦好上，后来她发现自己怀了谢坤的孩子，于是要挟谢坤。"

苏曼宁叹了口气，说："我认同你的分析，真复杂，孙晓玉这女人够乱的！"

秦向阳摇摇头，说："逻辑上，谢坤给孙晓玉一百五十万，不是为了让她打掉孩子，而是让她离开谢正伦！"

苏曼宁说："对啊！这样一来，钱的事就合理了！但孙晓玉并没有离开谢正伦，反而跟他结婚了！"

秦向阳说："那就只能有一种解释了，孙晓玉最初接触谢坤，目的就是和谢正伦结婚。"

苏曼宁摇着头说："我听不懂。"

秦向阳说："反着说你就懂了。一个正常女人，即使无意中和谢坤有了孩子，之后又无意中喜欢上了谢正伦，那么，当她得知自己的这两个男人是父子关系，她还会去和谢正伦结婚吗？"

苏曼宁恍然大悟，叹道："原来是这样！怪不得谢坤要给一百五十万，那一定是让她离开谢正伦，哪个父亲能接受这种事实？"

秦向阳说："没错！可是我实在想不通，孙晓玉为什么要这样做呢？"

苏曼宁说："还有件事，那份医学鉴定报告上说，那个父子关系鉴定，无法排除鉴定样本的近亲属干扰。"

秦向阳问："什么意思？听不懂。"

苏曼宁道："就是说，孙晓玉的孩子和谢坤是近亲。那么，推论就只能是，孙晓玉是谢坤的女儿！"

"怎么可能？"秦向阳手一抖，烟头掉在地上，他顾不得踩灭烟头，急道，"谢坤不是有三个女儿吗？"

苏曼宁说："不，四个！"

秦向阳皱起眉头，语气犹豫："你意思是，谢坤和王爱春？"

苏曼宁点着头说："谢坤和孙晓玉的父女关系，只有一种解释——当年，谢坤前妻王爱春死于难产，但那个孩子并没死，孙晓玉就是那个孩子！孙晓玉和谢正伦，是同父异母的兄妹！"

秦向阳不禁连连咂舌，豁然开朗道："怪不得卷宗里强调谢正伦的杀人动机时，做了孙晓玉的胎儿跟谢正伦的DNA比对，有百分之二十左右的相似性！原来是同父异母！"

秦向阳想了想又说："那谢坤为什么把孙晓玉丢掉？最后落到孤儿院手里？"

苏曼宁说："为了再要个儿子！他已经有三个女儿了！那是20世纪80年代，他谢坤有多少钱够罚？"

秦向阳沉默了很久，才说："也就是说，孙晓玉那么做，是为了找谢坤复仇？"

苏曼宁说："是的！去掉所有不可能，剩下的，无论你多么不愿相信，它都是真相。"

秦向阳抓着头发说："看来孙晓玉十三岁离开孤儿院后的日子，过得一点也不好。"

苏曼宁默认。

秦向阳又说："可是证据呢？她怎么知道自己的亲生父亲是谢坤？"

苏曼宁说："别忘了谢坤的二女儿是个小有名气的歌手，孙晓玉有很多渠道能看到她，她们长得非常像。"

秦向阳摇摇头，反问："既然她们长得那么像，谢正伦跟孙晓玉在一起，难道就一点也没发觉吗？"

苏曼宁笑了笑，说："在你们男人眼里，难道不是所有美女都长得一个样子吗？"

秦向阳略显尴尬地咳嗽了一声，沉默。

苏曼宁说："其实长得像不关键，最关键的是，孙晓玉被送到孤儿院时，被包在包袱里。那个包袱最外面，裹着好几条崭新的鱼鳞袋子。"

秦向阳不解地问："什么样的袋子？"

苏曼宁："肥料包装袋。你忘了？谢坤现在是清河化肥有限公司的董事长。"

"难怪！谢坤20世纪80年代中期就做肥料了？"

"对，我查过资料。不过那时他只有个肥料小作坊。"

"你怎么知道有这些袋子的？"

"我看完电脑里的医学报告后，就立刻去了孤儿院，打听孙晓玉小时候是怎么被送到孤儿院的？有没有东西留下来？没想到还真有！孙阿姨说，那些袋子很可能跟孙晓玉的身世有关，所以她保存得很好！"

看来，孙晓玉顺着肥料包装袋找到谢坤的化肥工厂之后，一定还另外费了不少功夫，才确定自己和谢坤的关系的。

苏曼宁缓了一口气，说："你一定没想到吧？"

秦向阳叹了口气说："想不到！多亏你恢复电脑数据。可是，还是没直接证据，证明孙晓玉是谢坤的孩子。你也说了，那份医学报告的近亲什么什么，是推论。"

苏曼宁叹着气说："是的，孙晓玉已经死了！要说直接证据，还真没有！"

秦向阳不甘心地问："孙阿姨那里就那么干净？不是有很多遗物吗？"

苏曼宁只好笑了笑，说："说是遗物，大部分都是些衣服，孙阿姨舍不得扔，就都留下了，但是年年拿出来洗，这么多年下来，从那些衣服上，怕是一根毛也找不到了！"

秦向阳点上烟深吸一口说："我不信！肯定会有东西留下来！想想！"

苏曼宁又叹着气说："你想吧，我先挂了。我提醒你啊，我们不但没有这个证据，更不可能有谢坤杀人的证据！"

秦向阳机械地说："孙晓玉有心复仇，谢坤花一百五十万，都阻止不了她和谢正伦结婚，那么，谢坤的杀人动机太充分了！但不确定他是否知道自己是孙晓玉的父亲。"

苏曼宁咳着嗓子说："太可怕了！我头疼！你慢慢想吧！"

"等等！我在想，我在想，一定有东西留下来！"秦向阳揉着鼻子走来走去，"在哪儿呢？等等，别挂！"

苏曼宁连连咳嗽，要挂电话。

秦向阳突然说："电脑！孙晓玉的电脑！"

秦向阳拍着桌子继续说："键盘！2008年，或者更早之前出厂的笔记本键盘，缝隙往往都很宽，孙晓玉的电脑键盘里边，一定有头发丝之类！不信你拆开找找！"

"缝隙倒不算宽！"苏曼宁嘟囔了一声，又过了一会儿，她突然在那边叫着说，"天啊，找到了！还真有！"

秦向阳并不惊讶，叹着气说："好！那就先做个直接证据，证明孙晓玉是谢坤的女儿。谢坤的杀人证据我来办。"

苏曼宁无奈地说："哎呀，我知道了，什么都要证据！这还是我的事！你行动不方便对吧？"

秦向阳笑着说："是啊，头发的比对目标是谢坤，就怕你也不方便。"

苏曼宁说："谁说非谢坤不可？他不是还有三个女儿吗？女人接触女人很简单。"

说完，苏曼宁挂了电话。

这件事太震撼了。

秦向阳最初接触719卷宗时，绝想不到，一宗看起来平平常常的入室谋杀，背后竟有这么多隐秘：孙晓玉不但怀了谢坤的孩子，还是谢坤的女儿。

秦向阳再也坐不住了，他思前想后，觉得必须见到谢正伦。

可是谢正伦被关押在清河县第一监狱，以秦向阳现在的身份，根本不可能约见。该怎么办呢？叫孙劲去一趟？不行，他怕孙劲问不到他想要的东西，这事别人没法儿代劳。

孙劲帮不上忙，他自己也没法儿进监狱，这可难坏了秦向阳。不管怎样，这事只能借助外力。

他着急地走来走去，随手拿起电话翻看着通信录，最后目光在一个名字上停下来：丁奉武。

他默念着丁奉武的名字，想了有半支烟的工夫，眼珠一转，下定了决心，毫不犹豫地拨通了电话。

电话接通，传来丁奉武厚重的声音。

"丁局！我是秦向阳。"

丁奉武怔了一会儿，才说："秦向阳？你给我滚回来！是你干的逃也逃不了，不是你干的，谁也冤不了你！相信组织，相信法律！"

"丁局，不是我干的！"

"是不是你，都得给老子滚回来！"

"我还不能回去，我一回去，214案就黄了。"

丁奉武沉默片刻，道："话里有话，直说！"

秦向阳说："214案本身是个引子，现在，我被凶手引到了四宗旧案上！"

丁奉问吃惊地说："旧案？"

秦向阳说："是的。我已经查了其中三个，就调查结果看，都是冤假错案。"

"什么？！"丁奉武分外吃惊。

"丁局你听我说，"秦向阳道，"是人都晓得旧案难翻！本来我也不想碰，结果凶手给我来了个栽赃，我这才逃了。丁局，214案要是我干的，您觉得，我能傻到把物证放床底下？"

丁奉武说："不是我信不信的问题，一切讲证据。"

秦向阳点着头说："对！所以我请求丁局您的帮助，我会找到证据，也会抓到真凶。"

"什么帮助？"

"你帮我约见一个犯人，清河县第一监狱，谢正伦。"

"秦向阳，你小子！是叫我一个厅级干部，帮你这个在逃通缉犯，约见另一个在押犯？"

"是的。丁局，您不只是个厅级干部，您是人民警察。"

"少给我来这一套！说说你的理由。"

"这样吧丁局，咱们来个君子协定，只要我活着，不管什么结果，十天之内，我到您办公室报到，之后的事，您说了算。"

丁奉武心中盘算，沉默了一会儿，问了另一个问题："你想到清河监狱，看来你没跑远哪！照你这么说，郑毅搞的多省协查是白忙了？"

"不白忙，也许有别的收获。"

"别的收获？什么意思？"

秦向阳说："对不起，还不能告诉你。"

丁奉武哼了一声，说："行！秦向阳，我不管你在查什么案子，也不怕你闹出什么乱子，你的君子协定，我接了，十天！"

"那，谢正伦的事？"

"等我电话。"

秦向阳的一番话让丁奉武深感震惊。他没有问秦向阳诸多细节问题，但他听得出来，秦向阳在做一件大事，事情的范围，早就不局限于214一案了。

他丁奉武是个讲党性、讲原则的老公安，他不信，连区区秦向阳都敢面对的局面他不敢面对。他也不知道自己为什么违反党性、原则，接受了一个小刑警的君子协定，但多年的从警为官经验告诉他，这次要出大事了。

秦向阳不担心丁奉武出卖他的手机号，所以也没再换新卡。丁奉武那种级别的人，根本不需要那么做。但是君子协定已经做了，接下来，还有个1123男童挖眼案，谢坤的杀人证据也没有，903案的孔良田行踪依然未知。想到这儿，他连连苦笑，但刚才他只能那么做。既然面对了丁奉武，请求对方帮忙，那就没得选。

秦向阳发呆的工夫，孙劲回来了，手里拎着些吃的。

"我抽空溜回来的，睡得还行？"孙劲搓着手说。

这时，丁奉武的电话打了回来。

秦向阳连忙对孙劲做了个收声的手势，说了句"市局丁局长"，也不顾孙劲吃惊的表情，接起了电话。

丁奉武的话很简短，他安排秦向阳以律师的身份约见谢正伦，约谈时间四十分钟，监狱那边他处理好了，至于秦向阳怎么躲避巡查怎么去监狱，他丁奉武不管。

"得了！"秦向阳穿上孙劲的另一套警服，随手抓起俩包子，说："走，清河监狱。"

|第二十三章　残酷的真相|

秦向阳坐在孙劲警车的副驾驶上，去监狱的路上非常顺利。孙劲一脸蒙逼，搞不懂丁局怎么和秦向阳搞在了一起，不过他没多问。

秦向阳在到达目的地前换上便服，很顺利地见到了谢正伦。他告诉谢正伦自己是个律师。

谢正伦实际年龄三十岁左右，但整个人看上去异常沧桑，双眼暗淡，带着一脸的疲惫，谁也想不到这个满腹冤屈的年轻人，已经在这深牢大狱里过了六年。

秦向阳和谢正伦面对面坐下，从窗口下面丢过去一包烟。谢正伦取出一支，跟秦向阳要来打火机点上，深吸一口说："又是我父亲叫你来的吧？我不需要什么律师。"

秦向阳默默抽着烟，仔细观察谢正伦。

这两个人足足沉默了三十分钟，谢正伦再也没有说过一句话。

管教上来提醒，谈话还剩十分钟。

这时秦向阳紧盯着谢正伦说："我不是你父亲叫来的，我是孙晓玉的律师。"

谢正伦闻言一愣，抬头看了看秦向阳，他有点好奇，这个人三十分钟才说了这么一句话，这也是他坐牢六年来，第一次有孙晓玉的律师来找他。

秦向阳接着说："你的死活我一点也不在意，我只关心我的当事人。"

谢正伦突然大声说："可是她已经死了！死了！"

秦向阳平静地说："看来你很在乎她。"

谢正伦低下头去，沉默。

"我知道你们认识的时间并不长！"秦向阳继续说。

"你走吧！没什么可说的！"谢正伦突然抬起头说。

"卷宗里提到，案发当晚你和孙晓玉都喝了酒？"秦向阳的问话紧密起来。

"你为什么杀她？她可是怀着孩子！"秦向阳紧紧盯着谢正伦。

"闭嘴！那不是我的孩子！"谢正伦呼吸急促起来。

"呵呵，你激动什么，"秦向阳说，"那当然不是你的孩子，警方当时做过鉴定，所有人都知道。"

"所以你就杀了她？"秦向阳逼问。

"我……"谢正伦叹了口气，又低下头去。

"人就是你杀的！你根本没去买葡萄糖，没去买东西，你有不在场证明吗？"秦向阳一边说，一边看了看表。

"我买了！她喝得烂醉！非买不可！那些东西就在我车里！警察都知道！"谢正伦激动地说。

"你确定？据我所知，孙晓玉酒量很好！"秦向阳逼问道。

"你……你走吧！没什么说的了，人是我杀的！我认罪了，我坐牢！"说完，谢正伦起身，跟管教示意谈话结束。

秦向阳知道他只有这一次机会。

现在，谈话已经结束了。

他回忆着谈话内容，注意到，尽管自己有意逼问，谢正伦却从没说过一次他没杀人，相反，他却说了一次人是他杀的。

可是，他明明是被冤枉的，难道他已经习惯了监狱生活，不想再做无谓的争辩吗？

秦向阳这时想起，卷宗里提到当年谢正伦在法院一审后，放弃了上诉权。

他深深吸了口气，转身走了出去。

一夜无眠，他还是没把握拿下谢坤，但谢坤却非见不可。

天亮了。

秦向阳穿上警服，和孙劲前往谢坤的肥料厂。

肥料厂的办公楼前停着两辆警车，有几个便衣坐在车里抽烟。

孙劲停车后，秦向阳看了看那几个便衣，深吸一口气下了车，站在了副驾驶一侧的车门外边。

孙劲拿着烟给便衣们分了一圈，笑着打招呼："哥几个来挺早哈。"

一个便衣接过烟笑着说："才接班，这活儿真没劲！对了，孙劲，今晚你夜班，去谢老板家门口盯着。"

"好说，"孙劲给那个便衣点上火，笑着问，"谢老板来了吧？"

"来了，才进门。"那个便衣说道。

"我去谢老板办公室蹭点好茶，嘿嘿，刚才的包子太咸了。"孙劲说完，回头招呼秦向阳朝办公楼走去。

那个便衣笑了笑，一抬头看到了秦向阳的背影，好奇地问孙劲："今天加人手了？"

孙劲回头说："市局的哥们儿。"

便衣"哦"了一声，便回到车里。

孙劲表面上很轻松，心里也是直打鼓。

秦向阳扭头看了看孙劲，见他额头上都冒汗了，笑着说："没事，他们想不到，心理盲区。"

孙劲故作轻松地笑了笑，说："那一会儿我就不进去了？"秦向阳点点头。

两人上楼找到谢坤办公室，秦向阳整理了一遍衣服，推门进去。

谢坤，五十来岁年纪，身材高大，头发很稀疏，看起来操心的事不少。

他见进来个警察，在办公椅上欠了欠身，说："你们这几天够辛苦的，我早说了，保护我干吗？我谢坤没仇人！"

秦向阳在他对面坐下，笑着说："这不是为个通缉犯嘛，我们得到消息，他可能会找你麻烦。"

谢坤不以为然地笑了笑，问："人还没抓住？"

秦向阳点头。

谢坤双手扶着腰扭了扭，说："你有事？我一会儿有个会。"

秦向阳点点头，盯着谢坤直接说："我来，是为孙晓玉的事。"

"孙晓玉？"谢坤瞬间变了脸色，拍着桌子大声说，"妈的！我儿子为她，可蹲了六年了！你们警察真牛逼！冤枉我儿子！"

秦向阳平静地看着谢坤，沉默。

谢坤哼了一声，双手抱在胸前问："怎么？不敢承认？政府真他妈养了一群窝囊废！"

秦向阳还是沉默。

谢坤呼出一大口气，问："你来到底什么事？"

秦向阳这才说："孙晓玉当时怀孕你知道吧？"

谢坤没说话，点了点头。

秦向阳咳嗽一声，忽然说："她怀了你的孩子。"

谢坤双眼一瞪，猛地站起来紧盯着秦向阳，过了一会儿，他用很平静的声音说："什么意思？我不明白你说什么。"

秦向阳迎着谢坤说："我们在孙晓玉电脑里，找到清河县人民医院的父子鉴定医学报告，"他指着谢坤，平静地说，"你，是孙晓玉孩子的父亲！"

谢坤闻听此言，双手紧紧攥了起来，咬着牙直视着秦向阳，嗫嚅了一会儿，什么也没说出来。

秦向阳继续平静地说："我们还查到，孙晓玉给过你一个账号，2008年6月19日，你用你的私人账户，给那个账户转账一百五十万人民币。"

秦向阳顿了顿，说："6月19日，离谢正伦结婚的日子没几天了吧？也就是说，你试图用那一百五十万，让孙晓玉离开谢正伦！当然，孙晓玉肯定给你看了那份鉴定报告。你接受不了那个荒诞的事实！"

谢坤突然大吼起来："谁也接受不了！孙晓玉是有预谋的！我给她那笔钱，她还是跟正伦结了婚！我没办法跟我儿子挑明这件事！那个女人，她是有预谋的！她先勾引我，再勾引我儿子！"说着，他再次握紧了拳头。

"所以你才杀了孙晓玉！"

"你！滚出去！"

"啪！"谢坤的烟灰缸被摔得粉碎。

"你说得不错，孙晓玉的确有预谋，"秦向阳上前一步，逼近谢坤说，"所以，她一定也告诉过你，她是你的亲生女儿！"

谢坤听了这话，全身颤抖起来，他用双手使劲按着桌面，试图让自己平静，可是那一点用也没有。

秦向阳深吸一口气，说："我手里有证据，证明孙晓玉是你女儿，我从她电脑里找到了她的头发！她的目的，本就是报复你！所以她一定在结婚前，告诉过你，她是你女儿。"

说到这儿，秦向阳使劲呼出一口气说："只是连我也想不到，你会亲手杀了她！"

这时谢坤再也控制不住自己，他猛地狠狠抓住秦向阳的衣领，大声说："你他妈滚！我没杀她！没杀她！"

秦向阳叹道："你当年就为要个儿子，王爱春生孙晓玉时难产死了，你就把孙晓玉丢到了孤儿院，孙阿姨收养了她。然后你对外宣称，王爱春难产，大人孩子都死了！"

谢坤双眼发红，一直狠狠揪着秦向阳的领子，双唇发抖说不出话来。

秦向阳继续说："后来你再婚，终于有了儿子，事业也蒸蒸日上，一切都不同以往，但你怎么也没想到，二十一年后，有个女人毁了你所有的一切！你当然无法接受。而更让你无法接受的是，毁掉你所有一切的，竟是你亲生女儿！那对你来说，比陌生人更让你痛恨！

"儿子对你那么重要？孙晓玉同样恨你！你不知道她生存的环境，不知道她的心理经受过怎样的折磨和转变！她选择怀上你的孩子，再和谢正伦结婚，她用这种方式报复你。而当时的你，最终选择杀了她！"

"你先杀她，再分尸，一刀一刀剁上去，既解恨，又痛苦。你越痛苦，出刀也就越狠……"

"闭嘴！"谢坤猛地掐住秦向阳的脖子，把他按到了墙面上。

秦向阳也不反抗，使劲咳嗽着继续说："你杀人后，制造了抢劫财物的现场。你是用钥匙打开门进去的，别墅的钥匙你很容易配到手，所以门锁完好无损。

"同时，你也利用了这一点。你本来计划得很完美，你以为门锁完好无损，谢正伦当时又不在，警方就会认为，一定是孙晓玉听到有人敲门，然后从里面给凶手开门，被凶手杀人分尸再抢走财物。你本想制造一场普通的入室杀人抢劫事件，但你没想到谢正伦买完葡萄糖，回到现场后给自己弄了那么多麻烦，让警方不得不怀疑凶手是他。

"卷宗里提到，谢正伦第一次回到别墅时，房门是反锁的，谢正伦没撒谎，因为当时你还在案发现场！谢正伦发现门被反锁了，返回车内，你才趁机离开别墅。所以，当谢正伦第二次回到别墅时，门又成了开着的！"

谢正伦掐着秦向阳的脖子说："你闭嘴！本来就是有陌生人敲门，孙晓玉开门放凶手进去的！我儿子是冤枉的！我也没杀人！没杀人！"

秦向阳的脸涨得通红，他努力地说："你错了！那晚孙晓玉喝得烂醉如泥！就算有人敲门，她也不可能听到！她根本开不了门！"

这是秦向阳在监狱里得到的线索。

他在那儿故意对谢正伦说："就是你杀的！你根本没去买葡萄糖，没去买东西，你有不在场证明吗？"

谢正伦接下来说："我买了！她喝得烂醉！非买不可！那些东西就在我车里！警察都知道！"

当苏曼宁告诉他，孙晓玉电脑里有很多夜场照片时，秦向阳就判断孙晓玉酒量肯定不错。到监狱约谈谢正伦时，才故意问谢正伦那个问题。结果得到的答案是孙晓玉喝得烂醉。

秦向阳说了那么多，觉得呼吸困难，才用力扳住谢坤的手说："孙晓玉喝得烂醉，也就是说，即使谢正伦到现场后没惹那么多麻烦，没有被抓，警方也会因为孙晓玉喝醉这一点，排除掉有陌生人敲门进别墅作案的可能！

"那么，警方的怀疑对象，还是在你和谢正伦身上！你千算万算，没想到谢正伦替你坐了牢，你会不会把这理解成尽孝道？"

谢坤的手被秦向阳扳着，慢慢泄了力道。

他重重地吐出一口气，松开手，退后一步仔细盯着秦向阳看了半天，突然笑了。

他笑着说："好吧，孙晓玉的孩子是我的，你有证据，我认。孙晓玉是我女儿，你有证据，嗯，我也认。请问，你有我杀人的证据吗？"

秦向阳缓缓吐出一口气，沉默了一会儿，说："我没有。"

"呵呵，没有！没有你跑来放这一堆狗屁！"谢坤转身从办公桌上拿起烟，用力控制着双手，点上烟深深吸了一口。

然后他长长地叹了口气，说："无期变有期，六年了，我儿子再熬几年，就能出来了！"

秦向阳默默地看着谢坤，沉默无语。

是的，他没证据，哪怕他说的都是事实。

谢坤还是谢坤，而不是杀人凶手。

此时，谢坤的眼神重新有了活力，声音也亢奋起来："这些年，儿子在里面苦熬，老子在外面使劲赚钱，等他出来，一切都是他的！亿万家产都是他的！"说完他猛地向前一步，把手拍在秦向阳耳边的墙上说，"你不懂！永远不懂！"

秦向阳深深看了谢坤一眼，掏出烟点上说："你说得对，你太自私了！我确实不懂！"

"自私？"谢坤冷笑道，"别人可以有儿子，我谢家凭什么不能有？凭什么？"

他越说越激动，接着说："计划生育？狗屁！当年老子没钱交罚款。现在老子有钱了，想生就生，但是我谢坤生了吗？我知足，不贪！"

说到这儿，他挥了挥手，示意谈话彻底结束，秦向阳可以走了。

秦向阳也知道该说的都说完了。

719杀人碎尸案彻底结束了。

对警察来说，最无奈的，莫过于明知凶手是谁，而且凶手就在眼前，你却无能为力。

证据。

法律的语言是证据。

谢坤的杀人证据，可能从来没在这个星球上存在过，就算有过，就算现场会说话，也都随着时间流逝消失于无形。

秦向阳深深吸了口气，打开门大踏步离去。

他突然有种深深的无力感，他明白，一个案子破不了，那214案凶手的目的就一定没达到，那他不但抓不住凶手的尾巴，就连自己翻身也成问题了。

他机械地迈着步子，不知身在何方，去往何处。

不行！他突然停下脚步，眼睛重新明亮起来，然后迅速转身，重新回到谢坤的办公室。

办公室里，谢坤正仰躺在办公椅上，闭着眼睛，不知在想什么。他听到动静慢慢睁开眼睛，见秦向阳又回来，哼了一声，说："怎么？这么快就找到证据了？"

秦向阳默默地走到谢坤身边，趴在他耳朵上轻轻说了几句话。

谢坤的脸色瞬间变得无比难看。

他一把抓住秦向阳的手，嘴唇哆嗦，鼻翼翕动，眼睛通红。

秦向阳挣开手，把自己的电话留给谢坤，然后一边往外走一边说："你还有时间好好考虑考虑，想好了给我打电话！"

很多天以后李文璧做采访状问秦向阳："你当时到底对谢坤说了什么？"

秦向阳回答："我只不过告诉他，他儿子谢正伦其实早就知道，杀孙晓玉的人是谢坤。"

"为什么？"李文璧不解地问。

秦向阳说："很简单，谢正伦既然知道那晚孙晓玉喝得烂醉，门锁也没任何破坏痕迹，那就一定能想到，不是什么陌生人敲开门进去杀了孙晓玉，杀人的只能是谢坤。

"别墅本就是谢坤买的，只有谢坤有备用钥匙，或者有机会配钥匙。也正因为谢正伦猜出凶手是自己的父亲，所以一审后才放弃了上诉。他知道谢坤在乎他，胜过在乎自己。他甘心坐牢，为的是给自己的父亲赎罪！"

"你告诉谢坤这些，他就甘心承认自己是杀人凶手吗？"李文璧问。

秦向阳说："差不多了，但还不太够。谢坤的确一直以为谢正伦不知道凶手是他，但对谢坤来说，最大的秘密，无疑是他和孙晓玉的关系。这一点，谢正伦也不知道，除了谢坤和孙晓玉，恐怕没人知道。谢正伦猜到凶手是谢坤之后，怕是也猜到了孙晓玉的孩子也是谢坤的，除此之外，谢正伦想不出谢坤杀人的任何动机！"

李文璧点点头，说："是的，谢正伦一定会找谢坤的杀人动机，他找来找去，也只能猜到那么一条。"

"是的！"秦向阳说，"但是，谢正伦到现在也不知道孙晓玉和谢坤的关系。这也是谢坤能继续活下去的唯一理由。所以，我那天还告诉谢坤，我打算把他和孙晓玉的关系告诉谢正伦。"

"天哪！如果你把那件事告诉谢正伦，那谢坤也就真没勇气再活下去了！而且不只是谢坤，恐怕谢家所有人，都会在那个恶心的阴影里过一辈子！"李文璧长叹一声说，"这太残忍了！难道除此之外，就没别的法子吗？"

秦向阳想了想说："那是六年前的案子，我没见过现场，没参与即时办案。案子到我手里，都他妈的不可能再找到证据。我明知道谢坤就是凶手，却治不了他的罪，我还能有什么法子？这不是电影，是现实！"

第二十四章　肋骨下的牙齿

秦向阳从谢坤那儿离开后的第三天，谢坤打电话找到秦向阳，承认自己杀了孙晓玉。凶器不是刀，而是一把斧子，上面除了指纹，应该还留有干涸的血迹，就埋在别墅的花园里。但他恳求秦向阳答应他一件事，千万不要把他和孙晓玉的父女关系告诉谢正伦，不然他只能自杀，他们谢家也全完了。

秦向阳告诉谢坤，他从没打算告诉谢正伦那件事，前几天之所以对谢坤那么说，纯属无奈之举。同时他告诉谢坤，先别急着自首，别问为什么，一切等他通知。

罗仁杰是628案的凶手，秦向阳的身份没法儿正面接触，更没法儿抓人；孔良田是903案的凶手，但不知藏身何处；谢坤是秦向阳正面接触的第一个凶手。因此，他在电话里问谢坤：“认识林大志吗？”

谢坤说，他和林大志是朋友，此外他还是林大志的客户，多年来一直使用林大志公司的消防器材和保安设备。

“朋友？”秦向阳想了想，说，“林大志曾找人在网上发过719案的负面消息，说这是个冤案！我已经搞清楚了，你别误会，他那么做，不是帮你儿子，是为了胁迫专案组长，好让他中市局的标。林大志怎么知道这个案子有问题呢？我很好奇！你知道为什么吗？”

谢坤沉默许久，艰难地说：“哎！在你问这个问题之前，我不知道林大志竟做过这样的事！我想我能回答你——因为719案案发时，正如你的分析，当年的专案组组长郑毅，确实怀疑过我。他们问我案发时我在干什么，有没有不在场证明。我情急之下谎称自己和朋友在一块儿！"

"你说的朋友，就是林大志？"

"是的！"

"你好大的胆子！万一林大志说漏了嘴呢？毕竟，这种事，你不能提前跟朋友打招呼！"

"是的！这种事，提前跟朋友打招呼，那对朋友来说，就是不打自招了！我当时也是赌一把！"

"赌一把？"

"我当时欠了林大志几百万！我觉得，当有警察上门问他，某个时间段我有没有和他在一块儿，他应该能反应过来。对他来说，至少不希望我出事！不然他的钱谁还？"

"你不简单啊！"秦向阳说。

"哎！林大志也很聪明，他反应很快！面对警察的询问，他给我做了不在场证明……"

"那你事后如何跟林大志解释？"

"我对他也撒了谎，我说案发时跟别的女人在一起。我不想女人的事被曝出来，所以才对警察说，跟他在一块儿。"

"林大志信了？"

"不知道……"

挂断电话后，秦向阳连连感叹。

他既感叹谢坤当时的胆量，也感叹林大志当时的反应。不仅如此，林大志还意识到了谢坤很有问题！也就是说，谢坤事后的解释，林大志根本不信！不得不说，林大志太精明了！

现在，我们还是让时间回到秦向阳离开谢坤办公室那一天。

从谢坤办公室出来，他觉得浑身无比轻松，谢坤听到他那几句话后的反应，的确有些凄惨。他不想怜悯谢坤，又觉得谢坤很可怜。

没办法。万事皆有因果。

现在秦向阳终于可以处理最后一件案子了，1123男童挖眼案。

被挖眼的男孩叫浩浩，七岁，是清河县下面一个镇上普通人家的孩子，父亲叫王受成。

这个案子听起来非常简单，浩浩家所在的镇子叫大王镇，是煤矿区，他家后面有个荒芜的小山丘，附近的孩子没事都爱去那儿玩。

2008年11月23日下午黄昏，浩浩独自一人在小山丘附近玩，被人活生生挖去双眼，然后被丢进一个枯井里。案发现场没有目击者，没有留下作案工具，脚印在警察赶到之前被统统破坏。

案子被报道之后，群情激奋，尤其是为人父母的网友，更是尤其关注案子的进程。民众情绪经过酝酿发酵，引起了省公安厅的高度关注，命令专案组进驻，郑毅带头，限期破案。

郑毅等人的专案组进驻后的第十五天，锁定王受成的邻居陈秀兰为重大嫌疑人，并从陈秀兰家的地窖里发现了沾有浩浩血迹的衣服，衣服是陈秀兰的，案子宣告侦破。

这个案子的奇怪之处有两点。

一是陈秀兰被捕后，主动承认自己确实杀过人，这一点对警方来说是意外收获。但陈秀兰说，她在七年前杀过一个孩子，孩子叫王芳菲，是王受成的大女儿，也就是1123案被害人浩浩的姐姐，当年才五岁。陈秀兰杀人的动机很简单，她家平时就和王受成家颇有矛盾，自己家有三个孩子，却都是女孩，六年前王受成家添了二胎，却是个大胖小子。

"我三胎都是女孩，你二胎就是个大小子！凭什么？"陈秀兰越想越气，有天趁着天黑，用零食哄骗王芳菲到了野外，用石头砸死了孩子，把尸体扔到一个废弃的小煤矿坑道里。当年王芳菲被杀的案子一直就没破，警方和孩子父亲王受成都没想到，那个案子最后落到陈秀兰身上。但陈秀兰拒绝承认挖了浩浩的眼睛，可是专案组有血衣铁证，陈秀兰最终无奈认罪。

二是浩浩被挖去双眼，这事本身就很怪。郑毅最初怀疑这事跟人贩子有关，但没找到什么线索。如果真是人贩子干的，为什么不直接带走孩子，而是只挖掉双眼呢？当陈秀兰落网后，专案组认为这一点就显得比较好解释了，陈秀兰挖掉孩子双眼，是出于嫉妒引起的报复。陈秀兰最初拒绝承认这一点，她说以前确实嫉妒王受成家，再加上平时的积怨，因此才杀了王受成的大女儿，从那以后天天担惊受怕，心里很不是滋味，中间还想过自首，最终因为害怕又放弃了自首的想法，但早就不想再害人了。

令秦向阳颇为疑惑的，也是这一点。陈秀兰既然是王受成的邻居，那么不管怎么说，浩浩一个七岁大的孩子，都应该认识陈秀兰。如果凶手是陈秀兰，那她挖掉孩子的眼睛又有什么用呢？孩子只要活着，就能说出凶手身份。

关于浩浩的笔录，卷宗里说得很简单，因为孩子受伤要手术，没法儿第一时间做笔录。当手术完成，又休息了几天后，警方才询问孩子案发时的情况。

孩子精神上受了巨大打击，基本不怎么说话，只是提到两个模糊的字眼，黄头发，戴着戒指。根据孩子的描述，专案组最后一致认为陈秀兰行凶时化了妆，戴了假发套。

秦向阳前前后后把相关笔录看了很多遍，觉得整个案子的确有蹊跷之处。他前面已经调查完了三个案子，都被证明是冤假错案，那么这个案子也非常有可能是。

最蹊跷的，就是孩子被挖掉双眼。

秦向阳认为孩子的笔录没问题，可是那两个关键词是什么意思呢——"黄头发"，"戴着戒指"。

郑毅的专案组抓了个杀人凶手，这点没错，但陈秀兰根本不是1123案的凶手。

一定不是。

她既然主动承认杀王受成的大女儿，如果挖眼案也是她做的，她又何必隐瞒呢？杀人是死罪，挖眼是活罪，哪有主动认领死罪，否认活罪的道理？

陈秀兰作为王受成的邻居，就算给孩子挖了眼睛，也藏不住自己的身份，除非再给孩子割了喉咙，不让孩子说话。

秦向阳越看越火，心中升起深深的无奈。

他深吸一口气，赶走负面情绪。

他觉得这个案子逻辑不难。

问题就在孩子的眼睛上。

逻辑上，对孩子来说，凶手一定是陌生人。

只有满足陌生人这个条件，才能保证挖了孩子双眼后凶手身份的安全性。

孩子一定是看到了什么不该看的事，促使对方挖了他的眼睛。

那么，孩子到底看到了什么不该看的事呢？

孩子的笔录一定是凶手的特征：黄头发，戴着戒指。

凶手是男是女，笔录上没有记录。

一个七岁的孩子，看到什么也不至于被挖掉双眼啊。

秦向阳想着这个问题，不由得笑了。

他不是笑别人，而是笑自己。这些案子，怎么看都像猜谜，根本没法儿走刑事侦查的套路。

这他妈又是个谜。

猜谜很难。

心理画像师？

痕迹专家、心理专家？

面对这些陈年旧案，这些好像统统不管用。

其他诸如动机学分析，犯罪心理学分析，那都是基于足够的线索去做分析，放到这儿，什么用没有。

想是想不出来，他决定到现场看看。

这事，开着警车去很不方便，何况孙劲也有自己的活儿干。

秦向阳让孙劲把他送到了西关化工厂后边。还好，那辆摩托车还好好地放在变压器间里。

他从孙劲车里拿出外卖套装和头盔，穿戴整齐，开着摩托往当年的案发现场驶去。

卷宗上有信息，地方不难找，但跟当年比起来，肯定面目全非了。

秦向阳比对着信息，没费劲就找到了大概的位置。现在那里是一片待开发区域，当年孩子身处的枯井早就没了，周边有个很大的蔬菜批发市场。蔬菜市场外面有好几个地基，不知道要盖厂房还是民房，地基外面停着一辆挖土机。

秦向阳皱着眉头四处看了看，马上知道自己白来了。当年案发现场的准确位置已经无法定位，他只能不停地走来走去。

郁闷。

压抑。

他有种有力无处使的感觉。

他长长地呼出口气，闭上眼，把自己想象成那个孩子，同时想，我到底会看到什么不该看的呢？

他叹了口气，抬起头，视线越过那台挖土机，看见了一个小山丘。这个小山丘卷宗也有提到，离案发现场不远，也就一百来米。说是山丘，不如说是个连绵成片的土坡，不高，什么树也没有，初春的时节，土坡上晃动着一些杂草。

从秦向阳所占的位置看过去，土坡一个正面，一个侧斜面，就剩下一个背面是看不到的。

秦向阳盯着大土坡想了想，朝土坡的背面走了过去。

他一边走一边想，这附近就这么大范围，视野开阔，如果说有什么地方是那个孩子看不到的，也只能是土坡背面了。

难道当时有什么人，在土坡背后做什么勾当，完事出来后发现土坡正面有个孩子，于是担心孩子发现了什么，从而挖去了孩子双眼？

他越想走得越快，觉得就目前一无所获的情形下，这好歹算个靠点谱的逻辑。

其实，土坡背面和正面差不多。坡面上是光溜溜的黄土层，夹着些不大不小的石头块。坡下面到处是杂草，土块有些发黑，可能是覆盖过煤渣。他用脚踢了踢土块，很硬，春冻还没化。

这地方能有什么见不得人的勾当？

毒品交易？有可能。但那点事犯不上跑到这里，再说就算有人来这儿交易，那么小的粉包揣兜里，一手钱一手货就完事了，怎么到土坡背后就怎么出来，根本没必要担心孩子能看出什么猫腻。

色情交易？扯淡。11月23日，天寒地冻的，谁跑来这儿享受？

来这儿杀人？有可能，十几年前，这个小山丘的位置也算荒僻。杀了人怎么处理？埋起来。要埋就得带工具来。然后呢？挖完坑把人埋了。埋完拎着工具，出了背坡往回走。那么，如果这时凶手突然看见个孩子，会怎么样呢？

"操！还能怎么着，挖开看看再说。"

秦向阳放飞着思绪，越琢磨越觉得自己有道理。想到这儿，他赶紧蹲下去用手挖了挖，地太硬了，根本挖不动。他站起来一拍脑袋，想起来蔬菜市场外面停着辆挖土机。

秦向阳很快来到那辆挖土机跟前。车里没人，他在四周找了一圈也不见人影。这可怎么办？

他索性爬上车，试着拉了下车门，没想到车门没锁，一把就拉开了。秦向阳喜上眉梢，见钥匙插在车上，就爬上去发动了推土机。谁知那玩意儿他根本不会开，折腾了一会儿弄得满身是汗。

"干啥的！操！谁叫你动我的车！"这时，推土机下面传来叫骂声。

秦向阳扭头一看，知道司机回来了，赶紧跳下车给人赔不是："哈哈，大哥，不好意思，见你没在，想玩玩！"

"玩个鸟！这是你玩的？"司机见对方是个送外卖的，没好气地骂了两句。

秦向阳笑着递给司机一根烟，又给人点上火，才说："其实我这儿有点活儿，来找辆车。"

"什么活儿？我这儿今天没空。"司机说。

"就一小活儿。"秦向阳转身指着土坡说，"瞧见没，那边土坡的背面，有片平地。"

"挖土？"司机疑惑地问。

"对，地方不大，你帮我挖一遍，也就十分钟的事。"说着，秦向阳掏出钱来一看，只有五百，这才想起把赵楚的钱包忘在孙劲宿舍了，这五百块还是前些天李文璧随手给他的。

司机琢磨了一会儿，说："走，先过去看看。"

两人过去看了看地形，司机说："行！不过得现钱，一千五。"

秦向阳笑着说："你这太狠了！"

司机也笑着说："挖土机不比别的，就这个价，不行你找别人。"

秦向阳想了想，知道再找别的挖土机也难，就点头道："行！不过我出来得急了点，就带了五百，你先拿着，打个条，回头再给你一千。"

司机摇着头说："我不认识你，谁和你打条？要么现钱，要么散伙，我这儿还忙着呢。"

娘的！这人还轴上了！秦向阳在心里骂了两句，才说："一会儿我叫人把剩下的钱送过来，你先挖，这成吧？"

司机说："不行，眼看着我这活也耽误了，耽误半天就不止一千五！你懂吗？就现钱，不行拉倒。"说着司机就爬上了车。

这……秦向阳知道自己被对方吃定了，谁叫他非使挖土机不可呢？他怔了一会儿，眼珠一转，一咬牙也跟着爬上车，点上根烟，好让自己的脸藏进烟雾里，又往下拉了拉那个快递帽子，低着头对司机说："你要是干，我让你挣两万！不干拉倒！"

"两万？逗我呢小子？"司机嘿嘿一笑，满脸不信。

秦向阳故作神秘地说："不逗你，城里大街小巷的，贴着个通缉犯的单子，知道不？"

"那谁不知道啊。"

"上面写着提供通缉犯线索，奖励二十万，对吧？"

司机点点头："有这事，警察都没得线索，那是急疯了。"

秦向阳故作神秘地说："我知道通缉犯在哪儿！"

"你？你不是送外卖的吗？别扯了！"

"爱信不信！前几天我去送外卖，让人给绑了，你知道绑我的是谁？就是那个通缉犯！"

"哎哟！你这小哥太扯了。"

"不信拉倒！通缉犯还骑走了我的摩托车，不怕告诉你，我那车上有定位！"

"定位？那你咋不和警察说？"

"警察救了我，但当时我不知道绑我那人就是那个通缉犯，今天从街上看到通缉令，这才想起来。算了，你不想挣钱拉倒，我找别人。"秦向阳说完就跳下了车。

"哎，哎，别走！"司机跟着跳下车，眯起小眼说，"万一你骗我怎么办？"

"那你可以打110啊，看见没？"秦向阳指着外卖服上的字说，"我是这外卖公司的。算了，你这人太轴。"

"哎！别走！你先给我那五百，再给我打个条，两万的！我这就挖！"司机叫住秦向阳。他琢磨了，觉得不管对方的话是真是假，反正自己也不吃亏，有那五百就已经赚了。

秦向阳犹豫了一下，给了钱，打了条，签名的时候他想了想，写上了丁奉武的名字。司机这才开车干活。

很快，挖掘机下的泥土翻动起来，司机大声问秦向阳："挖多深？"

"挖地三尺！"

"这么深？你这人怪，舍得两万的本，别是下面有啥好东西吧？"

秦向阳也不搭理他，仔细盯着翻起的泥土。他现在有点紧张，对自己的判断，一点把握也没有，心里只有一个想法，非挖挖看不可。

很快，挖掘机挖到了土坡地面的中段，又一大铲子泥土被翻出来。

这时，一直盯着铲子的秦向阳，突然看到有个白色的东西闪了一下，然后掉进了土里。

他赶紧把车叫停，跑过去仔细地翻找。

司机不解，在车上怔怔地看着。

终于，他找到了那个白色的东西，那是一根白骨。

凭经验，他判断那是手臂骨头的一部分，这个发现让他很是兴奋。

难道自己猜对了？简直不敢相信！他来不及庆幸，连忙叫司机把车又朝后倒了倒，随后把骨头放在一边，又跪进土里，仔细地翻找起来。

很快，他又摸到了一根粗壮的骨头。

"还真有！"

他兴奋地叫了一声，加快了手里的动作，直到一副完整的人体骨架从泥土里暴露出来。

"我操，什么玩意儿？"司机从车上跳下来，走上去看了一眼，顿时惊呆了，连忙退后几步，指着秦向阳说，"人……人骨头！你，你到底干啥的？"

秦向阳吸了口气，站起来，拉开外卖服拉链露出里面的警服，说："实话告诉你，我是警察，这里没你事了。"

"警察？"司机挠了挠头，急忙开着车走了，走到远处，他突然回头喊，"你那个两万的欠条就算了，但是工钱得给我补齐啊！"

秦向阳没回头，随口喊了声："行，下次。"

说完他趴下身子，仔细观察，尸骨一看就是男性的。骨架保存得很不错，除了被铲车挑出来的那根臂骨，整体上下都是完整的。骨架看起来不矮，起码一米八左右，但两条腿是蜷着的，看来当初挖坑的人很仓促，挖的坑洞不太到位。

骨头全身有没有伤，秦向阳看不出来。死者嘴巴张得很大，死前应该经受了不少痛苦。他又仔细看了看尸骨的嘴巴，发现死者嘴里似乎少了不少牙齿。

"难道是个老人？"秦向阳使劲趴低身子观察，几乎趴到跟尸骨嘴对嘴的程度。这个姿势很不舒服，他摇了摇头，挺起身子，把骷髅头抱了起来。

这样看就清楚了。他发现死者嘴里的槽牙只少了一颗，其余脱落牙齿的位置都在上颚，包括两颗门牙，还有门牙两边的好几颗牙齿，都没了。

看来不是老人。

可是怎么少了这么多牙呢？

他想不明白，慢慢地把骷髅头放回原处，继续仔细打量尸骨的其他部位。

那是什么？

他看到骨架肋骨下面，有一颗白色的东西，伸手小心地捡了起来。

那竟然也是一颗牙齿。

牙齿怎么会在肋骨下边？

他摇了摇头，再次小心地翻找起来。

又一颗。

他把牙齿放进手里。

一会儿工夫，他在同一个位置，总共找到了七颗牙齿。

所有的牙齿都集中在肋骨下面。

"这是什么情况？"他不明所以，皱眉沉思，"难道是凶手打落死者牙齿，随手扔到这个地方？"

"不对。再怎么扔，也不可能把七颗牙齿扔到同一个位置。一个人要想把七颗牙集中放在一块儿，只能先把牙拢在手心，采用弯腰的姿势，轻轻把牙齿放下去。显然，凶手在杀人、打落牙齿、埋人的过程中，很难做出这么'绅士'的动作。"

他使劲搓着鼻头，很快明白过来，那些牙齿根本不是扔进去的，而是死者吃进去的。

那个有牙齿的位置，根本就是死者的胃。

那就只有一个解释：凶手打掉死者的牙齿，让死者吞了下去。

是不是这样，数数就知道了。

他重新抱起骷髅头，仔细数了数牙齿脱落的位置，发现怎么也数不对，因为掉落牙齿的缝隙太宽了，同时骨头又经过了这么多年的钙化，很难判断那些位置一共有几颗牙齿。

数不清就换个招。他把骷髅稳稳地放到地上，拿出那些牙齿，一颗一颗往骷髅嘴里摆。这么一摆，虽然牙齿摆放的位置不一定对，但结果就很明显了，死者上颚和最里面槽牙一个位置加起来，正好能放上七颗牙齿。

看来凶手真够狠的，临把人埋了，还砸人的牙，再强迫对方吞下去。

这事只能这么解释，不过听起来，却又总觉得有点多此一举。

秦向阳摇摇头，取下烟盒上的塑料膜，把牙齿放进去包好，弯腰把塑料膜埋到了骨架下面，省得到时候一个个不好找。然后又手脚并用，重新把骨架埋了起来。

收拾停当，他拍了拍手，暗自庆幸，之前要不是多看了几眼这个土坡，可能真就放弃了。再就是老天爷帮忙，要不是这里恰好有一台挖土机，事情拖下去也许就黄了，毕竟他的时间不多。想到这儿他不停地感叹着，只差跪下去跟老天爷磕头了。

接下来的事，就是确定死者身份，这事还得找苏曼宁。

他又想，既然找苏曼宁，那不如干脆叫她来一趟，把尸骨带回去检验，她不也是个法医主任吗？再说自己不能在这儿盯着，尸骨万一丢了怎么办？

念及此，他又回去挖开了那个坑。可是挖开坑他又犯愁了，尸骨太大，摩托车上的外卖箱子根本装不下。他想了想，推来摩托车，挖出那包牙齿，和骷髅头一块儿放进了外卖箱，然后把剩下的骨架埋好。

他开着摩托车回到西关化工厂后边，先把摩托车藏起来，然后给苏曼宁打电话。

电话一接通，苏曼宁就说："证据我搞到了，孙晓玉的确是谢坤的女儿。你那边怎么样？搞定谢坤没？"

秦向阳说："见过他了，给他留了几句话，就看他的心理承受力了。"

苏曼宁说："尽力就好。怎么，又给我找新活儿来了？"

秦向阳说："1123男童挖眼案。你查查2008年11月23日往后，以清河县大王镇为核心的失踪人员，男性。"

"还有别的数据吗？"

"对了，身高一米八左右，年龄不知道。你能来趟清河吗？有个重要的物证，我想让你带回去。"

苏曼宁沉吟了一会儿，才说："好吧，位置。"

清河西关中海油滨海化工有限公司后边。

此时天已黑透，苏曼宁用了将近两小时才赶过来，找到了秦向阳。

一下车她就说："好久不见。"

苏曼宁气质出众，与这夜色荒野的环境格格不入。

借着车灯，秦向阳看着这个曼妙的女警花向自己走来，恍惚中感觉一切有点不太真实。

他晃了晃头，赶紧掏出根烟点上。

在烟雾里，世界才又恢复成残酷的颜色。

"喂！我带了些吃的，要不上车吃了再说吧？"她省略了这种环境下见面的客套话，直截了当地说。

秦向阳灿然笑道："这些天没少麻烦你，应该我请你吃饭，不过现在……"他一边说，一边走进变压器间，抱着外卖箱走了出来，然后对苏曼宁说，"现在我只有这玩意儿。"

"不会请我吃外卖吧？"苏曼宁打开外卖箱看了一眼，见里面放着个骷髅头，还有一个烟盒塑料袋，里面包着些牙齿。

苏曼宁见多识广，没受到惊吓，只是颇为疑惑地问："哪儿来的？"

"极有可能是1123案里相关的被害人。"秦向阳一边把外卖箱装进她的车里，一边说。

苏曼宁说："王万友？"

"什么王万友？"秦向阳不解地问。

苏曼宁从车里拿出一张打印好的A4纸说："临来前，你不是叫我查2008年11月23日往后，以清河大王镇为核心的失踪者名单吗？"

"效率这么高？"秦向阳有些吃惊。

苏曼宁甩了下头发，点点头，不以为然地说："别忘了我是干什么的。"

这个成熟的女人面对男人的夸奖，也难免有些得意，不过比起李文璧来，还是要收敛得多。李文璧在这种情况下，怕是又要得意上天了。

苏曼宁回到车里开了灯。秦向阳也自然地坐进了车里。

"在那个时间段内，那个范围共有四个失踪人员，"苏曼宁指着纸上的资料说，"一个老人，一个妇女，一个孩子，只剩下这个王万友符合要求，四十八岁，大王镇本地人，党员，但不是镇两委成员，早年做过生意，资料显示，这人为人公道，热心肠，好帮助人，在当地很有威望。"

说完她把资料交给秦向阳，又说："尸骨的其他部位呢？"

秦向阳放好资料，说："在大王镇一个小山丘后边埋着，我怕丢，就带了个头骨过来。对了，里边还有些牙齿，应该是死者的。"

苏曼宁点点头，说："行，我先带回去鉴定骨龄，不过骨架目标太大，现在带回去，人多眼杂，万一传到郑毅那边，怕不大好说。"说着，她掏出来一沓钱塞给秦向阳。

秦向阳连忙推开，笑着说："我这身份，有钱也花不了。"

苏曼宁也不勉强，把钱收了起来，催促道："钱不要，东西总要吃吧。"

秦向阳不再推托，他确实饿极了。

苏曼宁问："你晚上去哪儿？"

秦向阳一边吃一边笑着说："清河分局单身公寓，郑毅肯定想不到。"

他很快吃完东西，下了车，刚要催促苏曼宁回去，又改变了主意，说："要不你今晚留在清河吧。"

"什么意思？"苏曼宁笑着问。

秦向阳平静地说："明一早我去王万友家，如果找到能化验的东西，你拿回去和头骨做个比对。省得你再跑一趟，我时间不多了！"

苏曼宁点头同意，随后问："什么叫时间不多了？"

秦向阳摆摆手，说没事。

苏曼宁见他不想说，也不多问，转身上车，说："那今晚我就不走了，明早要是找到东西，就给我打电话。"

秦向阳盯着她的车消失在黑暗里，才拿出电话给孙劲拨了过去。

又等了很长时间，孙劲才赶过来。秦向阳想起来孙劲今晚在谢坤家门口值班，看来晚上要自己一个人待在宿舍了。

这注定又是个漫漫长夜。

|第二十五章　追杀|

天亮之后，孙劲下夜班回来了。老规矩，秦向阳叫他先把自己送到化工厂后边，才放他回去休息。

孙劲走后，他套上外卖服，骑上摩托车直奔大王镇。

他不放心，先到埋尸骨的地方看了看。他去得很早，挖掘机还没开工。还好，骨架还好好地埋在坑里。

大王镇经济条件不错。秦向阳很快来到大王镇上，找到镇政府，径直骑了进去。他刚进门，传达室里出来个老头把他叫住了。

"小伙子，大清早就来送餐啊？"老头拦住他问。

秦向阳的目光掠过老头，往传达室里瞅了瞅，见里面还有俩老头正在下棋，就把摩托推到一边，给老头发了根烟，说："不送餐，来打听个人。"

"打听人？谁？"老头点上烟问。

秦向阳故意挠了挠头，说："这话说起来，怕是有点长，大爷，能进屋说不？"

老头也很客气，抬手一让，一老一少进了屋。

其实，秦向阳的目标就是这镇政府的传达室。他听苏曼宁说，那个失踪的王万友不是镇两委班子成员，却是个党员，当年在这镇上又是个仗义人，有威望，自然和镇委的人少打不了交道。进镇委就得进过传达室。政府传达室的人，一般都很负责，虽然只是看个门送个信，却往往把自己当成半个政府人员，人来人往，谁也别想从他们眼里逃掉。打听王万友这种人，来镇政府传达室准没错。他也很想直接去王万友家里，但考虑到自己什么情况也不清楚，就决定还是先打听点情况为好。

此时郑毅那边，对那四宗案子相关家属的监视工作做得确实很到位，包括1123案被害人王浩浩的家。但郑毅根本不知道1123案还牵扯到王万友，所以，此时秦向阳去王万友家是很安全的。

秦向阳进了传达室，下棋的老人连眼都没抬。

他殷勤递完烟，才对第一个老头说："大爷您在这儿干多长时间了？"

老头用漏风的牙哂着烟说："多久？有十来年了。"

"十来年？"秦向阳心说有门，接着问，"跟你打听个人，这人叫王万友，就是咱镇子上的，有印象吗？"

"王万友？"老头眯着眼嘟囔着。

这时，下棋的一个老头突然回头说："王阎王？"

第一个老头一听，赶紧说："对，对。王阎王，看我这记性。你打听他干啥？"

秦向阳皱着眉说："我是他亲戚，外省的，多少年没联系了，也没他的电话。今年来咱这打工，家里老人就嘱咐我联系联系王叔。对了，你们说什么王阎王？"

第一个老头说："外号嘛。王万友，哎哟，这人不见了多少年了这都。"说着他问那个下棋的老人，"多少年不见王万友了？"

下棋的老头举着棋子摇摇头："记不清了。"

第一个老头点点头，说："你看，都记不清了。那人啊，失踪了，是死是活也不知道。"

"你们认得他？"秦向阳明知故问，继续套话。

老头说："你看！镇上谁不认得他？上到镇长，下到我这看门老头。当年他常来镇委，是个能人！我记得，他还送给我几瓶酒，嗯，仗义人。"

"能讲讲他的事吗？为啥叫他王阎王？"秦向阳说着又发了一圈烟。

下棋的老头接过烟，说："王万友是个党员，早年做过生意，也算个有钱人。好替人出头，左邻右舍，谁家有个过不去的坎，找到他，准能拿到千儿八百。那些年可不比现在，千儿八百的就是大钱。这么着，时间长了，王万友就成了咱大王镇上的晃保正。他办事也公道，嗓门还特别大，邻里街道纠纷，左邻右舍叽叽歪歪，主持事也都找他，他冲谁吼一嗓子，都得服。"

第一个老头这时接着话茬说："那叫心里天生有杆秤的主！别说邻里街道，连镇上有啥事，也找他商量商量。"

下棋老者点点头说："对，镇上当年的煤矿要不是他拦着，早叫人包走了。"

"什么煤矿？"秦向阳赶紧问。

第一个老头又截住话说："你小娃不懂，咱大王镇就是煤多、矿多，这镇上，以前有个集体矿，那在镇上是头一号大矿。集体你小娃知道吧，老百姓投了钱，镇委出头经营，过年分红。后来，镇上搞煤矿的老板王大拿，看好了那个集体矿，就天天来镇委找领导。凡是来，我就没见他空过手，又是请客又是送礼，非要承包那个矿。得亏王万友拦着，不然早就包出去了。"

"王大拿？"

"王锋！有钱！都叫他王大拿。"

"那现在呢？那个集体矿？"

"嗯？哦！早成王大拿的了。"

秦向阳琢磨出味道来了，按老头说的这些看，这个王锋和王万友，肯定有过节。一个处心积虑想承包集体矿，一个横竖拦着不让包，这矛盾不是明摆着？

他想，要是能查到煤矿被王锋包到手的具体时间就好了，如果承包时间在王万友失踪之后，那这个王锋就非得查查不行。

但他知道，这种年代久远的承包合同，在乡镇单位，不可能有电脑存档，就是找苏曼宁，也查不到什么，除非亲自找镇委书记。可就算找到镇委书记，估计这么些年下来，也是换了届的。看起来，这个事是不好查了。

秦向阳向老头道了谢，打听了王万友家的地址，这才离开镇政府传达室。

王万友父亲前几年过世了，家里还有个老娘。王万友媳妇这些年也没改嫁，孩子大学毕业在外工作，家里全靠她照顾着年迈多病的婆婆。

秦向阳脱了外卖服，露出孙劲那套警服，以警察的身份见到了王万友的家人。

王万友媳妇对秦向阳的到来非常吃惊，态度里却又带着冷淡。

秦向阳知道，派出所登记了失踪人口，这些年下来人没找到，家属见到警察不可能给个笑脸。

秦向阳说明了自己的来意，就是想打听打听王万友当年的事。

王万友媳妇说："哎，还打听个啥，这些年也不见人，我知道，他是肯定出事了。不然他那么大个人，还能不回家？"

秦向阳带着歉意说："我们工作也没做好，是死是活，这些年过去，也没给你们个说法。"

王万友媳妇抬头看了看对方，叹着气说："你这话中听。其实也不能怪你们，他自己出了事，你们警察也不是万能的。"

"那你觉得他能出什么事？"

"什么事？"万友媳妇没好气地说，"肯定和那个王大拿有关！"

"你咋知道？"

"我咋知道？我是他老婆！万友失踪前就常说，那个王大拿怕是会对付他。我就说他，别管镇委那档子闲事了。他不听，非要管。你看，管着管着人没了。"

"这些情况，你就没给派出所反映反映？"

"咋没反映？人家派出所说要讲证据。我个大老娘儿们，我今年都五十多了，我上哪儿找王大拿的证据去？王大拿本就不是个干净人，镇上谁不知道？可派出所不也没法儿吗？还叫我拿证据？"

秦向阳无言地点点头，想了想又问："能看看他的照片吗？"

万友媳妇指着里屋的大相框说："那上头有，自己看去。"

相框早就很陈旧了，里面有王万友家人的合影，没见王万友的单人照，估计家人给收起来了。王万友看起来身材很魁梧，很结实。

秦向阳转身问："他多高？"

万友媳妇说："能有一米八出头。问这干啥？"

秦向阳说："万一我们找到尸骨，总得有个特征。哎，我说万一，你别不爱听。"

"这些年了，我早有心理准备了。"万友媳妇平静地说。

秦向阳点点头，问："那家里还有他用过的东西吗？最好是梳子、头发之类的，找点能做检验比对的东西。"

"早都扔了！上哪儿找去。"万友媳妇叹着气，指着里屋一个木箱子说，"那里头，还有些破书烂账本子，都是他的。"

秦向阳赶紧把箱子搬到外边，想看看里头还有什么东西。账本之类的早都发霉了，他把它们放到一边，继续找。找来找去，箱子见底了。他从箱底翻出个黑色的类似工笔刀之类的东西，刀刃很厚。

他看了看，疑惑地问："这是什么？"

万友媳妇看了看，说："哦，万友戗脚指甲的刀子，也是，你年轻没使过这玩意儿。"

秦向阳仔细瞅了瞅，见那个黑色的刀头上，竟然还沾着些指甲碎屑，就问："这刀谁还用？"

"就万友使，别人谁用那东西，就连老人的指甲也是我剪，我不用戗刀。"

"这么说，这上边的指甲碎屑是他的？"

秦向阳心中一喜，见万友媳妇不想说话了，就赶紧找了个塑料袋，小心地把戗刀包起来放进兜里。

离开王万友家，秦向阳刚掏出电话，就见苏曼宁站在路边冲自己招手。

他赶紧过去把戗脚刀递给她，说："有收获，这戗刀，是王万友的！"

说完，他又问苏曼宁："你不是在清河等着吗？咋跑来这儿了？"

苏曼宁打开塑料袋看了看，然后把刀子收好，说："知道你来大王镇，一早我就过来了，省得你再跑一趟，得了，我撤了。"

秦向阳赶紧问："这个鉴定啥时候出来？"

苏曼宁说："最快中午。"

苏曼宁走后，秦向阳用手机上网查了查王锋的个人资料，可惜没找到王锋的照片。王锋的煤炭公司地址却很好找，巧了，就在清河西关化工厂附近。

秦向阳又套上外卖服，按照地址，很快来到煤炭公司门口，他把摩托停在路边，脱下外卖服，穿着警服走了进去。

门卫见来了个警察，很客气地打着招呼，知道秦向阳的来意后，抱歉地说王总的车出去了。

秦向阳问王锋去了哪儿。

门卫说不清楚，叫他去问问办公室秘书。秦向阳又上楼找到秘书，秘书说王总和客户去矿上了，在大王镇。

镇上的煤矿很多，秦向阳问哪个矿。

秘书说最大的那个，一打听都知道。

秦向阳跟秘书要来王锋的电话，出了门换过衣服，又返回大王镇。

这就叫折腾。有时候不折腾不行。

再次回到镇上，秦向阳一路打听，找到了秘书所说的那个最大的煤矿，此时已接近中午。

那个矿区确实不小，到处是排号拉货的荷载四十吨外地大车，看规模，这个矿很可能就是当年镇上那个集体矿。

矿上很嘈杂，到处是人，地盘又大，上哪儿找王锋去？

秦向阳稍一琢磨，人不好找，车可好找。他四处看了看，见不远处空地上停着几辆轿车，其中一辆奥迪挂着本地牌照。

他把外卖服脱下放好，走到奥迪边上，刚想趴窗户往里看看，没承想玻璃唰地一下拉开了。

车里那人按下车玻璃没好气地说："瞅啥呢？"

秦向阳笑着探问："没事，这是王总的车？"

那人估计是个司机，见来人是个警察，就不咋呼了，淡淡地问了句："找王总？"

秦向阳点点头，确定自己找对了。

那人说："王总一会儿陪几个大客户吃饭。"

秦向阳可不管王锋有没有时间，离给丁奉武的承诺越来越近，他没时间了。他今天非找王锋"谈谈"不可，一切以自己的方式。

过了大概一根烟的工夫，七八个人出了矿区，朝着停车的地方走来，其中一个人一边走，一边挥手指着一排排拉煤的货车说着什么。

秦向阳毫不犹豫地朝那群人走去。这时，他的电话响了。

苏曼宁在电话里说："已确认，头骨就是王万友的。"

"果然是王万友！"秦向阳挂断电话，心想，"电话来得可真是时候。"

"哪位是王锋？"他来到那群人面前问。

那些人互相看了看，中间一个挺胖的人走出来，笑呵呵地说："呵，这位警官有事？"

"你是王锋？"秦向阳问。

"我就是，这位警官贵姓？"王锋挺了挺肚子说。

"姓秦，"秦向阳上前一步说，"找你调查点事。"

王锋略一迟疑，问："什么事？"

秦向阳说："到地方就知道了。"

王锋以为对方要带他回警局问询，脸上带着笑，伸手拍着秦向阳的肩膀，面有难色地说："秦警官，今天我没时间，你看，"他指了指身后，继续说，"来了几个大客户，招待招待。改天吧！但凡我王锋知道的，您随便问，绝对配合，怎么样？"

秦向阳笑了笑，说："王总的意思，就是今天不配合了？"

这时王锋身后走上来两个人，一脸怒气地说："调查什么？证件呢？懂不懂规矩？"

秦向阳能有啥证啊，他自知理亏，站着没动，心里琢磨，怕是捂不住了。

王锋见秦向阳的神色，就猜出来对方没带证件。

作为当地的买卖人，他可不想让官面上的人难堪，赶紧冲那几个人摆摆手，对秦向阳说："这么着，秦警官，来得早不如来得巧，中午一块儿吧！坐下来吃顿饭，认识认识。回头你拿来证件，我还是那句话，绝对配合，你看，这么一来，你的活儿也不耽误，我的事也不耽误。"

按理说，王锋这话说得里外得体，也给足了秦向阳面子。但他哪知道眼前这位正被通缉，一没手续，二没证件，连警服都是借的。

秦向阳心里也打着小算盘，他知道就算自己还是警察，就算今天有手续，也甭想从王锋嘴里掏出啥有价值的情况，更何况自己现在这身份。来几趟，结果都一个熊样。这事，文的肯定不行，也别装了，只能来武的。

想到这里，秦向阳上前一步揽住王锋的脖子，让别人以为他想跟王锋说什么悄悄话。

可是谁也没料到，秦向阳揽着王锋慢慢走到奥迪边上，突然发力，将王锋的头狠狠地往门框上撞去。

撞击突然而又沉重。

王锋两眼一黑，额头瞬间起了个大包，身子一软摔了下去。边上的人此时都没反应过来。

秦向阳抬脚踹飞站在车前门的司机，随手拉开车后门把王锋推进了车里。

众人这才反应过来，一窝蜂向秦向阳冲去。

"警察打人了！"

"王八盖子的！"

"什么警察？假的吧！"

"保护王总！"

"上！"

"砍他！"

……

司机一马当先，找来一把铁锹，抡圆了，带着风声砸向秦向阳。

这时秦向阳想钻进驾驶室已经来不及了，赶紧弯腰闪开当头一击。

"当！"铁锹狠狠地砸到车门上，发出一声清脆的巨响。

秦向阳顺势退后一步，抬手抓住铁锹柄，同时抬脚高踢。这一脚正中司机喉骨。司机惨叫一声松开铁锹捂着脖子滚了出去。铁锹一转眼到了秦向阳手里。

冲在前边的几个人手里没家伙，见对方抢到了铁锹，心里就有点发毛，但脚底下却刹不住车了，仗着人多扑向秦向阳。

秦向阳拿起铁锹，猛地向前直直捅出去。

阳光下，铁锹头一闪，架住了一个人的脖子。紧接着他转动木柄，啪啪啪用铁锹面拍翻了几个人。

这时后面的人都找来了称手的家伙，见前面的一眨眼都被搞翻了，"嗷"的一声，挥着家伙，向秦向阳围过来。

铁锹头是利器，秦向阳不想伤人，那帮人下手却没个轻重。

他只好一边打一边跑，缩小敌人的攻击面，保证每次出手，眼前都只有一个对手，并且一击即中。

转眼工夫，七八个人都被搞翻在地。

秦向阳丢掉铁锹就往奥迪那边跑，这时远处突然传来一片震天的喊杀声。

他抬头一看，见远处浩浩荡荡冲过来少说上百人，冲在最前边的，是几个抢着棍子的工头，后面清一色煤矿工人，戴着安全帽，抢着铁锹。

"冲啊！操！"

"王总被人绑架了！"

"救王总！"

"日他娘！"

"砍死他！"

……

秦向阳一看这么个情况，跑得比兔子还快，摩托车也不管了，钻进车去回头看了看，见王锋还好好地趴在后座上，赶紧打着火，踩下油门蹿了出去。

奥迪车转眼来到大路，飞奔起来。

跑出去一段，秦向阳刚想出口气，他从后视镜一看，好家伙，后边远远地来了黑压压一群，轿车、SUV、卡车以及一大群煤矿工人的摩托车。

追兵上来了。

这他妈还死缠烂打，不算完了。秦向阳擦着汗加大了油门。

秦向阳开着奥迪，很快到了1123案那个大土坡。一辆挖掘机正在不远处作业。

他把车停好，拎着王锋就走。

他回头看了看，后边老远也没见那些车跟上来。

不会这么轻易被甩掉吧？或者对方放弃了？他不确定，刚才一路上只顾着猛踩油门。

王锋已经醒了，嘴里骂骂咧咧，碍于脖子被人家狠狠地掐着，疼得钻心，好汉不吃眼前亏，他只好挨着疼跟着往前挪。但他之前昏迷了，还不知道自己矿区的人刚才所做出的急速反应，要是知道，此时心气肯定就足了，说不定原地就跟秦向阳杠上了。

到了那个埋尸骨的土坑前，秦向阳把王锋狠狠摔在地上。

王锋哼哼了一会儿，眯着眼，冲着秦向阳狠狠地吐出几个字："大爷的！不管你是谁，你他妈摊上事了！"

秦向阳也不理他，回头踹了王锋两脚。

王锋吃痛，一边大声叫嚷，一边疑惑地盯着秦向阳，只见对方俯下身去，很快扒开来一片土层。土层下面，竟然露出来一副完整的骨架，骨架白森森的很是骇人，只是没有头骨。

王锋吃惊地看着眼前的一切，突然止住了叫声，使劲眨了眨眼睛，也不知道心里在想什么。

秦向阳起身拍了拍土，用力把王锋拖到坑边，狠狠地说："来！认认！"

王锋有点失神，猛地晃了晃脑袋，任由秦向阳把他拖到了坑边。他还是第一次如此近距离接触白森森的人骨头架子，顿时惊呆在原地。

他使劲咽了口唾沫，不断往后挪动身子，想离骨架远一点。

秦向阳仔细看了看王锋，又把他拖回去，对王锋耳语道："提醒你一句，2008年11月23日，王万友！"

王锋沉默片刻，呸了一口土星子，嘟囔道："什么王万友？不认得！"

"你他妈再说不认得！"秦向阳抬脚就把王锋揣进了坑里。

其实，秦向阳此时也是骑虎难下。他根本不确定王锋跟王万友的死有没有关系，但既然老天爷让他挖到了王万友的尸骨，那么根据前面调查到的信息，以及自己此时的处境，他只能跟王锋来硬的。

对警察来说，这叫刑讯逼供，但对此时的他来说，这叫摸石头过河，走一步算一步。

王锋摔进坑里，猝不及防，一把抱住了骨头架子。他惊叫一声，爬起来想跑。

秦向阳上前死死掐着他的脖子，把他的头硬怼在尸骨上："说！认不认得！"

王锋疼得嗷嗷直叫，但就是啥也不说。

这时，附近突然传来一阵嘈杂声，有人在不远处喊："你妈的！放开王总！"

秦向阳扭头一看，暗道不好，那些人真的追来了。

他不是心存侥幸，认为对方追不上来，而是对方怎么样，他根本没法儿控制，只能被动接受。他也清楚，对方领头的知道他穿着警服，把他当成真警察了，可警察又怎么样？人家根本没把他放在眼里。你警察不带证件，还无故绑人？人家不杀上来才怪。

随着刚才那一声大喊，眨眼间，整个山坡被黑压压的人群围了起来。

王锋猛地抬头，见是救兵杀到，一下子精神头上来了，突然挣脱开秦向阳，转身就跑，没跑两步，咣当，又被踹翻了。

抄着家伙的人群一见王锋被打了，嗷嗷叫着围了上去，一排排的铁锹、榔头，在阳光下闪着寒光。

包围圈越来越小。

王锋见秦向阳成了瓮中鳖，气势瞬间大盛，坐着哈哈大笑起来："姓秦的是吧？你狠是吧？摊上这事，怪你家祖坟上辈子不冒烟儿！"说着，他又狠狠吐了口吐沫，止住笑声，阴森森地说，"告诉你，今天你还就死这了！这么多人，叫你死无全尸！"

说到这儿，王锋转过头对围上来的人群大喊起来："弄死他！法不责众！"

秦向阳长长地叹了口气。他知道王锋的话没错，上百个人，上百把铁锹，别说用铁锹，就是这些人冲上来一人一拳，也能把他秦向阳揍得爹妈不认。

周围的人，大部分是朴实的煤矿工人，一个个咬着牙，瞪着眼。此时，他们心意相通了，以为眼前这个穿警服的家伙，是个会欺负老百姓的公家人，还打人，还绑架了老板，好警察有这么办事的？他们一个个心里想着，没错，人多无罪，揍死眼前这家伙也没啥事，把老板救出来，说不定还有奖金。

这个处境，这个气氛，就好比个炸药包，很可能接下来王锋再说一句话，就被点燃了。

秦向阳怒视前方，百感交集：这么多天的努力，背着通缉的身份，千难万难，一个个案子查下来，竟然白忙了！什么214案，什么冤假错案，全去球了，没希望了，也甭想翻身了！群情激愤之下，今天死定了！临死，还背着个通缉犯的罪名！这些情绪，瞬间充斥了他的脑海。

他拼命咬着牙，想镇静下来，谁知突然两眼一黑，差点摔倒在地。

他赶紧稳住身子，暗道：完了！

他不甘心。

事情不该是这个结局。刚才，他以为王锋若真是杀死王万友的凶手，那么只要见到死者骨架，心理必然相当紧张，情绪就极有可能失控，那么，他就能撬开王锋的嘴。可谁知，王锋愣是咬牙啥也不说，其他的人又追来得太快，使他没有多余的时间再试探下去。哎！他长长地呼出口气，紧紧盯了王锋一眼，握紧拳头想拼命冲出去。

他抬了抬腿，发现脚底下根本使不出劲。

一个人希望没了，力量当然也就没了。

此时包围圈离秦向阳只有两米远了。

王锋见自己的人上来了，反倒不急着爬起来了，他稳稳地坐在地上，大声说："兄弟们！这就是条不知哪儿来的疯狗！他没证件！还绑架！搞死这狗日的！人多无罪！回头发奖金！"

说完，他又肆意狂笑起来。

中午的阳光直直地射过来，洒在王锋胖胖的脸上，这使他觉得暖洋洋的，全身顿时充满了生机。

秦向阳的脑袋却一片混沌。他紧紧握着口袋里的电话，想给孙劲打过去。可就算打通又怎样？孙劲根本来不及赶过来。

他又把手从开口袋里拿出来，再次攥起拳头，眯着眼睛，紧张地盯着围上来的人群，心里不住地盘算着可能存在的一线生机。

这时，恍惚中，他突然感觉有什么东西从眼前闪过。

那是一道光。

他下意识地眨了眨眼。

"咦！咋回事？"

他摇了摇头，猛地回过神来，警觉地看向四周。

他只看了一眼就明白了，闪光处来自王锋的嘴巴。

不，闪光来自王锋的牙齿！

王锋仍然大张着嘴巴，得意地笑个不停。

此时任谁站在王锋前边，也能清晰地看到，他门牙右边第三颗牙齿，在阳光照射下，闪着金色的光。

一瞬间，秦向阳感觉脑子里的混沌被这金光击穿了。

牙齿！

王锋镶了一颗金牙。

不对！不对！

他猛地慌了慌脑袋，想抓住脑子里那道金光。

他立刻想起来王万友胃里那七颗牙齿。

刚拿到王万友的头骨时，他当时就有些纳闷。

虽说那七颗牙，刚好能对上头骨里的七个牙齿凹槽，可是，那些凹槽却是分成两部分的，一部分在上颚，六个凹槽连在一起，一部分孤零零地在最里边，是一颗槽牙。

如果说那七颗牙都是王万友的，被凶手砸了下来，那么，六颗上颚部分的牙被砸下来是顺理成章的事，怎么会连最里边的槽牙，也给砸下来呢？槽牙孤零零地在最里边，距离上颚那六颗牙有段距离。从受力角度来说，这事就很奇怪。难不成砸了多次，先砸下来上颚的六颗牙，之后又砸掉了里边的一颗槽牙？

挖到那些牙的时候，他就觉得很奇怪，但是又想不明白怎么回事，就把事情放在了心里。此时，突然看到王锋上颚镶着颗金牙，他之前心里那个奇怪的感觉顿时明朗起来。

那些牙一定有问题。

他猛然明白了问题出在哪儿，逻辑一下子清晰了。

没错，那七颗牙里，肯定有一颗牙是王锋的。

王万友的槽牙应该早就掉了，那里面只有六颗是王万友的。

当时的情况，一定是王万友面临死亡威胁，拼命挣扎中，用头撞掉了王锋的一颗牙。这引来了王锋的报复，他砸掉了王万友的六颗牙，并且让王万友把所有的牙都吞了下去，一共七颗。

这才是死者胃里为什么有牙最合理的解释。

要是那七颗牙全是王万友的，那么凶手杀人之前，给人敲掉牙齿再让人吞下去，这纯属多此一举。也只有这样，才能合理解释之前的疑问，槽牙和上颚的牙，离得有些远，根本就不是一起被砸下来的。

一定是这样！

想到这里，持械被通缉了这么久的秦向阳，没有一丝犹豫，终于拔出了枪。

|第二十六章 峰回路转|

绝大多数时候，人一旦失去希望，接下来便是绝望。就算有枪在手，也没力气扣下扳机，因为那样做已经没有意义。

刚才的处境下，秦向阳一直没忘掉腰里的枪，可是他清楚掏枪也没意义，如果这次拿不下王锋，他就失去了调查目标，功败垂成，在丁奉武那里，他也没多少时间了。

当心头的疑问突然解决掉，重新看到希望，人也就有了力量。这时候手里的枪，才是真正的枪。

秦向阳拔出枪，什么话也没说，毫不犹豫地朝天开了两枪，然后用枪狠狠顶住了王锋的头。

直到枪响，人群才反应过来。

人们先是呆立了两秒钟，随即潮水般向后退去，有的人一边跑一边大声喊："杀人了，杀人了。"

人这一辈子，没几个人有机会尝到脑袋被枪顶着的滋味。

短短两秒之间，王锋经历了从极度兴奋到失落绝望的过程，他面如死灰，浑身都是冷汗，不停地发抖。他知道，眼前这个警察根本就不按套路出牌，但是警察的问题，他根本不能回答。

"我认得，这是王万友的尸骨。"这样回答？开国际玩笑嘛。王锋把双手紧紧地绞在一起，一张大脸涨得通红，汗水吧嗒吧嗒从他脸上滴下来。但冷汗同时也刺激着他的神经。他盯着枪口，脑子慢慢开始转圈，眼前这家伙毕竟是警察啊！警察不都是讲证据吗？思考是舒缓过于紧张的良药，使他进一步冷静下来。

直到现在他才琢磨明白是怎么回事，眼前这个警察，不知道怎么发现了这具尸骨，又不知道怎么找到了尸骨和他的联系，把他带到这儿来。这么做，目的就是想逼他承认，这个尸骨是王万友。

"这不就等于承认我就是杀人凶手吗？"同时他又想到，"为什么要逼我承认呢？看来这小子是没证据啊！这家伙就是个神经病，这属于刑讯逼供！你没证据，你来搞这一套？"

想到这儿，王锋胆气突然又壮了，他把心一横，用力使劲顶着枪口，狠狠地说："我不认得这是谁！有种开枪啊你！"

他见秦向阳不说话，反而被他顶得退了一步，胆气更壮，不自觉地笑了："你是不是打听到我和王万友有仇？是不是以为我杀了王万友？就是没证据是吧？来找老子逼供来了？呸！二逼警察！开枪！"

可他哪想到秦向阳根本不和他废话。他刚吐完口水，膝关节上就挨了对方一脚，他身子随之一软，扑通一声倒了下去。

秦向阳默默地走过去，死死地抓紧王锋的头发，猛地抡起枪托，冲着王锋的嘴就狠狠地砸了下去。

"疼！"王锋惨叫一声，伸手去挡。这么一来，他的手跟着就被枪托砸了，他又缩回手去，不停地在地上打滚。

此时的秦向阳好像变了个人。他眯着眼盯了一会儿撒泼的王锋，猛地又冲了过去。

他目标很明确，你滚你的，我砸我的。

转眼间，王锋满嘴是血，吐出来三颗牙齿，包括那颗金牙。

秦向阳伸手抄起牙齿，放进口袋。

其实要想证明王万友胃里有一颗牙是不是王锋的，很简单，只要拿王锋一根头发回去，跟那些牙化验比对就行。

秦向阳这么做，多半出于发泄，或者说惩罚。而且，刚才要不是他突然间发现王锋的金牙，恐怕早就因为放弃，被人家围攻致死了，因此下手也就格外毒辣。

王锋双手捂着嘴不停地惨叫，如果他是杀死王万友的凶手，他好像早就忘了当年王万友吞牙的事。他嘴里汩汩冒着血，但他似乎不觉得疼，使劲用血红的眼睛瞪着秦向阳，不知在想什么。

牙齿到手，秦向阳不管他了，转身往回走。

之前的人群没散干净，这时还有人聚在远处，朝这边指指戳戳。

"哎！刚才什么情况？那么多人！不会打枪了吧？"那个挖掘机司机一边喊，一边朝秦向阳走过来。

秦向阳知道司机来要工钱，不想和他啰唆，一边走向奥迪车，一边掏出赵楚的钱包，想拿几百块钱打发掉他。

这次出门，他把赵楚的钱包带了出来。

这是他第一次打开赵楚的钱包。掏钱的时候，钱包里有张照片引起了他的注意。那张照片不是放在夹层里，而是和钱夹在一起，就像赵楚故意想让他发现那张照片一样。

他好奇地拿出照片看了看。

那是赵楚和一个陌生人的合影，背景的天空很蓝，两人身后，是一大片一望无际的棉花田。

秦向阳皱了皱眉头，他觉得照片上的陌生人好像在哪儿见过，可一时又想不起来。

这么一大片棉花田，这是哪儿呢？

棉花？好像前不久有人提过啊。

秦向阳使劲晃了晃脑袋，呆呆站了片刻，一下想起来了：郭小鹏！新疆库尔勒！包棉花！

陈凯和郭小鹏，当年一起和张素娟去清河找毒品。秦向阳后来通过陈凯，调查到毒品案的很多情况。

他记起以前和李文璧第一次见过陈凯之后，还去过郭小鹏家。

对了，他就是在郭小鹏家里，看过郭小鹏的照片，并且从郭小鹏家人口中，得知对方去了新疆库尔勒，包棉花。

郭小鹏不是多年没回家吗？而且连他家里也没有联络方式。

可是，赵楚为什么和郭小鹏在一张照片上呢？

看来赵楚这是去过新疆！

秦向阳顿时眼前一片漆黑，脑子里翻江倒海，好像一层层黑色的滔天巨浪向他涌来。

照片非常简单，但是对秦向阳来说，信息量却太大了。大脑的高速运转使他干呕起来。

"哎，哎，警察同志，"挖掘机司机说着追上来，拉住秦向阳的胳膊说，"你还差我工钱，说话可得算数！"他一边说一边掏出一张纸，在秦向阳脸前晃了晃，接着又说，"你们抓到通缉犯没？"

秦向阳无暇注意那张纸。

那是张通缉令，上边印着他的照片。

司机说完那句话，突然不吱声了，他一边瞅瞅通缉令，又一边抬头瞅瞅秦向阳，脸色瞬间变了。

秦向阳听到司机怪叫了一声："俺娘哎！怪不得俺觉得你眼熟，你不就是这上头的通缉犯吗？"

等秦向阳回过神来，挖掘机司机已经嗷嗷叫着跑了，不用说，准是去打110报警了，能领二十万赏金呢。

秦向阳站在原地愣了一会儿，才反应过来，大叫了声"站住"，抬腿就追。谁知那司机却越跑越快，根本没有停下的意思。

秦向阳连忙掏出枪，朝天开了一枪。

司机吓得两腿一软，扑通一声摔倒在地。

秦向阳这才追上去，拖着司机往回走，一直走到埋王万友的土坑旁边。

这时他惊奇地发现王锋已经不在了。

司机估计是被吓怕了，杀猪一样号起来："别杀我！别杀我！不报警了，放了我吧！"

秦向阳也不说话，见司机裹着围脖，就把围脖抽下来，把他按倒，将他的双手双脚绑在一块儿。完事又摘下司机的手套，给他把嘴也堵上，这才转身离开。围脖可不比绳子，他估摸着用不了多久，司机就能把围脖蹭开。他管不了那么多了，能争取点时间就行。

事情到了这个份儿上，他已经不在乎司机去报警了，他意识到，自己有件无比重要的事要做。

郭小鹏本身不重要。

赵楚去找郭小鹏，这件事才重要。

当初他秦向阳对214案相关人物的一切调查，之所以能逐层突破，全都始于陈凯。

他先从陈凯那儿，知道了西关邮筒的半自动售毒点，同时还获知，张启发当年也是从陈凯那儿得知西关邮筒售毒的事，并且张启发曾夜探西关，从而拿到了程浩然的贩毒证据。有了这些信息之后，秦向阳才一步步发现了214案相关人物背后的秘密。

而陈凯和郭小鹏当年可是老铁，同时，他俩又是当年跟张素娟联系紧密的人。也正因为这层关系，秦向阳当时才关注到陈凯和郭小鹏二人，只不过由于当时郭小鹏去了新疆，他才只能选择找陈凯调查。

赵楚却选择了郭小鹏。

这个信息对秦向阳来说，那就只意味着一种可能。郭小鹏身在新疆，那么赵楚的行动也就变得隐秘、安全。所以照片的信息在逻辑上最合理的解释是，赵楚同样从郭小鹏身上调查到了诸多信息，这些信息，跟秦向阳从陈凯那儿得到的信息，可以说是等价的！

也就是说，赵楚早就对214案相关人物的所有秘密，了然于胸。

既然如此，赵楚又何必混在专案组里，装作对一切都一无所知呢？

同时，郑毅以前曾提出过一个显而易见的侦查方向：策划214案的真凶，必然清楚214案相关当事人的一切秘密。只不过，当时郑毅把调查对象放在与当年清河扫毒行动有关的贩毒人员身上，结果一无所获。

此时结论已经呼之欲出了——赵楚了解214案相关当事人所有秘密，却装作对一切一无所知，那么赵楚的真正身份不就摆上桌面了吗？

是赵楚？

赵楚是214案的真凶？

是他栽赃了自己、策划了一切？

这是秦向阳看到照片，经过一系列电光石火的思考后，得出的唯一结论。

他不敢相信，更无法接受。

可是去掉所有不可能，剩下的，无论你多么不愿相信，它都是真相。

怎么会这样？到底为什么这样做？秦向阳使劲搓着鼻头。

一定有不为人知的原因。

他想起自己见到金一鸣尸体时的第一反应，金一鸣为什么跟张素娟吊在同一个地方呢？那绝不只是巧合，既然金一鸣以及后来的张启发、林大志、李铭、李亮，这些死去的人，都和张素娟有着千丝万缕的联系，那么，张素娟才是第一张倒下的多米诺骨牌。

那么，策划这场牌局的人，为什么要利用张素娟呢？

张素娟？他不断念叨着这个女人的名字，想找到赵楚这么做的动机，否则纵使推断再合理，他还是不愿相信刚才的结论。

"也许……"他念叨着张素娟的名字，突然想到了一个地方，顿时眼前一亮。

难道真相一直在那个地方，只是之前所有人都没想到？

想到这儿，他浑身一抖，像突然被针扎了一下。

不行，现在就去，非去不可。

他要去验证一件事。

他立刻回到车上，一边发动车，一边打通了孙劲的电话。

"马上开着警车到西关等我！要是手里有活，就自己找个理由！"秦向阳这次的口吻很强硬，说完就挂了电话。

奥迪到清河西关时，孙劲已经在那儿等着了。

"什么情况这么急？现在出来确实不方便。"孙劲见到秦向阳就说。

秦向阳眼珠发红，这明显是上火的征兆。

他对孙劲说："对不住了兄弟！一会儿你醒过来，就跟警察说，是我突然蹿出来，袭击了你，抢了警车。"说完，他也不管孙劲还没明白怎么回事，闪电般出手，把孙劲打晕了。

此时夕阳西下，余晖满天。

西关处在清河郊区，已经出了警方查车的范围。秦向阳一个人，从这往外走容易，想进清河县区就难了。他安顿好孙劲，发动警车，往滨海盘龙区方向驶去。

他知道此前在清河县内外出，坐着孙劲的警车，隐蔽性确实很强，但这次是去滨海，再让孙劲开车，就太难为人了。

他抢警车，一是不想连累孙劲，二是认为警车能起到一定的掩护作用，但是当他来到滨海外围时，他才发现，警车和普通车辆，根本没什么两样。

秦向阳慢慢降低了车速，他知道过了前面的路口，就进入了滨海市盘龙区的地界。那是他此行的必经之路，但是路口停着两辆警车，有两个刑警、两个交警，正在对经过的车辆依次盘查。

竟然还查得这么严！这出乎他的意料。

怎么办呢？他皱着眉头想了一阵，很快想出来一个办法。他又从头琢磨了一遍，觉得可行，便不再犹豫，果断按响了警灯，提起车速向路口开去。

快到路口之前，民用车依次降低了车速。秦向阳的警车掠过了民用车，冲到前边，这时他打开车窗，迅速掏出枪，瞄准检查岗亭"啪啪"开了两枪。

枪声很响，警察和那些民用车的司机都听到了。大多数民用车司机，起初根本不知道那是枪声，误以为是有人放了两个鞭炮。当司机们看到警察们惊恐的反应，场面才开始混乱起来，有的人赶紧摇上车窗，有的人下车猫着腰四处张望。

枪响后，查车的警察仅仅呆立了几秒钟，就有人意识到那是枪声。

一名刑警慌乱中四处看了看，惊讶地发现，他身后岗亭的钢架内有两个新鲜的弹孔。

刑警顿时浑身一抖，大声呼叫同伴："子弹射入岗亭！有人持枪袭警！立刻截停所有车辆！呼叫总部支援！"

话音一落，四个警察迅速行动起来。

此时秦向阳的车拉着警报，急停在了岗亭边上，他迅速跳下车拉住一个刑警问："怎么了？"

那个刑警见来人是个警察，慌张地说："来得正好！有人袭警！正在呼叫总部支援！"

秦向阳故作紧张看了看周围，急道："赶紧封锁路口啊！"

那个刑警说："人太多，很混乱，快帮忙！"

秦向阳装模作样擦着汗说："我是市局的，才从清河回来。"说着他摸出王锋的那几颗还带着血的牙，给那个刑警看了看，焦急地说，"我这案情紧急，帮不上你了！"

说完秦向阳跳上车，拉着警报一溜烟蹿了。

"喂！"刑警喊了一声，见秦向阳车已走远，嘀咕着，"怎么觉得这人有点眼熟？"他摇了摇头，来不及多想，毕竟现场太混乱了。

车跑出老远，秦向阳才深深地呼出口气，掏出烟点上。随着烟雾的起落，他的目的地在烟雾里显现出来——

滨海市盘龙区龙山精神疾病康复中心。

秦向阳进去康复中心没多长时间，等他出来时，天已经黑透了。之前那个路口的混乱场面也结束了，谁也不知道那两枪是怎么回事。

执勤的四个警察高度紧张，但没查到什么可疑的车辆和行人，不过警方还是很快往那个路口增派了警力。秩序恢复后，几个交警从拥挤的车流里走出来，浑身是汗。这时一名在岗亭里查看监控的刑警突然吃惊地叫了一声。外边的交警闻讯赶紧跑了进去。

"快来看监控！"那个刑警招呼着同伴，惊慌失措。

那个刑警一边说，一边不断拖动着画面。人们围到监控前，惊讶地发现，刚才那两枪竟然来自一辆警车。

"怎么可能？"警员们个个疑惑不解。

从监控画面上可以清晰地看到，一辆警车在靠近岗亭时，车窗里快速闪过两道亮光。虽然看不到枪口，但凭经验，警察们都能看出来，那是开枪时枪口的闪光。

这个发现令众人很是意外。

这时，和秦向阳说过话的那个刑警纳闷地说："你们记得不？那人还下车说他是市局的。"

"市局的他开枪干吗？"另一个刑警不解地说。

"等等！"前面那个刑警继续拖动着视频，"有了！"说着他手指一点，画面定格在了秦向阳脸上。

旁边的警察跟着都看过来，看了一会儿，所有人的脸色瞬间都变了。

通缉令就贴在岗亭门口，警察们都认出了秦向阳。

操作视频的刑警懊恼地说："都怪我！当时他和我说话，我都没能反应过来！"

"别废话了！"其他警察纷纷说道，"赶紧通知指挥中心，发现疑犯，上报车号，定位位置！"

与此同时，清河那边已经乱成了一锅粥。

孙劲醒来后，发现自己躺在奥迪车后座上，警车却不见了。他懊恼地捶了自己一拳，使劲回忆着秦向阳的话。他埋怨秦向阳有事不和自己说清楚，哎，他叹了口气，明白对方那么做，是不想连累自己。

他能去哪儿？孙劲琢磨着，秦向阳一个人肯定进不去城，难道出城了？那去哪儿了？

可是不管怎样，警车被抢这事，就是想瞒也根本瞒不住。孙劲知道秦向阳肯定遇到了非常紧急的情况，但是没办法，警车丢了，他只能报警。

孙劲尽量拖延了一些时间，才开着奥迪返回分局，到了局里他才发现，除了值班人员，局里几乎全员出动了。

值班人员告诉他，有个挖掘机师傅报警，在大王镇发现了秦向阳，陆涛早就带着人去了大王镇，还带上了警犬，就连天天在招待所反省的编外人员赵楚也跟着去了。

孙劲赶紧掏出手机，才发现有好几个未接电话，都是同事打来的。

对很多人来说，今天注定是个不眠之夜。

陆涛第一时间把发现秦向阳的消息上报给郑毅。他不知道郑毅此时，正为另一件事焦躁不安。

郑毅刚刚得到消息，邻省某分局派出所，在一个偏僻的火砖厂搜索秦向阳时，抓到个负案在逃人员，在逃犯叫孔良田。

孔良田。

这是个郑毅一辈子都不想再听到的名字。

作为曾经的903强奸杀人案专案组长，跟当年的副组长周学军一样清楚，当年的903案搞错了，凶手根本不是刘正龙，而是长期在逃犯孔良田。郑毅根本没想到孔良田会这时候冒出来。

通知消息的警察告诉郑毅，孔良田见到搜索民警时，根本没有任何反抗的意思，甚至用解脱的语气对盘问的警察说："你们终于来了。"

通知郑毅消息的警察还提到，孔良田到了当地派出所说的第一句话是"很想念老家的葱花鸡蛋疙瘩汤"。

接着，他坦诚地告诉警察，他是四宗强奸杀人案的凶手。这让负责审讯的小警察大惊失色，赶紧把所长叫到了审讯室。所长一听，火烧屁股一样把孔良田又送到了当地的分局。

在当地分局的审讯室里，孔良田依次交代了自己手里的四条人命案子，案子的案发地全都在滨海市及其周边县市。四宗案子当中，就包括当年的903强奸杀人案。异地分局领导意识到问题严重，这才第一时间通知邻省滨海市的市局局长丁奉武，附带通知了副局长郑毅。

那个分局领导在电话里告诉丁奉武："丁局，档案显示，903案可是已结案件啊。"

"辛苦了！感谢你们的配合！我会请示我们省厅，明天就派人过去领人！"说完，丁奉武重重地扣了电话，在电话里，他并未理会那个分局长的话茬。

丁奉武同样意识到了问题的严重，不停地走来走去。

忽然他站住身子想："难道这就是秦向阳说的，多省联合搜捕可能的意外收获？"

前几天秦向阳和他定那个君子协定时在电话里说的话，他可是记忆犹新。尽管丁奉武不明白，当时秦向阳为何有那样的判断，但他还是敏锐地意识到，一切问题的终点都在秦向阳身上。

"这个秦向阳！"他厚重的手掌重重地压在了办公桌上。

郑毅沉浸在深深的懊恼当中，前些天的多省份联合大搜查，可是由他一手提议、策划、申请执行的，没想到，到头来连秦向阳的一根毛都没抓到，反而弄出来个孔良田。他飞速地转着脑子，他知道当年刘正龙案的一些细节，包括死刑执行日期上的传闻。

"刘正龙的事，要是论责任，当然少不了我，但检察院和法院呢？难道他们就没一点责任吗？"郑毅想到这里，心情总算慢慢平静下来，他的判断非常精准，他顾不上孔良田了，就算将来要追责，也肯定会有人跟他一块儿倒霉。

事实上的确如此，孔良田认领的四件强奸杀人案，除903案之外，其余三个案子由于本身都是悬案，很快就和孔良田的供述对上了号，唯独903案，尽管孔良田陈述了足够多关于作案的细节，而且那些细节，在逻辑上只有凶手才能知道，但在此后较长一段时间内，在程序上，当地检方和法庭都无法判定孔良田是903案的凶手。

那是人类审判史上少有的奇观。

在法庭上，孔良田承认自己是903强奸杀人案的凶手，他说，2007年9月3日晚，瞄上了下班回家的陈爱梅。在玉米地里，陈爱梅强烈挣扎，他用力过度，在强奸前不慎将对方掐死。强烈的刺激，加上欲火难耐，他去了西关的"小上海"洗发店，接待他的是按摩女刘芸芸。事前，他根本没注意到自己身上沾了很多玉米须，那是刘芸芸先发现的。事后，他拿走了垃圾桶里的两个避孕套，其中一个是他的，另一个是那晚第一个客人刘正龙的。他说，从没计划过要重返现场，把别人的精液抹到被害人身上，那完全是心血来潮，一时性起。行为上，那没有任何规律，不值得研究。

这里有一个细节必须交代一下，孔良田认罪的时候，由于多年来一直藏在荒僻的火砖厂，所以，他根本不知道在警方那里，903案已经破了，更加不知道因为自己当年的一时兴起，刘正龙被警方认定为凶手。

而在程序上，法官和公诉方，却坚决无法判定孔良田是903案凶手，甚至认为孔良田精神状况有问题，提出要对其进行精神健康评估。

罪犯承认自己是凶手。

法院坚决不允许罪犯承认自己是凶手。

这事曾给孔良田带来深深的困惑。

他的这种困惑，直到后来的司法体制进一步改革之后才结束。

现在，让我们的注意力继续回到郑毅身上。

难道秦向阳一直没离开清河县？难道前些天网上有关秦向阳在砖厂的消息都是假的？郑毅根本来不及考虑这些了。陆涛已经带着人和警犬去了大王镇，他现在只有等。

陆涛很快传回消息，在报案司机的指引下，他们发现了一具无名尸骨。大王镇里外搜遍了，没找到秦向阳。另外，孙劲的警车被抢，秦向阳最后出现的地方，是清河西关附近。

这时， 郑毅又得到最新消息：秦向阳出现在盘龙区某盘查路口，还开了枪，子弹击中检查岗亭，制造了一场交通混乱，秦向阳趁乱不知去向。监控一路跟踪锁定，秦向阳最后消失在龙山附近。

"袭击检查岗亭趁乱逃脱？又是一招瞒天过海啊！好你个秦向阳！你终于出现了！"郑毅的语气带着兴奋，他命令市属各分局警员，立刻向盘龙区龙山区域集中，封锁所有路口，同时他命令陆涛，立刻带着清河的人员向盘龙区靠拢。

秦向阳从盘龙区龙山精神疾病康复中心出来后，心情格外沉重。

他发现自己靠近了真相，他对这个真相毫无心理准备。

他意识到，赵楚和郭小鹏的相片是214案的又一份补丁。比起之前凶手送给专案组的那三个窃听器，这份补丁更有分量，更加完美。它等于直接告诉了秦向阳，赵楚，就是214案的凶手。

可是，赵楚为什么这么做？为什么单单把这份补丁交给他？

玩游戏？

这不是玩游戏，这是玩命。

秦向阳百思不得其解，心里像是有一团火在烧，烧出了一肚子的二氧化碳，他觉得自己快要憋死了。

恼火，愤怒，不解，郁闷……种种情绪充斥着他的脑海。

他猛地发动警车，原路返回。此时，他心里就想着一件事：不管付出什么代价，马上找到赵楚。

第二十七章　十八杯酒

　　"各部门注意！各部门注意！发现疑犯秦向阳，正驾驶一辆警车，沿淮海路向西逃窜！车牌号为……"指挥中心从监控里发现了秦向阳，立刻通报即时情况。郑毅立即乘车赶往现场，命令沿途所有警察封锁相关路口。

　　秦向阳对路上的情况一清二楚，他知道自己袭击检查岗亭的事，瞒不了多久。他管不了那么多了，就算路口都被封锁了，他也只能硬闯，哪怕只有一丝机会，他都要闯出去见到赵楚，他心里的疑问太多了，他希望对方当面回答。

　　他有种被人戏耍的感觉。哪怕对方只是利用他查案，但他还是无法接受。

　　这不是一般意义上的戏耍，也不只是名义上那个通缉犯的罪名。

　　稍有差错，他很可能已经死了好几遍了。

　　想到这些，他就莫名愤怒，感觉自己像是布袋戏里的玩偶，所有行动，全凭别人掌控。

　　多种情绪交织，使他的车越开越快。他拉开警报，在笔直而拥挤的淮海路上左突右冲，如入无人之境。

　　淮海路的尽头，就是他来时袭击的岗亭路口。出了那个路口，也就出了盘龙区。

　　在接近路口之前，秦向阳远远地看到，前面的路口摆满了警车，警车密密麻麻，里三层外三层。无数警察荷枪实弹，有的躲在车后，有的埋伏在路边。看完前面，他又看向后视镜，见身后也出现了很多警车，正在加速向他靠拢。

他马上意识到，自己被堵在淮海路中间了。

他知道警方这是早就锁定了他这辆车，之所以让他拐上淮海路，就是想前后夹击，给他来个包饺子。

这种情况下，多余的思考毫无意义，退无可退，要么下车投降放弃，要么前进，冲出去。

他使劲闭了闭眼睛，然后猛地睁开，同时伸手从五挡降到四挡，猛踩油门，看准了前方路口一个没人的角度，向着警车撞了过去。

埋伏在车后的警察，见秦向阳的警车全速冲来，纷纷退后躲避，同时一个大喇叭喊了起来："秦向阳！你已被包围！请立即停车！立即停车！停车！"

"轰！"秦向阳的车一头撞上了拦路的车，发出一声巨响，车玻璃全碎了，安全气囊第一时间弹了出来。强大的惯性，使他的头撞向方向盘。

他感觉眼前一片漆黑。凭直觉，拦路的车没有被撞开，没办法，车太多了。撞车，这本就是个没有办法的办法。

他猛地晃了晃头，眼前清晰起来，这才发现，周围的警察正在快速向他靠近。

他赶紧解掉安全带，跳出车往前跑。

此时大喇叭又叫唤开了："疑犯不要顽抗，否则就地击毙！"

秦向阳心知，自己没掏枪，警察暂时不可能开枪，索性不理会警告那一套，猛地跳上一辆车，又从车上跳到另一辆车上。他在纵横交错的车顶上，不断地跳来跳去，继续往前跑。

附近的警察见他赤手空拳，果然没开枪，纷纷收起枪上前拦截。

秦向阳应该庆幸，此时郑毅正在赶来的路上，如果郑毅在现场指挥，还真有可能让人开枪，不说是击毙，至少一枪先让人失去行动力。这可不仅是针对秦向阳，而是郑毅素来的抓捕作风。

秦向阳在拦路的车顶上不断变换着位置。警察人多，在底下却使不上劲，纷纷爬上车顶，试图拦截。车顶面积小，目标又极其灵活，不停地跳来跳去，偶尔鱼跃，偶尔腾空翻，警员人多，根本占不到便宜，凡是靠近秦向阳的，都被他打落到车下。

说着复杂，其实也就一瞬，秦向阳很快就跳到了包围圈的车辆最外围。他跳下车打倒眼前两个警察，也不纠缠，继续往前跑。他来到地面，这就不占便宜了。警察反应异常迅速，再次围了过来。这次，秦向阳面对的是人墙，所有腾挪转移的空当，眼看着都要被封死了。

这时，突然传来一阵急速的刹车声。

一辆奥迪甩着尾突进包围圈的空隙，猛地停在秦向阳身前。

秦向阳慌乱中看去，见来人正是赵楚。

"上车！"赵楚在车里冲他大喊。

秦向阳毫不犹豫，飞身从车窗跳进了副驾驶。

赵楚立即猛打方向盘，朝着人群最薄弱的方向冲了过去。

警员们赶紧四散避让，等大家回过神来，奥迪车已经跑远了。

"追！"大家跳上警车拉响警报，淮海路上形成了一条壮观的警车长龙。

赵楚的车在这条长龙前头玩命逃窜。

出了淮海路也就出了盘龙区，再往前就是清河地界了。

奥迪车刚出盘龙区，前面迎面来了另一条警车长龙。

赵楚马上意识到，那应该是陆涛的人。此时，陆涛已经接到命令，有辆奥迪接应秦向阳，出了包围圈，正向清河方向逃窜。

陆涛的车队刚展开扇面队形，奥迪车就冲到眼前了。

陆涛想得不错，他想逼停奥迪车，然后用扇面队形对它进行包围。

车队和奥迪车急速靠近。

眼看着，奥迪车和正对向的一辆警车就要撞在一起。

两车越来越近，二十米，十米，八米……

奥迪车正对面的警车司机满头大汗！他可不想和对方撞个瓷实！他以为自己已经够狠了，本以为对方不敢玩命，会比他先停车，但没想到，奥迪根本没有停车的意思。

警车司机彻底慌了神，眼看着就要撞了，他闭上眼猛地打了一把方向盘，紧接着，他听到一阵金属剧烈摩擦的声音。恍惚中，他看到两车车体交错而过，弹起一片火星子。等他完全睁开眼，奥迪车已经越过了扇面，向前蹿了出去。

扇面车队立即掉头追赶，后边滨海市的警车队伍很快也赶了上来。

秦向阳知道这应该是王锋那辆奥迪。他跳上车后，车里两个人谁也没说话，当然，他们也没说话的时间。

直到奥迪把警车甩下一段距离，秦向阳才问："为什么要故意在钱包里放上那张相片？为什么！"

赵楚异常冷静地说："过会儿到地方了再说。"

"到什么地方？"

"一会儿就知道了。"

很快，车开进清河郊区，接着到了西关，最后闯进一片巨大的厂区。这时秦向阳才反应过来，这里是那个国有化工厂。

奥迪闯的是厂区北门，进门时根本没减速，一头就撞断了门口的栏杆。

这还了得，门卫和保安赶紧上前拦截。

赵楚打开窗户，掏出枪朝天开了一枪，保安们听到枪声顿时吓傻了，纷纷躲在一边。

"你怎么有枪？"秦向阳吃惊地问。

赵楚目视前方，完全无视他的问话。

大约五分钟后，无数的警车闪着警灯冲进了化工厂。厂外面还有更多车辆，把化工厂庞大的周边围了个水泄不通。看这架势，应该是调来了武警。

厂区面积非常大，办公区和生产区是分开的，中间隔开钢丝门。生产区里除了一些平房，到处是非常高大的油罐、气罐，以及标着危险品的罐装物。

赵楚把车开到生产区，稳稳地停好车，示意秦向阳下车，两人来到一排平房前，赵楚打开一扇房门，先走了进去。

这是一间生产调度室，南北各有两面大窗户，室内有个隔间，隔间里有张床，供调度值班员休息，隔间外面有桌椅、电话等办公用品。

赵楚进屋后打开灯，迅速拉上厚重的窗帘，只留下南面一扇窗户半个身位的空当。然后他示意秦向阳随便坐，看他那样，就好像这里是自己的家。

　　"我知道你有一肚子疑问，"赵楚说着打开墙边的一个柜子，从里面拿出来一些吃的扔给秦向阳，继续说，"但是，你最好先补充点体力。"

　　秦向阳把东西丢到一边，疑惑地盯着对方。看起来，赵楚对这里很熟，难道是提前在这里早做了准备？

　　提前做了准备又怎样？秦向阳尽管不知道对方想干什么，还是大声说："这是绝地！"

　　"绝地？"赵楚笑了笑，"那可不一定。别废话了，等会儿想问什么，有足够的时间。"

　　说完他又打开另一个柜子，从里面取出长短枪各两支，弹夹若干，另外还有几个遥控器。

　　"哪来这么多枪？你到底要干什么？"秦向阳更疑惑了。

　　赵楚拿起一个遥控器走到窗前说："我给咱们创造个休息的环境。"

　　这时房子外面灯火通明，无数荷枪实弹的刑警、武警已经就位，密密麻麻，把那一排平房团团围住，房子外面高、中、底，所有能埋伏人的位置，都埋伏上了狙击手。从外面的视角看来，秦向阳和赵楚就是瓮中之鳖，除了投降，别无他路。要是顽抗到底，只要上头一声令下，要么武警强力突进去，要么干脆隔着窗户扫射，不管怎样，里边的人都完了。

　　丁奉武正在来现场的路上。

　　郑毅对现场布置很满意，他一脸平静地掩饰着内心的激动。在外人看来，他和秦向阳，和赵楚之间，都没有个人恩怨，他是奉公职守，追捕214案的逃犯，现在逃犯就在室内，他马上要成功了。

　　但只有他自己清楚，他和秦向阳的恩怨，早就超出了214案本身，秦向阳到处查已结的案子，动了他的利益，而且碰了不止他一个人的底线。

　　郑毅的想法是，那些案子有问题？那有什么办法？那并非专案组的初衷。当年，要不是大志警械公司的老板林大志，诸多巧合之下，掌握了那些案子的秘密，跑来要挟；要不是清河的退休警察周学军，把盘问刘芸芸的情况和推论告诉他，他根本不知道那些案子有问题——628袭警灭门案，那是凶手把凶器塞到林建刚摩托车后座下，玩栽赃陷害，再说死者马晓莲右手指甲里的皮肤组织，相比起来的确是孤证；903强奸杀人案，凶手孔良田更是在犯案前就早被通缉多年，而且掐死陈爱梅在先，又去嫖娼在后，嫖娼完，还一时心血来潮，又回现场，把刘正龙的精液抹到死者身上，这都是些违反逻辑常理的情况；719杀人碎尸案就更离谱，那个谢正伦，根本就是自愿坐牢，替人受过；还有1123挖眼案，他郑毅虽然不知道真相是谁，但林大志威胁过他，那也是个冤案。至于林大志是如何得知1123案也有问题的，郑毅不清楚，那成了一个谜，也许除了林大志复生，这个问题再也没人能解答——案子有问题！就跟工厂的产品有问题一样！哪有百分百的合格产品？很多时候，案子结了就是结了！只能吸取经验教训，力争不再犯类似错误！旧案重提？翻案？那不是打所有办案人员的脸吗？那会影响多少人的前途？破坏多少美满的家庭？

郑毅越想越气！秦向阳的做法，实在太过分！太可恨！那么，秦向阳今天只有一个结局，套用王者荣耀的一句话就是：高地可以丢，秦向阳必须死。

警方第一时间疏散了所有工人和值班人员，大喇叭适时地响起："室内的人听着，你们已经被包围！已经被包围！立刻放下武器，离开房间！否则后果自负！"

秦向阳听到喇叭声，站起来走到窗前。

赵楚赶紧把他推到窗帘后面，同时举起一个遥控器，毫无征兆地按下一个按钮。

"轰！"室外传来一声巨大的爆炸声！

秦向阳透过窗帘缝隙，吃惊地望着窗外。

包围圈外围几十米处，有另一排平房调度室，其中的一间房子里腾起一团火球。随着那声突如其来的爆炸，办公室瞬间被夷为平地，连带着临近的房间，也成了一片火海。

赵楚好像觉得不过瘾，毫不犹豫地又按下另一个按钮，"轰！轰！轰……"

这次是连续爆炸。

刚才那间调度室所处的那一整排平房，二十多间房子全部被炸为平地。巨大的声浪和冲击波随之扩散。包围圈最外围靠近那排平房的武警，被震倒了一片。

"趴下！"

"撤！"

"危险！"

"有没有人员伤亡？"

"哎哟！我的腿……"

这一连串的爆炸毫无征兆，所有人没有任何防备，外面顿时乱成了一锅粥。

郑毅马上意识到这是遥控引爆，他完全没想到房子里面的人这么狠！他的整张脸成了猪肝色，浑身突然生出一种无力感。他颓然地看了看那排被炸倒的平房，才意识到，那个爆炸位置是被精心选择过的，在整个生产区范围内，那排平房离那些化学物品灌装体最远，引爆的爆炸物用量，也应该是恰到好处，否则……郑毅没有再想下去，他感觉脑袋瞬间短路了。

房子里的情况他一点也不清楚，本来他对这一点并不在意。在场的武警加特警加防爆警加刑警，少说几百人，可以打一场小规模战争了，而且后续还在不断增援，房间里什么情况都无所谓，管它是赵楚绑架了秦向阳，还是那两人是同伙，还是什么别的情况，他都不在意，一切都在他的手心里攥着。

可是，没想到对方竟然提前布置了炸弹！

"是赵楚搞的还是秦向阳搞的？真是疯了！疯子！"郑毅紧紧地咬着牙，狠狠地想，"这俩人都得死！"想到这儿他赶紧钻进指挥车，现场混乱不堪，他得先把现场控制住。

这时赵楚也拿出一个喇叭对外喊了起来："郑局长，下面的话我只说一遍，你可听清楚，请你立即撤走现场所有人员，狙击手，突击队，放弃任何威胁我们安全的想法和行动，否则，下一个爆炸目标，就是那栋二十七层的办公大楼！另外再告诉你一个小秘密，厂区内所有气罐、油罐上，都有数量不等的炸弹，我只要按下手里一个按钮，方圆数十里就会成为一片火海。我们来玩一场游戏，炸弹安放的位置都很隐蔽，你最好赶紧安排人拆弹，明早七点，我会准时随机引爆一颗炸弹，希望到时候你能拆完。"

郑毅在指挥车内听完这段话，脸都绿了，连烟头掉在裤子上也没注意到。这里的化学品不可计数，牵扯到的国家资产少说上百亿，哪怕一颗炸弹爆炸，都会引起连环爆，到时别说现场这几百号人，就是整个厂区，甚至厂区周围的其他工厂和员工宿舍，以及周边零散的商店、饭店、按摩房、理发店、浴室、民居、物流公司，等等，统统都得上天！这种损失，无异于战略轰炸机带来的空袭损失。一旦发生，别说他这个小小的市公安局副局长，就是省委书记也扛不下！

他突然感受到了来自心底最深层的恐惧。

他真的怕了。

他意识到自己忽略了对方的意图，对方有什么目的，他一无所知。这件事，根本不是人多就能处理的，他以前的抓捕经验在这儿一点也用不上，对方跟社会上的亡命之徒完全不同。

这根本就不是抓捕。

这是一场战争。

"撤！所有人撤出厂区！注意，是所有人！"

"拆弹小组立即就位！立即就位！目标，产区内所有化工灌装体！"

郑毅双眼通红，他不是在喊，而是在嘶吼。

郑毅的命令下完不到一分钟，整个巨大的化工厂已经完全处于空置状态，只剩下无数高大的化工灌装体立在黑漆漆的夜空，像一颗颗引颈待发的火箭。

丁奉武赶到现场后，听完郑毅的报告，顿时也呆在原地。

郑毅小声说："郑局，要不要通知省厅？"

丁奉武瞪了郑毅一眼，说："省厅早就知道了！"

"那部里呢？能不能瞒住？"郑毅小心地问。

"瞒什么瞒！到现在还满脑子的官僚作风！事情处理不好，谁也跑不了！"丁奉武大声说，"拆弹！立刻！马上！"

"已经安排了！"郑毅赶紧说。

丁奉武沉吟着说："再多调点人，明早七点前必须拆完，一个也不能漏掉！这是死命令！"

丁奉武说完，深深地呼出口气，又说："里边什么情况？"

郑毅想了想，说："秦向阳和赵楚在里边，刚才的炸弹，不知道谁引爆的！"

丁奉武闻言大吃一惊，他不信秦向阳能干出这种事来，赶紧问："他们什么要求？"

"这个？他们什么也没说。"郑毅谨慎地回答。

"不行！"丁奉武来回走了几步，说，"我得进去找秦向阳谈谈！"

"丁局！现在里面情况不明，要不拆完弹再说？"

"好吧！"丁奉武长长地呼出口气。

外面安静下来，赵楚拉上所有窗帘，说："好了，现在没人打扰咱哥俩了，"说着他笑了笑，又取出来几瓶酒放在桌上，说，"我找的这地方不错吧？"

刚才赵楚先发制人，突然做出那一系列大动作，同样也出乎秦向阳预料。他不明白赵楚到底要干什么，但他知道起码的一点，赵楚这么一弄，他们谁也甭想活着出去了！

想到这里，秦向阳长长叹了口气，心底突然生出一种无所谓的洒脱情绪，他摇了摇头，笑着说："地方不错。那么，214案，一切都是你干的？"

"是的，我杀了金一鸣，还设局利用一个窃听器，促使李铭和李亮杀了林大志。我利用送外卖的机会，给李铭、李亮、林大志身上分别塞上了窃听器。之后，我又利用李氏兄弟找林大志谈判的机会，杀死了他们！完事后，又通过清河西关派出所所长沈浩之手，把那三个窃听器给了你们专案组！"说着，赵楚拿出个小酒杯，倒上一杯酒，接着说，"我很久没有痛痛快快地喝一场了！"说完他喝了第一杯。

"你做那一切，就是为了今天？这里也是提前准备好的？"

"是的。"赵楚喝了第二杯。

"你故意让我看你和郭小鹏的相片，就是要告诉我你就是凶手，我通过陈凯打听到的一切情况，你早就知道了，你是通过郭小鹏打听到的。"

"是的。"赵楚喝了第三杯。

"看来，当年张启发也找过郭小鹏，那么张启发找到了半自动售毒点，之后帮程浩然等人隐瞒贩毒事实，你也就很自然都知道了。"

"是的，我知道他们所有人的秘密。"赵楚喝了第四杯。

"可是，张启发手里程浩然等人的贩毒证据呢？我们一直没找到！"

"证据被我拿到了。"赵楚喝了第五杯。

"你？怎么找到的？"

"当年程浩然被张启发逼迫拍视频，交代了伙同林大志等人的贩毒事实。张启发把视频放进一个数据盘里随身携带，数据盘就放在钱包里。他最初泡澡的地方不是金满堂，而是另一个浴室，有一次我跟过去，故意制造了一场浴室失窃案，偷走了好几个人的随身物品，其中，就包括张启发的钱包。"赵楚说完，喝了第六杯。

"嗯，这样的话，你也就掌握了张启发、林大志、李铭、李亮的所有秘密，你的多米诺骨牌连环案的确可以设计出来。但是为什么要杀金一鸣？"

"金一鸣必须死！因为当年张若晴的死，他难逃责任！"赵楚喝完第七杯。

"你为什么选我？或者说，为什么陷害我？"

"你错了，最初我有很多选择目标，可是我对他们都不满意，我需要一个什么样的人呢？执着，聪明，能干，责任感强，正义感强，越挫越勇，最好身手也不错，最好还带点固执，这样的人并不好找。我给你举个例子，苏曼宁曾经对完美的感情很执着，她那份执着等同于做童话梦的姑娘；郑毅对破案率很执着，但他那种执着，等同于功利和私欲。你也对破案很执着，但你是执着于真相。恰好你当过我的兵，我很了解你。除了上面那些，你还有别人不具备的条件，你和郑毅之间有那么点恩怨。当然，最最重要的一点，是我选的这个人，我会给他回报，他得让我觉得值，不辜负我的回报！"赵楚喝下第八杯。

"回报？"目前这个处境，不是报应就不错了，秦向阳无暇考虑这一点，继续问，"所以你就到我宿舍放了那么多证据？你分明是在逼我！"

"那不是最初的计划。我的提示还记得吧？林大志的那几年的投标合同！我本以为你按照我的提示，找到那四份卷宗后，会很执着地查下去，没想到你后来放弃了，我才不得已改变计划。如果按照我本来的计划，你不会被陷害，只需要好好把案子查下去就行，那样一来，我不用陷害你，你就不会被通缉，郑毅呢，就只能先以张启发为凶手，把结果报上去。等到你把冤案调查清楚，你也就能更清楚地看清郑毅。"赵楚说完喝下第九杯。

"如果按你本来的计划，等我调查完案子，你怎么收场？是自首？还是像现在这样，故意给我看你和郭小鹏的照片？"

"是后者！这个结局是不会变的！不管你是主动查案，还是被我诬陷再查案，最后你和我只能来到这里！这里才是最重要的一环！"赵楚知道秦向阳还听不懂这句话，继续说，"你不必问，明天就什么都知道了！"说完，他喝下第十杯。

"好的，我理解你为什么改变计划。可你有没有为我考虑过？我不但被通缉，还要拼死拼活地查旧案，你不是不清楚旧案最难，你考虑过我怎么洗白吗？考虑过我在玩命吗？妈的！现在，我也回不了头了！"

"我当然有考虑！我在你宿舍里，提前装了个隐形探头，我去你宿舍藏那四部手机的影像，摄像头录得清清楚楚。回头你找到探头交给警方，你自然就洗脱了！"说完，赵楚喝下第十一杯。

秦向阳听完这句话，心中一阵唏嘘。他没想到，赵楚能把事情考虑得这么全面。他叹了口气，继续问："可你做这一切都是为了什么？张若晴对你就那么重要？"

赵楚这次倒满一大杯，说："你应该去过龙山精神疾病康复中心了吧？你只需把我那张照片交给那里的护士，她们一定能认出我，那么你肯定就已经知道，从好几年前开始，我就经常偷偷去探望张素娟。你还想不出我和张素娟的关系？好吧，我就是张若晴的父亲，她应该叫赵若晴！"说完，赵楚喝下第十二杯。

"什么？你是张若晴的父亲！"秦向阳怎么也没料到赵楚的这个身份，他顿时明白，单因为赵楚这层身份，他就有十足的理由杀死金一鸣、林大志、李铭、李亮这些人，毕竟他们都对张若晴的死，有或多或少的责任。

想到这里，秦向阳问："我总算明白了！正因为如此，你才会去精神病院探望张素娟。哎，之前，我从来也没想到要去精神病院找找有什么线索，我真蠢！"

"那不怪你！很难有人想到这一层。再说，我去精神病院，可不光是探望病人，我后续的一系列计划，都是在那里和张素娟商量才产生的！"说完，赵楚喝下第十三杯。

"什么？和张素娟商量？难道她早就康复了？"

"是的！其实她几年前就康复了。她之所以还留在那里，完全是为了配合我的计划。她给我留出足够的时间，我才能把张启发、林大志等人的一切调查清楚。等我调查清楚后，她才出院，我们才一起实行了这个庞大的计划！"说完，赵楚喝下第十四杯。

"你们一起实行这个计划？"秦向阳又愣住了，"你是说，张素娟的自杀……"

"是的，"赵楚接上了秦向阳的话，"张素娟的自杀，是我们商量后的结果，是计划的必然组成部分。她不是想不开才去自杀，而是按照计划，故意为之！她愿意以自己的死，来推倒第一张多米诺骨牌，也是最重要的一张牌，起始牌。孩子是她的一切！张若晴死了，她的人生全毁了！她恨透了那些人，她要他们血债血偿！至于张启发，他也有罪，他袒护毒贩，知情不报，张若晴的死，他们老张家都有罪！他在我们的计划里，但我不会亲手杀他，他的死活，取决于他自己！"说完，赵楚喝下第十五杯。

赵楚的话令秦向阳无比震惊，他无暇平复情绪，继续问："那你呢？为什么？你和她一起完成多米诺骨牌计划也就罢了，你又为什么在多米诺骨牌之后，连上了那些冤案？你是嫌事情不够大？"

"呵呵，我不是嫌事情不够大，而是因为多年前……你不知道我当年为什么去当兵吧？"他悠悠叹了口气，缓缓说道，"当兵那年，也就是1998年，我刚参加完高考，而且分数也不低。我就是在那个暑假认识了张素娟，还和她发生了关系。只是谁也没想到，有天晚上我在她那儿喝了点酒，骑着摩托车回家，在路上出了车祸，我撞死了一个骑自行车的行人。我当时害怕极了，根本不知道那人是死是活，我只是不断重复一个想法，我要是救他，就得花钱，要是花了钱，我上大学的学费就没了。权衡再三，我还是骑着摩托逃离了现场。那几天，我躲在家里哪儿都不敢去，有点动静，就以为是警察上门了。后来我熬了很多天，也没有警察找我，但那时我已经改变了想法，放弃了上学，选择了当兵。我还是害怕，怕被抓住坐牢。当时的我固执地以为去军营会比去上学安全些。你看，我那时是不是特别幼稚，特别自私？"

说到这里，他缓了缓，接着说："就是因为那件事，我才对张素娟不辞而别，这一别就是十年！直到2008年复员回来，我才慢慢知道了她后来的事。当年，我以为去当了兵，自己就安全了，可我怎么也没想到，那根本就是一场噩梦，这个噩梦太长了，从1998年一直做到现在，这是多少年了？你不明白是吧？从我逃离那个车祸现场开始，我就天天做噩梦，后来我开始不停地自责、内疚、后悔……我痛恨自己的自私自利！无情无义！我那根本就不是撞死人，那根本就是杀人！我是个杀人凶手！杀人凶手！这些年来，这种内心的折磨，你能懂吧？"说到这里，他喝下第十六杯。

秦向阳惊呆了！赵楚背后竟然还有这一层故事，他想了想才说："你说的那些我能理解，哎，你撞死的那个人，姓李吧？"

赵楚点点头，说："是的，我撞死的人，就是李文璧的哥哥，李文志！正因如此，复员后，我才不断制造各种机会，去帮李文璧的父母。李文璧的母亲生病，我就通过慈善基金给她捐款，我故意留下信息，让她们可以找到我，从而我才得到机会，更进一步地帮她们，直到成了她父母的干儿子！我在赎罪！尽我最大可能！"

"但我发现那根本无济于事，心里的负罪感还是无法消除，怎么样，我都是个杀人犯！人生在世，一个杀人犯得不到应有的惩罚——这是我能体会到的最大的悲哀！"

"可是，这些好像还不足以让你这么做！"秦向阳叹道。

赵楚微微点点头，继续道："不错！1998年刚复员时，我还不知道发生在张素娟身上的事，我被分配到市局刑侦支队。当时的我并未心灰意冷，除了用心工作，只是一心赎罪，去帮助李文璧一家，还无暇去打听张素娟的下落——你明白吗？当时，我真的想尽一切努力做个好人，做个好警察！紧接着，我无意中从网上注意到那四宗案件的种种负面消息——那很显眼，案子都发生在清河县，而且专案组组长都是郑毅——这引起了我极大的疑问。当时的我年轻气盛，就到处跟同事打听，可是根本打听不到什么。当时的我以为，作为警察，至少不该完全忽略那些网络消息。于是，我干脆找机会向郑毅询问。"

"你……我就知道你会那么做。"秦向阳的语气透着无奈。

"呵呵！你不难猜到吧，当时郑毅对我大发雷霆！那引起了我极大的困惑！"

秦向阳点点头，说："你是1998年秋季复员的，从时间上判断，当时的郑毅，应该知道那些案子办得有问题了！"

"是的！我被郑毅严厉斥责后，反而被激起了强烈的好奇心和逆反心理。"

"于是，私下里你去查那些案子？"

"还不至于，或者说，我根本没机会查案。我只是私下里偷偷借阅那些案子的卷宗，但是，事情很快传到了郑毅耳朵里。接下来，我就被开除了！"

"什么？你是因为这个被开的？"

"我确实在审讯一名惯犯时动了手，打了人。名义上，我的确因刑讯逼供被除名，可实际上，还是因为查阅那些卷宗，我心里很清楚！"

"原来如此！那令你很绝望？"

"是彻底无望！至少因为那件事，我突然失去了人生方向，心里最后一丝好好做人的希望，被彻底抹杀了！同样，这反而更让我坚信，那四件案子确实有问题！"

"这……哎……"秦向阳长叹一声，说，"那我就有些不明白了，郑毅这次为什么又让你进专案组？"

"呵呵，我只能理解成，那是看你的面子，或者说，郑毅一心想破214案，根本没想到，这一切都是我策划的！"

秦向阳慢慢地点点头，沉默了。

"被开除后，我才开始关注自己的事，到处打听张素娟的下落，才慢慢了解到发生在张若晴身上的惨案。那对我来说，如同五雷轰顶，我竟然有个孩子！我的孩子，竟因相关人员的懈怠，被活活饿死在家里……直到后来，我找到张素娟，等着她完全清醒过来，反复求得她的谅解——可实际上，她也从未真正谅解我——但那不重要。后来，我和张素娟商量复仇计划，当我查清张启发、林大志、李氏兄弟以及程浩然等人各自的秘密，又从我工作的档案处，发现了林大志他们公司投标合同的猫腻后，我才真正确信，郑毅果然有很大的问题！他背后竟制造了那么多冤假错案！而且那些冤假错案，都是林大志最先通过网络曝出去的！我通过林大志的投标合同，以及市局那些年的招标合同，发现了林大志和郑毅之间的秘密！也就是林大志以冤案真相，胁迫郑毅帮他中标的事实！这时，我的无望，发展到了绝望！"

秦向阳皱眉道："你应该找人疏导，不该把这一切都憋在心里！"

"我该跟谁说？！"赵楚吼了一声，才又长叹一声，慢慢说道，"那之后，我才把自己那种无以赎罪的心态进一步放大，加进了计划，使得整个计划链更加庞大了。我想假手于别人，查清那些冤案，使那些逍遥法外的凶手得到惩罚！我很是纳闷，难道那些案件的真正凶手，就体会不到我那些感觉吗？难道制造了冤假错案的郑毅，就能心安吗？尽管他办错案件，本不是有心为之。我是凶手，我痛苦内疚了十几年！他们也是凶手！难道他们能安心地过下去？他们还是人吗？"

赵楚越说越大声："我也想好好做人！好好做个警察！可我有机会吗？我本就是个撞死人的负罪者！我逃避了十年！本想好好当警察！尽力赎罪！可仅仅因为我碰了那些冤假错案的卷宗，就被开除了！我努力营造的人生方向，那点可怜的信心，就这么轻易破碎——你可以说我很脆弱，没关系——现在你明白了吧？这整个计划链条，是张素娟和我建立起来的，她有她的目的，我有我的目的，我们也有共同的目的。"

"你……"秦向阳说了一个字，顿住了。

"如果说坏人和好人之间有条细线，那么被开除前的我，就是在战战兢兢地走钢丝！想努力把余生走成一个'好'字！走钢丝！嘿嘿！走不成的！掉下去，希望就全都碎了！这就是我的人生，都已注定！我不后悔！"赵楚说完，喝下第十七杯。

赵楚的话，使得整个214案发展到现在的所有链条完美起来。

秦向阳终于意识到，就连他自己，也是这个计划的一部分，他也是一张多米诺骨牌。他承前启后，他的前面是张素娟和赵楚共同的计划；他的后面是赵楚自己的计划。

前面的那些牌一张张倒下来，直到把他压倒，然后他再压倒后面的冤案。

所有的牌就好像天然存在。

一张压着一张下来。

严丝合缝。

构成一个惊天大案。

以罪连环。

无罪不赎。

既完美，又可怕。

既然如此，那么，四宗冤案也必然是一张牌，也是整个罪连环的一部分，它们又能压倒什么呢？

秦向阳想到这儿，浑身不由得一抖，他冲着赵楚伸出了大拇指，说："我理解你说的每个字！张素娟报她的仇，你赎你的罪，我无话可说——事到如今，我只剩一件事不明白，实话告诉你，那些案子，我基本查清楚了，可是你能如愿吗？那些真正的凶手，不见得都会得到应有的惩罚，更不见得会内疚、会自责、会赎罪！你让我查的每个案子，最短的也六年了，即使我能抓到所有凶手，但是那些案子积累起来，会牵扯到很多人的利益！你能杀死金一鸣、林大志、李铭、李亮，也能利用李铭、李亮杀死张启发，但要想翻案，整个滨海怕是得翻个天，那是不可能的！没有万一！你还是输了！"

"不！你错了！我不会输的！很快你就知道了！"说完，赵楚喝下第十八杯。

第二十八章　决战

至此，秦向阳终于解决了心头诸多疑问。

他只是还想不通两件事。

第一，赵楚说不会白白利用他，会给他回报。

第二，赵楚居然说自己不会输，还说不管计划当中是否有变化，最后都会来到这里，这里是最重要的一环。他到底想干什么？

秦向阳摇了摇头。在他看来，赵楚显然做了非常充分的准备，不过，即使他能利用炸弹暂时逼退警方的包围，最终也一定难逃被抓的命运，他不是一直因为撞死人而愧疚吗？这样一来，他倒是得偿所愿了！可是那些案子呢？怎么可能全部翻过来？

头疼。秦向阳不想了。

他打开一瓶酒，拿起另一个小酒杯，倒满一杯，举起来说："事已至此，罢了！不管怎样，你总还是我的老班长，这个事实谁也改变不了。来，我陪你喝！但是喝完，你在我眼里就不再是曾经的班长，而是罪犯！"

"好！很好！"赵楚看似轻松地笑了笑。他看起来疲惫不堪，举止间已满是醉意，他举起酒杯，但没喝。

秦向阳举起酒杯和他碰了个响，一饮而尽。

喝完这杯，秦向阳接着倒满，又一饮而尽，又接着倒满。

很快，他也喝完十八杯。

两轮十八杯下来，这俩人都醉了，各自靠在沙发上。赵楚跟秦向阳一样，很快就迷迷糊糊地睡了过去，外面漫山遍野荷枪实弹的警察，他竟似根本不放在心上。

此时，郑毅和丁奉武断然想不到，屋里那两位都喝醉睡着了。

整个厂区异常安静，拆弹组紧张地在灌装体间不停地穿梭，寻找目标，然后拆弹。这个活儿可不轻松，拆弹组要把每个灌装体的每个位置，仔细搜好几遍，才能确保不会漏拆炸弹，否则，要是因自己的失误漏掉目标，从而再引发爆炸，那拆弹组的人这辈子也全完了。厂子外边黑压压的全是警察，但几乎没什么人说话，气氛怪异而紧张。

每个警员现在心理压力都很大，虽然刚才的连环爆炸没带来人员伤亡，但那种爆炸强度，怕是没几个人经历过。

最让人有压力的，是赵楚引爆炸弹的方式，没有征兆，没有商量，果断决绝。

那是一种绝对力量。

我比你强，没有意外，没有啰唆，计划严密，执行干脆。

局面我控制，我不和你废话，炸弹会说话。

丁奉武明白这一点。他想，这么干耗下去可不行，人的精神和体力都得崩溃。想到这儿，他果断命令全体人员上车休息，只留下少量人员，在工厂外围监控执勤。

秦向阳和赵楚醒来时，天已经蒙蒙亮了。

秦向阳一清醒，就猛地弹了起来，他发现自己和赵楚还都是安全的，才又慢慢坐了下去。

这时，他意识到了赵楚为什么选这个平房。

如果他们在楼房里，那么除了担心门窗，还得时刻担心来自楼上楼下两个方向破窗的突击压力，此外要是楼道里也都是警察，那么想走出楼房几乎不可能，平房则不然，外面的人只能从门窗突进，而且屋里的人跟外面的人处在一个平面，屋里的人能掌握房子外面的任何情况，几乎不存在信息死角。

此时赵楚也醒了，他揉着太阳穴说："这酒劲儿不小。"

秦向阳没理他，不停地走来走去。

赵楚倒了两杯水，递给秦向阳一杯，问："在想什么？想出去？"他不等对方回答，接着说，"放心，一会儿我就送你出去，你回家找到那个摄像头，嫌疑就解除了。"

"闭嘴！"秦向阳接过水杯，果断地说，"你自首吧！"

赵楚挤出一丝笑容，点点头，没说什么，转身点了根烟。

丁奉武基本一夜没睡，直到拆弹组来报告说，所有灌装体都检查并拆弹完毕，一共拆掉自制炸弹十二颗，确保无一遗漏。

"确定吗？"丁奉武大声问。

"确定！炸弹的位置，是有选择的，或说随机的，只有十二个灌装体检查到炸弹！"拆弹组长大声回答，"所有灌装体表面、顶部、下面，每一寸都检查过三遍以上，绝无遗漏！"

丁奉武这才长长地呼出口气，转身走到郑毅跟前，问："接下来你有什么安排？"

郑毅立刻说："全体人员刚吃完早饭，我找来了省里最好的谈判专家，我们得知道对方的意图。丁局长你看如何？"

丁奉武点点头，同意郑毅的安排。正所谓知己知彼，接下来怎么办，得看谈判专家带出来的信息。

很快天已大亮，暖烘烘的太阳升出了地平线，预示着今天是个不错的日子。

谈判专家叫何洋，他整理完毕，穿着防弹衣，戴着防弹头盔。他对局里这样的安排，似乎有些不以为然。

他信心满满地笑着对丁奉武说："放心吧丁局！以我参与过多次国际反恐行动的经验来看，世界上不存在没有诉求的罪犯！哪怕是有心为之的恐怖袭击，组织者也有他必然的个人诉求或社会诉求。在实际操作中，只要知道了对方的诉求，我们和罪犯之间的信息，也就对等了，也就一定有相应的办法应对。目前这个情况，丁局最担心的，应该就是犯罪分子所处的位置吧？化工厂本身，就是个超级炸弹！"

何洋见丁奉武点头了，就继续说："那么，只要罪犯出了化工厂，一切就都好说了吧。我想，这方面可以从对方的诉求上突破。对罪犯来说，这里同样也是死地、绝地。那么，不管他们的诉求是什么，一定会包括安全离开这里的条件，只要他们离开这片区域……好了，我进去了。"

何洋的话很有道理。

丁奉武感觉看到了希望，他倒背着手面朝东方，心想，希望你是对的。

何洋斟酌着措辞，不慌不忙地进入厂区，来到那排平房跟前的空地上。他先看了看周围的环境，何洋微微皱了皱眉头。目标房间背后的空地，离房间很近的位置，就有好几个大型化工灌装体，只需一颗子弹就能引起连环爆炸，这太危险了，怪不得连一向稳重的丁奉武都坐不住了。

目标房间有一扇窗帘开着一条缝，何洋知道里面有人正在观察。他赶紧挥手示意，让跟着他的几个警员退后。

等到荷枪实弹的警员退了出去，他才清了清嗓子举起喇叭，平静地说："里边是赵楚和秦向阳同志吧？早上好！我是省里的谈判专家，何洋。"

他故意停顿了一下，见里边没什么动静，于是继续说："瞧，今天可是个好天气，我给你们带来了早餐。"

说着他提起手里的早餐示意，接着说："虾仁馅的蒸饺，味道很不错！我这就给你们放门口，呵呵，两位劳驾取一下，放心，我没带武器。"

何洋这番话其实很有技巧。他什么实质性内容也没说，只说了天气和食物。他知道犯罪分子在这种处境下的心态：焦虑，紧张，灰暗。他想通过自己的话，让对方放松，给对方传递一些生活气息，传递希望。

没人会拒绝希望，至少何洋这么认为。

可是赵楚对他的话却一点也不在意，他轻轻把窗户拉开一点，那个宽度，刚好够把枪口塞进去，然后他把枪口调整到合适的角度。

"住手！"秦向阳见赵楚掏出了枪，赶紧上前阻止。

赵楚轻轻把秦向阳拉到一边，说："别紧张，我不杀他。"

说着他快速闪到窗前，果断扣动了扳机。

他开枪太快了，连秦向阳也没反应过来，更别说再上前阻止。

"啪！"枪声落下，何洋的喇叭碎了，手里只剩一个把手。

他根本没反应过来，只觉得握着喇叭的手腕猛地一震，紧接着，他提着蒸饺的手腕又是一震，装食物的塑料袋也被击中了，食物碎裂着，撒了出去。

何洋惊叫一声，扔掉喇叭把手。

他总算反应过来了，对方竟然开枪了！

他的大脑瞬间一片空白，双腿不停地抖动起来。

他想跑，可他发现自己的腿连一点力气也没有。

站在何洋身后不远处的几个武警听到枪声，赶紧就地卧倒。他们发现何洋傻傻地站在原地，屋里的人开枪，只是打碎了喇叭和食物，这才冲上去拉着他撤退。

这时赵楚的小喇叭又响起来："外边听着！我是赵楚！我这边不是两个人，炸弹都是我装的，枪，也是我开的，秦向阳和这事没关系，是我绑架了秦向阳！你滚回去，叫丁奉武局长来！"

"到底想干什么？"秦向阳上前把喇叭夺了下来。

"没什么，我想见丁奉武。"赵楚平静地说。

"见到他又能怎样？"秦向阳大声说，"自首吧！"

"自首个鸡巴！"赵楚突然出手打倒了秦向阳，吼说，"没听懂？你现在是我的人质！"说着上去又给了秦向阳一拳。

这一拳下去，秦向阳嘴角流出血来。

他坐靠在墙上，死死地盯着赵楚，突然笑了，任凭嘴角的血流了下来。这是深深的无奈。

何洋知道自己很狼狈。那两颗子弹要是稍微偏一点，他非中弹不可。

他还没有从刚才的战栗中回过神来，但是面对丁奉武，他还是试图保留一点尊严："里面是个疯子！丁局，强攻吧！赵楚绑架了秦向阳。"

"是啊丁局，我也赞成强攻！"郑毅果断地说，"炸弹都拆了，我们还忌惮什么？"

丁奉武沉默了一会儿，说："不，我进去和赵楚谈谈！"说着，拎起个喇叭转身就走。

"丁局！使不得！"郑毅赶紧招呼大队警员跟了上去。

"等等！等等！"突然一个女人的声音传了过来。

郑毅等人回头一看，见苏曼宁急匆匆地跑了过来。李文璧紧紧跟在她身后。

"你们怎么来了？胡闹！"郑毅大声呵斥。

李文璧冲上前激动地对丁奉武说："我是赵楚的妹妹，求你了，让我们进去和他谈吧！"

"那你呢？"丁奉武回头看了看苏曼宁。

"我也要进去！我、我、我是秦向阳的姐姐！"苏曼宁一时想不到合适的身份，硬生生憋出来这么一句。

"现在是赵楚绑架了秦向阳！目的不明，别掺和了！"郑毅大手一挥，狠狠瞪了苏曼宁一眼，心想，这女人！啥时成了秦向阳干姐姐了？

丁奉武打断了郑毅，他没在乎这两个女人说什么，斟酌片刻说："我倒觉得可以试试，这样，你们随我一块儿去。"说完他指了指李文璧和苏曼宁。

"丁局，不妥吧，太危险！还是强攻吧！"郑毅赶紧说。

丁奉武心意已决，挥了挥手，大踏步走了出去。李文璧和苏曼宁赶紧跟上。武警队员立刻上前簇拥着这三个人往前走。

"丁奉武来了！"赵楚透过窗帘缝隙见丁奉武当真走来，精神一振。

"来了又怎样？"秦向阳刚才遭到赵楚突袭，酒劲蹿了上来，小伙浑身没劲，坐靠在墙上软软地说。

"你少废话！"赵楚上前，毫不犹豫地又打了秦向阳一拳。

秦向阳这次真怒了，奋力吐出一口血，挣扎着想站起来反击。

可是赵楚的站位更主动，出手快，抢起枪托把秦向阳砸晕了。

"她怎么来了？"赵楚看到了李文璧，眼神透出一丝难掩的痛苦，"罢了，来就来吧！本来，一切就该结束了。"

他捡起喇叭，深深吸了一口气，大声说："李文璧，对不起！还记得当年你哥哥李文志的车祸吗？人是我用摩托车撞的！今天，我会给你个交代！我就一个要求，回头你跟家里老人说一声，就说我出远门了！"

"什么？你胡说什么？"李文璧本能地回应了一句。

赵楚的话太突然了，李文璧根本反应不过来。她不敢相信赵楚的话，那简直就是晴天霹雳！可是她很快意识到，这个节骨眼上，赵楚又怎么会拿这种事开玩笑？

她本想问问秦向阳怎么样了，想问赵楚这是搞的哪一出。她有很多话想说，却一句也说不出来。她两眼一黑，身子一软，整个人倒了下去。

对丁奉武和郑毅来说，这个变故也很突然。他们不明白赵楚的话是什么意思，见李文璧摔倒了，赶紧叫人把她抬下去。

"你也先下去！"丁奉武没想到这俩姑娘啥作用也发挥不了，他失望地摇了摇头，对苏曼宁说。

苏曼宁急得跺了一下脚，拎起个喇叭喊了一句："秦向阳，你一定给我活着出来！我告诉你！孔良田已经被抓了！你又对了一次！"

秦向阳要是能听到这话，肯定很高兴，可惜他正处于昏迷状态，苏曼宁等于白喊了。

"回去！"郑毅用力把喇叭夺了下来，狠狠瞪了苏曼宁一眼。

听了苏曼宁的话，他总算明白了，多省联合大搜索行动，根本就是秦向阳在背后谋划的，他中了秦向阳的计，算是给人家打工了。

苏曼宁为什么说"又对了一次"？很明显，那分明是说，之前秦向阳私底下的调查很有成果嘛。

苏曼宁怎么知道得这么清楚？答案不是明摆着嘛！他一下子想起来苏曼宁网络专家的身份，脸色顿时黑了下来，意识到网上散播的关于发现秦向阳的那些消息，很可能就是苏曼宁搞的鬼。

"不，不是可能！是一定！她一定参与了！看她那着急的神色就知道了。女人就是女人！根本靠不住！"郑毅越想越恨，牙越咬越紧，腮帮子鼓了起来，只是碍于丁奉武就在旁边，不好发作。

他体会到了前所未有的失败感，这主要来自于苏曼宁的背叛，这已经无关于案情、职业、前途，这关乎男人的尊严！他的尊严被彻底侮辱了！他紧咬牙齿，握紧双拳，双眼像要冒出火来！

作为市局局长，丁奉武以身涉险责无旁贷，没人比他更希望事情和平解决。

至少事情到目前为止，并没有搞出人命，想到这儿，丁奉武咳嗽了一声，郑重地举起喇叭："赵楚！是不是个男人？你炸平办公室，搞那么多炸弹，以为自己很威风？告诉你，我不管你到底因为什么，我只给你两个选择，要么你出来！要么我进去！你我面对面说说清楚！"

丁奉武一说完，郑毅立即小声对丁奉武说："要不要安排狙击手？他只要露头说话，就有机会！"

丁奉武果断地摇了摇头。

不得不说，丁奉武还是颇有魄力的，他想把事情和平解决。他那段话很有诚意，他的行动也很有诚意，不安排狙击手，他相信对方能感觉到。

接着，赵楚的声音传了出来："丁局，我知道外边没有打冷枪的，谢谢你的好意，也谢谢你给出的选择。你不用进来了，我出去。"

话听到这里，丁奉武眼神骤然亮了起来，心想有门。

谁知赵楚接下来的话，给他泼了一大盆超级冰水："丁局，请问，如果今天我把这里全炸了，算不算全国第一大案？"

"全国第一大案！"

丁奉武闻言，眼皮猛地跳了一下，大声说："赵楚你想干什么！你可别乱来！你有什么诉求，我们可以谈！"

赵楚马上说："丁局，叫你来，就是请你叫所有人立即撤离，越远越好，你只有二十分钟时间。"

话音一落，赵楚猛地拉开门走了出去。

这下子太突然，门外所有警察为之一振，几百个枪口立刻瞄向赵楚。

瞄准之后，大家才看清楚，赵楚手里根本没有武器。

可谁知赵楚突然抬手拉开了衣服。

所有人跟着看过去，见他身上竟然绑了一排炸弹，炸弹外面带着个小型计时器。

而且计时器的倒计时，已经处于运行状态。

十九分五十九秒。

十九分五十八秒。

……

这一切都发生在三秒之间。

赵楚微笑着说："郑毅，你最好还是放松点，就算你能叫人在零点一秒内把我击毙，我也可以向你保证，在脑死亡之前，我一定能按下起爆器。"

说着，他亮出手心里的一个起爆按钮，朝着郑毅晃了晃，继续道："那样一来，所有人连这二十分钟都没了。"

郑毅见赵楚走出来，本想偷偷安排陆涛打冷枪，见自己被人家识破了，只好作罢。

"赵楚！你……"丁奉武眉头皱成了疙瘩。

"丁局！我也向你保证，就算我不按起爆器，也没人能在二十分钟内解除这颗炸弹。这里炸定了！而且我保证，这些炸弹，比昨晚那些威力要大得多！"

赵楚的话并不假，站在郑毅身边的陆涛有很深的拆弹经验，他仔细盯着赵楚身上的炸弹看了半天，随后冲郑毅摇了摇头："太复杂了！八根伪线，我根本没见过！"

"连你也搞不定？"郑毅恼火地问。

"时间远远不够！要么击毙他，闭眼剪一条，八分之一机会！"陆涛艰难地说。

"扯淡！"郑毅狠狠地说。

这时他突然想起来没见到秦向阳，他现在满腔怒火全都在秦向阳身上，如果有机会，他一定会亲手杀了对方。

该说的都说了，赵楚高高地举着双手，脸色无比平静。

"丁局，撤吧！你们时间不多了！"赵楚再次催促着。

"这到底是为什么？"丁奉武的声音很低沉，就在刚才一瞬间，他的扁桃体肿了。

赵楚笑着摇了摇头，他不想多解释什么。

丁奉武突然想起来什么，急说："秦向阳呢？把他放出来吧！"

"我和他有点私人恩怨，他走不了。"赵楚说着，转身回到房间。

丁奉武满脸通红，长长地叹了口气，他庆幸刚才没让郑毅强攻，否则后果不堪设想。

"哎！"他长叹一声，终于下了撤退命令。

下完命令，他小心问郑毅："周边居民都清理干净了？"

"是的，昨晚就全清理了！"郑毅小声回答。

"处理一下厂区各区域的摄像头，把画面传输到指挥车上。"丁奉武下了最后一个指令。

丁奉武走得很不甘心。他仿佛已经听到了一连串巨大的爆炸，爆炸之后，到处是升腾的烈焰，如狂龙乱舞。他知道，最多二十分钟之后，他的职业生涯也就结束了。可他却一点办法也没有，他甚至不明白赵楚为什么这样做。

偌大的厂区再次空了下来，只剩下各个角度的摄像头，传输着空无一人的画面。

赵楚走进房间，蹲下去拍着秦向阳的脸，说："醒醒，喂，该你上场了。"

秦向阳迷迷糊糊睁开眼睛。

他的头很晕，听不清赵楚说什么，只好扶着赵楚走出房间。

赵楚走在前边，两人来到一个灌装体下面。

那应该是厂区内最大的灌装体，足有十米高，呈圆柱形，直径庞大，稳稳地立在厂区最中央。

"出来了！丁局你看！"谈判专家何洋跟丁奉武同车，他紧盯着摄像头传输来的即时画面。

丁奉武赶紧把视线挪了过去。

画面里，秦向阳在前，赵楚在后，两个人沿着灌装体侧面的悬梯，慢慢地爬到了灌装体顶层。赵楚手里还拿着枪，时不时戳戳秦向阳。

太阳很好，但灌顶的风还是不小。被风这么一吹，秦向阳彻底清醒过来。这时，他才看清赵楚胸前挂着一排炸弹。

"你他妈不想活了？"秦向阳大吼了一声。

赵楚扔掉枪大声说："少废话，你现在是不是很想揍我？来啊！"说着他猛地揍了秦向阳一拳。

秦向阳硬生生挨了这一下，他感觉赵楚彻底疯了。

赵楚说："看到计时器了吧？还有十八分钟，再不动手，定时起爆，你真死这了！"说着又揍了秦向阳一拳。

秦向阳小伙这次真恼了，抬手啪的一声，架住了赵楚的攻击。

"好！继续！"赵楚说着，转身侧踢。

"呸！"秦向阳恼了，猛地吐出一口带血的唾沫，冲向赵楚。

两个人你来我往战在一块儿。

"看，丁局，他们打起来了！"何洋的话里带着兴奋。

罐体上的两个人你来我往，足足打了五分钟，硬是不分胜负，俩人都灰头土脸，满脸是血，吃了不少苦头。

打着打着，赵楚突然从腰里掏出两把手枪，远远地甩了出去。

秦向阳知道，对方这是要和他比谁的枪快。

这是要玩命了。

两支枪刚一落体，秦赵二人同时跃出，又各自翻了个跟头，几乎同时抓起了手枪，然后两人同时拉上枪栓，几乎同时转身，彼此用枪顶住了对方的头。

"开枪！"赵楚这次没给对方考虑的时间，眼睛瞪得血红。

秦向阳努力控制着呼吸的节奏，手却情不自禁地抖了起来。

这时，他们谁也不知道，离灌装平台大约八百米处，架在车顶上的一把狙击枪瞄向了秦向阳。

大约五分钟前，郑毅猛地刹住了车。

"不行！"他用力砸着方向盘自言自语，"这算什么！不能就这么走了！"

他想起来苏曼宁拿着喇叭喊得那句话："秦向阳你又对了一次。"

想到这儿，他就觉得自己的头快要爆了！

他猛然意识到，秦向阳很可能已经把错案查清楚了！不然苏曼宁何必说个"又"字！还有苏曼宁，这个曾经唯他是从的女人，不但帮秦向阳把他耍得晕头转向，甚至还彻底背叛了他！

"不能就这么回去！"他再次自语，语气凶狠。

万一秦向阳活着离开，把证据往上边一交，案子翻不翻姑且不论，自己的前程，自己的一切，岂不全毁了？组织上没错，法律也没错，错的是人！组织上肯定会严厉治罪，作为当年专案组的组长，对他的处罚一定排在首位——这就是郑毅的逻辑。

"一定要亲手杀了秦向阳！决不能让你活着离开这里！"

郑毅看了看放在后座的一把狙击步枪，下定了决心，猛地调转了方向盘。

"开枪！"赵楚大声叫道，"我必须死！但我只能死在你手里！这也是计划的一部分，时间来不及了！你他妈明不明白？"

秦向阳盯着计时器的数字：十二分三十秒。

"你很希望这里爆了对不对？"

听到赵楚这句话，秦向阳浑身一抖，手里的枪却终于稳了下来，心里瞬间透亮："是啊，这是铁一般的现实，赵楚本就是罪犯，他这是不想活了！可炸弹却绝不能炸！不行，我要拆弹！"

赵楚好像看透了他的心思，突然笑了起来："不杀了我，你别想拆弹！"说完他往后退了两步，手里的枪还是指着对方。

"啾！"远处传来一声沉闷的枪声。

狙击枪的子弹带着郑毅的满腔愤怒，飞向秦向阳。

秦向阳毫无防备，应声倒地。

"操！"赵楚赶紧卧倒，快速爬到秦向阳身边。

不等赵楚说话，秦向阳晃了晃头睁开了眼睛，吐出一口吐沫星子。

"没事吧？"

"操，肩膀开花了。"

"谁开的枪？"

"不知道。"

"别废话了，快点开枪，杀了我！"

秦向阳翻动身体，改成卧倒姿势，再次用枪顶住赵楚的头。

"刚才是狙击！赶紧开枪！不然你我都得死！这里就会炸！开枪！给我留个全尸！没多少时间了！你个娘儿们！操！"

"给你留个全尸！"秦向阳紧咬着牙，点了点头，慢慢把枪口移了下去，顶向赵楚的胸口，这次他不再犹豫，用力扣动了扳机。

赵楚胸前中弹，翻身躺了下去。

他盯着湛蓝的天空，深深看了一眼，慢慢合上了眼睛。

"妈的！"秦向阳感觉脑子一片空白，机械地向前挪动身体，靠近赵楚身上的炸弹。

一看炸弹，他彻底无语了。

赤橙红绿青蓝紫白，八根线，密密麻麻布满炸弹全身。

他突然想起来前些日子面对卷宗时，经常做的那个梦，梦里的情景跟现在如出一辙，他梦到自己抱着个炸弹，面对一堆线路无从下手，直到炸弹爆炸，才从梦中惊醒。

他急忙探身摸了摸赵楚的口袋，从里面找到一把精致的小钳子。

他紧紧贴在地上，扭头看了看身体后方。他知道那把狙击枪还在瞄着这边，可能对方视线太低，自己趴下后导致对方失去目标了。

"可是，这他妈剪哪根啊？"他小声嘟囔着，浑身是汗，伤口的剧痛提醒着他时间不多了。

十分四十九秒。倒计时在继续。

他比画着钳子，在不同颜色的线路之间晃来晃去，怎么也拿不定主意。

他比画了一阵，颓然地丢掉了钳子。他发现自己又被赵楚要了，这玩意儿根本没法儿剪。

他不想放弃！事到如今，只有一个法子了，把炸弹运出去。

他抬起头，看见了那辆停在平房前边的奥迪车。

他刚要挪动身体，这时突然听到一个细微的声音，他赶紧扭过头去，才发现赵楚正翕动着嘴唇，小声说着什么。

他赶紧往前蹭了蹭，把耳朵贴了过去。

"剪个鸡巴啊！"赵楚的声音气若游丝。

"啊！"听到这句话，秦向阳顿时明白过来，班长根本没要他。他再次想起很久以前，当年他们在侦察连，经常搞定向爆破训练，按照程序，战士找到炸弹后，会跟班长报告"准备完毕，剪哪根线"。训练用的都是假炸弹，线路有的简单有的复杂，但实际上都是走个过场，剪哪根都行，都没危险。赵楚当时作为班长，每次都会跟报告的战士回答："剪个鸡巴。"战士得到回答确认，就随便剪一根完事。

"剪个鸡巴！操！炸弹根本就是假的？"他无语地看向赵楚，却见对方还在说着什么。

他再次把耳朵贴了过去，听见赵楚说："我知道你不想开枪，你小子，缺点就是心太软！但你不开枪，戏，就没法儿往下演，所以我一定要逼你开枪，这次炸弹是真的，千万别剪！这次，我不会告诉你哪根线的。赶紧，把炸弹带到空旷处，你还有时间！要是在这儿爆了，我一切努力就全白忙了！明白了吗？"赵楚奋力说完这段话，嘴里猛地咳出了血。

秦向阳无可奈何地盯着赵楚，小声说："日啊，既然是真的，你说剪个鸡巴干吗？我以为又是暗号！差点就剪了！"

赵楚努力地笑了笑，说："这次不是暗号，这次真是口头禅……"

秦向阳彻底无语了。

不过现在他彻底明白了，这才是赵楚给他的回报。

第二十九章　多米诺骨牌

秦向阳冲赵楚点点头，把炸弹从他身上解下来，匍匐着爬向旁边的悬梯。

悬梯在不在狙击枪手视线内。他不知道这一点，他也管不了那么多了。

"小伙，再给补一枪好不好！"他身后传来赵楚微弱的声音。

秦向阳点头，咬了咬牙，再次扣响了扳机。

枪声响起时，赵楚长长地叹了口气，嘴角留下一丝微笑。

旁边的货架子上不知啥时飞来一只白鸽，枪声响起，白鸽扇动翅膀，向远方飞去。

秦向阳明白赵楚这是得偿所愿，死得其所。

他来不及感伤，抱着炸弹上了悬梯，连滚带爬，动作狼狈，速度倒是很快。

"啾！"

"啪！"狙击枪再次响起，这次子弹击中悬梯，火星在秦向阳脸边弹起。

这时秦向阳已经连滚带爬下了悬梯，猫着腰跑到奥迪车前，打开车门钻了进去。

刚才这里发生的一切，丁奉武在指挥车上看得清清楚楚。

一连串的变故弄得何洋眼花缭乱，疑惑重重。

"好！他俩打起来了！"

"好！秦向阳向赵楚开枪了！哎，丁局，开枪那个是秦向阳吧？"

"哎，怎么有人向秦向阳开枪？坏了，他中弹了！"

"啊？他好像受伤了。好！他开始拆弹了！"

"坏了！好像拆不了。咦，赵楚还没死！秦向阳是不是在问他剪哪根线？"

"哎！肯定啥也没问出来！看，秦向阳又补了一枪。"

"呀！秦向阳抱着炸弹下来了！他这是想去哪儿？日！狙击手又开枪了！"

……

何洋像个合格的足球评论员，边看边解说。

丁奉武的脸色很是阴沉，一边看监控视频，一看紧皱眉头，他看到秦向阳抱着炸弹往下爬时，明白了，肯定是秦向阳不知道怎么剪线，这是要舍身把炸弹送到化工厂外边啊！

想到这儿，他这驰骋警界大半辈子的老刑警，副厅级干部，也禁不住紧握拳头，热血澎湃起来。

"可又是谁在那儿打冷枪？万一打中秦向阳，炸弹送不出去，不就爆了吗？可恶！"丁奉武感到无比愤怒，他拿起对讲机大声喊道，"武警那边立即派两个小组回化工厂，找出打冷枪的狙击手，如遇反抗立即击毙！"

武警那边不知道化工厂刚才的变故，都在心里纳闷化工厂不是要爆了吗？但命令就是命令，死也要执行。

瞄准镜看不到灌装体上边的事，郑毅也就没看到秦向阳怀里的炸弹。他看到秦向阳跑下了悬梯，心说这是想跑啊！他着急地看了看表，估摸着倒计时时间，调整着射击方向。这次他把枪口瞄向后门口，也就是最初奥迪车进入厂区的方向。

他蒙对了，奥迪车果然飞快地冲向后门口。

秦向阳当然要冲向后门口，那附近的地形他太清楚了：出了门口不太远，就有一大片农田，农田边上有个临时垃圾场，那是逃出滨海时，砖头车卸车的地方，农田里零零散散有几个塑料大棚，过去大棚再往里走，就是当初自己逃亡时暂时栖身的老旧火砖厂了。

他想把炸弹丢到农田里引爆。

这事非做不可，既是责任，也是任务，赵楚交给他的任务。

这同时又是一场戏，这场戏他必须演完，不能NG，赵楚死了，但赵楚导演的戏还在进行。

狙击一共开了两枪，从子弹的轨迹不难猜到枪手的大体位置。

秦向阳想，枪手一定躲在后门外不远处的某个地方。

奥迪飞一样冲向后门，他在车里尽量伏低身子。肩头的伤口早就麻木了，血汩汩地淌着，弄得浑身都是，他看也不看，顾不上那么多了。

"啾！"又是一枪。这颗子弹击中了挡风玻璃，秦向阳的视线顿时模糊了。与此同时，他也把油门踩到了最大。

看见了！秦向阳看到前方几十米处有个人正趴在车顶，手里拿着狙击枪向他这边瞄准。

没什么好办法，只能把狙击手从车上撞下来。电光石火间，秦向阳拿定主意，调整方向盘。

奥迪像离弦的箭冲向前方的汽车。

郑毅见奥迪越来越近，才意识到对方这是要和他玩撞车，他赶紧扔掉长枪，从车顶跳了下去。

"原来是他！"秦向阳认出了郑毅，见他从车顶跳了下去，忙急打方向，奥迪擦着郑毅的车身蹿了出去。

郑毅赶紧掏出手枪冲着奥迪一阵乱射。

秦向阳努力压低身子，最大限度降低被子弹命中的概率，车开得七歪八扭。

"啪！"慌乱中他听到一声闷响，紧接着，车子斜着冲向前方。

他意识到很可能有个车胎被打爆了，连忙用力控制方向，车子堪堪没掉进路边沟里。

"这么下去可不行！"秦向阳咬牙掏出枪，身子探出车窗往后射击。

"啪啪啪！"一梭子子弹打完了，他赶紧回到座位调整方向。

从后视镜里看去，他看到郑毅突然倒地，他也不知道是否打中了目标，踩着油门往农田冲去。

眨眼工夫，车到了目的地。

秦向阳跳下车抱着炸弹往农田里跑去，他一边跑一边看炸弹上的计时器，还剩十九秒，十八秒……

他又猛跑了一阵，来到农田中间，向四周看了看，一个人也没有，赶紧扔掉炸弹，掉头就跑。

他一边跑，一边估计着倒计时的数字。

3，2，1。

时间到。

"轰！"

炸弹准时在农田中间爆炸，炸出来一个巨大的土坑。天上到处都是尘土和飞扬的麦苗。不远处几个塑料大棚，受到冲击波的强烈冲击，瞬间散架，大棚骨架漫天飞舞。

此时，离此不远的丁奉武站在指挥车外朝这边眺望，他清楚地听到了旷野里的爆炸声，心里的石头总算落了地。炸弹总算引爆了，可秦向阳人呢？想到这儿，他的心接着又悬了起来。

爆炸时，秦向阳就趴在麦田里，他觉得自己跑出了足够远，饶是如此，还是受到了冲击波的冲击，五脏六腑上下翻滚，嘴里狂吐鲜血。

"大难不死啊！"他嘟囔了一句，努力晃了晃满是尘土的脑袋，深吸一口气，按着伤口，撑起身子慢慢挪回车里。

车门刚打开，他就再也撑不住了，一头栽倒晕了过去。

郑毅也听到了剧烈的爆炸声，他明白过来，刚才秦向阳竟是抱着炸弹冲出了化工厂！

他皱起眉头，看向远处，不清楚那声爆炸意味着什么，但愿秦向阳被炸死了吧！那就一了百了！

痛楚打断了他的思考，他被秦向阳打中了腿。他用力按了按腿上的伤口，倒吸一口凉气，心里又气又急，努力爬上车去。

他发动了车刚想跑，就被赶来的武警包围了。

他无力地摇了摇头，仰天长叹……

几天后。

秦向阳醒来时，对着天花板足足发了三分钟的呆，才恢复了全部记忆。他不知道自己昏迷了多久。病房里空无一人，他努力抬头看了看自己的手腕，想看看是不是有手铐铐着自己，完事又躺回去自嘲地笑了笑。

他哪知道自己已昏睡了三天三夜。他失血太多，差点就抢救不过来了。

门外的人听到房里的动静走了进来。

走在最前边的是丁奉武，他身后跟着省厅以及市委的几个领导，还有李文璧和苏曼宁。

市委的领导见病人醒了，赶紧上前一步，笑着小声说："小秦啊，好好休息！不要乱动！"

丁奉武笑着冲他点了点头。

李文璧脸色很不好，赵楚的死令她很难过，她更加接受不了赵楚告诉她的那个事实，赵楚当年撞死了她哥哥李文志。这个事实对她打击很大，她整晚哭到天亮，不相信那是事实，可事实就是那么残酷。

省厅的领导走到秦向阳面前，笑着说："小伙子不错！受伤昏迷还想着案子，放心吧，你现在不是嫌疑人了！你是功臣！"

苏曼宁对他点了点头，走上去小声和他说了几句话。他这才知道，自己在昏迷当中说了不少梦话，其中包括他宿舍某个角落里有个摄像头，还包括他口袋里装着好几颗王锋的牙齿。

丁奉武命人找到微型摄像头。

摄像头电池已经用完了，连上电脑打开一看，画面非常清晰：画面里最先出现的是赵楚，那应该是他刚刚安装调试好摄像头，还对着镜头笑了笑。然后他掏出四个旧电话，一个未拆封的窃听器，对着摄像头一个一个亮了亮，然后把这些东西放到一个盒子里，又把盒子放到了秦向阳的床底下。之后过了几天，秦向阳回去喂狗。紧接着就是苏曼宁发现那个盒子的画面，再之后是陆涛带人到现场取证的画面，也全都录了下来。

这段录像，既解除了秦向阳嫌疑人的身份，也证明了赵楚214案凶手的身份。

苏曼宁从秦向阳口袋里找到王锋那三颗牙齿，发现有一颗是镶嵌的金牙，她很敏锐地理解了秦向阳的意图，用王锋的牙齿跟之前那七颗牙齿挨着做了比对，结果令她大吃一惊：那七颗牙齿里，果然有一颗是王锋的。

这一铁证无情地证明，王锋就是杀害王万友的凶手。王万友死前剧烈挣扎，用头撞掉了王锋一颗牙。王锋恼羞成怒，对着王万友的牙一阵乱砸，砸掉了六颗牙。他顺势捡起地上的七颗牙齿，一股脑塞进了王万友的嘴里。至于王锋杀王万友的时间，是不是2008年11月23日，也就是说，王锋是不是挖掉浩浩双眼的凶手，这一点，有了前面那条铁证，审起来也就非常容易了。

果不其然，王锋面对前去抓捕的警察，在到达审讯室前就崩溃了，很快交代了以下事实：王万友长期以来，一直阻碍其收购集体煤矿，王锋各方面钱没少花，关系没少跑，但中间隔着个能人王万友，事情就是办不成。这让王锋恼羞成怒，2008年11月23日天黑前，他和弟弟王利以谈事为由，把王万友骗到当时来说很偏僻的那个小山丘附近，用钝器敲晕王万友，挖坑把他埋了。王万友挣扎时撞掉了王锋的牙，王锋火大，又砸掉了王万友的牙，一股脑让王万友吃了下去。

埋完人后，王锋两兄弟从山丘背坡出来，看到个小孩鬼鬼祟祟地瞅他俩。王锋担心事情败露，让弟弟王利用匕首挖了孩子的眼睛。

王利当时年轻，混社会，天天染着个黄毛，这也就是为什么浩浩笔录里一直说凶手是个黄头发的原因。

那么，浩浩家的邻居，陈秀兰家地窖里发现的沾有浩浩血迹的衣服，又是怎么回事呢？那件衣服无疑是陈秀兰的。衣服上的血迹，也是浩浩的。这也是当年郑毅把陈秀兰定为凶手的最关键物证。

这是1123案留下的一个谜，是案子唯一的缺憾，没人能够解释。

同样，当年林大志和李氏兄弟，又是如何得知1123案有问题的？这也是个谜。这个谜，被林大志和李氏兄弟带走了。但不管怎样，当年林大志一伙，利用这四个有问题的案子，成功胁迫了郑毅，帮他们在市局成功中标，这是铁打的事实。

至此，1123男童挖眼案在案发六年后宣告再次侦破。

秦向阳昏迷中还说：清河县城建现任副局长罗仁杰，是628袭警灭门案的凶手，证据掌握在清河县公安分局前法医主任王越手中。

丁奉武派人找到王越，提取了证据，罗仁杰的DNA，跟当年现场死者马晓莲指甲里皮肤组织DNA完全吻合。警方依法逮捕罗仁杰，罗仁杰对作案事实供认不讳。至此，628袭警灭门案在案发七年后宣告再次侦破。

秦向阳在昏迷中说：清河化肥有限公司董事长谢坤，在电话里主动向秦向阳交代过，他是719杀人碎尸案的凶手，凶器是一把斧子，埋在谢正伦当年别墅花园里。

丁奉武派人顺利地找到了凶器，对凶器上的血迹进行了鉴定，逮捕了谢坤，谢坤如实承认一切犯罪事实。719杀人碎尸案在案发六年后宣告再次侦破。

至于903强奸杀人案，孔良田已经交代了犯罪事实和犯罪细节，但这个案子，方方面面牵涉的程序和人比较多，事情还没解决。

这四个重新侦破的案子，每一件都事实清楚，证据确凿。丁奉武意识到事情的严重性，第一时间上报给公安部，引起公安部领导的高度重视。

同时，苏曼宁向丁奉武汇报了秦向阳逃亡后的大体经过。加上他在指挥车上看到的录像，丁奉武把前前后后的事儿串起来，总算明白了事情的全部经过，也琢磨透了郑毅给214案定性结案时的龌龊心理。

他再次上报了214案的全部案情和秦向阳的侦破过程，最后，又把秦向阳当场击毙赵楚，抱着炸弹顶着狙击，把炸弹送到农田引爆，保住了上百亿国家资产的全过程，上报给了公安部领导及省委领导，并附上了他看到的现场视频录像。

至于郑毅，被以持枪袭击警务人员的罪名依法逮捕。此外，检方还对他提起多项公诉。他将面临最严厉的审判。

回顾一下郑毅的人生历程，这个办案执着、雷厉风行的人，他到底错在哪儿呢？

正如赵楚曾总结的，郑毅的执着，是对结案率的执着。那意味着名声，意味着虚荣。这很容易导致在办案过程中，忽视微小的细节，甚至因为忽视细节最终谬以千里，导致把案子办成错案、冤案。

客观来说，当年，郑毅最初把四个案子办成冤假错案，本属无心。

628袭警灭门案，他把马晓莲右手指甲里的物证当成孤证排除，过分依赖物证。这么一来，凶手通过栽赃，把凶器塞到林建刚摩托车后座下，从而逃脱了惩罚。

903强奸杀人案，凶手孔良田掐死陈爱梅又去嫖娼的行为逻辑反常，嫖娼后带走避孕套，再返回现场，把刘正龙精液抹到死者身上的行为更是心血来潮，全无逻辑。郑毅错在忽视了对反常逻辑的深究。

719杀人碎尸案，谢正伦有心替父坐牢受过，郑毅没有识破真相。

1123挖眼案，郑毅又是过分依赖证据——陈爱梅地窖里那件血衣，却忽略了对陈爱梅动机的分析。陈爱梅当时承认了，她早先因为嫉妒，因为邻里矛盾，杀害了浩浩的姐姐。她既然承认了一宗命案，又何必去逃避一宗挖眼伤害案呢？

很多错误是可以弥补的，但郑毅错过了弥补的机会。

林大志的副总李铭，是628案中罗仁杰杀害民警刘常发的目击者；林大志公司的保安，把按摩女刘芸芸讲的怪事——那个奇怪的人嫖娼后带走了避孕套——传到了林大志耳朵里，林大志又对刘芸芸盘问，从而推断出了903案的真相；719案中，谢坤更是让林大志帮他做不在场证明；至于1123挖眼案，林大志如何获知事件真相，如前所述，那是个谜。

总之，当林大志以这四个错案去胁迫郑毅，郑毅最终妥协了，还帮林大志中了市局的标！可以说，从那时起，郑毅就在错误的道路上越走越远，发展到最后，越错越大，也就不足为奇了。

这就是私心的可怕。

当责任心、公正心被私心取代，势必引起一连串的蝴蝶效应，最终走向不归路！

如果当年郑毅能不受林大志等人的胁迫，摈弃私心，认识错误，勇敢面对，修正错案，那么，他的人生，将会是另一番壮观的风景！

秦向阳醒来时，根本没意识到他到底立了多大的功劳。

丁奉武亲自告诉他，过段时间，公安部最高领导要亲自接见他，同时召开一个名为"全国公安系统英雄模范立功个人表彰大会暨向秦向阳同志学习报告会"的会议。出席会议的除了公安部各级领导，还有一位副国级领导。

丁奉武说："你的功劳不是我定的，你破的那些案子牵涉面太广了，只能报到部里。部里领导经过充分讨论、研究，最终给出的意见是，秦向阳同志成功侦破628袭警灭门案、903强奸杀人案、1123男童挖眼案、719杀人碎尸案、214连环案中案，并且所有证据证词齐全，更重要的是以身犯险，击毙214案凶手赵楚，并舍身转移炸弹，为国家挽回上百亿经济损失，为清河县乃至全省经济建设做出突出贡献！"

秦向阳被这个消息炸傻了。

他脑子转得飞快，意识到这个功劳，才是赵楚给他的真正的回报。

要得到这个回报，就必须先杀掉赵楚，再把赵楚设置的无解炸弹送到化工厂外面引爆，还要按照赵楚和张素娟最初的计划，一步步踏进那个环环相扣的连环局中。其中任何一步要是没有赵楚的主动配合，都会功亏一篑。

直到现在，秦向阳才得以看清赵楚计划的全貌。

他暗自感叹：赵楚啊赵楚，你一共准备了多少张牌。

作为计划的直接制订者，同时舍命参与到计划中的张素娟，是第一张牌。

赵楚和张素娟，这两个计划的制订者，在计划最初，就确定了自己的结局，一个拿自己的命开头，一个拿自己的命结尾。

金一鸣是第二张牌。

接下来第三张是张启发。

第四张是李铭、李亮、林大志。

同时，第三张和第四张，这两张牌背后，又各有小牌，这些小牌包括张素娥、聂东、纪小梅、程浩然、沈浩、陈凯等人，它们推动着张启发、林大志等人，把他们推到牌局中最恰当的位置。

第五张是赵楚本人和郑毅，这两人完成了一场合作，赵楚把214案的罪证偷放到秦向阳宿舍，被郑毅拿去逼迫秦向阳潜逃。

第六张是秦向阳，同时秦向阳的一切行动，还离不开李文璧、赵楚、苏曼宁、孙劲、丁奉武等人的帮助。

第七张是四宗冤案加赵楚的命。

第八张是炸弹加上百亿国有资产。

当然，赵楚和张素娟共同的小目标到第四张牌倒下，基本就结束了，剩下的全部是赵楚的计划。

当秦向阳按照赵楚的计划一步步走到今天，第八张牌倒下之后，他就必然会被推上那个莫大的荣誉舞台，想逃也逃不掉。

病房里的人都暂时离开了。秦向阳怔怔地盯着天花板，脑子里只剩下一连串的感叹。他挣扎着起床走到窗前，摸出根烟来点上。他觉得这时候自己不抽根烟，脑子就要短路了。

他感觉自己这些天的亡命经历，顶多就算一场危险的动作戏。他觉得自己一直以来都清醒地掌控着全局，而实际上，他就是个小演员。该怎么演，导演都给他安排好了。

赵导演的最终目的，是要把他送到公安部最高荣誉的舞台，难道仅仅如此吗？

秦向阳默默地抽着烟，心中豁然开朗：何止！这种机会来之不易，是拼了好几个人的命才换来的。赵楚的心愿，一定是让秦向阳把所有的故事在最高舞台上讲出来，讲给公安部最高领导，讲给国家领导，只有如此，错案、冤案，才能彻底扳倒，相关案子背后牵扯的人，比如郑毅，才能受到惩罚，甚至还能对国家将来的司法体制改革，提供一些血淋淋的警示和帮助。

事情发展到最后时，赵楚个人的赎罪感和仪式感已经不重要了，他的最终目的，早就脱离了个人，也不仅局限于那四个冤案，而是想给整个警界提个响亮的警醒——办案，不要那么多功利，不要牵涉那么多个人私心，即使在法定期限内不能破案，没有成绩，甚至被领导责罚，也不能背离法治精神，忽视真相，制造错案、冤案，制造人间痛苦。

犯罪者给很多家庭带来的伤痛，已经足够大了。执法人员慎重执法，秉公执法，人间才能少一点悲凉，多一些幸福。

可是对秦向阳个人来讲，赵楚给他的这份荣誉和回报，确实太大了。他要不要接受呢？

要是不接受，不去最高荣誉舞台讲出一切，就实在愧对赵楚的良苦用心。

要是接受，他却总觉得有点别扭，觉得那都是通过赵楚而获得的，就好像一切荣誉，都是别人的馈赠。

他固执地认为，在这场戏里，他只是个演员，换成别人来演，也一样能演好，一样能获得最后的荣誉。

这番取舍挣扎，秦向阳没有告诉任何人。他估计只要自己不说出去，恐怕没人能识破赵楚和他在灌装体顶部的那场戏。

在无数次的叹气后，他选择接受，也意识到，接受，是他必须经历的成熟。

没有必要把一切隐秘都讲得透亮。

每个人都需要阳光，但也离不开阴影乘凉。

赵楚是罪犯，杀了人，十恶不赦！但他的行为，却能带来另外一些好结果。这就是事情的两面性。只有接受荣誉，才能达成向好的目的。

一个月后，养好伤的秦向阳赴京参加了"全国公安系统英雄模范立功个人表彰大会暨向秦向阳同志学习报告会"。

他的声音在公安系统最高平台上飘扬——

"我叫秦向阳，是滨海市一个小小的刑警，我干警察三年了，今年碰到214案，对我个人来讲，有很多心酸，也有很多警示。我觉得我干的事没啥可夸耀的，我就是干了自己该干的一点事。我很感谢在座的各位领导，能够给我这个发言的机会。那么，请允许我简单地把我经历的事说一说……

"事情就是这么个过程。有人问我最后抱着那个炸弹时想了些啥？实话实说，我啥也没想。

"赵楚撞死过人，还杀了人，犯了罪，理应得到最严厉的惩罚。

"只是没想到，他一早就做好了必死的准备。他不但用自己的命赎了罪，还通过他亲手策划的这一系列案子，给我个人上了最生动的一课——

"办案，要不忘初心，牢记责任，还原真相，追求公正！

"至于张素娟，她也参与了计划，她还用自己的命开启了整个计划。她也犯了罪，但我对她的行为抱以最大的理解。赵楚同样是罪犯，也是我的老师。当然，他赎罪的方式，肯定是违反法律和社会规则的。

"为什么总会有些人，不惜赴死，也要超越底线，去实施他们所谓的法外惩罚呢？我回答不了这个问题。我只是觉得，如果我们的社会环境不那么功利，如果我们的法治环境能更公开公正，少一些急功近利，多一些责任，我们的执法人员在执法过程中，秉持公正，杜绝私心，或许，这一切都不会发生。

"我这个人不会说话，说的这些可能和这个会议规格不匹配，但这些都是我的心里话，实在话。我个人不在乎这些心里话好不好听，说出来，能图个心安。说实话，下面这么多领导，在这儿说话我挺紧张的，叫我讲大道理，我还真一个字也讲不出来。

"我叫秦向阳，我是个小刑警……"

表彰大会开完三个月以后，903强奸杀人案中，阻碍法院秉公审判，误导法院否认孔良田自我认罪供述，多年来一直阻碍刘正龙母亲谭芳上访的滨海政法系统的一个大老虎落马，903案得以全面翻案。

同时，在这三个月中，另外的三宗冤案，基于秦向阳提供的凶手身份及证据链，在公安部亲自主持下，也得以全面翻案。有关部门，对错抓的林建刚和谢正伦给予了国家补偿。

随之而来的2015年，国家最高人民法院发布了《最高人民法院关于全面深化人民法院改革的意见》。

2015年2月，中央全面深化改革领导小组审议通过了《领导干部干预司法活动、插手具体案件处理的记录、通报和责任追究规定》。

2017年4月，中央全面深化改革领导小组再次通过了《关于办理刑事案件严格排除非法证据若干问题的规定》。

国家相继出台的这一系列司法改革措施，处处强调"以人为本，以法治国，公平正义"的法律精神，中国司法改革显然已打开新的篇章。

咱们再把视角回到秦向阳身上。

表彰大会开完后，秦向阳回到滨海市盘龙区公安分局报到，受到了同事们的热烈欢迎，毕竟秦向阳这回把盘龙分局丢的面子都挣回来了。

组织上很快做出了新的人事任命。

原盘龙分局顾长山继续担任盘龙分局局长。顾长山知道这个任命后，心里有数，这很大成分上是得益于秦向阳的巨大功劳，不管怎么说，秦向阳参与办案时，属于盘龙分局的人。

秦向阳被调离盘龙分局，到滨海市栖凤分局出任刑警大队长，这属于连升N级，在系统内部情况少见。

秦向阳接到人事安排的通知后，去了赵楚的公墓。

他拿出两瓶酒，把三十六个一次性杯子在墓前依次摆好，然后在每个杯子里都倒上酒。一次性杯子太大，两瓶白酒要想倒三十六杯肯定不够，就只能每个杯子只倒一点。

酒倒好了，他端起来说："老班长，今天咱哥俩再好好喝一场，还是一人十八杯。"

他喝着喝着，余光看到有人走来。

是李文璧。这姑娘精神头恢复得差不多了，也不说话，把带来的东西在墓碑前摆好，然后静静地站在秦向阳身边。

前些天，李文璧精神状态恢复后，把之前发生的一切，以及秦向阳经历的一切，以新闻纪实的形式，统统写了下来。

对她来说，她终于无限接近了自己最初的那个愿望：做一篇轰动全国的新闻报道！当然，组织上为避免社会影响太大，截留了她的稿件。最后组织上采用了折中方案，在公安系统内部发表了李文璧的稿件。

过了一会儿，苏曼宁也来了。这个姑娘穿了一身黑衣服，满脸肃穆地走到赵楚的墓碑前，轻轻地摆上去一束白百合，然后静静地站在秦向阳另一边。

秦向阳这时无暇多想，他除了接下来在新的工作职位上，将面对更加艰难的、无尽的挑战，还将在生活上面对无穷的烦恼。

不过看到苏曼宁时，他还是想起来前几天无意中看到的几份档案。经过档案比对很容易就能发现，赵楚和苏曼宁曾属于一所高中，同级不同班。另一份相册来自赵楚的私人物品，他从相册里发现了赵楚和苏曼宁的合影。确切说，是赵楚当兵时去苏曼宁所在大学，搞新生军训时的照片留念，赵楚恰好是苏曼宁所在班级的教官。除了照片之外，还有一些当年军训学员跟教官之间的书信，那些信有好几封是苏曼宁的，信的内容没有特别之处，口吻跟所有仰慕年轻军官的女学生类似。

看到这些东西，秦向阳脑补的结论是，高中时代，苏曼宁对赵楚应该印象深刻，否则大学军训时不会那么轻易就把赵楚认出来。两人应该只是朋友关系，但赵楚在苏曼宁心里，基于长久以来的军人身份，应该是个值得信任的人。但是这两人在214专案组时，为什么没表现出相熟的迹象呢。一方面，苏曼宁当时已经和郑毅走得很近；另一方面，赵楚应该提前找过苏曼宁，至于他跟苏曼宁说过些什么，秦向阳不得而知。

但是赵楚肯定跟苏曼宁提过，郑毅不值得信任和托付。苏曼宁初听到这些，肯定会排斥。那么，赵楚就会让她验证。要验证郑毅的为人很简单，只要秦向阳查那些旧案就可以了，不管是自愿去查，还是被迫。

现在看来，苏曼宁当初去秦向阳宿舍，并且发现床底下那些物证，就很可能不是偶然，极可能是出于赵楚对苏曼宁的某些暗示。直到秦向阳逃跑，郑毅在苏曼宁的床上兴奋加得意过了头，说出了自己那些龌龊的想法，那可不是真爷们儿应该打的牌。苏曼宁从那时起，对郑毅彻底失望。但不管怎样，在那之前，赵楚肯定是对苏曼宁做过工作，打了预防针。

秦向阳不想求证这些事情。他只清楚一点，在赵楚导演的那场戏里，那些"辅佐"他的人，李文璧、苏曼宁，还有赵楚本人，都是赵楚早就计划好的，计划一旦展开，每个人都有自己的戏份，谁也逃不掉。

孙劲是否也是安排好的呢？

秦向阳想了很多，唯独忽略了一个人：孙劲。

　　墓碑前的这三个人各怀着心思，谁也没注意到墓碑旁边还有个空了的酒瓶。那是三天前，孙劲来到赵楚墓前喝下的酒。

　　孙劲将半瓶酒倒在墓碑上，然后一口气把剩下的喝干，又蹲下来恭恭敬敬地点燃三支烟摆放在地上。

　　最后他站起来，平静地望着赵楚的相片说——

　　"师父！千山路远，一路走好！接下来，轮到我上场了！"